KB032617

연 : 어

연:어

SCARLET
ROMANCE
STORY

소 화 장편 소설

Contents

왜인지는 모르겠다.

"왜 여기 있어요?"

급한 일을 앞두고, 이리 여유 부리듯, 게으름 피우고 있는 이유
는.

내가 느리게 군다고 정말 그래도 될 만큼 시간이 더 주어지는
것도 아닐…… 텐데.

"네……?"

"늦으면 자리 없어요, 얼른 가서 자리 맡아야지.

"아뇨, 저는 그냥 여기서 들을게요."

원래대로라면 서울서 중앙고속도로를 타고 풍기 I.C를 빠져나
와, 영주를 지나 봉화에 접어들면 쭉 왼쪽으로 꺾어져야 했다.

그러나 핸들은 직진하다 못해 우회전을 거듭했고, 차는 봉화군
청을 기점으로 목적지와 정반대에 놓인 의양리에 세워졌다.

경북 봉화군 춘양면 의양리. 기왕 이렇게 된 거 쉬었다 가자, 하는 마음으로 숙박할 곳을 찾아, 100m쯤 떨어진 만산고택과 성암고택 문을 차례대로 두드린 건, 해가 뉘엿뉘엿 숨어드는 저녁 무렵이었다.

'예약 못 하고 왔는데요. 빈방 있나요?'

'혼자 왔어요?'

'네.'

'이를 어쩌나. 남은 건 별채밖에 없는데, 혼자 쓰기엔 좀 큰데요.'

'괜찮습니다.'

그렇게 가족 단위 관광객들로 채워진 고택 본채에서 조금 떨어져, 예전엔 서당으로 쓰였다는 별채에 눌러앉은 지 이틀째.

"아, 그럴래요?"

깊이 묻지 않아 주시는 아주머니의 배려가 좋았다. 점점 짙게 내려앉는 고택의 어둠은 사람의 귀를 더 예민하게 만들고, 자박자박, 자잘한 흙모래 밟히는 소리가 묻어나는 아주머니의 뒤를 따르며, 마음이 편안해지는 것을 느꼈었다.

우습지. 기억조차 나지 않는 일곱 살 때 와 봤던 게 고작이면서, 이 땅에 정을 느끼다니.

흐으음. ……좋다.

깊게 숨을 들이마셨다 뱉은 후 소리 없이 입술을 달싹이며 눈을 감았다. 눈꺼풀을 내리니 검은 하늘로 희뿌옇게 뻗어 나가던 사랑채 앞마당의 야외조명이 조금도 느껴지지 않는다. 완벽한 암전. 고립된 게 아니라는 걸 알려 주는 것이라곤, 담 너머로 작게 들리는 공연 준비 소음들뿐.

걱정하는 사람들의 시선에서 벗어나 자유를 만끽하려던 정윤은 또다시 또렷해지는 죄책감에 마음이 가라앉는 것을 느꼈다.

"후우……."

이러면 안 되지. 눈을 감고 숨을 들이켜 보니, 이른 여름의 풀 내음이 더욱 짙게 느껴졌다. 숨을 내쉬고, 다시 들이마시고. ……폐 한가득 채워지는 공기가 달다. 서울보다 훨씬 선선한 밤. 공기조차 몸에 좋을 것만 같은 이 맑은 느낌.

호흡은 조금 더 느려지고 깊어지길 반복하는데, 생각은 또 과거를 더듬는다.

'수술은 안 받을 거다.'

'엄마!'

'수술 받다가, 그대로 갈 것 같아.'

'안 그래, 언니. 수술 받고 살 생각을 해야지.'

이모의 훈수도 한평생 고집으로 살아온 엄마를 꺾진 못했다.

그럼, 누구 엄만데. 내 고집, 이 까칠한 성격 다 어디서 온 건데.

실낱같은 기적을 바라면서라도, 그때 싸워서 엄마 고집을 꺾었어야 했나. 자책하던 정윤의 얼굴에 희미한 미소가 나타났다, 쓰린 통증으로 부질없이 사라져 갔다.

'윤아, 아무래도 엄마가…….'

'……이모.'

'응.'

'말해, 이모. ……그러니까 더 불안하잖아.'

'아니, 그런 게 아니라. ……네 엄마, 봉화 가고 싶다 해서.'

'…….'

'안 되겠지?'

가슴에 비수가 박혔었다. 그 못이, 죽는 날까진 절대 빠지지 않을 것이란 직감에. 이미 긴 시간 참회의 시간을 살아온 사람처럼, 그 말을 들은 순간부터 지치고, 기운 빠지는 절망을 경험했었다.

'……엄마가?'

'으응.'

'……알아볼게. 주치의한테도 물어보고.'

'그래 줄래?'

이모는 혼내지 않았다.

고향 땅을 그리워했던 엄마. 돈 버는 데 혈안이었던 딸.

정윤이 첫 아파트를 장만한 건 스무 살이었다. 온 동네 부동산을 다 돌아다니고, 그로도 모자라 서울 시내 개발 정보를 수집했었다. 건평보단 토지대장의 면적을 확인하고 평 단가를 먼저 계산할 나이가 아니었던 어린 나이 스물에. 정윤은 그렇게 저평가된 경기도 아파트 단지를 찾아내 전세를 끼고 생애 첫 주택을 매입했었다.

그로부터 9년. 사람들이 아홉수라고 조심하는 나이가 되어 엄마의 대장암 치료 중 난소전이에 대해 듣기 전까지, 정윤의 인생은 누가 봐도 사회적으로 고속도로를 탄 인생이었다.

엄마가 얼마나 외로운지, 그리운 것들과 멀어져 얼마나 쓸쓸한지 외면하며 살 만큼, 출세 운과 함께 돈까지 따랐던 시간들.

그 대가로 엄마가 병이 들었다. 이모는 아니라고 했지만, 정윤은 그 자책을 지울 수 없었다.

"후우……."

왜 엄마 마음을 무시했을까. 땅을, 산을, 입지조건에 따른 투자 대상으로 보지 않고, 풍경으로만 보는 엄마를 답답하고 원망했던 기억이 이제 와 못내 가슴을 찔렀다.

이리도 한순간인 줄 몰랐던 욕심이었어, 엄마. 하늘에서 그만이라고 말하는 순간, 이리 순식간에 놓아 버릴 것들인지, 난 정말 몰랐어. 좀 더…… 길 줄 알았는데.

'엄마 정말 그 산골에 가고 싶어?'

'고향이잖아. 너도 다 키웠고…….'

'초등학교 때 서울 왔다면서 무슨 고향은. 할머니네도 옛날에 팔았다며.'

'……'

'엄만, 나 없이도 괜찮아? 나 혼자 있는 건 걱정 안 돼? 난 걱정돼. 엄마 거기서 혼자 지내면 난 불안해서 일도 못 할 것 같아. 그리고 거기 되게 춥잖아. 나 어렸을 때 갔었다며.'

'갔었지. ……한 번.'

'딴 건 아무것도 기억 안 나는데, 무진장 추웠던 것만 기억나. 엄마도 추운 거 잘 못 참잖아. 거기 가서 무슨 고생 하려고. 가지 말자. 응? 나 안 그래도 처리할 거 많아서 바쁜데 엄마까지 이러면 힘들어.'

그때, 그러지 말걸. 코끝이 찡해 왔다. 뜨거운 덩어리가 가슴속에서 목까지 밀고 올라온다. 정말, 그러지 말걸. 투자가치, 개발 가능성, 유입 인구 증가세, 지자체 개발 예산, 그딴 것 따지지 말고, 엄마 마음 먼저 생각해 줄걸.

감은 눈 사이로 뜨거운 물기가 선을 이루며 흘러내렸다. 이대로, 세상 만물이 모두 잠든 것 같은 이대로, 어둠에 묻혀 쉬고 싶어. 그러면, 어리석었던 지난날도 다 묻힐 수 있을까.

정윤은 바르르 떨리는 입술을 고집스레 다물면서도, 카디건 주머니 안에 밀어 넣은 두 팔을 빼지 않았다. 가는 물기가 흘러내리는 뺨이 식었다 데워지길 반복해도, 미약한 움직임조차 일지 않았다.

뚝, 뚝. 갸름한 턱 끝으로 떨어지는 물방울들마저 숨을 죽이고, 뜨거운 입김이 입술을 통과해 나올 때마다 투레질하는 말처럼 붉은 입술이 파르르 떨릴 때였다.

"후우……."

"흠, 흠."

깜짝 놀라 눈을 떠도, 여전히 세상이 검다. 뭐지? 사랑채 마당에서 뿜어져 나오던 그 하얀 빛이 벌써 사라질 리 없는데. 정전인가? 눈을 껌뻑이자 추르륵, 안구를 덮었던 물기가 흘러내리고, 정면을 벗어난 시선이 저 멀리서 느껴지는 환한 빛을 감지했다. 그럼 이 앞에, 이건…….

"누구세요?"

급히 손을 움직여 시야를 흐리게 만들었던 물기를 걷어 내자, 앞에 선 것의 음영이 눈에 들어왔다. 사람. 남자. ……흙 밟히는 소리도 들리지 않았는데. 언제 온 거지.

"안주인께서."

불쑥 내밀어진 작은 쟁반을 반사적으로 받아 들었다. 커다란 손바닥 두 개만 한 사각 쟁반엔 토기로 만들어진 목 넓은 잔 하나와 동글동글한 경단들이 가지런히 담긴 접시가 놓여 있다.

"혹시 생각 있으시면 자리 맡아 두었다고 전해 달라 하셨습니다."

"아니요. 감사하지만, 전 여기 있을게요. 잘 먹겠습니다."

가벼운 묵례는 대화의 종지부를 뜻한다는 걸 모를 나이가 아닌데, 그는 가지 않았다. 정윤은 낯선 남자의 침묵이 조금 불편했다.

엄마의 암 선고 때도 의연한 모습 보이려 울음을 꾹 참았었는데. 아는 이 없는 땅으로 스며들어, 거의 십 년 만에 티트려 본 억눌림을 하필이면 이 남자에게 들키다니.

"공연, 안 좋아하십니까?"

아, 자리까지 잡아 놨는데, 왜 호의를 거절하느냐고 한마디 더 할 참인가?

"여기서도 소리가 잘 들릴 것 같아서요. 공연할 때 마이크 쓰지 않나요?"

"씁니다."

"그럼 됐네요. 감사합니다."

그러니까요. 전 여기서 들을 테니, 어서 가세요.

사색을 방해한 남자에게 정윤이 보인 작은 미소는 예의이자, 내 뜻을 이해했으면 이제 가 주세요, 라는 무언의 축객령이었지만, 남자는 어쩐 일인지 정윤을 가만히 내려다보기만 했다.

좀 더 직접적으로 말해야 하나.

"같이, 앉아도 되겠습니까?"

"네?"

허락을 듣기 위함은 아니었던 모양이다. 남자는 정윤이 눈을 키우는 사이 벌써 작은 쟁반 하나를 사이에 두고, 툇마루에 엉덩이를 내리고 있었다.

나란히 앉은 둘 사이에 기이한 침묵이 흘렀다. 서 있을 때도 지나치게 가까이 선 건 아닌가 싶더니, 쟁반이 끼어 있긴 했지만 앉아 있는 거리도 평범한 사이가 아닌 것마냥 지나치게 가까웠다. 몸을 기울이면 금방이라도 어깨가 닿을 것처럼.

잠시 당황스러움에 잠잠했던 까칠한 성질머리가 불쑥 고개를 쳐들었다.

심부름 온 거 보면, 고택 주인과 잘 아는 사람인 건가? 친척? 그래서 잠시 대여해 주긴 했지만, 다 제집이니 허락 같은 건 필요 없다? 그래도 이건 좀…… 무례한 건데.

"조용한 걸 좋아하시나 봅니다."

쉬러 온 거라 말하려던 참이었다. 혼자 있고 싶다고.

"아, 음…… 네."

그런데 그 묵직한 저음이, 담백하게 잘 다듬어진 안정된 어투가, 나쁜 이는 아닐 거라는, 그러니 함부로 대해선 안 된다는 근거 없는 생각을 불러일으켰다.

"봉화엔 얼마나 계실 생각이십니까."

더불어 이것을 여행이라 친다면, 지나치게 방어적인 자세도 너무 고루하지 않느냐는 적당한 자기변명까지 함께.

뭐라고 하지. ……사실대로? 사기꾼의 첫 조건이 상대방의 신뢰를 얻어 내는 것이라던데.

"아직 생각 중이에요."

그래, 이건 거짓말이 아니다. 마음에 드는 집이 없으면 어쩔 수 없는 일이니.

"둘러보실 곳은 정하셨습니까."

"음……."

"아직 안 정하셨으면, 몇 곳 추천해 드릴까요?"

"아뇨. 제가 찾을게요."

끼기긱!

사랑채 앞마당에서 마이크 켜지는 소리와 함께, 날카롭게 터져 나온 쇳소리가 하늘을 갈랐다. 손톱을 세워 칠판을 긁어내리는 듯, 높은 음파 소리에 정윤은 귀를 막으며 미간을 잔뜩 찌푸렸다.

담 너머에서 야유를 닮은 기이한 비명 소리가 들려오고, 정윤의 어깨가 움츠러드는 동안에도 남자는 동요 없이 침착한 모습이었다.

"괜찮으십니까?"

뒤이어 죄송하다는 말과 함께 아, 아, 마이크 테스트, 라고 말하는 바리톤의 목소리가 연이어 들려왔다.

"네."

지나치게 세심한 살핌에 낯을 붉힌 정윤의 고개가 남자의 반대 방향으로 돌아갔다. 그의 시선이 닿는 오른쪽 귓바퀴가 자꾸만 따갑게 느껴졌다.

"조용한 곳을 좋아하시면, 봉화에 계시는 동안 오록리에서 지내시는 것도 한번 생각해 보십시오."

"오록리요?"

물야면 오록리. 서울에서 봉화에 들어섰을 때, 정윤은 원래 봉화군청을 지나 핸들을 좌측으로 꺾어 오록리를 향해야 했었다. 그 윗동네, 엄마의 고향, 오전리를 향해서.

"오록리에 외지 사람들한테 덜 알려진 고택이 있습니다. 평산고택이라고. 조용하게 지내시기엔 적당한 곳이죠. 그 근처에서 물어보시면 금방 찾으실 수 있을 겁니다."

"저……."

남자와 제대로 시선을 마주친 건 처음이었다. 결 반듯한 눈썹이 흐릿한 어둠 속에서도 뚜렷한 음영을 만들고 있었다. 가볍지 않게 느껴지는 눈빛이 오롯이 마주쳐 왔다. 말을 멈추게 된다. 마른침을

15

넘기게 된다. 긴장, 하는 건가. ……내가?

"말씀하십시오."

"……거기, 장기 투숙도 하나요?"

남자의 눈썹이 아주 잠깐 위로 올라갔던 것 같기도 했다.

"그럴 겁니다."

"네."

다행이다. 정윤의 얼굴에 안도가 스쳐 지나갔다. 어차피 이곳 춘양면보다는 오록리나 오전리, 뭐 정 아니면 번화가인 봉화읍 근처에라도 숙소를 다시 잡아야 할 참이니. 이왕이면 돌아다닐 곳과 가깝고, 조용한 숙소라면 좋겠지.

"오래, 머무실 겁니까?"

어쩌지?

"뭐…… 어쩌면."

너무 보인 건가.

공연이 시작됐다. 마이크를 테스트하던 목소리가 관객에게 감사의 말을 건넨 뒤 짧은 정적이 찾아들었던 자리엔 테너, 베이스, 바리톤의 목소리가 만들어 내는 팝페라 화음이 장중하게 울려 퍼지기 시작했다. 남자는 마당 건너 담벼락 위로 보이는 하얗고 뿌연 조명에 시선을 두고 있었다.

"아까 종부님이 맡아 두셨다는 자리, 거기 가서 보시면 더 잘 보이실 텐데요."

그러니, 이제 좀 가세요.

"소리만 들으니 더 깊이 느껴지는군요. 괜찮으시면, 여기서 듣겠습니다."

"……."

"식혜 좀 드시죠. 이곳 안주인께서 음식 솜씨 좋기로 유명하십니다."

"……단 걸 안 좋아해서요. 드세요."

도리어 남자에게 잔을 권한 정윤은 허리를 곧추세우며 사랑채 하늘로 시선을 던졌다. 숱하게 많은 남자들과 만나 일하는 동안 그들의 시선에 볼이 붉어진 적은 없었는데, 왜 이럴까. 슬며시 얼굴로 올라온 손이 남자가 앉아 있는 오른편 뺨을 쓸어내렸다.

"……이제 시작하는군요."

남자의 말을 끝으로 대화는 더 이상 이어지지 않았다. 바람이 코끝을 스치고 지나가며 달큰한 풀 내음을 다시 각인시키는 시간에도 둘 사이의 고요는 약속이나 한 것처럼 깨지지 않았다.

구석구석 어둠이 도사린 고택의 툇마루에 앉아 담 너머 흐려졌다 노란빛이 더해지기도 하는 변화무쌍한 조명 빛만 바라보며 노래를 들었다. 시간이 지날수록 아까만큼 침묵이 불편하지 않고, 이따금 마주치는 시선에도 경계가 흐트러진다.

시간이 흘러간다. 고요와, 음악과, 낯선…… 사람과 함께.

o2.

새하얀 병상에 누운 엄마는 봉화에 집 보러 떠난다는 딸의 휴가를 반기셨다.

'간 김에, 쉬었다가 와. 너무 좋은 집 구하려고 애쓰지 말고.'

주치의는 보호자를 따로 불러 넌지시 호스피스 병동을 말해 오는데, 엄마는 미래를 꿈꾸셨다. 그때마다 소리 없이 등을 문질러 오는 이모의 따스한 손이 없었다면, 정윤은 아마 엄마 앞에서 무너졌을지도 몰랐다. 아픈 사람 앞에서 눈물을 보이고, 제 슬픔을 알아 달라며 환자 기운 앗아 가는 바보 짓을 기어이 하고야 말았겠지.

"저, 어르신, 여기 평산고택이 어딘지 아세요?"

"어디?"

"평산고택이요."

브레이크를 밟고서 창밖으로 고개를 내민 정윤이 최대한 겸손한 표정을 지어 보였다.

긴 시간 햇빛에 노출된 할아버지의 검버섯 핀 얼굴엔 주름이 깊었다. 피부는 다크 초콜릿 같고, 깊은 주름은 기이하리만큼 하얀 살색을 유지하고 있는 할아버지. 자신이 가꾸고 있는 밭의 고랑과 이랑처럼 깊은 주름을 가진 할아버지는 검버섯 핀 얼굴을 하늘로 들어 올리며 깊은 생각에 잠기셨다.

"어데 말이니껴, 풍산 김씨들 모여 사는 데 말이니껴?"

"네?"

"오록리, 평산고택이면 풍산 김씨들 모여 사는데, 아니니껴."

풍산 김씨? 오록리 평산고택이라 했으니 아무튼 맞겠지?

"예, 어르신."

"이 길로 쭉 가면 나오니더."

"예?"

"이 길로 쭉 가믄 사거리가 나오는데, 거서 또 쭉 가믄 소나무 길 끄트머리에 커다란 괴목 하나 나오니더. 그 아래 정자도 하나 있고."

"예."

"거서 쭉 돌아보믄 제일 큰 집. 거가 바로 평산고택이시더."

"예?"

적어도 오른쪽, 왼쪽은 알려 주실 줄 알았는데. 할아버지는 못 알아듣는 눈치인 정윤에게 한 번 더 같은 말씀을 하시고는, 가 보면 안다는 말을 끝으로 이내 풀 뽑기에 집중하셨다.

"감사합니다, 어르신."

표정은 내뱉는 목소리처럼 밝지 못했다. 고개를 갸우뚱하며 마른 입술을 혀로 축인 정윤은 무작정 차를 출발시켰다.

할아버지 말씀대로 직진에 직진을 거듭하다 사거리를 만나고, 또 길을 잘못 들었나 싶게 인적 드문 긴 직선 코스를 지난 뒤에야, 허공에 꽂혔던 할아버지 시선만큼이나 높게 자라 있는 괴목을 만날 수 있었다.

팔각지붕을 가진 붉은 정자. 마을보다 더 오래 이 땅을 지켰을 것 같은 높다란 괴목. 그 앞, 한적한 공터에 하얀색 BMW, SUV가 세워졌다.

운전석 문을 열고 천천히 차에서 내린 정윤은 주변을 둘러보며 허리춤에 양손을 올리고, 뻐근해진 등을 뒤로 휘며 기지개를 폈다.

"으, 흐흐. ……와아."

숨소리인지, 신음인지 모를 소리의 끝을 따라잡고 나온 낮은 감탄사.

저 멀리 수묵화처럼 다른 명도로 겹겹이 펼쳐진 산들. 그 산들이 마치 둥지인 것마냥, 그 안에 갓 낳은 알처럼 감싸인 마을. 회칠한 벽면은 멀리서 보기엔 희뿌연 단색으로만 보이고, 가지런히 줄지은 기와들은 그냥 검은색이 아닌, 세월이 담긴 깊은 먹빛을 지니고 있었다.

정윤은 절로 숨을 멈췄다. 그림. 그림 같았다.

물기 머금어 낮게 가라앉은 회색 하늘 아래 초록 벼들로 가득 찬 논들이 너른 평야처럼 펼쳐져 있고, 그 초록빛 논 중앙을 가르고 지나가는 왕복 2차선 시멘트 도로 끝에 즐비한 고택들이, 마치 과거를 훔쳐보는 이방인이 된 기분을 느끼게 했다.

아직 이런 마을이 남아 있었구나. 정윤은 제 것도 아니지만, 소중한 것들이 지켜지고 있다는 사실에 조금은 뿌듯함과 다행스러움을 느끼며 숨을 크게 들이마셨다.

풀 냄새가 섞여 든 공기가 맑고 달았다. 적당한 습기를 가진 청량한 공기. 이 공기가 진작 엄마의 것이었다면, 엄마는 아프지 않을 수 있었을까.

"하아."

머리카락이 부드러운 바람에 흩날릴 때마다, 논 한가득 심어진 여린 벼들의 가는 끝도 커다란 손에 쓰다듬어지듯 물결처럼 출렁이며 고개 숙였다 일어섰다.

시간이 멈춘 듯 평화롭다. 평소라면 바람에 날리는 머리카락을 진즉에 손목에 감긴 끈으로 묶어 버렸을 텐데. 정윤은 움직임을 멈춘 채, 천천히 논과 듬성듬성 자리 잡은 집들을 훑어보며 평산고택을 찾기 시작했다. 큰 집, 큰 집, 제일 큰 집……. 찾았다.

마을 전면에 위치한 가장 너른 기와지붕을 가진 고택에 시선을 멈춘 정윤의 하얀 얼굴에 습관적인 미소가 흐릿하게 퍼져 나갔다. 앞마당에 검은 세단이 얼핏 서너 대 정도 줄지어 있는 것이 고택 체험하는 집이 맞는 모양이었다.

"어서 오셨니껴?"

평산고택 솟을대문을 두드리니, 성암고택 주인아주머니보다 조금 더 나이 드시고, 조금 더 털털하신 50대 아주머니 한 분이 정윤을 맞아 주셨다.

"네?"

"어서 오셨냐고요."

"아, 저는 서울……."

"서울서 바로 왔니껴? 이 근처서 온 거 아이고?"

"아, 성암고택에서 며칠 지내다 왔어요. 고택에서 주의해야 할 사항 같은 건 이미 알고 있습니다."

화기 사용 시 주의, 독립된 화장실. 이미 그런 불편 사항은 감수하고 찾아든 숙소였다.

"그라니껴? 그라믄 됐니더. 들어오시소."

"감사합니다."

문턱 높은 솟을대문을 지나 바깥마당을 건너는 동안, 걸음을 옮길 때마다 자박자박 들려오는 흙 밟히는 소리가 이상하리만큼 낯선 곳에서의 불안을 줄여 주었다.

"얼마나 계실 꺼니껴?"

마치, 지난밤까지 지낸 성암고택 마당을 걷는 느낌도 들었다. 별로 변한 것 없는 공기와 마당 끝에 자라 있는 이끼까지. 눈에 익은 고택의 정취는 정윤의 어깨에서 쉬이 긴장을 덜어 주었다.

"음, 우선 일주일이요."

일이 잘되면 한 달 정도 있을 수도 있고요.

"아침은 하셨니껴?"

"아, 아직요."

"아이고, 밥도 굶고 다니시니껴. 시방 식사하실랍니껴?"

"가까운 데 음식 잘하는 식당 있나요?"

"식당? 와 식당 같은 걸 찾고 그라니껴. 집 밥 놔두고."

아…… 이 집은 방값에 식사비용 추가가 필수인가? 아주머니는 사랑채 앞마당으로 들어서자마자 감상할 시간도 주지 않고, 좌측으로 몸을 돌렸다. 한 사람 겨우 지나갈 만한 좁고 키 낮은 문. 그 옆으론 아직 연둣빛 성성한 초록 단풍나무가 무겁도록 많은 잎사귀를 짊어지고 있었다.

"어디 나갈 일 있음 모를까, 때 됐는데 일부러 나가 사 먹지는 마이소."

"예. 감사합니다."

허리를 꼿꼿하게 세운 채 그 작은 문을 통과하는 아주머니 뒤로, 머리 부딪칠까 허리를 숙이고 몸을 웅크린 정윤이 착한 아이처럼 대답하며 나지막한 문틀을 넘어섰다.

"자, 여가 안채니더. 어느 방에서 지낼 건지, 휘 한번 둘러 보시소."

사랑채 마당과는 또 다른 적막함으로 가득 찬 마당이었다. 안채 출입문은 이미 열려 있었고, 사랑채 앞마당과 안채 앞마당을 구분하는 문틀의 너비는 겨우 한 뼘을 넘는 간격이건만, 그 틀이 가져다주는 단절된 느낌은 생각보다 힘이 있었다.

오랜 시간 다져 온, 이곳만의 분위기겠지.

"알아서 주세요. 조용한 방으로. 마루도 있으면 좋고요. ……저 방들은 뭐예요?"

"거는 손님들 오시믄 묵는 방인데, 마루는 없니더."

안채 영역을 주인처럼 차지한 집칸을 중심으로 감싸듯 다닥다닥 붙어 있는 방들이 기다란 툇마루로 연결되어, ㄴ 자로 배치되어 있다. 성암고택에서는 본채가 만실이라 별채 구경밖에 못 한 탓에, 안채에 딸린 방들을 둘러보는 정윤의 눈에 호기심이 담겨 있었다.

"툇마루, 있는데요."

"어데, 거는 잠깐 엉덩이 붙이고 앉는 곳이지, 마루라 할 수 있니껴. 진짜 마루는 저기니더. 저가 조용하니, 손님은 고마 저서 지내시소. 널찍하게. 됐지요?"

아주머니가 가리킨 방은 안채였다. 사랑채 건물과 이어진 듯, 담 하나를 사이에 두고 맞붙어 지어진 집. 안채 안방과 건넛방 사이엔 방만큼 너른 대청마루가 윤이 나도록 잘 닦여 있었다.

"안채에 다른 분은…… 건넛방도 비었나요?"

"와 아니껴. 두 방 다 비었으니 어느 쪽이든 손님 맘대로 쓰이소."

정윤의 시선이 마루를 중심으로 양옆으로 나눠진 두 방에 차례대로 가 닿았다.

안방, 마루, 건넛방. 아무래도 사랑채 벽에 붙어 있는 건넛방은 소음이 걱정되니, 가장 멀리 떨어진 안방을 쓰는 게 좋을 것 같다.

"저는 왼쪽 방 쓸게요."

"그럴라니껴. 점심은 한 시간 있다가 먹을 낀데, 그래도 되겠니껴?"

"아, 네."

"그라믄, 기다리시소. 아 참, 뭐 좋아하는지 말 안 합니꺼?"

관심. 엄마가 주던 그 따듯한 것들이 멀어진 지 이미 오래. 정윤은 엄마도 없는 엄마의 고향에서, 이런 호사를 누리게 될 줄 몰랐었다. 그 어떤 정찬보다 더 마음을 채우는 말 한마디에 불현듯 눈물이 핑 돌았다. 엄마가 있는 서울보다 이곳 봉화에서 더 많이 엄마를 떠올리고, 엄마를 느끼게 되다니.

"여는 나물도 많고, 영덕, 영해가 지척이라 바닷고기도 많니더. 뭐하면 울진 가도 되고."

손님 식성부터 챙기는 아주머니 덕분에 봉화에서 지내는 동안, 숙식 걱정은 모두 해결된 듯했다.

"먹는 건, 전부 다 잘 먹습니다."

"그라니껴? 그라믄 됐니더. 근데, 뱀도 잘 드시니껴?"

"네?"

24

"뭐든 다 잘 묵으믄, 울 집 양반 담가 논 뱀술도 한잔 드릴라 그럽니더."

"아, 아니요. 그런 건 괜찮습니다."

"술은 안 합니꺼. 술 잘하는 사람들은 환장하는 게 뱀술인데."

"예, 즐기는 편은 아니라서요."

"그랍니꺼? ……그라믄, 짐 풀면서 좀만 기다리시소."

성암고택 아주머니와는 다르게, 농담도 잘할 것만 같은 아주머니가 안채 뒤편 제법 커다란 나무문을 열고 사라졌다.

"뱀? ……푸훗."

모처럼 입술을 끌어당겨 웃어 버린 정윤이 어깨에 메고 있던 배낭을 안방에 내려놓고, 생경한 사투리를 독해하느라 애쓴 탓에 질문할 틈을 놓쳐 버린 방값과 추가식비를 떠올리며 아차, 하던 순간, 휴대폰이 울렸다.

"네, 한정윤입니다."

— 안녕하세요. 엊그제 들르셨던 봉화 대박부동산인데요.

서울서 내려오던 날, 목적지 없이 핸들을 돌리며 눈에 띄는 공인중개사무실마다 들렀었다. 지나친 토박이 텃세가 느껴지는 사무실을 제외하고 몇몇 곳에 연락처를 남겼었는데, 그곳들 중 한 곳인 모양이었다.

"네, 말씀하세요."

— 찾으시는 물건보다 덩이는 좀 큰데, 단가를 낮춰서 평당 15만 원에 팔겠다는 집이 나와서 연락드렸습니다.

눈살이 찌푸려졌다.

"위치가 어딘데요?"

— 해저리인데.

"오전리나, 오록리에서 찾아봐 달라고 말씀드렸었는데요. 큰 집은 필요 없습니다. 어제 말씀드렸듯이 대지는 백 평 기준, 외관은 중요하지 않습니다."

— 그런 집보다 지금 제가 말씀드린 물건이 훨씬 실용적인 면에서도…….

"매입하면 골조만 남기고 다 뜯어고칠 거예요."

— 그게 생각보다 어려운 문젭니다. 여긴 그런 걱정 없이 상태가 아주 좋아서 투자하시기론……. 별장으로 쓰셔도…….

그럴 거면 강원도 가서 10억짜리 고택 샀겠죠. 이 오지가 아니라.

"오전리나 오록리에서 좀 더 알아봐 주신 다음, 연락 주세요. 대지는 100평 기준 플러스, 마이너스예요."

전화를 끊은 정윤은 곰곰이 생각에 잠기다, 느린 걸음으로 고택을 벗어났다. 성인 서넛은 충분히 누워 쉴 수 있는 정자는 여전히 고요하게 비어 있었다.

한 건축설계 사무소장. 한정윤. 밥 벌어먹고 살아온 바닥이 건설업계였기에, 아무리 봉화 땅값이 요즘 들어 실속 없이 뛰었다고는 하나, 높은 곳조차 평당 십만 원이 안 넘는다는 건 대충 알고 내려온 길이었다.

'휴우…… 너무 쉽게 생각했나.'

복잡한 마음으로 달려오느라 이것저것 미리 알아보지 못한 것이 이제 와 후회되었다. 뜨내기인 줄 알았을 테니 만만해 보였겠지. 아무리 예전에 외가댁이 이곳이었다고는 해도, 봉화에서 저는 이방인이 맞으니.

시간을 당기려면 바가지라도 써야 하나. 상황이, 사람들이, 입을 쓰게 했다. 엄마, 엄마가 그리워한 고향도 이 모양이네. ……그래도 엄마는 오고 싶지?

"흐으음."

다시 깊게 숨을 들이켜 봐도, 여전히 공기는 맑았다. 그래. 엄마가 눈에 담고 싶어 했던 산이 있고, 엄마의 어린 시절을 담은 공기가 있으면 된 거지.

정윤은 앉았던 그대로 상체를 뒤로 누였다. 정자 바닥에 등을 붙인 채, 빨갛게 칠해진 나무가 정확한 각을 맞추며 별처럼 팔각 모양으로 짜인 지붕 안쪽을 작품 감상하듯 세세하게 살펴보았다.

바람이 불고, 괴목 잎들이 살랑인다. 잎사귀마다 자잘한 소음을 만들어 내며, 저마다 가진 이야기를 속삭여 댄다. 눈이 감기고, 귀가 열리고, 벼랑 끝에 선 엄마를 잡고 싶은 마음처럼, 배 위에 올려 두었던 두 주먹을 꼭 쥐어 보았다. 시간이 이대로 멈춰 줬으면…….

아무리 마음으로 외쳐 봐도, 허공에 이는 건 투명한 바람 소리뿐. 사각거리는 나뭇잎 소리를 듣고 있자니, 아침 일찍부터 바빴던 몸이 천천히 늘어지기 시작했다.

아침부터 전화 걸어 온 부장과 몇 십 분을 떠들며 판교 신축현장 일을 조율하고, 평산고택으로 찾아 들어오기 전, 두어 군데 부동산을 더 들렀었다. 조용함에 눈꺼풀이 아득해 왔다. 치열하게 살아온 십여 년을 잊고, 고작 며칠간의 게으름에 몸이 적응해 버린 모양이다.

'정윤아, 약 안 먹으면 안 되니?'

봉화 내려오는 짐 가방에 처방받은 수면제를 챙겨 넣을 때 이모가 참 속상해했었는데.

이모 이상해. 여기선 자꾸만 졸려. ……엄마 집도 황토 집으로 지어 줄까 봐. 잘 자고, 잘 먹고…… 반드시 살아나게.

"여기서 자면 안 돼요."

헙, 고요하게 멈춰 있던 공기가 낮은 목소리에 출렁였다. 깜짝 놀라 상체를 튕겨 올린 정윤은 흐트러진 머리를 쓸어내리지도 못하고, 가쁜 숨을 내쉬며 소리의 출처를 찾았다.

"초여름이지만, 여긴 서울보다 차거든요. 오늘따라 날도 무겁고."

놀란 심장이 쿵쾅댔다. 친근하게 다가온 낯선 남자에게 더 이상 다가오지 말라는 눈빛을 보내자, 정자에서 세 걸음 정도 떨어진 흙바닥에 선 남자는 빙긋이 웃으며 고른 치아를 보였다.

넌 뭐야. 잔뜩 힘준 미간으로 불쾌함을 표시하는데,

"……왔네요."

남자는 큰 표정 변화 없이, 선하게 휘는 눈매만으로 크게 반기고 있는 제 마음을 전해 왔다.

"식사하러 가요. 아주머니께서 식사 준비 됐다고…… 음, 나, 못 알아보겠습니까?"

뭐지? 빠른 속도로 남자를 훑어 내리던 정윤의 눈매가, 미간이, 조금 더 찌푸려졌다.

"엊그제, 성암고택."

"아……."

'조용한 곳을 좋아하시면, 봉화에 계시는 동안 오록리에서 지내시는 것도 한번 생각해 보십시오.'

'오록리요?'

'오래, 머무실 겁니까?'

28

음악회가 끝나고도 남자는 어둠 속에 앉아 있었고, 정윤은 안녕히 가세요, 라는 말을 남긴 뒤, 방으로 들어갔었다. 그게 다였다. 그때 그 성암고택의 그 남자와는.

다음 날 아침엔 연락 오는 부동산을 찾아 매물을 둘러보느라 오록리로 거처를 옮기겠다 생각하고도 하루를 더 지체했었다. 그러니, 이렇게 부쩍 살가워진 말투는…… 넘치는 거 아닌가.

"알아, 보겠어요?"

싱끗 웃는 남자의 얼굴 위로 구름이 걷혔다. 입꼬리를 끌어 올리는 미소가 얼굴을 밝히고, 휘어진 눈매 안 검은 눈동자엔 가식이 없다. 이 사람, 진짜로 웃는 거구나.

사람의 눈을 마주하고도 계산을 하지 않은 것이 얼마 만인지. 그래도 이상해, 이 사람. 경계해야 될 때마다 자꾸만 벽을 세울 수 없게 돼.

"음…… 네."

"다행이네요."

조금 더 짙어진 남자의 웃음에, 새초롬하게 긴장을 늦추지 않던 정윤의 심장이 좀 더 빠르게 뛰는 것도 같았다.

"……."

"전 김태준입니다. 다시 만나서 반갑습니다."

낯선 곳이라 이래. 낯선 곳이라서…… 힘들었던 마음이 진짜 미소에 위로받았나 봐. 업자들 만나느라 신경이 곤두섰었잖아. 마음은 급한데, 자꾸만 속이려 들고. 그런 사람들 땜에 스트레스 받다가 친구처럼 구는 사람을 보니까…… 그래, 그런 것뿐이야.

"……."

"이름."

29

"네?"

"이름, 말 안 해 줄 겁니까?"

이름 정도는 말해 줘야겠지? 같은 곳에서 지내는 것 같은데.

"저는…… 한정윤이에요. 반갑습니다."

　태준의 눈동자가 제 앞에서 앉아 있는 정윤의 행동을 계속해서 눈으로 좇았다.

　쇠고기와 표고버섯을 넣어 되직하게 끓여 놓은 된장조치 뚝배기 옆으로 쑥갓, 상추와 아삭한 오이고추, 당귀 몇 잎이 담긴 소쿠리가 놓여 있었다.

　볶은 고추장, 참기름 종지, 쇠고기 우둔살로 만든 장똑똑이. 그 중간에 아직도 기름이 자글자글 끓고 있는 간고등어 구이 한 손.

　눈빛은 생각에 잠긴 듯 멀리 가 있는데, 상 위를 오가는 정윤의 두 손과 미어터지게 쌈을 싸 넣은 볼록한 입만은 쉴 틈 없이 바쁘게 놀려지고 있었다.

　배가 고픈 건지, 말을 안 하겠다는 건지. 빤히 쳐다보는 시선에 정윤이 눈을 마주쳐 오자, 태준은 목이 메이지도 않으면서 큼, 하고 헛기침하며 물 잔으로 시선을 내렸다.

어떤 말이 튀어나올지 아직은 조심스러웠다.

"자반구이 더 가져왔습니더. 마이 드시소."

볼이 꽉 찬 정윤은 저만 많이 먹었다 생각했는지, 울진댁이 새로 상에 올리는 고등어구이 접시를 태준 앞으로 밀어 주었다.

"마이 시장하셨니껴."

정윤이 작은 손으로 입을 가리며, 고개를 가로저었다. 하얀 얼굴에 박힌 까만 눈은 한 상에 앉은 태준은 외면하며, 오직 울진댁에게만 웃음 지었다. 태준의 목젖이 꿀꺽, 짧은 간격을 두고 여러 차례 오르내렸다. 저렇게도 웃을 줄 아네. 애교도 잘 부리는 성격인가.

"그믄, 어디로 나가실라니껴."

어른의 말에 대답 못 하는 게 죄송한지, 손으로 불룩한 입을 가린 채 눈매를 곱게 접어 보이는 작은 머리통이 귀여웠다.

성암고택 별채, 반듯하게 깎아내린 누상주에 기대앉아 있을 땐, 말 한마디 걸기 어려운 차가운 여자 같았는데, 울진댁 아주머니를 대하는 모습에선 자연스러운 배려가 묻어나고 있었다. 그럼 그땐, 뭐가 그리 슬펐던 것일까.

눈물을 닦아 내기는커녕, 숨소리까지 죽이고 앉아 있던 이유는…… 이별 여행인가. 사랑하는 사람이…… 있었던 걸까.

두둥실, 마냥 떠오르던 태준의 마음이 일순 찬 서리 맞은 언 땅처럼 서걱하게 가라앉았다.

"읍내에서 누굴 만나기로 해서요."

누구?

"봉화에 아는 사람 있니껴?"

"읍, 음, 그냥, 일 때문에, 만나는 사람, 이에요."

입을 비우고 대답하자마자, 다시 한 쌈 싸 넣은 정윤은 연이어 나오는 울진댁의 물음에 숨이 막힌 것처럼 겨우 토막토막, 끊어 가며 대답했다.

"아휴, 대답하지 말고 마이 자시소. 자꾸 밥상 앞에서 말 시키고, 내 이리 눈치가 없더."

두 사람이 대화를 나누는 사이, 그의 생각은 더욱더 깊어져 갔다. 생각이 소리가 되고, 그 울림이 머리뼈를 뚫고 들어와 골을 흔들고 고막을 치는 경험은 처음이었다.

안 돼, 가지 마.

우는 모습, 못 본 척해 주는 게 맞는 것 같아 반쯤 돌아섰던 때.

가지 마. 후회할 거야.

누군가 그리 소리친 것 같았는데. 미치지 않고서야, 정윤과 저 외엔 아무도 없었던 그 성암고택 마당에서 누가 제게 소리쳤다 지목할 수 있었을까.

결국 제 생각, 제 느낌이었을 뿐이라 치부하긴 했지만, 기이한 경험이란 사실만은 분명했다.

그래서, 평소와 다르게 뻔뻔하게 굴어 버렸다.

스스로도 뭐하는 짓인지는 모르겠지만, 무조건 옆에 있고 싶고, 담벼락에 붙어 호시탐탐 말 걸 기회만 엿보던 녀석들 앞에 정윤을 혼자 두기 싫다는 충동만으로.

"아니에요. 아주머니도 같이 드세요."

"아이시더. 내는 쪼매 이따 먹을 껍니더. 신경 쓰지 말고, 손님이나 마이 드시소."

정윤의 젓가락이 자주 닿는 접시들이 울진댁 손에 의해 조금씩 태준의 밥그릇 반대 방향으로 멀어져 갔다.

"고맙습니다."

"에유, 목소리도 참 곱니더."

주거니 받거니, 참 사이좋은 모녀 같은 모습에 맞은편에 앉은 태준의 입가에 옅은 미소가 맺혔다.

그날 밤, 공연장에 있던 남자들 중엔 하루 전날 성암고택 별채에 짐을 푼 예쁜 여자를 봤다는 녀석이 있었다. 그 소문 때문인지, 남자 손님 중에 고택 답사하듯 별채 쪽을 어슬렁거리는 사람이 종종 있었고, 태준은 손님에게 실례하고 싶지 않은 성암종택 안주인 뜻에 따라, 공연 준비로 바쁜 사람들을 대신해 원치 않는 시기까지 받으며 별채로 쟁반을 들고 갔었다.

그런데, 세월 좋게 여행 왔을 것 같았던 소문 속 예쁜 여자가 숨을 참아 가며 울고 있었다. 그 순간 머리를 가득 채운 건, 담벼락에서 느껴지는 놈들의 시선으로부터 울고 있는 정윤의 모습을 감춰 줘야 되겠다는 생각뿐.

어차피 멀고, 어두웠던 터라 그리 세세하게 보이지는 않을 것임을 알면서도, 녀석들의 시야를 가리려 일부러 정윤 앞을 바짝 막아서며 다가섰었다.

뒤통수에서 녀석들의 성난 한숨 소리가 들려온다는 느낌도 들었지만, 그 순간엔 남의 일에 끼어들었다는 성가심보다, 정윤을 보호했단 생각에 뿌듯함을 느끼는 것이 먼저였다.

고작, 모습을 가려 주는 행동만으로 행복을 느꼈고, 지금은 정윤이 성암고택을 떠나 이곳, 제 앞에 있다는 사실만으로 안도하고 있었다.

……그런 설명할 수 없는 경험을 하고 보니, 결혼식장에서 만세를 외쳐 대던 친구 녀석들이 그렇게 미친 것만도 아니라는 생각이

들었다.

'그냥 보면 알아. 너도 보는 순간 아, 저 사람이구나, 할 때가 있을 거다, 인마.'

그냥 안다는 게 말이 되냐고, 뭐 그런 무책임한 말이 다 있냐고 2년 전 결혼하는 상민에게 야유했었는데. 이제 와 맞는 말이란 걸 알아 버렸다. 그냥, 느끼는 거였다. 인연을 만났다고 깨닫게 되는 것은.

심장이 뛰고 있었다. 언제부터 뛰고 있었는지 모를 심장이 지금에 와서야 펄떡이며 살아 있다고, 감당 못 할 만큼 뜨겁게 표를 내고 있었다.

의식될 만큼 빠르게 뛰는 제 가슴팍을 태준이 손바닥으로 지그시 누르자, 억눌렸던 숨이 천천히 폐에서 빠져나갔다.

"제가요? 아닌데요. 저 일할 때 무섭단 소리 많이 들어요."

"에이, 어데. 이렇게 참한 아가씨를. 장똑똑이 잘 자시네. 입에 맞습니꺼."

"네, 진짜 맛있어요."

까다로울 것 같더니, 털털하기까지. 낯선 남자와 처음 마주한 밥상에서도 입을 크게 벌려 가며 식사전투를 벌이고, 불편하게 말 거는 아주머니에게도 성글성글 대답도 잘 했다.

"밥상 이렇게 잘 나오는 거 알면, 손님들 진짜 많아질 것 같아요. 소문 좀 내세요. 아까 들어오면서 봤는데, 다른 손님들은 식사 안 하세요?"

"아…… 그이들은 구경 나간다꼬, 밖에 나가고 없니더."

"그래요? 그분들은 어디서 지내시는데요?"

"서가에 있는데…… 아, 남자들은 원래 서가 아이믄 행랑채만

35

내준다 아입니꺼."

새로운 쌈을 싸느라 바쁜 정윤 옆에 앉아, 넌지시 시선을 보내
오는 울진댁 눈치에, 설명해야 할 것들이 목에 걸린 태준은 밥 한
숟가락을 입에 떠 넣으며 스스로 말문을 막아 버렸다. 딴청 부리는
것도 해 본 사람이나 할 일이라는 생각이 들었다.

"그럼, 나중엔 그분들하고도 같이 식사하겠네요."

"그거야, 그 사람들이 워낙 밖으로 잘 나다녀싸서…… 고마, 이
리 둘만 드신다, 생각하이소."

"아, 그래요? ……저기, 이것 좀 드세요. 저만 먹는 것 같아요."

"어, 네."

주객전도. 정윤이 밀어 주는 접시에 담긴 고등어 한 점을 입에
넣었다. 짭짤하니 고소했다. 서울 어디서도, 생선구이로 유명하다
는 동대문 먹자골목에서도 이런 맛을 흉내 내진 못할 터. 향긋한
장작 냄새가 나며 겉은 바삭하고 속은 짭쪼름하니 촉촉한 이 맛에,
정윤 씨도 밥 한 그릇을 뚝딱 비웠나 보다.

태준은 저랑 정윤이 입맛까지 비슷하다는 생각에 괜히 기분이
좋아져, 아직 한 수저쯤 남은 정윤의 밥공기 속을 넘어다봤다.

"그러니까, 아주머니 주변에 혹시 집 판다는 분 계시면 제게 알
려 주세요. 큰 집은 말고요."

"오전리에? 오록리나 북지리, 해저리는 안 되고?"

"네, 가능한 한 오전리요. 정 없으면 오록리까진 괜찮을 것 같
아요."

"와 오전리만 보니껴?"

"……다른 곳은 의미가 없어서요. 여기, 제 연락처."

정윤은 하얀 셔츠 위로 겹쳐 입은 롱 베스트 주머니에서 은빛

명함을 꺼내 들었다. 전화번호와 이름만 새겨져 있는 단순한 명함. 꺼내 드는 폼이 무척이나 익숙했다.

"연락처는 와. 얼굴 보믄서 말하믄 되지."

"그래도요."

싱그레 웃으며 마지막 남은 밥을 모두 한입에 넣고 풋고추를 아삭아삭 씹어 먹는 정윤을 보며, 울진댁이 중얼거렸다.

"희한하네. 봉화서도 젤 산골짜기까지 가서 젊은 아가씨가 뭐 할라고. 그래서 지금, 집 보러 다닌다는 그 말이니껴?"

"네."

하얀 얼굴에 아무것도 바르지 않은 붉은 입술이 오물거린다. 분명한 입술 선, 투명한 살결.

"하아……."

손을 올려 이마부터 턱까지 힘주어 쓸어내렸다. 정신 차려야지. 순간적으로 반응을 시작한 하체에 인상이 찌푸려졌다. 심장은 버겁게 두근거리고, 머리는 혼몽했다. 처음부터 육욕에 달아올랐던 건 아닌데, 왜 이러는 건지.

더 이상 몸이 부풀지 않길 빌며 오늘 해야 할 일들을 머릿속으로 떠올려 보다가, 결국 속으로 애국가를 불러 대기 시작했다. 그럼에도 끊어 내지 못한 생각은…… 연애를 어떻게 시작하는 거였더라…….

남자 나이 서른넷. 오지게 기막혔던 스물다섯의 연애를 끝으로 잊고 지냈던 감정이 뭉클뭉클 자라나는 게 느껴져 마음은 조급해지는데, 일만 하다 보니 여자를 만나고 친해지는 방법을 잊어버렸다.

음악회가 끝나자마자 미련 없이 별채로 들어가 버린 정윤의 빈

자리를 보면서도, 여기서 더 붙잡으면 안 된다, 인연이면 다시 만날 거라 스스로를 다독이며 어렵사리 일어섰었던 그때처럼 지금도, 앞으로도 이성적으로 굴어야 한다는 건 알겠는데. 이러다 정윤이 손대지도 않고 남겨 버린 식혜 꼴이 될까 봐 망설여졌다.

신중하게 굴다가 놓쳐 버리면 어떡하지…….

그 밤 이후, 찾아와라, 제발 와라 주문 외우듯 중얼거리며 기다린 게 한나절.

이렇게 기다리면 오긴 오냐, 다른 곳으로 떠났으면 어떡할래, 하는 자문에 혼비백산 차를 달려 성암고택으로 갔던 게 어제 점심때.

별채 손님이 아직 머물고 있는지 알아내기 위해 할아버님 때부터 낯익히고 지낸 안주인을 쫓아다니며, 식혜를 두 사발이나 얻어 마시고, 귀찮을 만큼 고택 운영에 대해 질문하는 촌극을 벌이기도 했었다.

계획대로라면 2년 만의 첫 휴가를 맞아 마음껏 쉬고, 마을 어른들을 찾아다니며 인사드렸어야 할 시간에.

이런 내게 당신이 제 발로 찾아왔으니 나는 당신과 내가 인연으로 묶여 있다는 생각이 듭니다. 당신이 오지 않았다면, 오늘은 기어코 내가 찾아가 당신을 당황시켜서라도 인연을 만들었을 테지만.

"아이고, 도련님. 아까부터 명치를 눌러싸트만, 체했니껴?"

"아닙니다."

"이거부터 잡수이소."

생각에 잠겼던 눈의 초점을 똑바로 맞추니, 걱정으로 물든 울진댁 아주머니가 대접에 담긴 숭늉을 내밀고 있었다. 밥 먹는 내내

38

언제부터 이 집이 손님한테 방 빌려주는 집이었냐고 눈치 준 것이
미안한 눈치였다.

엊그제 정윤을 처음 보고 돌아오던 날 밤, 성암고택서 누가 묵
어가겠다고 찾아오거든 아무 소리 말고 방을 내어 주라 말해 두었
었다. 그 말에 찾아올 사람이 누구냐, 여자냐 남자냐, 무슨 사이기
에 그러느냐, 많이도 물어보시더니 또 뭐가 더 궁금하신 건지.

태준은 숭늉을 받아 마시며, 앞으로는 평산고택에도 체험객을
맞이하기로 했다는 말을 울진댁 아주머니께 가능한 한 빨리 전해
드려야겠다고 생각했다.

"집, 사실 겁니까?"

"음, 예."

정윤도 태준과 같이 꽃무늬 대접에 담긴 숭늉을 맛보고 있었다.
태준은 한 손으로 들고, 정윤은 상 위에 올려놓고, 숟가락으로 떠
먹는다는 것만 다를 뿐.

"귀촌하시는 겁니까?"

이런, 성급해 버렸다.

"그건 아니에요."

개운하게 알려 주지 않는 정윤은 예의상 미소를 지어 보인 뒤,
말없이 식사만 이어 나갔다.

"……."

"……."

"아이고마, 고등어 올려놓고 와서 금방 가 본다는 게, 다 타뿌
껫네."

눈동자를 굴리던 울진댁이 짝, 소리와 함께 두 손을 마주치며
서둘러 디딤돌에 올려놓은 뒤축 없는 고무슬리퍼를 찾아 신었다.

두 손은 마루를 짚고 다리는 벌써 디딤돌을 내려서는데, 급한 마음을 나무라듯 보라색 고무슬리퍼 하나가 저 마당으로 미끄러져 내려갔다.

"어머, 어떡해요."

"됐습니더. 고마 신경 끄고, 식사하이소."

정윤의 목소리에도 뒤도 안 돌아보고 허공에다 손을 내저으며 부리나케 안채 부엌으로 달려가는 울진댁의 모습이 금세 시야에서 사라졌다.

"괜찮겠죠?"

"불은 안 날 겁니다."

본래 고택에 살다 보니 불 관리 하나는 엄한 분이셨다. 그러니, 방금 것은 자리 피해 주시려는 핑계였을 게 분명했다.

조금 더 안채를 걱정스레 내다보던 정윤이 잠시 뒤 다시 수저를 집어 들었다. 호오, 호오, 내부는 부드러운 정윤의 입김 따라, 숟가락에 담겨 얌전히 찰랑이는 구수한 숭늉이 적당히 식어 가고 있었다.

"집 소개해 드릴까요?"

정윤의 대접이 노릇한 누룽지 알갱이들을 드러내고, 묵묵히 밥만 비워 내던 태준의 하얀 밥공기도 바닥을 드러냈을 때였다. 또 아까처럼 생각에 잠겨, 무의식적으로 맑은 숭늉 국물만 입으로 가져가고 있는 정윤의 시선을 제게로 돌리고 싶었는지도 모른다.

더 이상 울진댁 아주머니가 말 걸지 않자 점점 딱딱하게 굳어 가는 표정과 시선을, 어디쯤으로 날아가 있는지 모를 그녀의 정신을, 제가 있는 이곳으로 불러오고 싶었는지도.

"네? 집이요?"

"네. 오전리 부근이면 생각나는 집이 있습니다."

정윤은 어쩐지 알 수 없는 표정으로 눈썹을 움쩍거리더니, 서서히 식어 가는 얼굴로 들고 있던 숟가락을 소반 위에 올려놓았다.

"저…… 아까부터 묻고 싶은 게 있었는데요."

태준은 직감적으로 그녀의 질문을 알아챘다. 괴목 앞에서 통성명한 뒤 나란히 걷다가, 정윤의 작은 등을 솟을대문 안으로 앞세우며 사랑채 앞마당에 들어서던 참이었다.

'어디 가셨나 했더니, 도련님 만나셨니껴.'

놀란 눈을 한 정윤이 몸을 틀어 똑바로 눈을 마주쳐 오는데, 그 자리에서 모든 게 끝날 것만 같았다. 짐을 싸서 나가든가. 화를 내든가. 정윤의 시선엔 분명 놀람 뒤에 화기가 담겨 있었으니.

'아, 얼른 올라 오시소, 조치 다 식습니더.'

그때 아주머니의 재촉이 아니었다면, 이렇게 마주 앉아 밥상을 받고 있지도 못했겠지.

"말씀하신 대로 여긴 조용하고 좋은 곳이긴 하지만, 집주인이신 줄은 몰랐어요."

태준은 허리를 좀 더 곧추세워 앉았다.

"영업당한 기분이기도 하고……."

"그런 거 아닙니다."

그런 오해는 절대 받고 싶지 않았다. 정윤은 가만히 눈을 마주쳐 왔다. 아무것도 알 수 없는 눈동자엔 작은 파문 하나 담겨 있지 않았다. 뭔가 조금 더 멀어진 것 같은데……. 태준의 눈썹이 긴장으로 꿈틀했다.

"……아무튼, 제가 지금 숙소 바꾸는 문제로 신경 소모할 만큼 여유롭진 못해요. 들어서 아시겠지만, 단순한 여행이 아니거든요."

"절대 그런 거 아니니까 편히 계십시오. 오가는 사람 적은 곳에서 편히 쉬셨으면 해서 드렸던 말씀이었고, 이 집이 창마에서 가장 손님 적은 집인 것은 맞습니다."

"창마요?"

"오록마을을 그렇게도 부릅니다. 마을에 큰 창고가 생긴 다음부터 그렇게 부르기 시작했는데, 어떤 사람들은 창촌, 창말이라 부르기도 합니다."

어느새 서로의 대화가 처음처럼 깍듯해져 간다. 그걸 느끼면서도 다시 세우기 시작한 경계심을 누그러뜨리기엔 이 방법밖에 없을 것 같았다. 정윤의 앞만 아니라면 한숨을 내쉬고 싶었다.

"……아무튼 이 집, 조용해서 마음에 들어요."

태준이 천천히 몸을 돌려 앉으며 좌측 안채로 이어지는 문과 사랑채 앞으로 펼쳐진 마당, 그리고 예전엔 서당으로 쓰였던 우측 서고를 둘러보는 정윤의 시선을 뒤좇았다.

아까만 해도 어깨까지 흘러내리던 머리카락은 밥상 앞에 앉으며 어느새 단정하게 하나로 묶인 상태였다. 알파벳 E 자 모양으로 만들어진 플라스틱 머리핀 하나가 갈색 머리카락 위에서 앙증맞게 빛나는 것이, 이 모든 풍경이 원래부터 그랬던 것처럼 썩 잘 어울려 보였다.

이 집과, 작은 머리를 가진 여인과, 그녀의 작고 수수한 머리장식까지도.

"그렇습니까."

있는 듯 없는 듯 숨어 있던 심장이 또다시 쿵쾅거리는 게 의식됐다. 조금 더 뜨겁게, 조금 더 빨리. 제가 이렇게 뛰고 있으니, 당신은 산 사람답게 사랑도 하며 후회 없이 살라고 알려 왔다. 진짜,

인연……. 심장이 말하고, 내가 느끼는.

그러나 정윤의 시선은 완벽히 건조하고, 지금도 저를 외면하듯 등만 보이고 있다. 혼자 조급한 가슴이 타 버리는 것 같다.

"아주머니 음식 솜씨도 좋으시고요."

"그러신 편입니다."

묘한 긴장이 허한 등골을 타고 흘렀다.

"아깐 좀 속은 것 같아서, 다른 집을 알아봐야 되나 싶기도 했었는데……."

역시나…….

"밥맛이 좋으니까 생각이 바뀌네요."

태준의 두 눈에 의아함이 서리는 사이 뒤돌아본 정윤의 하얀 얼굴은 가볍게 웃고 있었다. 하얀 얼굴, 가지런한 치아, 담담한 시선에 어린 옅은 미소를 정면으로 마주했다. 숨이 막힌다. 목이 조이는 것처럼 숨 쉴 수가 없다. 숨 쉬는 법도 잊어버렸나.

"잘 부탁드려요, 사장님. 사장님이 직접 영업하셨으니 방값도 싸게 주시면 좋고요. 안채를 독채처럼 쓰긴 하지만, 추가비용 내야 되는 건 아니죠?"

조여들던 폐가 갑작스레 흉곽을 넓혔다. 대답을 꺼내야 할 순간에도 오로지 숨을 들이쉬느라, 옆으로 기우는 정윤의 얼굴을 바라보는 게 고작.

"사장님?"

"아, 아닙니다. 얼마나 머무실지, 일정은 언제 확정되십니까."

그러다 보니 머물러 주는 것만으로도 탄식을 꺼내 놓을 뻔한 마음과는 달리, 목소리는 딱딱하게 굳어져 나오고, 표정마저 어색했는지, 태준을 보던 정윤은 얼굴을 갸웃한 것으로도 모자라, 가지런한 눈썹을 들어 올렸다.

"어, 음, 일주일 정도 돌아보다가, 집을 못 구하면 일단 서울로 돌아갈 생각이에요. 가서 지내다가 괜찮은 집 나왔다 그럼 다시 내려와 보고…… 그래서 아주머니께도 일단 일주일 정도만 머물겠다고 말씀드렸고요."

"집을 사게 되면 어떻게 되는 겁니까?"

"좀 길어지겠죠? 거래 성사되면 이삼 일 내로 공사 시작해도 아마 한 달은 족히 걸릴 테니까, 아마 한 달 이상 머무를지도 몰라요. 사람은 살 수 있을 만큼 고쳐 놔야 되니까요."

말을 멈춘 정윤은 입술을 꾹 내리누르며 생각하는 듯하다, 다시 시선을 맞춰 왔다.

"그리고, 저, 괜찮으시면 집 구하는 것 좀 도와주세요. 제가 외지인이라서 그런지, 집 알아보는 게 생각보다 힘들어서요. 땅값으로 장난치는 사람도 있는 것 같고…… 귀찮게 해 드리고 싶진 않은데, 시간이 별로 없거든요. 현지 분 도움을 좀 받아야 될 것 같아요. 도와주실 거죠?"

"네."

무뚝뚝한 목소리로 정감 없이 대답을 내뱉은 태준이 두 눈을 질끈 감았다. 낭패감이 밀려왔다. 미친 듯 뛰는 심장 소리는 제게만 들리는 거라고 아무리 마인드 컨트롤을 해 봐도, 목소리가 이 모양으로 나오니…… 미치겠다.

좋아하는 사람 앞에만 서면, 조절되지 않는 이 긴장감이, 나이 서른넷 되도록 아직이라니.

"으음…… 바쁘시면 괜찮아요. 다른 분께 부탁드려 볼게요."

"안 바쁩니다."

"……네?"

"전혀 안 바빠요. 도와 드릴게요. 밥 먹고 같이 나가죠."

"바로요?"

"네."

"아…… 음. 고맙습니다. 근데, 아까 체하셨던 것 같은데 병원부터 가셔야 되는 거 아니에요?"

스물다섯 이후로 연애를 접었던 태준의 얼굴에 낭패감이 스며들었다. 귓바퀴가 타는 듯 뜨거워지고 있었다.

04.

길 한편으로 어른 키 대여섯 배 되는 커다란 소나무들이 우거져 있었다. 오전에 평산고택에 찾아들어 올 땐 나무는 나무인가 보다, 길은 길인가 보다, 방향감각에만 집중했었던 정윤은, 길가로 끝없이 이어진 소나무들을 운전하는 틈틈이 새삼스런 눈으로 바라보고 있었다.

"소나무, 좋아합니까?"

조수석에 앉은 태준의 물음에도 정윤의 시선은 전면과 좌측 창을 번갈아 바라보는 것을 멈추지 않았다.

"아, 정말…… 되게 오래된 나무들 같아서요."

굵은 나무 기둥들이 마을을 감싼 병풍같이 보였다. 바람에 기울어진 녀석, 곧게 선 녀석들도 모두 길 한편을 담처럼 가로막아 마을 전면을 차지한 고택들과 이끼 낀 나지막한 돌담들을 병풍처럼 품어 안은 듯 보이는 모습이었다.

어떻게 된 게 이 마을은 산도, 나무도 모두 마을을 사랑스럽게 감싸고 있는 형국일까. 시간이 갈수록 그림 같다는 말만으로는 눈에 보이는 분위기들을 모두 표현하기에 부족하단 생각이 들었다. 엄마도 이 편안한 정취를 그리워하신 것일까.

"숙종 22년, 그 이후에 심어진 나무들입니다. 적어도 317, 8년 정도 됐겠네요."

"그걸 어떻게 아세요?"

한적한 길가로 약간 굽은 허리에 양손을 뒷짐 지고 걸어가는 할머니 한 분이 보이자, 정윤은 차를 좀 더 반대편 길가로 몰며 속도를 줄여 나갔다.

"제가 풍산 김씨니까요. 여기 오록리 창마는 숙종 22년, 1696년도에 제주 목사셨던 노봉 김정 할아버님께서 자리 잡으시면서 생긴 마을이에요. 김정 할아버님께서 오전리에 살고 계시던 삼종형 김성 할아버님께 인사차 들르셨다가, 풍수에 반해 터를 잡으셨다고 하는데, 그 뒤부터 자손들이 계속해서 이곳에 뿌리내렸고, 지금은 이렇게 풍산 김씨 집성촌 마을이 된 거죠. 이 소나무들도 김정 할아버님께서 제주 목사 시절에 제주에서부터 씨를 가져오셔서, 마을에 기가 부족하다고 비보림으로 심으신 것인데, 전체 소나무 길 길이가 한 120m쯤 될 겁니다."

"와…… 그걸 다 외우고 계시네요."

"어른들께서 하문하셨을 때 대답 못 하면 종아리 맞는 게, 저희 일이었으니까요."

"……어르신들 자부심이 대단하셨나 봐요."

"좀 엄하셨죠."

정윤은 핸들을 좌측으로 돌리며 거의 끝나 가는 소나무 길을 마지막으로 눈에 담다가, 조수석에 있는 태준에게 짧은 시선을 던졌다.

"그럼, 이 많은 집들이 다 친척집…… 우와. 마을 전체에 몇 집이나 있는지 아세요?"

"음, 해방 전엔 120여 가구 정도 됐었지만, 지금은 줄어서 한 40여 가구 정도 남아 있다고 들었는데, 제 기억이 맞다면, 그중에 와가는 17동, 초가는 2동 정도 될 겁니다. ……뭐, 더 궁금한 게 있으십니까?"

"……아뇨, 겁이 나서 못 묻겠어요."

"뭐가."

"무슨, 백과사전 같잖아요. 아이로봇처럼. 물으면 묻는 대로 쭉 쭉쭉……."

"아……."

조수석에 앉아 열심히 대답하던 태준은 한 방 맞은 얼굴이 되어 앞만 보며 운전 중인 정윤의 옆얼굴을 바라보았다.

"왜요?"

한참 동안 묵묵히 저를 바라보고 있는 태준을 흘낏 바라보는 정윤의 눈꼬리엔 웃음이 매달려 있었다.

"무슨 얘길 해 드려야 사람같이 보일까 생각했습니다."

"풋, 설마요. 농담이었어요. 맘 상하신 건 아니죠? ……어? 저기 학교예요? 무슨 학교 운동장에 나무가 저렇게 많아요?"

태준은 제게 닿았던 정윤의 시선이 제 어깨 너머로 향하는 걸 보며, 서둘러 뒤를 돌아보았다.

물야 초등학교. 태준이 졸업한 곳은 아니었지만, 방학 때면 간혹 형들과 공을 차던 곳.

"물야 초등학교 조경이 아름답기로 유명하죠. 둘러보고 가시겠습니까?"

"아뇨, 지금은 바쁘니까……. 그런데, 정말 예쁘네요. 정원처럼."

순간순간 제게로 돌려지는 정윤의 고개가 조수석 창 쪽으로 보이는 물야 초등학교 전경을 보기 위함이란 것을 알면서도, 태준은 하얀 얼굴이 제게로 향할 때마다 몸에 힘이 들어가는 것을 막을 수 없었다.

"언제 시간 내서 구경해야겠어요."

고개를 돌려도 더는 초등학교를 볼 수 없게 되자, 정윤은 좀 더 속도를 올리며 중얼거렸다.

"그럼 그때, 제가 안내해 드리겠습니다."

"……그래도 좋고요."

차는 금세 오록교와 주유소를 지나 좌회전하며 물야 농협 하나로마트 앞을 지나쳤다. 그 뒤로 계속해서 직진. 태준은 정윤이 안정적으로 차선을 잡자, 지나치는 면사무소와 파출소를 바라보다 말을 건넸다.

"등기 확인하고 문제없으면, 사시는 겁니까?"

정윤은 이미 봐 둔 집의 서류를 확인하러 가는 길이라 했다. 봉화 사거리 근처에 있는 부동산 중개사무소. 그곳에 가서 서류를 확인하고, 거래금액을 조율할 것이라고.

"음…… 일단은 현지 감각을 익히는 거죠. 지금까지는 집만 보고 다녔으니까 별로 충돌할 일이 없었지만, 실제 거래에 들어가면 뭔가 다를 테니까. 이를테면, 현지적응? 실제 거래가 이뤄지지 않는다 해도 거기에 의미를 둘 거예요."

"정말 마음에 드는 집은 아니란 소리네요. 테스트 케이스?"

"음, 네."

양손으로 핸들을 잡고 시선은 앞을 향한 채 고개를 크게 끄덕이는 정윤을 보며, 태준은 입가에 부드러운 미소를 물었다.

급하다, 급하다. 울진댁 아주머니께 집 좀 알아봐 달라면서 내내 말끝에 붙어 나왔던 그 말 때문에 서두를 줄 알았더니, 차분차분. 지나친 기대도, 낙담도 하지 않고 일을 진행시키는 성품에 제 걱정이 기우였던가 싶어 마음이 놓였다.

그리고, 그 판단은 낡은 중개사무소 소파에 앉아 종이컵에 담긴 둥글레차를 얻어 마시며 확신으로 굳어졌다.

"이런 것도 확인 안 하시고 거래 붙이신 거예요?"

"원래 시골엔 이런 경우가 많아요. 너무 심각하게 받아들이지 말고……."

"제가 토지대장, 건축물대장 확인 요청 안 했으면, 중개사님 그냥 넘어가셨을 거잖아요. 집주인 따로, 땅 주인 따로, 이런 집은 사전설명 없이 거래 붙이시면 안 되는 거 아닙니까?"

"아니 그런 게 아니라, 이틀만 시간을 주면 내가 정리해 놓을 수 있다니까요, 응? 내가 그 집주인을 잘 알아요. 아마 세금 내기 뭐해서 집 살 때, 토지소유권 이전을 안 해 놓은 모양인데, 예전 집주인하고 연락하면 지금이라도 토지소유권 이전은 당연히 해 줄 거예요. 그러니까 시간을 주면……."

"중개사님, 그 문제가 해결된다 해도 이 집은 대지가 아니라 토지에 지은 집인 데다가 지적도상 맹지잖아요. 저, 이 거래 안 하겠습니다. 다음에 좋은 물건 있으면 연락 주세요."

정윤이 테이블에서 일어서자, 소파에 앉았던 태준도 자리에서 일어서며 앞으로 걸어 나갔다.

"아, 이 아가씨, 왜 이렇게 성질이 급해요!"

"뭐라고 하셨어요?"

버럭 하던 중개사는 정윤이 낯빛을 바꾸며 정색하자, 다시 읍소형으로 돌변했다.

"좋은 집이라니까. 서류상으로만 맹지지, 아가씨도 그 집 가 봤잖아요. 차 다닐 정도로 길이 넓은데 뭐가 문제야. 사람 사는 데는 아무 문제없는 집이에요."

"……제가 생각을 잘못했네요."

"그렇죠? 큼, 흠."

빠르게 다가오던 중개사는 정윤 옆에 버티고 선 태준을 의식했는지, 목을 가다듬으며 벌겋게 달아올랐던 화기와 다급함을 재빨리 감추는 중이었다.

"다음에 아무리 좋은 물건이 나와도 저한테는 연락하지 마세요. 가겠습니다."

"아가씨! 아, 거참."

딸랑딸랑, 풍경 소리가 울리고, 고여 있던 사무실 공기에 외기가 파고들며 숨 쉬기가 편해졌다. 정윤을 따라나서며 팔을 잡으려던 중개사는 벽처럼 막아서는 태준 앞에서 주춤, 뒤로 한 걸음 물러서야 했다.

"수고하셨습니다."

"네? 아…… 뭐, 저……."

벙찐 중개사를 사무실에 세워 두고 여닫이 유리문을 열고 밖으로 나선 태준은 아직 화가 안 풀렸는지, 운전석 옆에 팔짱 낀 채로 서 있는 정윤의 옆으로 천천히 다가갔다.

"화났어요?"

휙 돌아보는 정윤은 입술을 꽉 깨문 채, 삐뚤게 서 있었다.

"정말, 시골에선 땅 주인, 집주인 따로따로인 경우가 그렇게 흔해요? 이게 말이 돼요?"

"왕왕은 아니지만, 영 없는 일도 아닙니다. 그게 그렇게 속상해요?"

"……아뇨. 정말 마음에 드는 집 골랐는데 또 이런 경우일까 봐, 걱정돼서 그래요."

정말 급한데…… 하유. 화난 목소리로 허공에 대고 읊조리는 정윤의 목소리를 또 듣고 말았다.

태준은 뭐가 그렇게 급해요? 하고 묻고 싶었지만, 정윤이 꼭 울음 참는 아이 같아서, 건드릴 수가 없었다.

"약속 더 있어요?"

"없어요. 또 헤매고 다녀야 돼요. 후, 이젠 안 가 본 중개사 사무실도 없는데. 생각보다 매물이 별로 없는 것 같아서 그것도 걱정이고."

천천히 다가선 태준은 운전석 옆에 선 정윤의 팔을 잡아, 조수석 앞으로 데리고 갔다.

"그럼, 아까 말했던 집 보러 가요."

태준이 열어 놓은 차 문 앞에서 여전히 골난 표정을 풀지 못한 채 서 있던 정윤의 눈이 갑자기 커지며 위를 올려다보았다.

"집이요?"

"네, 집. 오전리. 와가. 아담하고 볕이 좋아서, 정윤 씨 마음에 들 거예요."

일단 타라고 말한 태준이 정윤을 조수석에 태운 뒤 운전석에 올라, 차를 몰았다. 차가 도로에 접어들자 그는 바로 휴대폰을 들어 전화를 걸었다.

"네, 어르신. 저, 김태준입니다. ……네, 오랜만에 연락드렸습니다. 강녕하셨습니까. ……지금 댁에 계십니까? ……집을 보고 싶어 하는 사람이 있어서 함께 갑니다. 네. ……네. 30분 내로 도착할 것 같은데, 안 사장님도 함께 계셨으면 좋겠습니다. ……네, 당일 날짜 열람용 서류라도 지참해 달라고 해 주십시오. ……그럼, 잠시 뒤에 뵙겠습니다."

핸들을 감아쥐는 커다란 손과 손목에 돋은 굵은 혈관과는 달리, 태준의 운전은 부드러웠다. 신호에 걸리는 일도 적고, 익숙한 길이라 그런지 차선 변경도 적어, 창밖의 경치를 보던 정윤의 굳은 어깨가 시간이 지날수록 등받이에 편히 기대어졌다.

"좀 쉬어요. 졸아도 괜찮아요."

태준은 말하며 속도를 조금 더 늦췄다. 그만큼 더 느리게 흘러가는 바깥 풍경. 정윤은 저를 살펴 오는 따뜻한 시선에 어색한 미소를 되돌리며 창밖으로 고개를 돌렸다.

이상하게도 또, 가슴에 아지랑이가 피는 듯했다. 조금 전까지만 해도 편안했던 차 안 공기가 덥게 느껴지고, 시선이 의식됐다. 태준의 행동이나 시선이 마치…… 애인 같아서. 정윤은 이상하게 미동하는 제 감정을 억누르듯 미간에 살짝 힘을 주었다.

"졸리진 않아요."

애써 차게 말한 정윤의 시야로 물야면 사무소라는 큰 글씨가 지나가고 있었다. 그 앞엔 오록리로 가는 갈림길이 보이고, 차는 계속 직진. 정윤은 조금 더 멀어지는 오록리 진입로를 바라보며 입을 열었다.

"지금 보러 가는 집 주인, 잘 아시는 분이신가 봐요."

"네. 할아버님 생전에 자주 인사드리던 분이셨습니다."

"음…… 저도 엊그제 오전리까지 갔었는데. 이 길 타고 가다가 다리 하나 건너서 계속 쭉 가면 저수지 하나 나오잖아요. 그 너머까지 가야 하는 건가요?"

"거기까진 안 갑니다. 말씀하신 다리가 아마 불기교 같은데, 그 다리 건너서 좀 더 가다가, 좌측으로 오전교라는 다리 하나를 더 건널 겁니다. 그 길에서 쭉 직진해서 마을회관만 지나면 우리가 찾아가는 집이 나오는데, 정윤 씨가 말한 물야저수지로 가려면 불기교에서 계속 직진해서 한참 더 가야 하니까, 가는 방향이 전혀 다릅니다."

"그렇군요. 전에 봤던 집보다 별로 멀지도 않고, 창마하고도 가깝고……. 괜찮은 집이었으면 좋겠어요. ……저, 혹시, 그 집은 땅주인하고 집주인하고 같은 사람일까요?"

운전하던 태준이 슬쩍 고개를 돌려 저를 보자, 정윤은 머쓱한 표정으로 어깨를 으쓱했다.

"혹시, 아실까 싶어서요."

"같은 사람입니다."

정말요? 기쁨에 찬 목소리는 아이의 것과 별다를 것이 없었다. 그리고 그녀의 목소리만으로 가슴팍에 자르르한 전기가 흐르는 것을 느끼며, 몸에 힘을 주는 태준의 반응도 그것과 큰 차이가 없었다.

깊어진 눈빛을 수시로 던져 대는 태준의 시선에 차 안에 흐르던 이상한 기류는 시간이 갈수록 좀 더 분명해져 갔다.

눈이 마주치면 서로가 담담한 척 고개를 돌리고, 떨리는 음성에

54

힘을 주며, 일상적인 평온을 흉내 내 봐도, 전기장처럼 저릿한 반응을 일으키는 기이한 끌림은 보이지 않는 전류가 되어 둘의 체온을 오르게 만들 뿐이었다.

긴장하는 태준의 어깨. 달아오르는 정윤의 뺨. 설명하기 힘든 이유로 침묵이 이어지려 할 때, 태준의 물음이 정윤을 향했다.

"제가 아는 한, 지금 보러 가는 집이 오전리나 오록리에서 정윤 씨가 내건 조건에 가장 부합하는 집이긴 하지만, 만약, 마음에 안 드시면 앞으로의 일정은 어떻게 하실 겁니까?"

정윤의 입은 쉬이 열리지 않았다. 곰곰이 생각하는 얼굴이 창가로 돌아갔고, 창밖을 스치는 푸른 논과 우거진 녹음을 무의미하게 바라보는 시간이 길어졌다.

'또 헤매고 다녀야 돼요. 후, 이젠 안 가 본 중개사 사무실도 없는데.'

부동산 앞에서 푸념하던 모습을 떠올린 태준의 조바심이 입술만 달싹이는 정윤보다 먼저 소리를 만들어 냈다.

"서울로, 가십니까?"

그 물음에 자극받은 듯, 태준을 바라본 정윤이 습관적인 미소를 지으며 질문을 되돌렸다.

"그럴까요?"

"아니, 그게 아니라."

"시간이 없긴 하지만, 애탄다고 아무 소득 없이 여기서 죽치고 있으려니 그것도 무의미한 것 같기는 해요. 여기 있는다고 없는 집이 구해지는 것도 아니고."

"제가 도와 드리겠습니다."

차는 이미 오전교를 넘어 외길처럼 이어지는 시멘트 도로를 달리고 있었다.

논길을 따라 크게 휘어진 길을 달리면서 태준은 '지금 보러 가는 집이 마음에 들 것이다. 이 집이 마음에 안 들면, 다른 집도 알아봐 주겠다.' 하고, 정윤은 그런 그를 가만히 살펴보았다.

능숙하지 못한 표정 관리. 커다란 키와 다부진 큰 몸에서 날 선 차가움보다, 듬직하고 따뜻한 기운이 먼저 느껴지는 사람. 그의 얼굴이 상대적으로 키 작은 제 앞에서 자주 붉어지고, 때론 진땀 흘리기 일보 직전이 된다는 건 이미 점심상을 함께 받으면서부터 느끼고 있었다.

중개사가 장난치려 들 만큼 이 봉화라는 땅에선 뜨내기일 뿐인 제게 무슨 마음을 품은 것일까. 지금 이 느낌이 단순히 저 혼자만의 착각인 것일까. 정윤의 고개가 또다시 창밖으로 돌려졌다.

"대지는 찾으시는 것보다 좀 큽니다. 한 백오십 평 정도, 그래도 건평은 본채에 방이 두 개, 부엌 하나 딸려 있고, 행랑채랑 우사로 쓰이는 창고 정도니까, 많이 간소화된 집이라고 생각하시면 됩니다."

태준은 오전교를 지나치고도 곧 닿을 집을 열심히 설명해 댔다. 그의 심중이, 간혹 애타 보이는 눈빛이 빤히 들여다보일 만큼. 이 땅에 살면 다 저렇게 꾸밈없이 선하게 되나. 쓸데없는 생각을 품었다가도, 눈 뜬 사람 코 베어 가려 했던 중개사를 떠올리며 실없단 생각에 무게를 두려 애썼다.

"편하게 보십시오. 이 집 보고 맘에 안 드시면, 봉화를 다 뒤져서라도 맘에 드는 집 찾을 수 있도록 돕겠습니다."

아…… 이쯤 되면 모른 척하기도 버거운데. 그러다 상기되던 정윤의 뺨이 한순간 경직됐다.

한정윤, 병상에 엄마 누여 놓고 너 지금 무슨 생각 하니. 끝까지 이기적인 계집애. 정윤이 눈꺼풀을 힘주어 닫았다. 아무것도 보지 않으면 마음을 잡을 수 있을 것처럼.

당장 큰소리치며 뛰쳐나올 것 같았던 중개인과 한판 벌여야 되나, 마음을 다잡고 있었을 때, 태준만이 중개사무실을 나서며 아무 일 없다는 표정을 지어 왔었다. 그 뒤로 빼꼼히 열린 유리문 사이, 저를 보며 한 소리 하려다, 태준이 뒤돌 듯하자 멈칫하며 안쪽으로 사라지는 중개사의 모습도 분명히 보았었고.

거친 현장에서 벌어지는 막말 싸움 정도야 예사로 넘겨 온 그녀였지만, 잠시나마 든든했다. 잠시나마…… 설레었다.

그러니, 나는 나쁜 계집애. 엄마가 암 걸린 것도 감춰 가며, 그렇게 좋은 사람 있으면 만나 봐라, 만나 봐라 했을 때는 일이 좋다고, 한심한 소리만 뻥뻥해 댔으면서. 이제 와 엄마 누여 놓고, 남자한테 설레기나 하는…….

"다 왔습니다."

되도록 빨리 짐을 싸서 평산고택을 떠나야겠다.

"무슨 생각을 그렇게 해요?"

생각에 빠진 정윤은 차가 멈춘 것도 모르고 있다가, 고개를 번쩍 들었다.

"아무것도…… 아니에요."

"……그래요? 자, 이 집이에요. 어때요. 마음에 들어요?"

묻고 싶지만, 말을 아끼며 마주쳐 오는 눈빛은 깊고 따듯했다. 그리고, 창문을 내려 주며 옆을 보라고 눈짓하는 태준을 따라 고개 돌린 정윤의 아랫입술이 새하얀 이에 잘끈 깨물려졌다.

마음에 든다. 나지막한 하얀 담장과 그 안으로 보이는 흙 마당.

오래됐지만, 기둥이나 서까래가 단단해 보이는 골조 상태까지. 눈앞에 보이는 집은 지금껏 중개사들이 보여 준 집들과는 차원이 다른 상태로 정윤을 맞이하고 있었다.

아무리 기다리고 헤매도, 이보다 더 좋은 집을 찾을 수는 없단 생각이 들 만큼.

……젠장.

05

봉화 읍내에 있는 철물점과 전기업체를 찾아다닌 지 이틀째, 결국 시공 담당 공사팀은 서울에서 내려왔다.

태준의 인맥을 동원해 물어물어 찾아낸 현지 업자들은 높은 일당도 일당이지만, 무엇보다 서울의 공사팀처럼 촉박한 기한에 맞춰 밤샘 작업도 불사할 의지가 전혀 보이지 않았기 때문이었다.

"굴착기는 내일 9시까지 들어온다니까, 그 전에 쓸 만한 문짝이랑 문고리 같은 거 떼 놓고, 천장 철거부터 시작하는 게 좋겠는데, 소장님 생각은 어떠세요? 아, 때마다 작업지시서 받아야 됩니까?"

박 반장은 약간 마른 몸에 날카롭게 생긴 첫인상이 쉬이 친해질 성격은 아닌 듯 보였다.

한 건축설계 소속 작업팀들은 판교 현장 완공기일에 맞추려 추가 투입된 팀들조차 날밤을 새우고 있고, 봉화 현지 팀들은 이 정도 공사면 두 달은 잡아야 된다 하고.

차선책이 필요했던 정윤은 서 선배가 수장으로 있는 종합건축설계 스페이스에서 손발 잘 맞는 작업팀을 소개받았다.

그 팀을 이끌고 온 사람이 지금 눈앞에 서 있는 박 반장. 대규모 판교 프로젝트만 아니었다면, 다른 회사 소속 작업팀을 빌려 오진 않았을 텐데. 낯선 팀을 대하는 정윤의 마음에 약간의 불안이 일었다.

일 하난 깔끔하다는 서 선배의 평가를 믿지만, 11명의 팀원들을 이끌고 온 박 반장은 현장 지시자가 여자인 걸 확인하자마자, 기 싸움에 들어갔다.

이 남자, 아무리 봐도 서 선배와 제 앞에서의 행동이 다를 것만 같다. 피곤하게시리.

"스페이스에선 어떻게 하셨는데요?"

물론, 제 회사의 소속 반장들에게 기술자들을 추천받아, 새 작업팀을 꾸릴 수도 있었지만, 그렇게 꾸려진 팀이 손발 잘 맞아 들어갈 때쯤이면, 이 공사가 끝나게 될 게 뻔한 일. 그 과정에서 인사사고나 안 나면 다행인 거고.

중식과 새참 외에도 숙박비와 조식, 석식까지 모두 부담하며 굳이 스페이스 서울 공사팀을 부른 것은 그 때문이었다. 무사고 안전 제일, 공사기한 엄수.

"그야, 오전마다 전체 시공사 회의 소집해서 작업지시 받았지만, 여긴 작으니까……."

"사인 받고 작업하세요."

맹세코, 서 선배 소개로 내려온 박 반장의 꽁무니에, 스페이스 부장, 차영준이 붙어 내려올 줄은 몰랐었다.

"네?"

"말씀하셨다시피, 분야별 책임자가 따로 있는 큰 현장도 아니니까, 문제 생겼을 때 담당자 찾기도 쉬울 거예요. 작업지시서까지는 아니더라도 모든 작업, 변동사항, 책임자에게 허락받고 움직이시면 됩니다."

"아, 그건……."

"지금은 저랑 대화 나누셨지만, 앞으로는 현장 관리자와 말씀 나누도록 하세요. 담당자는 판교에서 6시쯤 출발했다니까 오늘 안엔 도착할 거고, 내일 작업부턴 무리 없이 합류할 겁니다. 현지 인부들은 8시까지 현장으로 나올 거고요."

"현장 담당, 아니십니까?"

"아, 저는 현장소장이 아니라 설계사무소 소장이에요. 담당자는 우리 회사 과장이고요."

어긋나 있던 골반과, 짝다리 짚고 있던 박 반장의 긴 다리가 슬며시 제자리를 찾았다.

"저, 설계사무소 소장님이시면, 한 건축설계의 그, 스페이스 소장님과 친분 있으시다는……."

"네. 서 소장님이 제 선배 되시죠."

"아, 그러셨습니까."

어스름하게 어두워지는 마당에서도 박 반장의 혈색이 바래는 게 느껴졌지만, 정윤은 처음부터 입에 물고 있던 부드러운 미소를 거두지 않았다.

마음가짐도, 표정이나 어투도 처음과 다르지 않기. 정윤이 이 업계에 뛰어들면서 결심한 것들 중 하나였다.

계집애가 대학물 좀 먹었다고 재수 없게 현장에 끼어들어 날뛴다는 쌍욕을 들어 먹고, 모래 섞인 시멘트 가루를 뒤집어써도 흥분하지 않고 버텨 내기 위해서 정했었던 원칙.

그런 세월이었다. ……생각해 보면 열심히 산 것 밖에 없는데. 엄마에겐 왜 이렇게 죄인이 되어 버렸을까.

"아침 식사는 아주머니께서 7시에 맞춰 주신댔으니까, 팀원들 식사 거르는 일 없도록 알려 주시고, 아시겠지만 8시 현장 출근 엄수 부탁드립니다. 내일 고사 지낸 다음에 술 너무 많이 드시진 마시고요."

"네."

조금 더 짧게 끝나는 분명한 대답. 허공에 선 긋고 사람 대하는 게 위아래로 달라지는 사람들 앞에선 지금처럼 소장이란 타이틀이 때때로 요긴하게 쓰이기도 했다.

"스페이스 양재동 현장, 한 달 뒤에 들어가신다고 들었는데, 맞나요?"

지금쯤 저 머릿속에선,

"네, 그렇습니다."

한 소장은 웃는 얼굴로도 사람 죽이는 여자더라, 라는 소문이 오버랩 되고 있겠지.

"저도 급하고 반장님도 급하시니까 잘 부탁드릴게요."

"제가 드릴 말씀입니다, 소장님. 잘 부탁드립니다."

지독하다고 소문나는 것도, 이럴 땐 편하고 좋네.

"그럼, 가서 식사하세요."

"소장님께서는 안 드십니까?"

"저는 직원하고 통화 좀 해야 돼서요. 먼저 드세요."

고개를 숙여 보인 뒤, 사랑채 대청마루로 향하는 박 반장의 어깨 너머로 잘 차려진 저녁상이 보였다. 뒤이어, 잔손 부리는 청년과 함께 사랑채 앞마당으로 커다란 6인용 상을 나르고 있는 울진댁 아주머니 모습도 보이고.

시공팀 저녁 식사 자리가 마땅치 않다며 어디선가 태준이 가져온 널따란 평상 위엔 이미 여러 명의 인부들이 밥상을 기다리는 중이었다.

앉아 있던 인부들이 서둘러 일어나, 무거워 보이는 밥상을 너나 할 것 없이 받아 드는 모습까지 지켜보던 정윤은 천천히 안채 쪽으로 걸음을 돌렸다.

뚜르르, 뚜르르.

— 네, 소장님.

"어디?"

— 용인까지 좀 막혀서, 이제 이천입니다.

"고생하네. 급하게 오지 말고, 휴게소 내려서 저녁 먹고 와요."

— 괜찮습니다.

"괜찮긴. 밥 먹고 와요. 여기도 지금 식사 중이니까."

— 하하, 네. 그러겠습니다.

"다른 게 아니라, 이 과장 못 보고 올라갈 것 같아 전화했어요. 나 지금 서울 가거든요."

— ……안 좋으십니까?

정윤의 입가에서 사라졌던 맥없는 미소가 또다시 피어났다. 다들 조심조심, 누군지 지칭하지도 못하고 염려해 주는 마음이 고마웠다.

그래, 다른 팀은 몰라도, 대부분 동문으로 채워진 설계팀 중 엄마가 만든 돼지불백 한 번 안 먹어 본 사람은 없었을 거다.

자박자박 밟히는 흙모래 소리를 들으며, 느린 걸음마다 힘을 주던 정윤은 투박하게 다듬어져 있는 디딤돌을 올라 안채 대청마루에 피곤해진 몸을 내렸다.

"그건 아니고."

엉덩이에 닿는 딱딱한 시원함에 숨이 트였다. 이곳이 좋았다. 울진댁 아주머니 아니면 아무도 오가지 않는 안채는 물론, 제가 아니면 소리 하나 나지 않는 드넓은 흙 마당까지, 모두 저만의 쉼터가 된 듯한 이곳이.

"회사도 바쁘고, 여기 공사 시작하면 움직이기 힘드니까 미리 뵙고 오려는 거예요. 그리고 내일 굴착기 들어오면 담장이랑 우사 철거는 가능한 한 오전에 마치고, 오후엔 되도록 정화조 자리까지 파 놨으면 하는데, 가능하겠어요?"

— 기사가 힘들다고 드러눕겠는데요.

"왜, 우리 처음 현장 맡을 땐 라이트 비춰 가며 공기(공사기간) 맞췄잖아요. 요즘은 해도 기니까 될 것 같은데."

— 하하, 네. 소장님을 누가 말리겠습니까. 기사가 못 한다 그러면, 저라도 파 놔야지요.

"무리하진 말고요."

— 무리할 테니까, 내일 저녁은 먼지 닦게 삼겹살이나 준비해 주십시오.

"네, 아주머니께 말씀드려 놓을게요."

조심해서 와요. 조심해서 올라오십시오. 서로가 건네는 인사말에 짧은 웃음을 끝으로 통화가 끝났다.

"후우."

휴대폰을 내려놓고, 멍하니 바라보는 안채 마당은 휑하니 평화로웠다.

텅 빈 흙 마당. 반듯한 각을 이루며, 마당을 감싸듯 이어진 손님 방들. 그 방문들을 연결하듯, 짙은 고동빛으로 윤나게 닦여 있는 좁다란 툇마루가 정겨웠다. 그나저나…… 차영준 부장은 어떻게 해야 하나.

'기다릴게. 어머니 완치되실 때까지. 내가 기다릴게.'

아주 잠시, 차 선배로 인해 마음이 들떴었던 때가 있었다. 남자는 다 상종 못 할 인간이라고 생각했던 십 대를 지나, 너도 나도 이유 없이 설렘 가득해지던 그 대학 새내기 시절에.

선배의 시선을 의식하기 시작하고, 눈이 자주 마주치고, 강의 전에 건네지는 캔 커피 하나에 수많은 의미를 부여했었던 그때.

그래, 많이 좋아한다는 쪽지 하나에 손으로 입을 틀어막고 한동안 아무 말도 못 했었던 그때라면, 선배의 기다린다는 말 한마디에 미친 듯이 기뻐했을지도 모르지. 하지만…….

"이제 와서 뭘 어떡하자고……."

혼자 빈 대청마루에 앉아 중얼거려 봐도 옛 기억은 흐려지지 않았다.

"안 그래도 힘든데…… 왜 이러는 건데."

이전 사랑을 덜 정리하고, 새 사람에게 손 내민 선배. 예쁜 여자와 팔짱 끼고 걸어가던 선배의 얼굴이 분명 행복해 보이지는 않았다.

언제 헤어짐을 말해야 할까 고민했을지도 모르고, 이대로 양다리로 진행할까 고민하는 얼굴이었는지도 모르지.

하지만, 어쨌든 웃지 않던 선배의 얼굴은, 맞은편에 있던 스무 살의 정윤을 발견하고는 있는 대로 놀라 하얗게 굳어 버렸었고, 지금도 그 모습은 영영 잊을 수 없을 것 같았다. 그때 상실해 버린 차영준이란 사람에 대한 신뢰도 역시, 시간이 아무리 흘러도 회복되지 못했고.

'나 연애할 생각 없어요. 소문 들어 알 거 아냐. 나 일만 하기도 바쁜 거.'

'줄 서는 거야. 나중에라도 너 연애하고 싶어질 때 기다리면서.'

차 선배가 어떻게 살고, 어떤 연애를 하는지는, 부러 귀를 막고 살았다.

정신 차리고 돈이나 벌자는 생각에 첫 집을 샀고, 과외 알바, 공부, 밤샘 협업 과제만 해도 잠잘 시간 없는 날들을 보내다 졸업 시즌을 맞었었다.

스페이스에서 함께 일하자 했던 서 선배에게 미안하다, 난 내 일을 하고 싶다, 빈손으로 겁 없이 말한 이유에도, 이미 한국대 건축학과 교수인 부친의 영향력으로 스페이스에서 초고속 승진 중인 차영준이란 사람의 그림자가 드리워져 있었는데, 그게 그리 쉽게 잊힐 리가.

'줄 서도 안 돼. 내가 연애하게 된다면, 그건 다른 사람일 거야.'

'……그렇게 용서가 안 되니?'

아니, 내가 용서하지 못하는 건, 당신에게 덧씌워진 아버지의 환영이란 걸 알아. 그래도 어떡해. 당신을 보면 아버지가 보이고, 당신도 아버지처럼 내가 당신을 믿는 순간, 배신할 것 같은데.

'……나 바람둥이 아닌 거 알잖아. 그땐 미팅 나가서 대충 맞으면 사귀어 볼 수도 있는 나이였잖아. 그때 네가 본 사람은 그런 애였어. 그러다 널 보고 진짜 사랑이란 감정을 알게 됐고, 나

는……'

그 말을 들으면서, 어디선가 저 없는 자리에서 저에 대해 그리 말하고 있는 선배 모습을 상상했다는 걸, 선배는 짐작이나 했을까.

"이렇게 방이 많은데, 방이 없다는 게 말이 됩니까?"

정윤은 예전 기억을 파고드는 생생한 목소리에 디딤돌로 향해 있던 시선을 들어 올렸다.

덩치 큰 성인 남자 하나만 드나들면 작은 틈도 남지 않을 좁은 문 사이로 태준과 차 선배, 그리고 아까 밥 먹으러 간 박 반장까지 줄줄이 들어서고 있었다.

"안채는 손님방도 가족 외엔 여성 전용입니다. 아무리 빈방이 많아도, 여자분이 아니면 내어 드리지 않는 곳이지요."

"그래도 어떻게 12명이 다 행랑채에 짐을 풀겠습니까. 2인 1실 기준으로 6명은 행랑채에서 머물 수도 있겠지만, 팀원 2명하고, 박 반장님, 저는 지낼 곳이 없으니, 좀 봐주십시오."

차 부장의 얼굴은 전과 다름없이 말끔했다. 학교 때하고는 다르게 소년 같은 기운은 모두 사라져 버리고, 능숙한 사회인이 되어 태준에게 웃는 낯으로 거래를 시도하고 있는 모습을 보자니 마음이 편하지 않다.

"3인 1실 기준, 9분은 행랑채에 계시고, 나머지 세분은 서가에 딸린 방이 좀 크니까, 그곳에 짐을 푸시면 됩니다."

"서가라면, 아까 남자 손님들 들어가시던 곳 아닙니까?"

"그분들은 저녁 식사 하시고, 서울로 올라가실 겁니다."

"아, 그래요? ……그래도 저는 박 반장님과 같은 팀이 아니라서……."

"차 부장님께서는 하루만 묵어가신다고 한 것 같은데, 그럼 제가 쓰고 있는 사랑채에서 하루 묵으십시오."

"거긴, 사장님께서 쓰시는 곳 아닙니까?"

"서재로 쓰기는 하지만 치우면 됩니다. 좁긴 해도 하루 정도는 계실 만할 겁니다."

"죄송하지만, 제가 수시로 내려와 볼 예정이라서, 고정된 방을 아예 하나 잡아 두고 싶습니다만."

"……공사에 참여하십니까?"

무례하지도, 모나게 차갑지도 않은 태준의 얼굴이 이상하리만큼 낯설고, 웃음기 빠진 표정으로 건조하게 일상을 처리하는 언사도 그답지 않아 어색했다.

"그건 아니지만, 여기 박 반장님이 제 부탁으로 이 현장에 오셨고, 또 제 후배가 개인적으로 진행하는 현장이라 좀 둘러봐 줄 예정이라서……."

가만히 돌아가는 추이를 보고 있던 정윤이 무릎에 힘을 주며 일어섰다.

"그럴 필요 없어요."

마당에 서 있던 사람들의 고개가 모두 안채 대청마루를 향했다.

"정윤아."

영준의 부름에, 안 그래도 힘이 들어가 있던 태준의 미간에 분명한 실금이 그어졌다.

정윤아. 대학교 1학년 때, 그 잠깐의 봄바람 이후론 단 한 번도 들어 본 적 없는 부름이었다. 다가오기는 해도 다른 사람들이 있을 땐 늘 한 소장이라고 부르던 사람이, 왜 갑자기 이러는 걸까.

멈칫한 정윤이 영준을 바라보자, 영준은 말간 눈으로 당당하게 눈을 마주쳐 왔다.

선배. 지금 뭐 하는 거예요?

눈빛으로 제 뜻을 전한 정윤은 다른 사람들만 없었다면, 그의 양다리를 확인했던 어린 날엔 미처 해 대지 못했었던 말까지 모두 따져 묻고 싶은 충동을 느꼈다.

허락한 적 없는 선을, 양심도 없이 마구 넘는다. 이제 와, 아무래도 안 되겠다는 말을 무시하면서.

"하아……."

디딤돌에 올라서서 마당을 내려다보는 정윤의 눈에 사랑채 앞마당으로 시선을 던진 태준의 굳은 옆얼굴이 들어왔다.

'저기, 이거.'

'뭐예요?'

'덕분에 마음에 드는 집도 찾고, 좋은 중개사분 만나게 돼서 감사드려요. 인사는 드리고 싶은데, 뭘 좋아하실지 몰라서. 여기가 서울이면 백화점 상품권으로 드렸을 텐데……. 아무튼, 제 마음이라고 생각하고 받아 주세요. 애써 주셔서 감사합니다.'

처음 태준에게 마음이 흔들렸던 날, 스스로에게 다짐하듯 더 선을 긋고 싶어서 봉투를 내밀었었다.

오전리 집까지 등기부등본과 토지대장을 떼어 들고 찾아온 봉화 토박이 공인중개사를 앞세우고 읍내로 되돌아 나와 당일로 등기권리증을 확인하고, 매매절차를 밟았던 날. 정윤은 태준에게 잠시만 기다리라 하고선, 농협 현금인출창구를 찾았었다.

인출기에서 나는 돈 세는 소리를 듣고, 농협 로고가 찍힌 흰 봉투에 지폐를 정리해 담으면서도 다시 한 번, 난 아무것도 눈치 못 챈 거다, 라고 되뇌면서.

'이런 거 받으려고 한 일 아닙니다.'

'알아요. 그런데, 제가 감사해서요. 받으세요. 받으셔야 제가 마음이 편해요.'

'……그럼, 다른 걸로 받겠습니다.'

'다른…… 다른 거 뭐요? 말씀하세요.'

'말만 하면 되는 겁니까.'

생각해 보니, 그때 태준은 목소리를 무척 깔았던 것 같다. 그의 목소리와 잔뜩 굳어져 심각하게 보는 시선에, 정윤은 제가 무시하려 한 그의 진심에 약간의 가책을 느껴야만 했었으니까. 그때, 시선을 피할 수도 없는 차 안에 단둘이 앉아 있었던 게 실수였다면 실수였겠지.

외부 소음이 차단된 조용한 차 안에 나란히 앉아, 서로의 숨소리까지 세세하게 들으며 침묵이 얼마나 많은 말과 항변을 대신하는지를 고스란히 느꼈어야 했었으니.

'정윤 씨.'

'어, 음, 네.'

엄한 창밖 풍경으로 향했었던 고개를 다시 돌려 마주친 태준의 말 많은 눈빛에 억지 미소도 지어야 했었다.

'그…… 가능한 거면…….'

'공사 끝날 때까지 여기 있을 거죠?'

'……대부분은요.'

'아닐 수도 있습니까?'

'서울에 급한 일이 있으면 하루 이틀, 올라가 있을 수도 있어요. 진행 중인 작업도 있고…….'

'좋아요. 있는 동안, 점심은 나랑만 먹읍시다.'

'네?'

'밥 먹어요, 같이. 저녁 먹자 그런 건 아니니까 퇴짜 놓지는 말고요.'

'저…… 밥은 지금도 같이 먹지 않나요? 그 이상 사적인 건……'

'하루 한 시간, 바쁜 사람 붙잡고 다른 거 더 하자고는 안 합니다. 밥만 같이 먹어요. 봉화에도 꽤 먹을 만한 게 많고…… 보여 주고 싶은 것도 많아요.'

그때 차마 대답하지 못했던 것을, 지금 말하고 싶어졌다. 안 그래도 엄마 때문에 힘든데, 영준을 볼 때마다 쓸데없는 생각에 감정과 체력을 소모하고 싶지 않아서. 이렇듯 저는 이기적이었다. 김태준 씨…… 미안해요.

"박 반장님 연결해 준 것도 고마운데, 선배 도움까진 필요 없어요."

"정윤아."

"현장도 작은데 그럴 필요 있나요. 서 선배한텐 내가 직접 고맙다고 따로 인사할게요."

영준도 다른 사람의 이목을 의식하는지, 하고 싶은 말을 참는 눈치였다. 정윤은 고개를 돌려 제게로 향해진 태준의 시선을 붙잡았다.

"사장님, 괜찮으시면 아까 비워 주신다는 그 방, 제가 써도 될까요?"

"사랑채 건넛방 말입니까?"

"네."

"거긴 서재로 쓰는 곳이라, 생각보다 방이 작습니다."

"몸만 누이면 돼요. 여행 온 것도 아닌데요, 뭐. 그리고 아까 계산에서 저희 직원이 빠졌어요. 박 반장님 포함 팀원 12명 외에 현장 책임자 1인 더 포함해서 방 배정해야 되는데, 아무래도 행랑채에 서가 가지곤 안 되겠는데요? 사장님 괜찮으시면 이번만 저희 팀들이 안채 쓸 수 없을까요?"

잠잠한 태준의 반응에 정윤이 물러서지 않겠다는 듯 다시 말을 이었다.

"저는 사랑채 건넛방 쓰고, 안채는 박 반장님이랑 저희 직원이 쓰고, 손님방은 팀원들 알아서 나눠 쓰면 될 것 같아요. 몸으로 일하는 사람들이라 잠은 편하게 자야 되거든요. 안 될까요? 아, 그렇게 되면 차 부장님도 오늘은 박 반장님이랑 같은 방 쓰시면 되겠네요."

된다고 해요, 빨리.

"어……."

"시간 필요하시면 저랑 식사하면서 마저 얘기 나누시죠. 제가 서울에 올라가 봐야 해서, 시간이 별로 없거든요."

뭐? 네? 하는 소리가 동시에 터져 나왔다. 정윤은 디딤돌을 내려섰다. 태준에게 다가설수록 옆얼굴에 꽂히는 시선이 따가웠지만, 정윤의 시선은 고집스레 태준만을 향해 있었다.

"가세요, 어서. 제가 밥 사 드리기로 했잖아요."

어슴푸레 어두워지는 이른 여름의 밤하늘을 배경으로 태준과 눈이 마주쳤다.

단정하게 다물려 무표정하던 두터운 입술이 입꼬리를 올려 보였다. 이젠, 정윤에게만 보이는 것이 확실해진 그 미소를.

"가시죠."

들려오는 태준의 목소리에 정윤의 입가에도 옅은 미소가 맺혀들고 있었다.

06

"한정윤!"

이제 막 자갈을 튕기며 앞으로 나가기 시작한 차 문을 비집고 그녀의 이름이 미세하게 들려왔다.

"서울까요?"

반사적으로 돌아가던 정윤의 고개가 멈춰졌다. 계속 갈 것인지 의사를 물어 오는 태준의 목소리에, 정윤은 운전석까지 돌아갔던 고개를 다시 앞으로 돌렸다.

"아뇨."

그런데 차는 이미 대답과는 상관없이 속도를 더 빨리하고 있었다. 뭐지? 다시 되돌아간 시선엔 운전에 집중하고 있는 태준의 굳은 얼굴만 보였다. 경고였나? 돌아보지 말라고?

문득 떠오른 생각은, 이 사람의 감정을 이렇게 커지도록 방치해도 되는 것일까, 하는 책임감이었다.

마음이 무거워지고, 잘게 나눠 내뱉는 정윤의 숨을 따라 차 안 공기도 좀 더 차분하게 내려앉았다.

"돼지고기 드십니까?"

이미 멀어진 평산고택을 뒤로하고도, 태준은 창문을 열지 않았다.

"네."

와가 매입 관련해서 읍내를 오갈 때마다, 풀 냄새가 좋다는 정윤의 말에 내내 창문을 열고 운전하던 사람이.

"숯불에 돼지고기 구워 주는 집이 있는데, 솔잎 넣고 구워서 냄새도 안 나고 제법 유명합니다. 거기로 가시죠. 구워서 나오기 때문에 냄새도 많이 안 뺄 겁니다."

"그러세요."

정윤이 이젠 완전히 어두워져 버린 창밖으로 고개를 돌리자, 태준은 더 이상 말을 걸지 않았다.

나란히 앉아 각자의 생각으로 가득 찬 두 사람이 자신들이 침묵하고 있는 줄도 모르고 있는 사이, 차는 제법 익숙해진 봉화읍을 지나, 성암고택 가는 길 중간에서 낯선 길로 접어들었다.

건물조차 드문 한적한 길이 계속됐다. 어두움, 풀잎, 나무, 봉화군 봉성면, 향교 진입로라 써진 파란 표지판의 흰 글씨. 그리고, 뭔가 결연하기도 하고, 뭔가…… 이 선택이 잘못된 것은 아닌가 후회를 불러오게 만드는, 가끔씩 쳐다보게 되는 여전히 진지한 태준의 표정.

"이 길로 한참 쭉 가면, 청량산 도립공원이 나옵니다."

깊어지는 후회에 멍하니 앞을 보며 생각에 빠져들었던 정윤이 고개를 들어 옆을 보았다.

"관광객도 제법 있는 산인데, 가 보셨습니까?"

"아뇨. 흠."

꼬리를 올린 입술 사이로, 웃음을 가장한 불편한 숨소리가 새어 나왔다. 정윤은 오는 내내 말 없던 사람답지 않게, 다시금 자상하게 말을 붙여 오는 남자의 옆얼굴을 빤히 쳐다보았다.

"이 근처에 청량산도 유명하고, 전에 성암고택 가시던 길에 보셨을지도 모르겠는데, 다덕약수라고 제법 이름 있는 약수터도 있습니다."

"네."

"언제 저랑 한번 가시죠. 안내해 드리겠습니다."

"……."

"아, 집 가까이 있는 오전약수터부터 가 보셔야 되겠네요. 거기도 무척 유명하니까."

며칠 지켜본 그답지 않은 말 고침. 어색해지던 공기가 다시 말소리로 채워지다, 또다시 고요하게 가라앉았다. 긴 도로 끝에 갑자기 나타나는 마을처럼 정적을 가르고 들려오던 태준의 목소리도, 그에게서 느껴지는 관심 어린 시선도 정윤에겐 모두 당황스러운 일이었다.

"배고프시죠?"

"……별로. 괜찮아요."

아까 이렇게 불편해질 줄 알았다면, 둘만 남은 상황이 이토록 기묘한 긴장을 불러올 줄 알았다면…… 아니다, 지금도 다른 방법이 생각나지 않으니 어차피 이렇게 같이 차를 타게 되는 건 마찬가지였을 거였다.

후우, 요즘엔 생각이란 게 잘 나지 않았다. 전에는 일하다 보면 시간도, 나이도, 사생활도 모두 잊고 일에만 빠져들었었는데, 요즘은 일하다가도 엄마를 떠올리고, 과거 기억에 빠져 멍해지는 순간이 잦아진 상태였다.

그것이 후회든, 분노든…… 순간순간 챙겨 주고 일깨워 주는 직원들이 없었다면, 회사 일도 꼬일 만큼.

건물들이 보이고, 봉성초등학교라는 표지판이 보인 뒤 횡단보도를 두 개쯤 더 지나자, 차 속도가 확연히 줄어들었다.

"거의 다 왔습니다."

"……."

좌회전을 위해 신호대기 중이던 태준이 계속 침묵하는 정윤을 돌아보았다. 엔진 소음이라도 들렸으면 좋겠다 싶은 막막한 침묵이 정윤을 내리누르고, 태준의 묵직한 시선이 주저함 없이 부딪혀 왔다. 힘들었다. 이 불편한 상태로 밥을 먹을 수나 있을까.

"저기, 사장님."

"태준 씨라고 불러 주십시오. 그때 보니까, 나이 차이 그렇게 많이 나는 건 아니던데요."

생각 못 한 말에 정윤의 한쪽 눈썹이 삐뚜름하게 치솟았다. 설마, 부동산에서 서류 작성할 때 본 주민번호를 다 외운 건 아니겠지.

능숙하지 않은 듯 진땀 빼는 얼굴이다가도, 이렇게 대책 없이 치고 들어오는 자신감은 어디서 기인하는 건지, 좀처럼 종잡을 수 없는 남자라는 생각이 들었다. 그래서 더 거리를 두고 싶은 것이고.

불투명한 상황에 놓이는 건 엄마 일 하나만으로도 족한데, 알 수 없는 남자에게 동요하는 제 상태가 혼돈의 길목에 들어서려는 사람 같아 불안해서.

"밥보다, 드릴 말씀이 있어요."

더는 못 하겠다. 모르는 척, 아무렇지 않은 척.

"밥부터 드시죠."

"아뇨……."

크게 핸들을 휘감는 태준의 팔을 따라, 신호를 받은 차가 좌측으로 꺾이기 시작했다.

"제가 자주 가는 집 사장님이 할머니신데, 당귀김치를 아주 잘 하십니다."

크게 반원을 그리는 전면 유리창을 통해, 그리 넓지 않은 도로를 사이에 두고 양쪽 길에 들어선 십여 개의 음식점들이 한눈에 들어왔다.

지금은 당신의 이야기를 듣지 않겠다고, 내놓고 정색하며 딴청 부리는 태준의 하얀 등이 답답했다. 교차로를 벗어나자마자 주차할 곳을 정하려는 것처럼 계속 창 쪽으로만 시선을 던지고 있는 남자. 시원하게 보이던 하얀 폴로 티셔츠였는데, 드넓은 하얀 등만 보고 있자니 미간이 좁아졌다.

"지금 들으시는 게 나을 것 같아요."

차는 작은 흔들림과 함께 멈춰 서고, 사이드 브레이크는 조금 빠르게 당겨졌다.

"정윤 씨."

이 사람 눈이 이렇게 컸던가. 눈에도 힘이 있다면, 태준은 힘이 아주 강한 사람이 분명했다. 갑자기 쌍꺼풀 없이 커다란 두 눈과 그 안의 까만 눈동자가 정윤의 시야를 모두 차지해 버렸다.

진지한 눈이 고요하게 일렁인다. 슬픈 듯, 아픈 듯. 정윤은 조금 전까지의 긴장감과는 또 다른 아릿함에 아무 말도 할 수가 없었다. 이 눈을 마주치고선…… 아무 말도.

"밥 먹고 들을게요. 우리 처음 식사하러 온 거잖아요. 밥 먹고 얘기해요, 우리."

이미 정윤이 하려는 이야기를 들은 사람처럼 미소 짓는 태준의 눈이 슬퍼 보였다.

다 아는 거야, 이미 다. ……그럼, 모르겠니. 그렇게 티를 냈는데.

입을 꾹 다물고 태준과 한참 눈 마주치고 있던 정윤은, 그가 눈썹을 위로 들어 올리며 동의를 구하자 까딱, 고개를 끄덕였다. 잠시 뒤로 미루는 것 정도는 괜찮을 테니.

"가요, 그럼."

정윤은 제 고갯짓 한 번에 금세 환해지는 남자의 미소를 보며 마음이 아릿해지는 것을 느꼈다. 차 문을 열고 먼저 내리는 남자의 넓은 등을 보다, 운전석 문이 닫히자마자 낮은 한숨을 흘렸다. 그리고 잠시 뒤 작은 소음과 함께 옆으로 밀려드는 찬 공기에 고개를 돌리니 태준이 문을 열고 기다리고 있었다.

"내려요."

정윤이 지내 왔던 현장에선 절대 있어 본 적 없는 일. 짐도 없는데 내리라고 문 열어 주는 태준을 보며, 정윤은 표가 날 정도로 침을 꿀꺽 삼켰다. ……지금, 여자 취급 받은 건가.

"……네."

당황 섞인 붉은 얼굴로 마다 않고 말없이 몸을 틀어 제 앞으로 내려서는 정윤의 모습에, 태준의 미소가 조금 더 환해지고 있었다.

가게 안은 유명하단 말과 달리 사람들로 북적이지 않았다. 일곱 개 테이블에 손님은 3팀. 썰렁하지도, 복잡하지도 않은 분위기 속에서, 신을 벗고 마루로 올라선 두 사람은 횅하니 비어 있는 4인용 테이블에 마주 앉았다. 태준은 할머니와 반가운 인사를 주고받았다.

"돼지고기 숯불구이 시켰습니다."

"네."

태준이 주문을 마치자, 아들로 보이는 젊은 남자가 앞치마를 두른 채 밖으로 나가고, 할머니는 금세 노란 배춧속과 상추, 깻잎이 담긴 작은 바구니 하나를 별다를 것 없는 밑반찬들과 함께 상에 올려놓았다.

파김치, 배추김치, 양파절임, 마늘종절임. 온통 붉고 까만 김치와 장아찌들이 흰색 플라스틱 접시에 담겨, 두 줄로 나란히 놓여졌다.

"이게 당귀김치예요. 고기하고 같이 먹으면 쌉싸름한 게 아주 맛있습니다."

붉은 초고추장에 버무린 것 같은 가느다란 뿌리들. 당귀 잎은 다 떼어 내고, 흰 뿌리를 채 썰어 새콤달콤 고추장 양념에 버무린 당귀뿌리 장아찌를 태준은 김치라 부르고 있었다.

"네에."

여기 사람들은 장아찌도 김치라 부르는구나. 정윤의 시선이 조금 시끄럽게 박장대소하는 옆 테이블에 가 닿았다. 도토리묵과, 숯불 돼지고기 구이, 처음 보는 이름의 초록색 막걸리 병 여러 개. 정윤의 눈매가 가늘어지며, 병에 쓰인 처음 보는 글씨를 읽어 내려 애썼다.

"도토리묵도 시킬까요?"

"아뇨."

깜짝 놀라 제게로 돌려진 정윤의 시선에 태준이 흐뭇해하며 눈매를 접었다.

"계속 옆 테이블만 보시기에."

뭐가 저렇게 좋을까. 옆에 앉은 아저씨들은 술 마셔서 목소리가 커진 거라고 쳐도, 이 사람은 맨정신인데, 왜 이렇게…… 같이 마주 웃기 뭐한 정윤이 젓가락을 들고, 빨갛게 무쳐진 무생채 한 가닥을 집어 올렸다. 먹을 것을 보니 빈속이 갑자기 요동을 쳐 왔다.

"반찬이 맛있어 보이네요."

박 반장 팀원들 맞이하느라 점심을 건너뛰었더니, 속이 너무 빈 모양이었다.

"전 부모님이 안 계십니다. 학교 다닐 때 돌아가셨죠."

"콜록, 콜록, 읍, 콜록."

입으로 들어가던 무생채 한 가닥에 사레가 걸렸다. 맵고 따가운 기운이 기도의 위치를 상기시키며, 참을 수 없을 만큼의 기침을 이어 가게 했다.

감긴 눈꺼풀 사이로 눈물이 흘렀다. 비비크림만 바르고 돌아다닌 게 이런 순간엔 다행이란 생각이 들었다. ……뭐가 다행이지? 마스카라 바르고 눈물 흘리면 판다 되는 게 당연한 거지, 그게 뭐 어때서.

현장에서 인부들과 부딪힐 일 없어진 요즘엔, 굳이 스스로를 여자라고 인식해야 할 만한 사건 같은 건 없었는데. 이 남자 앞에선 자꾸만 여자로 보이고 있다는 느낌이 들어 불편했다. 이런 시선, 이런 떨리는 감각과 붉어지는 얼굴까지. 태준과 함께하는 모든 것이 다.

그리고 그런 것보다, 그것을 불편하게 여기는 스스로가 더.

서른을 목전에 두고 남자 시선 하나에 알 수 없는 아지랑이가 피는 마음은 너무 유치한 거 아닌가. 더군다나…….

"콜록, 콜록, 읍, 읍."

억지로 눈을 감고 목을 꽉 눌러 가며 물 잔을 집어 드는데, 태준은 펼쳐진 손수건을 입에 대 주며 걱정을 더해 왔다.

"참지 말고 뱉어 내요. 기침 더 크게 하고."

등까지 들썩인 끝에 기침이 멎었을 땐 은은하지만 고리타분한 베이지 노바체크 손수건 위로 고춧가루 물이 든 무생채 한 가닥이 뱉어져 있었고, 정윤의 볼에 몇 가닥인지 모를 눈물이 흘러내린 뒤였다. 자리를 건너와 등이라도 두드려 줄 것처럼 반쯤 일어서 있는 태준의 얼굴엔 당혹과 걱정이 한 아름이었다.

"이제 괜찮아요?"

상태가 진정되니 뒤늦게 창피했다. 앞에 저 좋다는 남자를 앉혀 두고 손수건에 콧물까지 닦아도 되나, 별생각이 다 들었다. 그나저나 이 사람은 왜 그런 얘길 꺼내서는.

"놀라게 한 건 미안하지만, 괜찮은 것 같으니까 마저 들어요."

"저……."

"두 해 전엔 할아버지까지 돌아가셨고."

놀랐던 목은 재빨리 소리를 만들어 내지 못하고, 억눌린 물기에 또다시 잔기침만 만들어 냈다. 그래도 태준은 말을 멈추지 않았다. 마치 쫓기는 사람처럼 말을 이어 가, 그 절박함에 기침이 잦아든 뒤에도 말을 잘라 내기 힘들 정도였다.

"바로 와가를 물려받았는데, 울진댁 아주머니 내외분이 아니었다면 아마 평산고택은 흉가가 됐을 겁니다. 아무튼 전 소아과 의사이고, 제 직업에 나름 만족하고 있어요. 성격은 무난하단 소리를 많이 듣는데, 정윤 씨는 저를 어떻게 생각하는지 궁금하고……. 몸은 건강합니다. 일 년에 한 번씩 꼭 정기검진 받아서 증명할 수도 있고, 또…….".

"사장님."

아……. 소리 없이 벌어진 태준의 입에서 탄식이 흘러나오는 듯했다. 더 이상 말할 기회가 없을 거라는. 스피치 대회에 나가, 정해진 시간이 다 됐다는 땡 소리를 들은 사람처럼.

"이런 얘기 제가 듣기엔 너무 중요한 말씀 같은데, 아까 제가 왜 그랬는지 아시잖아요."

"……."

"아신다고 느꼈는데, 아닌가요?"

"알면…… 알아도 노력하고 싶습니다."

사람이 무거웠다. 진심의 값은 늘 무거운 것이라 배웠다. 그 진심을 버림받았던 엄마에게서, 늘. 사람이라면 진심을 귀히 여기라고, 설령 내쳐야 하는 순간에도 예를 다하라고 배우며 자랐다.

흐으음. 깊은 한숨이 제멋대로 흘러나오고, 꽉 다물린 턱이 조금 아파 왔다. 시간이……. 휴대폰을 확인하자 이미 7시를 넘어간 시침이 보였다. 식사를 마치고 나가도 이미 많이 늦어진 시간. 앞으로의 공사 기간은 한 달. 오늘, 여기서 이 이야기를 마무리 지어야 한다.

"여기, 대리운전 있나요?"

"……시골길이라 대리운전은 좀."

"그래요?"

혼잣말로 본의 아니게 중간에 말을 끊은 정윤이 곰곰이 생각하는 것처럼 입술을 잘근거렸다. 정윤의 입술이 깨물릴 때마다 태준은 자신이 아픈 듯 미간을 모으고, 눈썹에 힘을 주었다. 까맣게 숱 많은 눈썹이 힘 있게 꿈틀거렸다.

"그래도 아마 알아보면…… 그런데 서울, 안 가십니까?"

가야 하는데, 지금 이렇게 핑계가 생겨서 다행이다 싶다면…… 남들은 이해할 수 없겠죠.

"다음에 가죠. 제가 마실까요. 사장님이 드실래요?"

"……제가 운전하겠습니다."

지나치게 긴장한 남자가 한순간 미세하게 떨고, 경직되는 게 느껴졌다. 한 번이라도 누군가에게 이토록 강력한 영향력을 끼쳤던 순간이 있었던가 싶다. 신규채용 면접 때 봤던 지원자들이 이랬었나 싶기도 하고.

후우…… 지금 대체 뭐가 어떻게 되어 가고 있는 건지. 여우 피하려다 호랑이를 만나 버렸다는 생각이 가득해졌다.

불에 익어 갈색이 된 솔잎과 한입 크기로 잘린 돼지고기가 동그란 은색 쟁반에 담겨 나오자, 태준은 청량주를 주문했다.

"됐어요. 제가 마실게요."

테이블 너머로 손을 뻗쳐 오는 성의를 마다하며, 청량주라는 글씨에서 주자만 빨갛게 쓰인 녹색 플라스틱 병을 기울여 오목한 스테인리스 주발에 직접 따랐다.

빈속에 술이 지나갈 때마다 자르르한 기운이 퍼져 나갔다. 목을 적시고, 가슴을 적시고, 위까지 흘러가는 차가운 기운. 빈 스테인리스 주발을 내려놓자, 걱정스레 바라보는 덩치 큰 남자의 순진한 눈빛이 보여 웃음이 났다.

자신이 어딜 봐서 그렇게 아깝고, 조심스러운 시선을 받아야 할 여자로 보이는지 묻고 싶었다.

지금이야 편해졌지만, 재작년까지만 해도 현장에서 인부들과 시멘트 포지 깔아 새참 먹고, 먼지 쌓인 현장 구석에 쪼그려 앉아 피로를 풀고, 추운 겨울 작업반장들과 싸워 가며 시공 상태 점검하고 다니느라, 손발 다 어는 게 예사였는데.

건축사가 되기 위해 실무 5년을 쌓는 동안, 뜻 모아 뭉친 선후배들과 아틀리에 설계사무소를 꾸렸었다.

그때도 저평가되는 설계비용으로 인해, 어쩔 수 없이 감당해야 되는 저임금 현실을 이겨 내고자 영업과 현장 파견도 마다하지 않았었다.

수주금액에 따른 인센티브 지급, 사무실 근무보다 2,30% 수령액이 많아지는 현장 파견을 도맡아 하며 독한 한 기사, 웃는 얼굴로 사람 잡는 한 기사란 별명도 생겼다.

그러다 건축사 자격을 취득하고, 소장직을 맡았던 선배가 유학을 떠남과 동시에 설계사무소를 인수했다.

사무소를 지금만큼 자리 잡고 키워 나가기까지 지난 2년은 정윤에게 있어서 지옥 불을 빠져나오는 듯 뜨거운 시간들이었고, 한 번도 여자 취급 받아 본 적 없는 나날들이었었다.

서른 될 때까지 고운 화장 한 번 못 해 보고, 물만 쏟아도 얼음어는 추운 날 곱은 손으로 볼펜 하나, 확인서 한 장 들고 층층마다 계단 타고 뛰어다니는 게 일상이었던 나를 자꾸 그런 눈으로 보면, 당신만은 독한 년이라는 내 별명을 몰랐으면 싶어지잖아. 당신과 이렇게 스칠 뿐이더라도 웃는 얼굴로 사람 죽인다는 소문은 모르게 하고 싶잖아.

정윤은 무엇보다, 저도 모르게 얼굴을 붉히는 제 반응이 두려웠다. 뭔가 전과 다르게 반응하는 저나, 쓸데없이 기대를 품는 태준을 위해서나, 나는 꽃 같은 여자가 아니라고…… 환상을 깨 줘야겠다는 생각이 들었다.

"걱정 마세요. 현장에선 말술이라고 소문났어요."

깡으로 마시고, 깡으로 버텨서 인정받고, 사람들과 친해져야 했던 그때. 술은 마시는 만큼 느는 것이란 걸 깨닫는 시간들이 있었다.

정윤이 술을 마시고 쓴입에 된장도 바르지 않은 돼지고기를 한 점 집어넣어 우물우물 씹어 댔다. 고기에서는 불 맛이 났다. 그윽하고 깊은 숯불 향, 그리고 덤으로 느껴지는 숯 그을음의 쓴맛까지.

"안 드세요? 드시면서 들으세요."

다시 젓가락을 움직인 정윤은 부러 여러 점의 고기를 집어 한입 가득 집어넣었다. 씹을수록 달큰한 육즙을 목으로 넘기며 빵빵해진 입을 하고 바라보는데도, 태준은 물 잔만 입에 대며 바글바글 끓는 된장찌개 국물조차 입에 넣지 않았다. 하얀 쌀밥에 노랗게 박힌 조가 수북이 담긴 채 식어 갔다.

여기서 뭘 더 하는 것도 웃긴 것 같긴 한데…….

"제가 궁금하시죠?"

"네."

"쌈 하나 넣으실 때마다, 제 얘기 하나씩 해 드릴게요. 식사하세요. 밥 먹자고 온 거잖아요."

음, 하고 가만히 정윤을 바라보던 태준이 상추를 넓게 펴 밥에 고기를 올리고, 된장을 발랐다. 쓸데없는 고집도 없는 것 같고, 착하다. 여자보다 남자를 더 많이 접하는 정윤의 판단은 일단 그러했다.

"마늘도 넣으세요. 드시는 거, 이왕이면 맛있게 드셔야죠. 마늘 안 좋아하시면 안 넣으셔도 되고요."

"좋아합니다."

얇게 저며진 마늘을 두 조각이나 집어 올려 쌈을 싸는 태준을 보며, 정윤은 피식 흘러나오는 웃음을 감추려 주발을 들어 올렸다. 현장에서 막걸리에 막된장 찍은 마늘만 찍어 먹으며 센 척하던 남자들이 생각나서.

그들에게 생마늘 먹기는 곧 남성성과 정력을 상징하는 허세였는데, 사람 좋게 생긴 태준도 혹시 그런 속설을 알고 하는 일인가, 싶은 생각이 들었다.

남자는 크게 싼 상추쌈을 입에 넣고, 여자는 그 모습을 빤히 보다 주발 가득 따라진 탁주 한 그릇을 비워 내고. 시골에선 흔하지 않은 모습에, 옆 테이블에서 시끄럽게 떠들던 아저씨들의 이목이 잠시 둘에게 닿았다 멀어져 갔다.

"전 집 짓고 살아요. 건축 전공했고, 아까 그 차 선배랑 동문이에요."

잠시 말을 멈췄던 정윤은 제 입에 고기 한 점을 집어넣고, 된장찌개 한 숟가락을 떠 넣었다. 거의 비어 가는 입으로 바라보던 태준은 정윤이 뭔가를 기다리는 듯 빤히 보자, 뒤늦게 떠오른 것처럼 다시 한 쌈을 싸 넣었다. 쌈을 싸는 손은 가늘거나 긴 편이 아니었다.

다소 크고 투박한 손. 저 손으로 조그마한 청진기를 붙잡고 작은 아이들의 등과 배에 들이밀 생각을 하니…… 끄음. 웃으면 안 되는데.

정윤의 머릿속은 어느새, 저만 보면 웃던 그 낯으로 아이들을 바라볼 태준을 상상하고 있었다. 세 살배기 어린아이를 앞에다 두고, 어디가 아파? 배가 아파? 자, 아아, 해 보자, 하면서 자그마한 아이의 칭얼거림을 얼러 가며 진료할 태준의 모습을.

아이들 덜 무서우라고 기린이나 코끼리 인형으로 감싸진 청진기를 목에 걸고 있을지도 모르겠다. 신생아가 오면, 침대에 누이고 저 따스한 눈동자에 걱정 한 아름을 담아 정성껏 진료하겠지.

주사가 싫다고 우는 아이에게 짜증 섞인 시선보단 웃으며 풍선 주겠다, 할 모습이 상상되는 걸 보면, 자기 아이에게도 잘할 사람인 것 같은데. ……하아, 무슨 생각을 하는 거야, 한정윤.

옆으로 기울인 이마를 곤란한 듯 손가락으로 문지르던 정윤이 다시 한 주발 들이켠 뒤 입을 열었다.

"사귈 뻔했었는데. 시작도 못 해 보고 끝났고요."

"큼, 쿨럭, 어느 쪽이 반대한 겁니까?"

"훗, 반대할 거리라도 있으면 사귄 거게요. ……시작부터 꼬인 거예요."

주먹 쥔 손으로 불시에 튀어나온 기침을 막듯 입을 가리고, 씹기 위해 온 힘을 다하는 것처럼 입을 놀리는 태준의 두 눈썹 사이엔 아까보다 좀 더 뚜렷한 주름이 잡혀 있었다.

"천천히 드세요."

다 씹기나 했을까 싶은 음식을 목이 메는 표정으로 꿀꺽 삼킨 태준이 물 잔을 들어 입안을 정리했다.

"좀 정확하게 말해 줬으면 좋겠는데. 어렵습니까?"

"창피한데."

볼이 발긋해진 정윤이 씽긋 웃었다. 편한 친구를 대하듯, 다소 풀어진 눈매로 웃는 정윤을 태준은 살짝 풀어진 입매로 지그시 바라보았다.

"아무도 모르거든요. 제 풋사랑."

"사랑, 입니까?"

"⋯⋯뭐, 생각에 따라서는."

눈동자를 위로 빙그르르 크게 돌린 정윤이 피식 웃음을 터트렸다.

"뻘짓일 수도 있겠네요."

두 손을 들어 올려 얼굴을 슥슥 문지른 정윤이 숨을 크게 들이마셨다 내뱉으며, 또 술을 따르기 시작했다.

"식사부터 하고서 드시죠."

"전 고기 먹잖아요. 어? 사장님, 입이 비셨네요? 얘기 그만해야 되겠다."

허리를 곧추세워 앉았던 정윤의 몸이 무르게 내려앉았다. 등을 둥글게 말고 테이블 위로 팔꿈치를 세워, 무거운 듯 제 턱을 손으로 받쳤다.

"들으면서 천천히 먹겠습니다."

"평소에도 한 공기는 다 드시잖아요. 아, 엄마가 먹는 건 억지로 권하는 게 아니라 했는데."

살짝 달아오르기 시작한 정윤의 얼굴에 연한 씁쓸함이 퍼져 나갔다.

"⋯⋯그럼, 가실 때 남기지 마세요."

"네."

말꼬리를 올리는 정윤의 말에 태준이 반드시 그러겠다는 듯, 고개를 분명하게 끄덕여 대답했다. 그런 그를 눈에 담으며, 정윤은 제 잔을 들어 마셨다.

정윤의 입가가 조금 더 올라갔다. 웃는 얼굴이 짙을수록 불편함이, 감추고 싶은 감정이 가득한 상태라는 것을 모르는 태준은 그녀를 따라 저도 입매를 휘어 보였다.

창업 초부터 함께해 온 현석 선배가 봤다면, 지금 위험이라고 경고음을 울렸을 법한 정윤의 그 표정을 보고.

"어머님 말씀, 잘 듣는 편이십니까?"

"아, 저요?"

또 한 번의 묵직한 끄덕임. 정윤이 눈을 감으며 고개를 설레설레 저었다.

"청개구리 짓 하는 거예요. 지금 저."

"네?"

"엄마 말, 죽어도 안 듣는 편이라고요."

엄마 말 죽어도 안 듣다가, 듣지 말아야 할 마지막 말만 듣는. 그래서 결국 엄마가 바라는 대로 단 한 가지도 바르게 행동하지 못한 청개구리. 전 냇가 대신, 봉화에 집을 짓고 있어요. 의사는 호스피스 병동을 권하는데, 아파하는 엄마를 하루라도 더 살리는 게 옳은 건지, 바라시는 대로 이곳에 모시는 게 좋은 건지, 아직도 헷갈려요.

크읔, 술이 술술 넘어갔다. 탁주, 오랜만이다. 하긴, 엄마 아프고 술 자체가 오랜만이지.

"천천히 드세요."

지난 시간으로 빠져들던 정윤이 제 물 잔을 채워 주는 태준의 손을 보곤 정신을 차렸다. 어디까지 했더라…… 아.

"연애 같은 거 안 하려고 했는데, 설레었어요. 알고 보니……
선배는 짝이 있었고, 전 바로 접었죠."

"부장님도 정윤 씨를 좋아했습니까?"

"글쎄요. 아무리 좋다고 했어도 옆에 다른 사람이 있었다면, 그
마음, 믿을 수 없겠죠? 같은 남자 눈으로 보기엔 어떠세요?"

처음 꺼내 놓는 연애담이었다. 일주일씩 협업하며 밤새웠던 동
기들은 물론, 멘토 역할을 해 줬던 서 선배나 현석 선배에게조차
꺼낼 수 없었던 얘기를, 제 인맥과 전혀 상관없는 남자 앞에 앉아
꺼내 놓는 기분이 이상야릇했다.

금지된 것을 행하는 떨림, 불안, 두려움…… 시원함.

정윤의 머릿속에선 어쩌면, 스치는 사람이라, 제가 이 사람을
너무 가볍게 여기고 있는지도 모르겠단 생각이 슬슬 들어차고 있
었다.

"사랑이 아니었다고 생각하는 겁니까?"

"……그런 게 사랑이면 안 되는 거잖아요."

기울여지던 플라스틱 병이 주발을 반도 채우지 못하고 바닥을
드러냈다.

"할머니, 여기 청량주 한 병 더 주세요."

태준은 무게감 없는 빈 플라스틱 병을 테이블에 내려놓는 정윤
에게 쉴 틈을 주지 않았다.

"차 부장님은, 아직이신 것 같던데요."

"아, 흠, 네. ……와아, 사장님 눈치 진짜 빠르시네요."

테이블에서 몸을 떼 낸 정윤이 반쯤 장난을 섞어 있는 대로 눈
을 키웠다.

"그게 보여요? 뭘 봐서 보여요? 선배는 티 잘 안 내는 사람인데?"

"티, 냈습니다. 무척."

"훗, 그래요? ······어우, 여기 고기 맛있네요."

"자주 사 드릴게요."

"······."

대답해야 할 순간, 농담을 들은 양 어깨를 으쓱하며 눈썹을 올리고 입술을 길게 늘이고 마는 정윤의 모습이, 이런 종류의 말에 인이 박인 여자란 느낌을 받게 했다.

당황하지도, 볼이 붉어지지도 않고 넘기는 것이 버릇이 되어 버린. 정윤은 새로 가져온 막걸리 병을 열고, 제 잔을 마저 채웠다.

"그랬던 사람이 얼마 전부터 다시 사적으로 다가오는데, 전 그럴 생각이 전혀 없거든요. 연애 같은 거, 지금은 누구라도 하고 싶지 않고요."

또 한 번의 주발이 다시 들어 올려졌다. 그리고 꿀꺽꿀꺽 마셔 비워진 주발이 정윤의 입술에서 떼어졌을 땐, 방긋방긋 잘만 웃던 정윤의 두 눈이 차게 식어 있었다.

지금까지의 웃음도, 술기운을 빙자한 나른함도 모두 날아가 버린 듯이. 감정이 지워져 버린 그녀의 두 눈동자가 쓴웃음을 베어 물고, 태준을 똑바로 바라보고 있었다.

"그래서, 차 선배 오해하라고 사장님 이용한 거예요. 동문이고, 앞으로도 얼굴 자주 봐야 할 사람이라, 어떻게든 웃는 낯으로 끝내고는 싶은데, 말로는 그게 안 돼서······ 사장님께 실례했어요. 죄송합니다."

"흐으음."

탁주 한 병을 다 해치우고, 새 병도 반절이나 비운 정윤의 눈동자가 너무 또렷했다. 그 눈을 피하지 않고 바라보며, 태준은 입술을 굳게 다물었다.

화기애애하던 둘의 테이블이 무겁게 가라앉았다. 옆 테이블의 아저씨 몇몇이 서로 시선을 마주치며 힐긋거렸다. 그런데 태준의 눈빛이…… 기분, 나쁘다. 머릿속 생각까지 다 들여다보고 있는 것 같은 그의 시선이.

"……무슨 생각 하세요?"

"이제 하고 싶은 말, 다 했어요?"

"사장님."

"그게 할 말이었는지 묻는 겁니다."

"……"

"그럼 이제 밥 좀 먹어요. 나 반 공기 먹는 동안 정윤 씬 밥 한 숟가락도 안 먹었잖아요. 아무리 술이 맛있어도, 밥이랑 같이 마셔야지 안 그럼 속 버려요."

정윤의 앞까지 팔을 뻗어 아직까지 닫혀 있던 밥공기 뚜껑을 열어 주는 태준의 모습에 뒤늦게 술기운이 올라오는 것인지, 명치가 뜨거워졌다.

그래, 맞아. 늘 단둘이 마주 앉던 식탁에서 엄마가 하던 행동을 낯선 남자가 해서 이러는 건 아닐 거야. 탁주는 원래 취기가 늦게 오르는 법이니까. 지금부터 취하려나. 밥을 빨리 먹어야겠다. 빈속이면 더 어지러울 테니.

"남 건강 챙기는 것도 일종의 직업병인가 봐요."

숟가락을 손에 쥐며, 정윤은 지금까지 나눈 이야기의 경중이 아무 의미 없다는 듯 가볍게 굴었다.

"……그래요. 어서 먹어요. 이렇게, 고기 얹고, 당귀뿌리 한두 개 올리고."

"짤 것 같아요."

속없이 굴기로 작정했는지 오로지 장아찌의 염분 농도에만 신경
이 쓰이는 듯 눈썹 끝을 위로 올리며 인상을 찌푸리는 정윤의 모
습에도 태준은 조용히 손을 움직였다.

그러다, 제 손으로 작게 싼 상추쌈 하나를 말없이 정윤 앞으로
내밀었다. 멈칫, 정윤은 너무 입 가까이 내밀어진 쌈이 부담스러운
듯 뒤로 주춤 몸을 물렸고, 태준은 입가를 올리며 재차 손목을 움
직여 쌈을 권했다.

"먹어 봐요."

정윤의 눈빛에서 의도적으로 만들어진 밝음이 걷히고, 순간적으
로 진지하게 변한 시선이 작은 쌈에 가 닿는 것을 태준은 가만히
지켜보고 있었다. 붉은 입술이 맞물려 짓눌리듯 힘이 들어가는 것
까지도.

"이 정도는 괜찮아요."

태준은 초조했다. 의도하고 행한 것은 아닌데, 마치 쌈 하나에
제 마음이 담기고, 그 마음을 받아 달라 말하고 있는 것만 같아
서…… 이대로 내쳐질 수는 없어서.

"별로 안 짜요."

미련스럽게 한 번 더 청을 넣었다. 정윤은 생각을 굳힌 듯 망설
임 없이 손을 움직여, 제 입 앞에 내밀어진 동그란 상추 덩어리를
손으로 받아 들었다. 태준은 쓸쓸하게 미소 지었다. 입이 아닌 손
이 움직일 줄 알았다는 것처럼.

"어때요, 먹을 만해요?"

태준은 미련 없이 시선을 내려 다시 제 손바닥 위로 상추 하나

를 올리고, 방금 전 정윤에게 내밀어졌던 쌈을 쌀 때처럼 하얗고 노란 조밥을 반 수저만 상추 위로 올려 담았다.

"저 주려고 싸진 마세요. 제가 싸 먹을게요."

가벼운 회식 분위기를 포기했는지, 정윤의 목소리는 한결 단조로워져 있었고.

"그럴래요?"

"……."

"그럼, 내가 알려 준 대로 먹어 봐요. 익숙해지면, 자다가도 당귀김치가 생각날 거예요."

억지로 분위기를 끌어 올리려는 노력은 이제 태준의 몫이 되었다.

태준은 정말 밥을 먹기 위해 이 자리에 온 사람처럼, 정윤에게 맛있게 쌈 싸는 법을 알려 주며 밥을 먹였다.

시간이 갈수록 술기운에 점점 더 발갛게 달아오르는 뺨. 쌈을 싸 넣고, 다람쥐처럼 부푼 두 볼을 오물거리면서도 다른 생각에 빠진 정윤의 눈빛.

할머니 사장님은 일반적인 된장 뚝배기가 있는데도, 콩 모양이 그대로 보이는 되직한 담북장 뚝배기를 들고 와 태준 앞에 놓아주셨다.

"여기 자주 오시나 봐요."

"저보다는, 할아버님이 좋아하셨지요."

혼곤한 표정이다가 이따금 현실로 돌아오는 정윤의 말에 태준은 타박 없이 답을 이어 나갔다.

여느 때처럼 둘의 밥공기가 모두 비워지고, 투박하게 썰린 두부 한 조각 귀퉁이가 정윤의 숟가락에 마지막으로 베여 나간 뒤에야 두 사람은 자리에서 일어났다.

멀쩡한 줄 알았지만 막상 일어서려니 어질하는 정윤의 가는 팔을 태준이 부축해 올렸다.

"저 말술이라니까요."

걱정스럽게 쳐다보는 태준의 팔을 밀어내며 웃어 보인 정윤이 먼저 신을 신고 마루를 벗어났다.

"할머니, 여기 계산이요."

"가만 보자. 숯불돼지 2인분에 탁주 3병……."

"사이다도 한 병 주세요."

"지금? 묵고 가실라니껴."

"아뇨. 들고 가면서 먹을 거예요."

"와? 묵고 가지, 가면서 먹니껴."

벌써 냉장고로 걸어가시는 할머니를 조금 큰 목소리로 부른 정윤이 배시시 웃으며 애교 섞인 목소리로 말했다.

"술 깨려고요. 할머니, 뚜껑 따 주세요. 긴 빨대도 하나 주시고요."

테이블에 손바닥을 짚고 활짝 웃는 정윤이 아까보다 좀 더 크게 흔들렸다.

"어? 내가 내야 되는데?"

할머니에게 다가가 지폐 몇 장을 건네던 태준이 큰 보폭으로 정윤에게 다가서며 등허리를 받쳐 들었다. 비스듬히 몸을 떼어 내며 태준을 바라본 정윤이 아주 재미있는 것을 본 것처럼 푸시시식, 눈을 다 감을 듯 짙게 웃어 보였다.

"하아, 오랜만에 술 마시니까 후우, 좀 좋네요. ……놔요. 이 정도 가지곤 안 넘어져요."

활짝 웃는 정윤의 미소에도 태준의 안타까운 시선은 떨어지지 않고, 등을 받쳐 드는 손엔 좀 더 강한 힘이 들어갔다. 등이 커다란 손바닥 크기만큼 뜨거워진다. 진득하게 마주쳐 오는 시선에 심장이 떨려 왔다.

"괜찮다니까요."

정윤이 숨을 크게 들이쉬며 몸을 바로 세우자, 활짝 펼쳐 있던 태준의 손에서 전해지던 따스한 체온이 멀어져 갔다.

정윤은 빈 등이 허전하다고 느끼는 저의 마음을 다잡기 위해 애쓰며, 문득 진해지는 외롭다는 생각에 무거운 눈꺼풀을 내리 감았다.

"사장님 안 받으시면, 울진댁 아주머니께 드리면 돼요."

"그러지 마십시오."

달리는 차 안에서 초록색 병을 두 손으로 꼭 잡고 있는 정윤의 눈은 평소보다 반쯤 감긴 상태였다. 신은 벗고 조수석 의자에 책상다리를 하고 앉아, 무거워진 머리를 헤드레스트에 푹 눌러 기대고 있었다.

차는 달리고, 열린 차창으로 바람이 밀려들었다. 하나로 묶은 머리카락은 여전히 단정한데, 자연스레 빠져나온 앞머리 몇 가닥은 사정없이 바람에 휘날리며 정윤의 눈을 종종 완전히 감기게 만들었다.

"그러지 말란다고 안 하면, 제가 한정윤이게요? 아무튼, 오늘 밥값은 어떻게든 받게 되실 거예요."

태준은 달리는 내내 현장에서의 에피소드를 가볍게 늘어놓는 정윤을 가만히 지켜보았다.

차선 변경할 일 없는, 길게 이어지는 직선코스. 드물게 옆 차선을 지나는 차량들. 고적한 어둠 속에 이따금 마주 오는 차들의 전조등만 아니라면 정윤과 어두운 밤바다에 단둘이 표류하고 있다 느껴지는 완벽한 세상과의 고립감.

평산고택에 가까워져, 소나무 길을 살피는 태준의 시선에 아쉬움이 묻어났다.

"고집이 센 편입니까?"

"네. 불행히도."

숨소리와 함께 묻혀야 정상일 작은 속삭임이 크게 들려, 태준의 고개가 옆으로 돌아갔다.

"사장님은요?"

대답보다 먼저 그녀의 시선을 확인하게 되는 건, 정윤의 가벼운 받아침에서 노력이 느껴져서였다. 연기. 둘만 남은 지금을 견디려는 노력. ……뭐가 그렇게 힘든 겁니까.

그때 정윤이 문득 제 쪽 차창을 올리며 서둘러 전화를 꺼내 들었다. 잠깐만요, 하고 빠르게 말한 그녀가 전화를 받았다.

"어, 이모. ……미안, 나 아직 봉화야. 내가 연락도 안 하고 있었네. 하, 정신이 왜 이 모양이지? ……어, 오늘은 일이 그렇게 됐어. ……아냐, 그것 땜에 그런 거. ……어, 정말. ……미안, 만나고 싶지 않아. 나도 감정이란 게 있잖아. 이모가 엄마 좀 설득해 줘."

만나? 누굴? 별다르지 않은 대화 내용이 귀에 걸린 태준의 시선이 기민하게 정윤을 살폈다.

"……미안해. ……아니, 언제라고 정하긴 힘든데, 엄마한테는 일단 미안하다고 전해 주고. 공사 진행되는 거 보고, 되도록 빨리 올라갈게. ……엄마는 사진 보고 뭐래? ……훗, 그럴 줄 알았어. ……어, 그럼. 내가 얼마나 열심히 먹는데. 엄마한테 걱정 말라 그래. 배고프든 안 고프든, 밥 한 공기씩은 꼭 비우고 있다고. ……어. ……이모도 간병인 있으니까, 너무 무리하지 마. ……늘 고맙고. ……응, 그래. 미안, 이모. 서울 올라가서 봐요. 끊어요."

정윤은 전화를 끊자마자 입가에 물고 있던 미소를 내려놓았다. 태준은 차라리 지금이 좋았다. 만들어진 명랑함보다, 제 감정에 솔직한 정윤을 보는 지금이.

"어머님께서 어디 편찮으십니까."

묻지 않는 것이 예의란 것은 알았다. 불편한 주제, 힘든 주제를 나눌 만큼 친밀함을 허락받은 사이가 아니라는 것도 알았고.

"……네."

하지만 당신이 허락할 때까지 얌전히 기다릴 자신이 없습니다, 한정윤 씨.

"어느 병원에 계시는……"

거부감이 섞인 날카로운 시선이 빠르게 태준을 향했다. 단답, 이성적인 냉정을 가장한 차가운 거부. ……그렇게 위중하신 겁니까. 아니면, 내가 싫은 겁니까.

"제가 도움이 될 수도 있을 것 같아서 물었습니다."

"……고맙지만, 저랑 친한 건축주께서 의료원장님이시라, 이미 많이 도와주고 계세요."

그러니 당신 도움은 필요 없다? ……흐음.

의료원. 대한민국 서울에 위치한 3차 진료기관 중 의료원이라 불리는 곳은 수없이 많았다. 뭐라 말해야 틈을 비집고 들어

갈 수 있을까. 정자 앞 괴목을 지나치던 태준이 깊은 숨을 들이마셨다.

"그래도 병은 알리는 거라 했습니다. 일개 개원의 도움이야 미약하겠지만, 제 지도교수님이나 동문……."

차바퀴가 느리게 굴러가다 우측으로 꺾이며, 몇 시간 전 거세게 차고 나갔던 자갈들 위로 올라섰다. 차체가 불규칙적으로 미동하고, 밑으로 우드드득 하는 소리가 퍼져 나갔다.

"그래서예요."

"네?"

"집 짓는 거."

술 마신 사람이라고는 믿을 수 없을 만큼 또렷한 정윤의 시선이 태준을 향했다.

브레이크 위로 올린 발에 힘을 주던 태준은 무척 중요한 말이 나올 것이란 느낌에, 평소보다 급히 차를 세웠다.

굳어진 정윤의 얼굴이 흔들리는 차 안에서 살짝 앞으로 쏠렸다가, 제자리를 찾았다. 평소라면 미안하다 말해야 하는데, 그런 말조차 나오지 않았다. 시동 꺼진 차 안엔 순식간에 긴장감이 가득 들어찼다.

"……연애할 생각 없는 거."

"……."

흔들리는 태준의 시선이 무심하게 바라보는 정윤의 눈동자를 간절하게 붙들듯 놓지 못했다.

"엄마 편찮으신데, 속 편하게 희희낙락할 수 없어서. 그런 거 도저히 안 돼서, 그래서…… 차 선배, 더 받아들일 수 없는 거라고요. 다른 이유를 차치하더라도."

정윤이 차 부장을 빗대어 제게 완곡한 거절을 못 박고 있었다. 눈치챘으니 그만하라고.

당신이 어떤 마음이든, 난 이러해서 절대 당신을 받아들이지 않겠다고 말하는…… 상황을 방패막이 삼는 당신의 진짜 마음은 어떤 겁니까. 나도 예의 있게 거절하고 싶은 겁니까. 앞으로도 한동안 봐야 해서……? 태준은 제 심장이 혼자서만 뛰는 거냐고 묻고 싶었다.

증폭되는 감정을 죽이려 고개를 틀어 버린 태준의 시선에 전면 창 너머, 평산고택 솟을대문 옆에 선 기다란 인영이 잡혔다.

"그 말, 지키십시오."

정윤의 눈동자가 흔들리다 창 쪽으로 돌아갔다. 꼭 다물린 입술로 크게 숨을 들이마시며, 창가로 시선을 돌리는 작은 머리통을 바라보던 태준은,

"제가, 그 말 지키실 수 있게 도와 드리겠습니다."

"네?"

다시 제게로 향하는 검은 눈동자에 진심을 담아 보냈다. 지금 내 말이 귀로만 들리지 않기를, 눈과 마음과 이 간절함으로 당신에게 닿기를.

"저도 양다리 걸치는 남자들 싫어합니다. 그런 전력 있는 남자한테, 정윤 씨가 돌아가는 것도 보고 싶지 않아요. 이용하세요, 맘껏. 또 밥 먹자 해도 되고, 그 사람 앞에서 팔짱을 껴도 되고…… 애인이라 소문내도 됩니다."

"김태준 씨."

……내 이름, 아네요.

태준의 입가에 가슴의 일렁임과 같은 파장으로 번져 나가는 미

소가 걸려들었다. 슬프나, 슬프지만은 않은. 그의 결심이 담긴.

"기본적으로 어머님 편찮으시면, 제 짝 찾아 안심시켜 드리는 게 자식 된 도리입니다. 일반적으로 사람들은 그런 걸 효도라고 하죠. 다 큰 딸 혼자 있는 것보다. 그러니, 정윤 씨. 지금 논리는 빈약해요. 차 부장님도 그런 말은 다 믿지 않을 겁니다."

"……하아, 저 복잡한 거 싫어해요. 믿든 안 믿든 그건 차 선배 사정이고, 그 사람이 포기하든 안 하든 제가 거짓말쟁이가 되고 싶진 않아요."

"계속 차 부장, 이대로 곁에 둘 겁니까. 지금과 같은 의미로?"

태준은 차 앞으로 점점 다가오는 인기척을 느꼈다. 묵직한 체중에 눌리는 자갈 소리. 정윤을 바라보는 태준의 시선에 좀 더 힘이 실렸다. 어서요. 날 좀 잡아요.

"정윤 씨는 저를 이용하세요."

태준의 상체가 저를 마주 보고 있는 정윤에게로 기울었다.

"뭐, 하시는……."

"차 부장, 보고 있어요."

정윤의 귓가에 입을 가져다 댄 태준이 작게 속삭였다. 움찔, 정윤의 몸이 굳었다.

"밀어내지 말고."

까만 밤하늘, 여섯 대의 차가 주차된 자갈 깔린 주차장. 어두운 차 안에 앉아 천천히 팔을 뻗는 태준의 입이 마르고, 심장이 쿵쾅였다.

"가만히만 있어요."

길고 단단한 팔이, 두 손으로 초록색 사이다 병을 움켜쥐고 있는 정윤의 등을 감싸 안았다.

"난, 진심으로 다가갈게요."

얼음처럼 굳어 있던 정윤이, 막 정신을 차린 것처럼 제 몸을 비틀려 했다.

"최선을 다했는데도."

작은 몸을 감고 있는 두 팔에, 여자의 힘으론 어찌해 볼 수 없는 힘이 들어갔다.

"태준 씨."

"내가 싫다면, 힘들게 만들지 않고 놔줄 마음으로."

쾅쾅, 유리창을 두드리는 소리가 들렸다. 태준은 정윤의 창 쪽에 서 있는 차 부장과 눈이 마주쳤다. '정윤아!' 남자의 화난 목소리가 차 틈새를 비집고 둘만의 공간으로 작게 스며들었다.

"남자로서 내가 싫다면, 지금 말해요."

"하아, 나는……."

얇은 옷에 감싸인 작은 등 위로 맞닿은 팔에 저릿한 전류가 퍼져 나갔다. 태준은 숨을 죽이며, 이를 굳게 물었다 놓았다.

"친구로서라도, 도와줄게요."

태준은 바르르 떨리는 정윤의 몸을 느끼며, 더 이상 문을 두드리지도, 소리치지도 않고 뚫어져라 바라보고 선 차 부장과 눈을 마주쳤다.

"정윤 씨가 편할 수 있게."

"태준 씨가 왜 이러는 건지 모르겠어요."

태준은 눈을 감으며, 향긋하고 달콤한 냄새가 나는 곳으로 코를 묻었다.

몸이 뜨거워지는 게 느껴졌다. 입술 사이로 부드러울 것이 틀림없는 하얀 피부를 머금고 싶어졌다. 온몸이 저릿하고, 귓속에서 맥동하는 심장 소리가 커다랗게 들려왔다.

"그럼, 지켜봐요. 내 맘이 뭔지 알 수 있을 때까지."

두근, 두근, 작은 몸을 꽉 안은 제 품 안에서, 어쩌면 제 것이 아닐지도 모르는 작은 박동을 느낀 태준은 밀어내지 않는 정윤의 반응에 작은 희망을 품고 있었다.

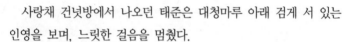

07.

사랑채 건넛방에서 나오던 태준은 대청마루 아래 검게 서 있는 인영을 보며, 느릿한 걸음을 멈췄다.

"얘기 좀 하죠."

다분히 무례한 어조. 태준은 정윤을 돌아보듯 꼭 닫혀 있는 건넛방 문에 시선을 두었다.

"안 들립니까."

평소에도 늘 한일자로 다물려 있던 입술이 턱 근육이 꿈틀하는 바람에 또 한 번 깊게 눌렸다.

태준은 대청마루 아래에 선 차 부장을 곧게 내려다보았다. 두 사내의 곧은 시선이 허공에서 날카롭게 부딪쳤다. 대답 대신 걸음을 옮기는 태준이 움직일 때마다, 조용한 공기를 가르며 나무 마루 밟히는 소리가 들려오고, 차 부장은 태준이 계단 하나만큼 높이 뜬 마루에서 다리를 내려, 디딤돌에 벗어 놓은 신을 신고 돌아설 때까지 그의 움직임을 끈질기게 따라붙었다.

나머지 네 계단을 천천히 내려선 태준이 그의 곁을 지나며 낮게
말했다.

"밖으로 나가시죠."

조금 전, 운전석에서 내려선 태준이 조수석으로 돌아가는 동안,
차 부장은 묵묵히 차 안에 앉아 있던 정윤을 노려보고 서 있었다.

'비켜 주시죠.'

태준이 조수석 문을 열고 정윤의 팔을 부축해 내리자, 한 걸음
뒤로 물러섰던 차 부장의 차가운 목소리가 들려 왔다.

'한정윤.'

태준이 돌아보는데도, 차 부장의 시선은 그가 투명인간인 것처
럼 정윤만을 향해 있었고.

'……술 마셨어?'

'내일 얘기해, 선배.'

'뭐 하시는 겁니까.'

정윤이 한마디 꺼내 놓고 혼자 힘으로 걸어 나가자, 태준이 막
아서는데도 어깨로 밀치고 따라가려 했다.

노기 섞인 태준의 목소리에 뒤돌아본 정윤은 갈등하는 듯했다.
둘 다 낯설고, 편치 않은 남자였기에 뭘 어찌해야 할지 모르는 갈
등을 고스란히 내비치던 꼭 다물린 입술과, 방황하던 시선. 그리고
옅은 주름이 생겨난 이마.

'……태준 씨, 좀 잡아 줄래요.'

짧은 시간 곱씹어 내린 결정 끝에 불린 이름이 제 것이어서 얼
마나 안도했었는지. 당연한 요구를 받은 것마냥 묵묵히 걸어 나가
며, 등 뒤로 꽂히는 시선을 느끼면서도, 가슴에 이는 뭉클함에 태

준의 심장은 한동안 저릿했었다.

제 여자를 안는 것처럼, 정윤의 좁은 어깨를 감싸 안고 천천히 솟을대문 앞, 문틀을 높이만큼 덧대어진 경사로를 걸어 마당을 향했다. 조부님이, 부모님이, 머무셨던 이 집 안으로.

"무슨 생각으로 정윤이한테 이러는 겁니까."

무슨 생각? 조금 전 상황을 떠올리던 태준은 정윤이 없어 더 허하게 느껴지는 주차장 자갈 위에서 천천히 뒤를 돌아보았다. 사랑채 마당과 행랑채 바깥마당을 지나, 솟을대문을 넘을 때까지 용케도 말없이 따라오던 차 부장의 인내가 이제 다한 모양이었다.

"정윤 씨 선배인 건 알고 있습니다만, 지금 하시는 행동은 지나치신 것 같습니다."

"무슨 생각이냐고 묻잖습니까."

짐작보다 많이 격앙되어 있는 차 부장을 보며, 태준은 무거운 숨을 천천히 뱉어 냈다.

"혹시, 제가 정윤 씨를 만나는 것에 있어서, 부장님께 허락을 구해야 할 일이 있습니까?"

"……."

"저는 선배님이라고만 알고 있습니다만."

"……정윤이가 밥 한 번, 술 한 잔 같이 해 줬다고 해서, 기고만장하신 모양인데, 한 소장, 아무한테나 마음 주는 그런 가벼운 사람 아닙니다."

"알고 있습니다."

"……정말 아는 사람이 이런 짓을 벌입니까?"

이런 짓? 태준의 예리한 시선이 어둠 속에 선 차 부장의 까만 눈가를 향했다. 짙은 어둠. 그래서 더 밝게 빛나는 무수히 많은 별들. 서로의 표정조차 잘 보이지 않는 깊은 밤, 찌르르 울리는 작은 풀벌레 소리가 정적에 휩싸인 두 사람 사이를 허허롭게 오고 갔다.

"이 집, 고택체험하곤 상관없는 집이라 하더군요."

아직 정윤에게 말하지 못한 이야기가 들춰짐에, 태준의 표정이 좀 더 차게 굳었다.

"아니라곤 말 못 할 겁니다. 이 집에서 일하는 청년한테 들었으니."

"……."

울진댁 아주머니가 눈치로 알아채셔서, 가끔 일손이 부족할 때 불러 쓰는 동네 청년의 입단속까지는 신경 쓰지 못했다. 그들을 고용, 관리하는 권한은 울진댁 소관이기도 했고.

태준은 제게로 향한 적대 어린 시선을 마주하며, 천천히 눈을 감았다 떴다.

"요즘 한 소장 생각 많은 때라서 허점이 보였나 본데, 상황 우스워지기 전에 엉뚱한 생각은 접는 게 좋을 겁니다."

"엉뚱한 생각이라 하셨습니까?"

"그럼, 물정 모르는 외지 사람 속여, 제집으로 끌어들이는 수작이 정상입니까?"

"뭐가 문젭니까. 내가 좋아하는 여자, 내 집에서 재워 주는 게."

차 부장의 얼굴이 형편없이 구겨졌다. 그래, 내 집에 정윤을 들인 건 그 때문이었다. 성암고택 본채의 들뜨고, 소란스런 분위기에도 홀로 별채에 앉아 울던 사람. 그 아릿한 울음을, 여행객을 대하는 가벼운 시선으로 볼 게 분명한 동네 청년들 앞에 내놓고 싶지 않아서. 제대로 쉬게 해 주고 싶어서. ……처음엔, 그게 시작이었다.

"나랑 지금 말장난하자는 겁니까! 처음부터 정윤일 속이고, 여기까지 끌어들여……."

'동문이고, 앞으로도 얼굴 자주 봐야 할 사람이라, 어떻게든 웃는 낯으로 끝내고는 싶은데.'

점점 노기가 느껴지던 순간, 식당에서 참회하듯 꺼내 놓던 정윤의 힘겨움이 떠올랐다. 저보다 어린 여자가 회사를 꾸려 나가기란 녹록지 않을 터였다. 어느 업계나 안을 들여다보면 좁은 바닥 안에 좁은 인맥으로 점철되어 있다. 잘은 모르지만, 정윤이 일하는 세상도 그러할 터. 동문들 간의 평판이 공사수주에 영향을 미칠 날도 분명 있을 것이니.

태준은 차 부장의 얼굴을 가만히 들여다보았다. 단 몇 시간 스친 것으론, 사사로운 감정으로 입을 함부로 놀릴 사람인지 아닌지, 가늠할 수 없었다. 신중하게 생긴 입술 선이나, 낮고 느린 음색이 가벼워 보이는 사람은 아니지만…….

"할 말 없는 거 같으니까, 다시는 우리 정윤이한테……."

'당신이 편할 수 있게.'

……나보다 당신이 먼저이기로 약속……했으니.

"차 부장님 오해는 이해합니다."

이 정도는 참을 수 있다고 생각합니다.

"오해?"

이 노여움이, 걱정되는 부분을 찔린 비겁함의 발로인 것도 인정, 하면서.

"네. 조금 전, 정윤 씨에게 했던 고백을, 선배님께 다시 하게 생겼군요. 저, 정윤 씨 사랑합니다."

"뭐요?"

"정윤 씨를 진심으로 사랑합니다."

"김태준 씨."

"부장님 보시기엔 다소 오해의 소지가 있긴 하겠지만, 제 마음의 진실성에 대해서는 염려 안 하셔도 됩니다. 저는 지금, 지극히 진실한 마음으로 정윤 씨에게 다가가고 있고, 차 부장님이 걱정하시는 것처럼 절대, 정윤 씨를 쉽게 생각하지도 않습니다. ……그러니 저를 여행객이나 지분거리는 파렴치한으로 보거나, 양손에 떡 쥐고 저울질하는 질 나쁜 놈으로 오해하지는 말아 주십시오."

"……무슨 뜻입니까."

예를 갖춰 말하는 태준의 시선엔 칼날이 달려 있었고, 반문하는 차 부장의 목소리도 서늘하게 가라앉았다.

"세상에 어떤 일들이 만연하든, 제가 정윤 씨를 대하는 마음엔 진심 아닌 것이 없다는 말씀을 드리는 겁니다."

속속들이 예전 기억을 꺼내 까발려 보이듯 예리한 시선. 상황을 가늠해 보려는 차 부장의 눈동자가 흔들리고 있었다.

"마음대로 될 거라 생각합니까?"

"안 그래도 걱정했었는데…… 아까 보셨다시피, 마음을 조금 연 것 같아서 얼마나 다행인지 모르겠습니다. 그리고, 차 부장님께 감사드리고도 싶고……."

"……무슨 뜻입니까."

"정윤 씨 하는 일이 험한 편이라서 걱정이 많았었는데, 차 부장님께서 이렇게 정윤 씨를 친동생처럼 아껴 주시니, 제 걱정이 줄어서 드리는 말씀입니다. 앞으로도 우리 정윤 씨, 잘 부탁드리겠습니다."

"……."

"들어가시죠. 여름이라 해도 여긴 밤이슬이 찹니다."

태준의 시선은 차 부장의 간헐적으로 떨리는 팔과 그 아래, 둥 그렇게 말린 단단한 주먹에 가 있었다.

검은 밤이었다. 미동하는 것들의 움직임은 감춰지고, 분명한 선 은 흐릿해지는. 그런 밤에 차 부장은 두 걸음 떨어진 곳에서도 떨 림을 감지할 수 있을 만큼 감정을 드러내고 있었다. 정윤 씨가 확 실히 거절하긴 했나 보군. 태준은 낮은 숨을 내려놓으며 입을 열었 다.

"안 들어가시겠습니까?"

"……용납할 수 없습니다."

"……정윤 씨를 많이 아껴 주시는 선배님이라서 구구절절 제 입장을 말씀드렸습니다만, 그 부분은 정윤 씨가 결정할 부분이라 생각합니다. 바람 좀 쐬고 들어오실 생각이시라면, 저 먼저 들어가 겠습니다."

태준은 짧은 고갯짓으로 차 부장을 완전히 정윤의 선배 자리에 만 올려놓았다. 차 부장을 지나쳐 걸어가며 밟히는 자갈 소리가 늘 어날수록, 미소로 가장했던 태준의 부드러운 인상도 차게 식어 갔 다.

"시작을 중요시하는 녀석이니, 제 말을 들을 겁니다."

뒤에서 들려오는 소리에 우뚝 걸음을 멈춘 태준은 깊은 호흡을 내뱉었다.

"한낱 이런 시골에서 지낼 만큼, 욕심 없는 녀석도 아니고 말입 니다."

태준은 온몸에 힘을 주고 제 앞에 보이는 솟을대문만 바라보다 가, 한결 무겁게 느껴지는 다리를 움직여 앞을 향해 계속 걸어 나갔다.

핑퐁, 뒤쪽에서 지포라이터 여는 소리가 작게 들려왔다. 저 멀리 들리는 개구리 우는 소리와, 지척에서 들리는 풀벌레 소리를 덮는 이질적인 도시의 소리. 호흡마저 차게 식히려 애쓰고 있는 태준의 다리가 한 뼘 높이 솟을대문 틀을 넘어서며, 그 앞을 지키고 선 울진댁을 보곤 단정하게 멈춰 섰다.

"왜 나와 계세요."

"죄송합니다. 도련님."

버릇처럼 집주인의 귀가를 기다리던 울진댁이 마당부터 이어진 차 부장과의 언쟁을 들은 모양이었다. 태준의 입에 씁쓸한 미소가 머금어졌다.

"손님, 담배 다 태우신 다음에 불 처리는 잘 하는지 살펴봐 주십시오."

"왜 안 그러겠습니꺼. 어서 가, 주무시소. ……죄송합니다."

억지로 끌어 올린 미소는 무거웠다. 말 없는 미소로 고개를 꾸벅해 보이고 텅 빈 마당을 가로지르는 태준의 뒤로, 개량한복을 입은 울진댁이 쓰린 한숨을 토해 냈다.

방 안이 푸르스름하게 밝아 오고 있었다. 모아 세운 무릎에 제 얼굴을 묻어 감추고, 양팔로 종아리를 감싸 안고 있던 정윤도 꿈지럭거리며 고개를 들어 올렸다. 한숨도 못 잔 눈은 퀭하니 꺼져 들고, 눈동자는 붉어져 있었다.

'나, 차 부장한테 정윤 씨 사랑한다고 말했어요. ……정윤 씨한테 먼저 말했어야 했는데, 어쩌다 보니 이렇게 됐네요. 미안합니다.'

분명, 불도 안 켜고 꼼짝도 않고 앉아 부스럭거리는 소리 하나 내지 않았었는데, 대청마루에 올라선 태준은 묵직하고 느린 발걸음으로 건넛방 문 앞에 다가와 앉더니 그리 말했었다.

'아마, 처음부터인 것 같아요. 정윤 씨 혼자 앉아 있는 거 보면서, 늘 옆에 있고 싶다. 정윤 씨가 사람들한테 보이고 싶지 않은 건, 내가 다 가려 주고 싶다…… 그랬어요. ……잘 자요. 내일은 꼭…… 정윤 씨가 날 보고 웃어 줬으면 좋겠어요.'

정윤이 자지 않고 벽에 기대앉아 있는 것을 아는 것처럼, 어쩌면 자고 있다고 생각했기에 솔직히 말하는 것처럼, 그렇게 창호지 문 하나를 사이에 두고 밖에 앉아서 나지막하게.

"하아……."

정윤은 어두운 밤의 낯선 방 창호지를 뚫고 들어오는 태준의 목소리에 반가움을 느끼며 적잖은 혼란스러움을 느꼈다. 이성은 여전히 굳건한데, 태준의 목소리를 들으면 가슴팍에 경미한 전류가 흐르는 것이 느껴져서.

차에서 내린 뒤로 정확한 말은 나누지 않았지만, 이미 자신의 행동은 차 선배 앞에서 태준을 받아들이는 태도를 보여 버렸고…….

그런데, 그는 왜 마루에서 일어나며 화내지 말아 달라는 말을 남겼던 걸까. 삐그덕거리는 마루 소리에 잘못 들은 걸까. 분명, 그런 소리를 들은 것 같은데…….

멀어지는 발걸음과 마루 건너 문 여닫는 소리에 귀 기울였던 시간. 이런 게 뭔가 시작되는 순간은 아닌가, 싶을 만큼 지나치게 가슴이 뛰었다. 혼란스러웠던 새벽을 지나 아침이 되는 동안, 정윤은 마음의 갈피를 잃어버린 것만 같았다.

짹짹짹. 멍하니 방바닥을 향해 있던 시선에 푸른빛이 아닌 황금빛이 섞여 들고, 어제 아침 마당에서 본 참새의 소리가 분명할 자그마한 지저귐도 들려왔다.

"으음, 하아."

눈을 감으며 목을 길게 뒤로 젖히자, 어깨부터 목을 타고 흐르는 뻐근함에 목이 움츠러들었다.

"일어났니?"

흠칫, 자라목이 된 정윤의 눈이 휘둥그레졌다. 난감함으로 일그러진 정윤의 아랫입술이 하얀 이에 잘근 물려 있었다.

"정윤아."

"……네, 선배."

"……그래, 씻고, 잠깐 나 좀 보자."

"……."

"씻고 나와. 곧 식사할 시간이니까. 주차장에서 기다릴게."

머뭇거리던 정윤이 건넛방 문을 열고 나와 안채 뒤편 샤워실로 향한 뒤, 영준이 사라진 사랑채 마당 앞 솟을대문 사이로, 보라색 깨꽃을 한 손 가득 쥔 태준이 들어서고 있었다.

그의 걸음은 사랑채 마당 중간에 멈춰 서서, 꼭 닫힌 건넛방 문을 가만히 바라보다 곧 우측으로 틀어져 뒤꼍으로 향했다.

"아주머니."

"어매, 우짠 일입니껴, 도련님. 아침부터 선산 다녀오셨니껴. 이게 얼마 만……."

울진댁의 짠한 시선이 깨꽃을 지나 태준에게로 향했다가, 서둘러 거두어졌다.

"하긴, 왜 안 그렇겠습니껴. 시간이 이만치나 흘렀는데. 큰 어른하신 말씀이야, 야속해서 하신 기지……."

주섬주섬, 말을 주워 삼키던 울진댁이 붉어진 태준의 얼굴을 모른 척해 주려는 것처럼 부지런히 젖은 제 손을 앞치마에 닦아 내다, 번쩍 고개를 들어 올렸다.

"참! 깜빡할 뻔했습니더. 아침 일찍 병원서 전화 왔었는데, 도련님이 전화를 영 안 받으신다꼬. 암튼, 오늘도 전화 안 받으시면, 뭔 수를 내서라도 여까지 내려 오신다꼬 하셨니더."

"음……."

"개안겠습니꺼."

"……네. 괜찮습니다. 이거."

울진댁은 별 의미 없는 이야기를 들은 것처럼 고개만 끄덕이던 태준이 불쑥 내미는 손을 바라보았다.

보라색 깨꽃. 붉은 사루비아처럼 생겨, 한여름이면 청초한 보랏빛으로 물드는 깨꽃을 태준의 모친은 참으로 좋아했었다. 선산에 묻힌 제 시모의 무덤을 찾는 날이면, 늘 한 손 가득 꺾어 와, 제 시부 방 꽃병에 꽂아 주던 고운 마음씨의 안주인. 그분이 사고사하신 뒤론 좀처럼 이 평산에선 볼 수 없었던 모습을 그녀의 아들이 다시 행하고 있었다.

"꽃병에 좀 꽂아서 가져다주십시오. 전에 봤던 것 같은데, 목긴 투명한 화병…… 아직, 있습니까."

그 행동의 의미가 너무나 선명해서, 울진댁은 마음이 뭉클했다.

"있습니더. 있고 말고요. 얼른 꽂아서 가져다 드리겠습니더. 좀만 계시이소."

오른손 가득 쥐어진 기다란 깨꽃 뭉치를 들고, 서둘러 안채 뒤꼍으로 뛰어 들어가는 울진댁과 그 뒤에 우두커니 바라보고 서 있는 태준의 뒤로, 수대에 걸쳐 이 땅을 지켜 온 평산고택 사랑채가 앞으로도 움직이지 않을 든든함으로 묵직하니 버티고 서 있었다.

빛바랜 기와의 먹빛 사이로, 이제 막 솟아오르고 있는 가느다란 와송이 소리 없이 잔바람에 흔들리고, 그 기와 너머 사랑채 앞마당으론 이제 막 옷을 갈아입은 정윤이 맨얼굴을 문지르며, 마당 나서는 걸음을 재촉하고 있었다.

쿵, 쿵, 쿵, 우지끈, 쿵, 쿵, 쿵, 끼이익.

"어어, 무너진다아."

우르르르륵.

박 반장의 고성과 함께 굴착기에게 이리저리 휘둘리던 우사 지붕이 우지끈, 하는 소리와 함께 한쪽 벽으로 폭삭 무너져 내렸다. 흙먼지가 뿌옇게 날려 시야를 가리고, 매캐한 먼지들이 정윤을 뒤덮었다.

"한 소장!"

정윤은 목에 감고 있던 수건으로 얼굴을 가렸다. 진입로와 마당을 가리고 있던 낮은 담장은 이미 작은 벽돌무덤으로 마당 한편에 쌓여 있고, 굴착기가 찍어 내릴 때마다 썩은 나무 기둥과 곁달린 나무판자들을 풀썩이는 우사 철거도 곧 끝날 예정이었다.

"소장님."

"어?"

"저기."

이리 와, 라고 말하는 차 선배의 손이 풀풀 날리는 먼지 사이로 정윤을 향해 흔들리고 있었다.

"괜찮아요."

챙 넓은 밀짚모자와 수건으로 얼굴이 반쯤 가려진 정윤은 재빨리 머리를 가로저었다.

"가세요, 소장님. 여긴 먼지가 너무 심합니다."

이쪽이나, 저쪽이나.

정윤은 곁에 선 이 과장에게 주의 주듯 차가운 눈빛에 힘을 주었다. 제 딴엔 학부 때부터 퍼진 소문도 있고, 서울 간다던 소장이 아침부터 고사도 끝나기 전에 차 부장이랑 현장에 들이닥치니, 뭔가 관계 변화가 있다고 생각한 모양이었다.

차 선배는 정윤을 한참 쳐다보다, 어디선가 걸려 온 전화를 받으며 저편으로 멀어져 갔다.

"왜 이렇게 안 와."

마당 끝을 돌아보던 정윤은 눈썹을 모으며, 혼잣말을 웅얼거렸다. 쿵쿵쿵쿵쿵, 나무 기둥과 부딪치는 굴착기의 마찰음에, 지난밤 내내 한숨도 자지 못한 골이 흔들리는 듯 두통이 일었다.

"네?"

"아니, 이 과장한테 말하는 거 아니에요."

"아, ……네."

좀 더 목소리를 키워 고함치듯 대답한 정윤은 우사 기둥이 쩌억 소리와 함께 갈라지자, 한 걸음 뒤로 물러섰다. 수면 리듬이 뒤엉킨 몸이 평소와는 달리 쉬이 지쳐 가고 있었다.

이 과장은 제 옆으로 다가선 정윤을 돌아본 뒤, 굴착기 철거작업에서 시선을 떼지 않은 채로 입을 열었다.

"소장님 오시기 전에, 마을 어르신들께서 다녀가셨습니다."

"고사 준비할 때요?"

"네."

"왜요? 작업 전이라 철거 소음도 없었을 텐데?"

"아예 집을 다 부수고, 다시 짓는 게 어떻겠냐고 하시면서……."

아…… 만사 불여튼튼이라, 봉화읍으로 나가 매매서류를 작성하기 전, 마을회관에 들러, 동네 어르신들께 이 집 내력에 대해 여쭤 봤었다. 우환이 있거나, 변고가 있어 비어 있던 집은 아니었는지. 그때 관심 가져 주시는 어르신들이 꽤 많으셨는데, 그분들이신가.

"담장은 왜 다 허물었냐고, 걱정하시는 분들이 많으셨습니다."

생각해 보면, 그때 건물뿐 아니라, 내력도 깨끗한 집이라고 말해 줬던 태준이 떠올랐다. 그래도 확인하겠다는 저를 말없이 동네 마을회관으로 안내했던 그의 우직한 뒷모습까지도. 혹시 그때, 그의 말을 신뢰하지 않은 건 실례였을까.

"이 과장 생각은 어떤데요? 내 판단이 틀린 것 같아요?"

"처음엔 생각보다 오래된 집이라 난감했었는데, 기둥이나 대들보가 튼튼해서 바닥만 걷어 내고 리모델링 해서 쓰시는 것도 괜찮은 것 같습니다. 서까래가 튼튼해서 내렸던 기와, 다시 올려도 하중엔 무리 될 것 같지도 않고요."

"그렇죠?"

망설이지 않는 네, 라는 대답이 들려왔다. 벽에 단열재를 덧대고, 이중 창호문 안으로 섀시 창문을 추가해 방충망을 달고, 열기가 위로 빠져나가지 않게 지붕에 방수시트도 올렸다. 여름은 시원하게, 그리고, 겨울도…….

엄마가 보게 되실 봉화의 겨울을 소원하며, 다가올 겨울, 웃풍 없는 와가에서 아궁이에 군불 지펴 몸 푸실 수 있도록 안채 옆방으론 아궁이도 하나 살려 두고. 그럼 엄마는 정말 봄을 보실 수 있겠지…….

생각이 깊어질수록, 정윤의 눈빛이 깊어지다 아련하게 흩어졌다. 입매는 무겁게 가라앉고, 가슴팍은 답답한 듯 자꾸만 깊은 숨을 토해 내며 들썩였다. ……이런 건, 좋지 않다. 정윤은 재빨리 생각을 털어 내며, 입가를 의식적으로 올렸다.

"이 과장?"

"네."

"나 지금 들어가니까, 우사 철거 마치기 전이라도 식사 오면 모두들 밥부터 챙겨요."

"네."

"그리고, 차 부장님 서울 간다 하실 때 혹시 나랑 연락 안 되면 잘 배웅해 드리고."

"직접 인사 안 드리시고 가십니까?"

돌아서서 한 걸음 내딛던 정윤의 시선이 저 멀리 공터에 서서 전화 통화 중인 차 선배의 뒷모습에 가 꽂혔다. 밀짚모자 안이 후끈거리는 더위는 이미 초여름의 온도를 벗어났고, 먼 곳을 바라보는 정윤의 눈매가 눈을 멀게 하는 새하얀 태양 빛을 이기지 못해 가늘어지고 있었다.

"아침에 오면서 대충 인사는 했어요. 점심 드시고 가실지 저녁까지 계실지는 모르겠지만, 박 반장하고 분위기 좀 잡아 주고 가시려나 본데, 하시는 말씀 잘 듣고. 일단, 가실 때 전화해요."

"예."

씩씩하게 대답하는 이 과장의 목소리가 좀 전보다 생기 있어, 정윤의 시선이 다시 그에게로 향했다.

"간다니까 너무 좋아하네?"

"아, 아닙니다. 소장님이 요즘 너무 무리하시는 것 같아서……."

"걱정 말아요. 난 내일부턴 집주인 본연의 자세로 돌아갈 테니까, 이 과장은 현장소장으로서 관리감독 잘 해 주면 돼요. 오늘도 어쩌다 보니 아침부터 나온 거고. 그래도 마지막으로 한 가지."

"네. 말씀하십시오."

"……스페이스 팀이라고 너무 봐줄 필요 없어요."

정윤의 시선이 아침에 고사 지낼 때, 나이 어린 현장 관리자를 은근슬쩍 내리누르던 박 반장에게로 향했다.

"저 먼저 들어가 보겠습니다."

멀뚱히 선 이 과장을 뒤에 세워 두고, 허허 웃는 기술자들과 인사를 주고받은 정윤이 큰 소리로 시공팀 인부들에게 인사를 남긴 뒤, 뒤돌아섰다.

"먼저 가십시오, 소장님."

정윤은 대답 대신 고개를 끄덕이며 뒤도 돌아보지 않고 이 과장에게 손을 들어 보인 다음, 제 목에 감친 수건 한쪽을 길게 잡아당겼다. 눅눅해진 수건에 목 뒤가 쓸려 화끈거렸다. 뒷목을 문지르며 한 손으로 버튼을 누르는 정윤의 손길이 빠르게 움직이고 있었다.

뚜르륵, 뚜르륵.

— 네.

"안 와요?"

빠르게 걷다 태준의 목소리가 들리자마자 걸음을 멈춘 정윤은 귀에 휴대폰을 바짝 가져다 댔다.

— 보입니다.

현장 소음은 여전히 시끄럽고, 목을 따갑게 만드는 먼지는 시야

119

를 가리지 않을 뿐 여전히 더운 공기에 섞여 숨을 텁텁하게 했다. 쿵쿵거리는 현장에서 점점 떨어지면서도, 정윤은 휴대폰을 가져다 대지 않은 반대편 귓속으로 손가락을 밀어 넣으며 목소리에서 힘을 빼지 않았다.

"에? 어디요?"

— 안 보입니까?

소음으로 가득한 현장에서처럼 목소리를 높여 말하던 정윤이 고개를 갸웃하다, 차들이 주차된 길가 반대편으로 서너 걸음 게걸음을 걸었다. 진입로를 장악한 25톤 트럭 두 대. 시공팀을 싣고 온 봉고차 한 대와 트럭 두 대.

"안 보이는데요?"

차 선배의 SUV, 이 과장의 블랙 세단 너머로 높이 흔들리고 있는 커다란 손 하나.

— 여깁니다.

진즉 와 있었는데, 폐기물을 싣고 갈 25톤 트럭이 도로를 점유하고 있어, 정 방향에선 제대로 보이지 않은 모양이었다.

"보여요."

전화를 끊은 정윤은 터덜터덜 걸어가, 몇 걸음 마중 나온 태준 앞에 팔짱을 낀 채로 비딱하게 섰다.

"……."

"뭐가, 잘못됐습니까?"

칼라 없는 티셔츠를 입어도 더울 날씨에 린넨 셔츠의 단추를 끝까지 잠가 단정히 입은 태준의 모습을 본 정윤은, 먼지 덮어쓴 제 신발부터 가슴까지 시선을 끌어 올리다, 조용한 곳에서 차라도 한 잔 마시면서 얘기하려던 생각을 깨끗이 지워 버렸다.

"몹시."

아침에 급히 껴입고 나설 때만 해도 깔끔했던 흰색 라운드 티셔츠가 반나절 만에 땀에 젖어 후줄근해진 몰골로 찻집은 무슨.

"네?"

"아니에요. ……차 안 가져왔다는 사람, 태우러 와 준 것만으로도 고마운 거죠. 가요."

분위기를 파악하려 잔뜩 긴장한 태준을 올려다보면서도 수건으로 뒷목을 슥슥 문지르는 정윤의 낯빛엔 부끄러움도, 조심스러움도 없는 생활인, 한정윤의 모습만 남아 있었다. 어깨 아래로 빠르게 두근거리는 심장의 움직임과는 달리 무감한 눈동자로 태준을 마주 볼 만큼.

"차 선배가 그러더라고요."

예삿일처럼 풀썩 꺼내 든 말에 운전하고 있던 태준의 턱 근육이 불끈거렸다. 결 따라 들어가고 나오며 미동하는 미세한 근육의 움직임. 태준의 긴장감이 옆에 앉은 정윤에게 전해질 정도였다.

"평산고택, 여행객 재워 주는 집 아니라고."

운전을 시작한 이래 계속 말이 없던 태준의 손마디에도 뼈가 드러날 정도로 힘이 들어갔다. 표정은 아까부터 경직돼 있던 터라, 별다를 것 없었지만 정윤은 커다랗고 투박한 손에 돌출된 하얀 뼈마디만으로도 그의 기분을 충분히 짐작할 수 있었다.

정윤은 제 말이 맞다는 걸 확인했다는 양, 고개를 천천히 끄덕인 뒤 외로 돌려 창밖을 바라보았다. 시간을 끄는 듯, 침묵하는 덤덤한 시선으로 상대를 소리 없이 조여 대면서.

"맞군요. 선배한테 알고 있었다고 얘기했는데. 제가 잘한 걸까요?"

"……."

"김태준 씨를 남자로 보냐기에, 고민 중이라고도 했는데."

"……."

"그것도 잘한 건지, 모르겠네요."

"……잘했습니다."

오전리 현장과 오록리 평산고택은 차로 달리면 10분 남짓 되는 거리. 멀지 않은 길을 달리던 차가 오록리의 시작을 알리는 소나무 길로 접어들고 있었다.

햇살은 썬루프 위로 떠 있고, 수평선을 바라보듯 끝없이 곧게 뻗은 소나무 길은 차 한 대, 사람 한 명 없이 고요하기만 했다. 그 때문이었다. 또 이렇게 이 사람 옆에 앉아, 둘만 세상에 남아 있는 건 아닌가 싶은 착각을 떠올리게 되는 건.

"사랑, 하냐고 해서, 그건 아직 잘 모르겠다고 했어요."

인적 드문 길 한편으로 태준의 검은 세단이 천천히 속도를 줄이며 멈춰 섰다. 시동을 꺼 버리고, 조수석을 향해 몸을 튼 태준의 시선만큼이나 떨리는 정윤의 두 눈이 그의 눈동자를 오롯이 마주 보았다.

"……난 사랑이란 말이 싫거든요. 선배도 그건 잘 알고 있고요."

"정윤 씨."

"난 사람 잘 못 믿어요."

"내가 믿을 만한 사람이 되어 줄게요."

심장이 엇박으로 덜컥였다. ……이러지 않기로 했잖아.

"그게…… 누가 노력한다고 해서 될 문제가 아니에요. ……노

122

력하다 보면 분명 지칠 거고. 제가 감정적으론 좀, 느리거든요. 상
처받을 일은 아예 시작 안 하는 게 좋아요."

"사랑합니다."

……들었다고요. 그 말. 내가 아무렇지 않은 척할 수 있을 때,
제발 좀…… 그만하세요.

정윤은 태준을 향해 있던 시선을 앞으로 돌렸다. 그를 외면했음
에도 느껴지는 따가운 시선이 화끈거리는 뺨을 더욱 뜨겁게 달궜
지만, 눈매에 힘을 줘 더 결심을 굳히는 표정을 짓는 것으로 대답
을 대신했다.

"정윤 씨를 정말로 사랑합니다."

고백받고 마음 아파 보긴 처음인데. ……당신이랑 내가 뭘 했다
고, 벌써부터.

"미안한데, 난 그럴 겨를이 없어요."

이런 건 이상한 거잖아요. 벌써부터 눈에 보여요. 당신 옆에서
한없이 흔들릴 내가.

"어머님 때문이라고 말하고 싶습니까."

제 입안 살을 깨문 정윤이 아무도 지나지 않는 이차선 너비의
기다란 직선 도로에 시선을 던지며, 천천히 고개를 끄덕였다. 누군
가 경고음을 울려 대는 것만 같았다. 지금도 머리 따로, 가슴 따
로. 아무 일 없이 태준만 봐도 전기 맞은 것처럼 심장이 저릴 때가
있는데, 이 감정을 있는 대로 풀어 놓기 시작하면, 아마……

제정신이 아닌 채 살게 될 것만 같아. 이성일랑 하나 없이 감정
에만 미쳐서. 일보다, 나 자신보다, 이 사람이 더 중요하게 될 것
같아. ……그런 건 하지 말자고 맹세했었잖아. 참아, 정윤아. 견
뎌. 순간일 뿐이야.

"네. 집 짓고, 병원 생각하고, 엄마 떠올리고…… 회사 일 하기도 벅차네요. 태준 씨, 저 숙소 안 바꾸고 이대로 현장작업 계속 진행해도 될까요?"

감정적으로 계속 고민해야 할 일이 생긴다면, 난 숙소 바꿔야 할 것 같아요. 정윤은 애써 가다듬은 시선으로 태준을 곧게 바라보며, 당신의 대답에 따라 행동을 달리 취하겠다는 뜻을 전하고 있었다.

"정윤 씨."

"태준 씨, 처음 만나서 지금까지 전부 다 고마운데, 전에 말했다시피 나는 제대로 사랑해 본 적도 없고, 할 생각도 없어요."

"……."

굳게 다문 태준의 입술 위로 힘 있게 생긴 눈썹이 그의 감정을 대변하듯 꿈틀거렸다. 눈동자가 흔들리고, 그 흔들림을 감출 새도 없이 눈을 마주쳐 왔다. 당신이란 남자는 뭐가 이렇게 솔직한 거예요. 나한테 이러지 마요. 난…… 버거워요.

"미안해요. 저도 양심이 있으니까, 차 선배 문제로 더 도와 달라는 말씀은 안 드릴게요."

"……쉬고 싶죠?"

"네?"

등받이에 기댔던 몸을 힘주어 곧추세운 태준이 앞만 보며 시동을 걸었다. 그 주저함 없는 움직임에…….

"가죠. 씻고 싶을 텐데."

당황하는 건, 이제 정윤이었다.

"태준 씨."

"피곤해 보이는데, 씻고 충분히 쉰 다음에 다시 얘기합시다."

말할 틈을 주지 않고, 뒷바퀴로 시멘트 도로를 차 내는 검은 세단은 평산고택을 향해 달리기 시작했다.

제 차도 아닌 공간에 실려 한참을 밖만 내다보던 정윤은 눈을 감았다. 태양 빛에 하얗게 말라 버린 시멘트 도로가 선팅 된 유리창으로도 눈을 멀게 할 것처럼 햇살을 반사시키고, 무슨 말을 해야 할지 모를 제 머릿속처럼 하얗게 보이는 도로가 태양에 녹아나고 있었다. 태준의 체향에 들이쉬는 숨조차 멈추고 싶을 만큼 흔들려 대는 저의 마음처럼.

"어머."

고택의 허울을 입고 있기는 하지만 몇 해 전 수리를 했는지 안채 부엌 옆 욕실은 최신에 가까운 도기와 샤워부스를 갖추고 있었다. 덕분에 편하게 목욕을 마치고 나오던 정윤이 뒤로 넘어질 듯 물러났다.

"놀랬니껴. 아이고, 우야믄 좋노……. 마이 놀랬니껴?"

그 앞을 지키고 앉아 있던 울진댁이 입은 자리가 주름 잡혀 붕 떠 있는 모시치마를 대충 손으로 털며 자리에서 일어나고 있었다.

"아뇨, 아뇨, 괜찮아요. 근데, 여기 왜 계세요?"

"아, 내는 아가씨 씻을 때마다 이 앞에 있었는데, 몰랐니껴?"

"네?"

"아니, 사람들이 많이 들어오니까, 걱정이 돼서."

말 흘리는 울진댁 아주머니의 시선이 담장 너머를 향해 있었다. 욕실 옆 안채 부엌, 그 앞 허름한 나무문을 열고 나가면, 박 팀장이 끌고 온 설비팀 기술자들과 힘쓰는 인부들, 그리고 이 과장과 차 선배가 머무는 안채 마당으로 이어져 있었다. 그러니까…… 일종의 보호였나.

"안 그러셔도 돼요. 안에서 문 거는걸요."

수건으로 몇 번 털어 낸 물기 젖은 앞머리가 이마로 흘러내리자, 정윤은 아예 머리카락을 감싸고 있던 수건을 풀어냈다.

"됐습니더. 내 좋아 하는 긴데, 뭐. 드가 머리나 말리시소."

"고맙습니다…… 아, 아주머니!"

수양버들처럼 흐트러진 검은 머리카락들을 아무렇게나 툭툭 털어 대는 정윤의 손가락에 투명한 물기가 그대로 묻어나고 있었다. 앞으로 내려온 머리를 급하게 뒤로 넘긴 손길에 눅눅하게 허공을 오가던 젖은 머리카락들이 등에 내려앉아 방금 갈아입은 멜란지 그레이 티셔츠를 진한 차콜 그레이로 물들여 갔다.

"와 그럽니꺼?"

휘적휘적 안채 부엌으로 걸어 들어가던 울진댁이 고개만 꺾어 정윤을 바라보았다. 아까 욕실로 들어갈 무렵, 한 바구니씩 이고 마당을 나서던 동네 아낙들이 한 명도 보이지 않는 걸 보니, 오전리 현장 점심 식사는 모두 출발한 모양이었다.

"제 방에 꽃이 있던데요. 아주머니께서 가져다주신 건가요?"

"……맘에 안 듭니꺼?"

"아뇨, 감사해서요. 고맙습니다. 저 연보라색 좋아해요."

"됐습니더. 식사는 도련님이랑 같이 차려 드릴 꺼니까네, 좀만 기다리시소."

"아, 저…… 따로 먹으면 안 될까요?"

"와…… 무슨 일, 있니꺼?"

기민하게 저를 살펴 오는 옅게 고랑 진 눈매에 정윤의 얼굴엔 급한 웃음이 퍼져 나갔다.

"아, 아니에요. 같이 주세요."

"말씀해 보이소. 손님, 힘들게는 안 합니더."

"아니에요."

정윤은 수줍은 당황으로 가득한 눈매에 미소를 담으며, 몇 번이나 고갯짓을 한 뒤에야 뒤로 돌아섰다. 수건으로 머리를 털며 안채 뒷마당 쪽문을 지나, 사랑채 뒤꼍에서 좁은 툇마루를 오르는 정윤의 시선이 혹시나, 지금이라도 불쑥 열릴지 모를 사랑방을 향해 자꾸만 힐끗거려졌다.

"하아…… 풉."

삐그덕 소리와 함께 창호지 띠살문을 여닫고 혼자만의 공간에 들어온 정윤은 제가 마치 첩보영화라도 찍는 것처럼 숨죽이고 있었단 사실에 헛웃음을 흘렸다.

"……뭐야 정말."

두 손으로 얼굴을 쓱쓱 문지르는 정윤은 이래서야 어디 여기서 한 달을 버틸 수 있겠나, 싶었다. ……정말 다른 곳을 알아봐야 하나. 후우…….

거의 다 완공되어 가는 판교 현장 준공과 정산 문제. 지난해 대한민국 건축대상 주거부문 본상 수상 이후, 물밀 듯 밀려오는 개인 건축주들과의 미팅일정들. 잦은 설계 변경 요구로 부소장인 현석 선배의 골머리를 썩게 하는 양재동 전원주택 건축주. 법적기준에 부합하는 후암동 다세대주택 설계에 일조권 분쟁을 일으키며 추가 보상을 요구하는 이웃주민과의 문제. 얼마 전 아버지 이야기를 꺼낸 뒤로 어떤 사명감이 생기신 듯 계속 남보다 못한 부녀간의 만남을 원하시는 엄마.

……응, 만나 볼게. 걱정 마. 맘먹고 하면 할 수도 있는 그 한마

디가 왜 그리 목에 걸린 듯 도저히 나오지 않는 것인지. 와가 구하러 온 봉화를 다 헤집고 다니는 동안, 마음 정리를 한다고 했음에도 여전히 그 부분만은 강요하지 말아 주셨으면 하는 마음이 정윤의 가슴 한구석엔 남아 있었다.

아직도 제 생각이 중요할 만큼 엄마가 위급하다 절감하지 못하는 건 아닌데. 바보같이…… 마음이 괴로워진 정윤은, 이어지는 생각들에 머리가 지끈거리기 시작했다.

"아가씨, 내 좀 들어가도 됩니꺼?"

곰곰이 생각을 정리하던 정윤은 제 방문을 두드리는 소리에 재빨리 흘러내린 수건으로 다시 머리카락을 감싸다, 제 손이 짚은 장판 위에 흥건히 고여 있는 물기를 내려다보았다. 도대체, 얼마나 이러고 있었던 거야…….

"네! 무슨…… 들어오세요."

한동안 제자리에 앉아 있던 탓에, 머리카락을 따라 아래로 흐른 물방울이 어느새 바닥을 축축이 적실 만큼 고여 있었다.

"아이고, 아직도 머리 안 말렸니꺼. 여름 감기는 약도 없다 안 합니꺼. 자, 이거 좀 드시이소."

그러고 보니, 등에서 느껴지던 축축함은 허리까지 내려가 있고, 이리저리 뻗친 채 방치되었던 머리카락은 그 모양 그대로 눅눅하게 반쯤 말라 있었다. 이런…….

"아니, 괜찮은데, 뭘 이런 걸 다……. 고맙습니다."

일부러 이거 가져다주러 오신 건가. 곧 밥 차려 주신다고 하셨는데, 좀 더 기다려야 되나.

정윤은 울진댁이 내민 까만 찻물을 내려다보았다. 백자에 담긴 검은 물에 저의 얼굴이 일렁이며 기괴하게 비쳤다.

"저 꽃, 이쁘지요?"

찻잔 담긴 쟁반을 슬쩍 앞으로 밀어 주는 울진댁의 손길에, 정윤은 감사하는 표정으로 잔을 들어 올렸다.

"음, 네."

쌉싸래한 향과 맛을 보니, 홍삼이 들어간 것 같았다. 달달하니, 대추도.

"큼, 도련님이 오늘 새벽에 선산, 안 다녀오셨니껴."

"네에."

두 손으로 받쳐 들고 호로록 넘기는 차 맛이 먼지 먹은 목을 씻어 주기엔 적당하니 따뜻하고, 진한 게 맛이 좋았다.

"큰어르신 돌아가시믄서, 손자며느님 구하기 전까지는 발걸음도 마라, 하셨었는데. 아이고마, 이제는 제 속이 다 시원합니더."

"그게 무슨……."

"이 년 만에 우리 도련님이 선산에 다녀오셨다, 이 말입니더. 안즉도 모르겠니껴? ……우리 도련님이 장가가고 싶은 색시, 찾았다는 뜻 아입니꺼. 아침부터 선산에 가가, 저래 꽃도 꺾어 오시고, 우리 도련님 참말로 자상하다 안 합니꺼. 아고마, 드시이소. 차 다 식니더."

장판이라 털어 낼 흙도 없는데, 울진댁은 엉덩이를 툭툭 털어 대며 앉은 자리에서 일어섰다. 꽃, 선산, 큰어르신, 유언, 도련님, 자상…….

"아주머니!"

"상은 금방 차립니더. 좀만 기다리시이소."

꽁지 빼듯 평소보다 빨리 내달리는 경보 수준 걸음걸이에, 정윤은 더 이상 아주머니를 부르지 않았다. 필시, 부러 이 이야기를 흘리려 오신 걸음으로 느껴졌다.

이 집 도련님이, 당신을 진지하게 생각하고 있으니…… 어쩌라고.

털썩 주저앉은 정윤이 대청마루 건너 꼭 닫혀 있는 사랑방 문을 바라보다, 요동치는 제 마음을 들킬세라, 방 문고리를 잡아당겼다.

삐끄덕, 소리와 함께 문은 닫혀도 창호지 사이로 햇살은 여전히 투과되고, 등을 켜지 않아도 여전히 밝은 방 한쪽에 놓인 화병 안에는 그득한 보랏빛 꽃이 만발해 있었다.

'……너, ……김태준 씨가 꺾어 온 거니?'

여릿한 보라 꽃은 말이 없다. 아주 오랜만에 제가 여자임을 일깨워 줬던 이는 뜻하지 않은 꽃다발로, 샤워하며 겨우 가라앉힌 마음을 또다시 흔들어 댔다. 아무도 모를 설렘쯤이야 저답지 않다 여기며 쓴웃음 한 번으로 감출 수 있다 생각했는데. 정윤은 태준과 떨어진 지 두 시간도 지나지 않아, 또다시 이렇게 제 마음이 제 것 같지 않은 느낌에, 갈 길 잃은 사람처럼 허망한 눈으로 꽃만 바라보았다.

'내가 믿을 만한 사람이 되어 줄게요.'

'사랑합니다.'

'정윤 씨를 정말로 사랑합니다.'

……내가 뭐라고.

조금 전 차 안에서 들었던 태준의 목소리가 정윤의 뇌리에서 그대로 다시 울려 퍼졌다. 요즘 남자들은 안 그래요, 김태준 씨. 요즘엔 다들 이리저리 찔러보다, 넘어오겠다 싶어야 말을 건네요. 다들 상처받기 싫어하거든요. 다들, 무안하기만 하고 얻어지는 건 없을까 봐, 죄다 제 몸부터 사리거든요.

……그런데 왜 그래요, 당신은. 왜 그렇게 성큼성큼, 겁도 없이 다가와요. 남들은 다 꽃집에서 살 꽃을, 왜 직접 산에 올라 손에 풀물 잔뜩 묻혀 가며 꺾어 오는 거냐고요. 바보같이.

눈감으니 이 근처 어디 푸른 산을 거닐며, 제 손으로 일일이 꽃을 꺾고 다녔을 남자의 모습이 너무도 쉽게 상상됐다. 정윤의 마음에 아릿한 통증이 일었다. 그 마음이 결코 가볍지 않아서. 요즘에는 이런 마음이 귀한 것 같아 함부로 내치기 힘들어서.

남자 끌어당기는 법을 모르듯, 지혜롭게 밀어내는 방법도 잘은 몰랐다. 그저 매서운 일벌레로 인식되고, 그들 스스로 일밖에 모르는 독종이라 알아서 떠들고, 알아서 포기하게 만드는 게 다였었는데. 당신은 왜 이렇게 그 벽을 쉽게 넘을까. 당신은 왜 이렇게 자주 내 가슴이 옥죄게 만들고, 눈물을 참게 만드는 것일까.

'내가 이래도 된다고 생각해요? ……온통 엉망진창인 내가……?'

눈물로 흐릿해진 정윤의 시선이 별 무늬 없이 투명한 긴 목 화병과, 그 위로 빳빳하게 가지 세운 보랏빛 깨꽃 뭉치로 가 닿았다. 여릿한 꽃잎 끝자락을 바라보는 눈동자에 원망이 섞여 들고, 뭔가 비우고자 떠나온 걸음에 혼란을 가중시킨 태준이 야속해 입술을 깨물어야 했다.

'왜 지금이어야 하는데. ……왜 못 이기는 척해 주지 않는 건데.'

내리감기는 눈꺼풀 아래, 금세 주르륵 눈물이 흘렀다. 그 눈물 안에 안타까움이, 쉬고 싶은데도 다시 힘내야 하는 힘겨움이, 차마 태준 앞에서는 맘 놓고 울지 못하는 정윤의 마음을 대신해 깨꽃 앞에서 떨어지고 있었다.

"정윤 씨."

대청마루에 서서 정윤을 부르는 태준의 얼굴엔 근심이 가득했다. 마당에선 두 손을 꼭 쥐고, '아이고 우짜끼노. 아까는 나중에 드신다꼬 대답도 잘 하시더만.' 하며 발을 동동 구르는 울진댁의 울상 지은 얼굴이 작게 보였다. 사랑채 건넛방 문은 태준의 부름에도 전혀 열릴 기미가 보이지 않았다.

"밥 먹어야죠."

"……."

"아가씨, 식사 안 합니꺼."

아이고 우짜끼노. 추임새처럼 반복되는 울진댁의 목소리에 태준이 고개를 돌려 작게 가로저은 뒤, 다시 굳게 닫힌 건넛방 문을 바라보았다.

"벌써 세 시예요. ……독상이면 괜찮겠어요? 회사 사람들 올 때까진 너무 멀어요."

허리를 숙이며 문가에 입을 가깝게 대고 낮게 말하는 태준의 음성이 백색 창호지를 넘나들었다.

"……."

"정윤 씨, 대답 안 하면 쓰러진 줄 알고 문 엽니다."

대답을 기다리며 띠살문 창호지에 가만히 귀 기울이던 태준이 다시 입술을 벌려 뭔가 말을 내뱉으려 했을 때, 삐그덕, 문틈이 벌어졌다.

"얘기 좀 해요."

"정윤 씨."

"밥은 나중에 먹고요. ……아주머니, 저희 식사는 좀 더 나중에 할게요. 죄송합니다."

자리에서 일어나지 않고 벽면에 기대앉아 위를 올려다보는 정윤의 모습은 태준의 눈에만 보이고 있었다. 작게 벌어진 틈, 그 앞을 가린 커다란 태준의 몸. 마당에 선 울진댁 아주머니가 반색하며 대답을 이었다.

"이따 같이 하실라니껴. 알았습니더, 알았씀더. 아이고마……도련님도 이따 같이 하시는 거 맞지요?"

"네. 들어가 보세요."

뭔가를 중얼거리는 울진댁 목소리가 사라진 뒤, 태준은 문을 조금 더 넓게 열며 저를 빤히 올려다보는 정윤과 시선을 맞췄다.

"묻고 싶은 게 있어요. 들어와요. 생각을 많이 했더니 지쳐서 어디 나가기도 싫네요."

가는 팔이 여태껏 잡고 있던 문고리를 놓으며, 바닥으로 툭 떨어져 내렸다. 태준은 성큼 안으로 들어서서 문 바로 옆에 앉은 정윤과 마주 앉았다.

"어디 아파요?"

"……글쎄요."

정윤은 제 이마로 다가오는 태준의 손바닥을 보며, 거부하듯 고개를 돌렸다. 허공에 멈춰 선 태준의 손이 오랫동안 제자리에 머무르다, 아래로 내려졌다.

"말해요. 내가 진료 보는 거 싫으면, 읍내 나가면 돼요."

"……."

정윤은 기운 없지만 무감한 얼굴로 태준을 바라보았다. 예리하진 않지만, 차가운 냉기만 가득 찬 말간 눈동자가 태준의 마음을 서걱서걱 베어 내고 있었다.

"김태준 씨."

"네."

"저 꽃, 선산에서 태준 씨가 꺾어 왔어요?"

"……맞아요."

"왜요?"

"……"

"돌아가신 할아버님께서 색싯감 구하기 전엔 산소 근처에도 오지 마라, 하셨다면서요."

"……"

"그런데도 몇 년 만에 다녀오셨다면 저 꽃, 꽤 의미 있는 꽃이라는 건데. 아무 상관도 없는, 제 방에 있어도 되는 건가요?"

"……"

"태준 씨."

"……"

"……내가 꼭, 이 과장한테 숙소 옮길 곳 알아보라고 말해야 되겠어요?"

"그렇게 아무 의미 없고 싶습니까?"

어쩌면, 제가 세게 나가면, 태준이 설명하기에 급급할 거라 생각했는지도 몰랐다. 제 손에 쥐어진 대로 움직이다, 차에서 내릴 때 그가 예고했던, 진지하게 다시 이야기 꺼낼 시간이 이렇게 어물쩍 넘어가기를.

"……"

그런데, 말문은 제가 막히고, 정윤은 그의 눈이 단단해지는 것에 제 가슴이 덜컹이는 것을 느꼈다. 정말로, 도무지 이런 건 적응이 안 되는데. 이 사람을 놓치면, 이런 느낌은 다시없을까. 나는 지금, 내 생에 주어진 운명을 차 내는…… 어리석은 짓을 하는 중일까.

가슴이 펄떡였다. 숨을 참지도 않았는데 호흡이 가빠 오고, 벅차는 감정이 숨구멍을 막는 게 느껴졌다. 거봐, 벌써 이렇게 감정 하나 제 맘대로 못 하고, 멋대로잖아.

정윤의 흔들리는 눈동자 끝이 천천히 붉어지며 투명한 물기가 고여 들었다.

놓아야 되는데…… 이젠 그게 맞는 건지도 모르겠어. 이 사람은 진심 같아서. 다른 사람처럼 겉으로만 사랑한다 하고, 속으론 계산하는 속물이라 치부해 버릴 수도 없잖아.

"난 진심으로 다가간다고 했잖아요. 내 마음이 이만큼인데, 어떻게 정윤 씨가 나한테 아무 의미 없을 수가 있어요."

너무 힘든데, 제대로 정신 차리고, 아무 일도 없는 것처럼 일하고, 사람들과 어울리고, 매 끼니마다 엄마랑 약속한 대로 밥 한 공기씩 비우기 위해 내가 얼마나 버티고 있는데. 당신은 내가 완전히 아무렇지 않은 줄 알죠.

"노력해도 내가 당신을 못 믿으면요."

바르르 떨려 나오는 목소리에 태준의 표정이 허물어졌다. 눈물을 뚝 흘리는 정윤의 눈엔 여전히 기운 없는 독기가 가득했다. 태준의 커다란 손이 머뭇거리며 앞으로 내밀어져 하얀 얼굴을 타고 흘러내린 물방울을 갸름한 턱 끝에서 닦아 냈다.

"왜 울어요."

"나 힘든 거 몰랐어요? 당신이 흔들지 않아도 나, 충분히 감정적으로 불안정해요."

태준의 손은 정윤의 뺨에 묻은 물기를 계속 닦아 내고, 정윤은 기운 없는 몸을 벽에 기댄 채, 고개를 틀며 그의 손길을 피하려고 만 들었다.

"세상에 단 하나 남은 내 편…… 살리고 싶은데 할 수 있는 게 없어서, 마지막 소원이라니까 시골집이나 고치고, 공기 좋은 데서 하루라도 더…… 하루라도 더 버텨 달라고, 내가 얼마나……. 태준 씨가 안 이래도, 하루에도 몇 번씩 머리가 멈출 것만 같아요. 어지럽고, 막막하고, 다 미워하고 싶은데."

"됐어요. 미안해요……."

태준은 무릎걸음으로 정윤에게 다가가, 차가운 벽에 기댄 작은 몸을 제 품으로 안아 들었다.

눈을 감고 울음 터트린 작은 몸이 전신을 바르르 떠는 통에, 서늘해진 등을 손바닥으로 문지르며 다독이길 서너 번. 좀처럼 정윤의 떨림이 잦아들지 않자, 태준의 얼굴엔 걱정이 가득해졌다.

"근데 왜 자꾸 힘들게 하냐고요. 한 달이면 되는데…… 한 달이면……. 왜 자꾸 내 꼴 우습게 만들어요."

"그렇지 않아요. 미안해요."

"바보같이 굴고 있잖아요. 나답지 않잖아요. 심장이 터지려 그래요. 참을 수 있었는데, 이깟 꽃이나 꺾어다 놓고. 당신만 보면, 내가 얼마나……."

태준은 제 품에 안겨 울먹이면서도 끊임없이 말을 내뱉는 정윤의 양팔을 움켜잡아 뒤로 밀어 눈을 마주쳤다.

"뭐라고요?"

"나도 모르겠다고요! 우린 서로 불신하다 대판 싸우게 될 거예요. 사랑이라고는 경멸해 마지않던 내가, 당신과 뭘 할 수 있겠어요."

"정윤 씨."

"가만 놔뒀으면 좋게 헤어질 수도 있었잖아요. 남들한테 이해받기 힘든 순간도, 서로 좋은 추억이었다 생각하고…… 그럴 수도 있었잖아요. 왜 이렇게 밀고 들어와요. 모른 척하는 게 보이면, 좀 밀려나 줄 수도 있는 거잖아요!"

"못해요."

"뭐요?!"

"난 그러기 싫다고요."

"김태준 씨!"

"사랑해요."

"하아."

"우리가 뭘 할 수 있는지, 보여 줄게요."

"난 정말 사랑 같은 거, 안 믿는다고요!"

"믿게 해 줄게요."

"태준, 읍!"

정윤의 팔을 움켜쥐고 있던 태준의 손이, 정윤의 뒷머리와 등을 감싸 제게로 끌어당겼다.

옆으로 기운 고개가 맞닿자마자, 겹쳐진 입술 안으로 거침없는 혀가 미끄러져 들어갔다. 울음이 가득했던 입안을 말캉한 혀가 채워 버렸다. 혀를 휘감아 빨아 당기고, 제 한 손 가득 찬 작은 머리를 움켜쥐듯 받쳐 올리며, 더 깊이 혀를 밀어 넣기 위해 제 턱을 비트는 태준은 거침이 없었다.

품에 든 작은 몸이 굳은 채 파르르 떨리고, 가는 목은 사정없이 뒤로 꺾여 밀려났다. 태준에게서 흐른 타액이 정윤의 목 안으로 넘겨지기 시작한 지 오래.

"하아, 하아, 하아."

어느 순간, 제 팔을 내려치는 주먹에 정신을 차린 태준이 입을 떼자, 정윤은 빨개진 얼굴로 급히 숨을 몰아쉬었다. 숨 쉬는 법도 모르는…… 키스도 안 해 봤구나. 뒤늦게 떠오른 생각에 제 입가에 번진 미소를 지울 생각도 못 한 태준이 다시 정윤을 끌어안았다.

"믿을 만한 사람이 돼서, 사랑이 뭔지, ……키스가 뭔지."

촉, 태준의 입술이 나비처럼 날아 정윤의 입에 닿았다 금세 멀어져 갔다.

"내가 다 알려 줄게요."

"허."

정신을 되찾은 정윤이 기막히단 의사표현에 힘을 주며, 태준의 시선을 외면하려 고개를 틀었다. 그러나 그도 잠시.

"그 이상도 가르쳐 줄 수 있어요."

"뭐라고요?"

커다래진 정윤의 눈은 다시 그를 향했다.

"난 믿을 만하니까. 난, 나한테 안긴 한정윤을 절대 울리지 않을 테니까."

뒤이어 들려온 말은 황당하기만 한데, 말하는 태준의 표정은 너무나 진지해서 정윤은 제 입안 살만 깨물며 흔들리는 눈빛으로 그의 시선을 감당하고 있었다.

"믿어 봐요. 난 나한테 인생 건 사람, 절대 배신하지 않아요."

힘들고 싶지 않고, 태준에게 상처 주고 싶지도 않은 정윤의 마음이 쿠쿵, 제 몸 어딘가로 떨어져 내렸다. 빠릿하게 돌아가던 머리가 멈춰 섰는지 빤하고 매끄러운 문장 하나 떠오르지 않고, 머리가 통째로 비워진 것만 같았다. 그 대신 감정이, 감각이 더 선명해지는 지금 버겁게 뛰고 있는 심장이 말해 주고 있었다.

넌 이미, 한 번도 가 보지 못한 길에 들어선 거야.

"아……."

흔들리는 눈동자가 태준의 시선에 꿰인 채로, 느리게 벌어진 정윤의 입술이 작은 탄식을 내뱉었다.

08.

추륵추륵, 어둡게 가라앉은 하늘 아래로 지루한 초여름 비가 쏟아져 내렸다. 비 묻은 먼지 냄새는 숨을 들이쉴 때마다 코를 타고 폐 한가득 들이차고, 어지러움을 느낀 정윤은 손을 올려 이마를 짚었다. 손바닥으로 미열이 느껴졌다. 생각을 비워 내면, 머리가 좀 덜 아프려나.

"어제까진 햇빛이 좋아서 이 방하고, 건넛방 양생작업은 다 마쳤습니다."

생전 처음으로 남의 혀를 받아들였던 그날 밤. 피곤을 이유로 저녁을 마다하고 뒤척이다, 차에 올라 서울로 향한 지 딱 8일 만에 밟은 봉화 땅이었다.

"욕실하고 부엌은 미장 덜 끝났죠?"

첫날 새벽엔 병원 주차장에서 짧은 수면을 취하고, 날이 밝자마자 병실에 들러 더 마를 수도 없을 것 같은 엄마를 보며 웃어 보였다. 여느 때처럼, 가느다란 실에 머리가 당기는 듯 묘한 신경전을 모르쇠로 버텨 내며 아무렇지 않은 듯.

그러다, 정오 무렵엔 회사에 들러 경리부장에게 잔소리와 같은 보고를 들었고, 둘째 날은 집에서 씻고 나온 개운한 몸으로 행당동 빌라 재개발 현장을, 또 그다음 날은 판교 전원주택단지 현장을 돌아보았다.

넷째 날은 회사를 거쳐 병원에 들렀다가 이모에게 설득 비슷한 강요를 당하느라, 까다로운 양재동 건축주 때문에 골머리 썩는 부소장을 보면서도 거기까진 챙기지 못했고. 다섯째 날은……

정윤은 문득, 8일을 쉼 없이 뛰어다녀야 했던 일정을 뒤돌아보다 제 빈자리를 챙기고 있는 현석 선배에게 보너스라도 챙겨 줘야 되겠다는 생각을 뒤늦게 하고 있었다.

"예, 욕실은 원래 계획대론데, 부엌은 불 피워 보니까 굴뚝 아래 벽으로 연기가 엄청 새서 보수공사 하느라 좀 늦었습니다."

"음……"

"그래도 갓슈(C형강 철골조) 얹고, 샌드위치 판넬에 방습포까지 다 올린 다음에 비가 와서 다행이었죠. 비는 오늘 밤에 그친다니까, 내일부턴 다시 마당 배관 작업하고, 미장으로 돌리겠습니다."

누수나 웃풍이 걱정스럽던 오래된 와가의 지붕은 한결 단단한 위풍을 자랑하며 이미 공사가 끝나 있었다.

"박 반장이 데려온 팀, 잡철기술자 넷에, 목공 셋, 전기 둘에, 인부는 두 명이었었죠?"

"예, 현지 인부는 철거 날 넷, 기와 작업하던 이틀간 둘 외엔 부른 적 없습니다."

네이비 정장 바지와 그레이 스트라이프 셔츠를 입은 정윤의 까만 구두가 딱딱하게 굳어 버린 방바닥을 앞코로 슬쩍 눌러 보았다. 단단하게 굳은 감촉이 발끝을 타고 전해져 왔다. 그동안 봉화 날씨가 좋았는지, 방 안 가득 맨살을 드러낸 시멘트는 균열 없이 잘 말라 있었다.

정윤은 곡괭이질로 바닥을 깨 낸 다음, 방 안쪽 구들이 무너져 있어 보수공사 후 단열재와 보일러 엑셀를 깔았다는 이 과장의 설명에 천천히 고개를 끄덕이며, 그 위를 덮었을 흙과 시멘트의 수평을 눈여겨 살펴보았다.

수평계로 보기 전엔 모자라다 할 부분이 딱히 보이지 않는 훌륭한 실력으로 마감된 모서리와는 달리, 그 위로 덕지덕지 덧발라진 묵은 벽지가 다소 눈살을 찌푸리게 하고 있었다.

"수고했네요. ……괜찮았어요?"

문틀을 손으로 짚으며 방 안을 들여다보던 정윤은 안으로 비스듬히 기울였던 머리를 들며 이 과장과 눈을 맞췄다. 스페이스 소속 팀이라고 너무 봐주지 말라 했더니, 완전 굴린 것 아니냐는, 혹은 의견대립이나 충돌은 없었냐는 눈빛으로.

"예, 생각보다 잘 맞았습니다."

"저녁마다 막걸리 한 사발씩 한 건 아니고?"

하하하, 속없이 들려오는 웃음소리에 저녁상과 함께 차려졌을 거한 반주상을 떠올린 정윤은 이 과장을 바라보며 함께 웃었다.

"속 버리지 않게만 마셔요. 식비는 걱정 말고."

네, 하고 대답하는 이 과장을 뒤에 세운 정윤은 문틀 아래, 지하로 내려가듯 세 계단이나 내려서야 했던 재래식 부엌을 향해 걸어 갔다. 이틀 전, 경리부장의 경비초과 발언은 기억 저편으로 넘겨 버린 채였다.

"소장님 말씀하신 대로 부뚜막 솥단지는 하나만 남기고 다 철거했고, 지금은 새 위치 잡아 수평 맞추고, 배연파이프 설치 중입니다."

문틀을 손으로 짚어 안으로 상체를 기울인 정윤은 제게 인사해 오는 인부들에게 웃는 얼굴로 고개를 숙여 보였다. 나란히 세 개의 무쇠 솥이 얹혀 있던 부뚜막에는 제일 큰 솥 하나만 남겨져 있었다. 그 앞 군불 땔 자리에 쪼그려 앉은 기술자들은 연기 빼낼 파이프 자리를 확보하면서 벽돌을 쌓느라 여념이 없었다.

"박 반장님은?"

"1팀하고 같이 욕실 배관공사 중입니다."

"그래요? 수고들 하십니다."

"아이고, 소장님."

"아뇨, 그냥들 계세요."

조금 목소리를 높인 정윤의 인사말에, 그제야 뒤돌아본 기술자들이 팔뚝으로 땀을 닦으며 자리에서 일어섰다. 구부정하게 뭉친 어깨와 목으로 불편한 인사를 해 오는 기술자들을 만류하던 정윤이 이 과장을 돌아봤다.

"아까 내가 들고 온 거."

"아, 네."

"날도 궂은데, 막걸리 한잔씩 하시고, 잠시 쉬었다 하세요."

읍내에서 양손 무겁게 막걸리와 족발을 사 들고 들어온 정윤의 짐은 이 과장 손에 건네져, 아직 공사 전인 대청마루 위에 하얀 비닐째 그대로 놓여 있었다.

"이것만 마치고 먹겠습니다."

벌써부터 신나는 얼굴로 웃는 인부들 사이에서 책임감 투철한

노년의 기술자 한 분이 다시 쪼그려 앉아 아궁이 안쪽으로 팔을 뻗었다. 눈빛이 조금 더 부드러워진 정윤이 목소리를 낮추며 이 과장을 돌아보았다.

"날씨도 이 모양인데, 오늘은 여기까지만 하고 일찍 접지 그래요?"

"공기가……."

"어차피 다음 공정 미장인데, 날씨도 이 모양이고. 데마찌(휴업, 작업대기) 날 수도 있었잖아요. 한두 시간 빨리 끝난다고 크게 문제 될 것 같진 않은데. 휴일도 없었다면서요. 오늘 잘 쉬고, 내일 속도 좀 올리자고 얘기하는 게 나을 것 같지 않아요?"

땀 흘리는 기술자들 뒤로, 인부 한 사람만 잔심부름에 몸을 재바르게 놀리고 있었다. 또 다른 인부들은 굳이 움직일 일도 마땅치 않은 상황이라 제자리에 서 있을 뿐이고. 그 모습에 시선을 던진 이 과장은 선뜻 고개를 끄덕여 주었다.

"예, 알겠습니다."

"그럼, 아예 일 빨리 마치고, 막걸리는 숙소에 가서 마시는 것도 괜찮겠네요. 난 그만 가 볼게요."

대답하는 이 과장에게 웃어 보인 정윤이 처마 아래에서 우산을 펼쳐 들며 창고를 바라보았다.

"박 반장님, 오늘은 좀 일찍 들어가시는 걸로 하죠. 소장님이 막걸리 한잔씩 하시라고, 안주도 많이 사 오셨는데."

내리는 비를 머리 위로 두른 팔 하나로 막아 내며 창고로 내달린 이 과장의 목소리가 작게 들려왔다. 그보다 작은 소리가 뭐라 뭐라 들려오는 것 같아, 계속 창고를 바라보고 서 있자, 사각 문틀 안에서 불쑥 튀어나온 박 반장이 웃는 낯으로 고개를 숙여 보였다.

"수고 많으십니다. 힘드신 거 있으시면 이 과장한테 다 말씀해 주세요."

목소리가 비를 뚫고 마당 건너 욕실까지 잘 전달됐는지는 자신할 수 없었지만, 되돌아온 박 반장의 미소는 시원스러웠다.

"예, 잘 먹겠습니다. 소장님."

대충 입 모양을 읽은 정윤이 웃는 낯으로 다시 한 번 고개를 숙여 보인 다음 마당으로 내려섰다. 우산을 내려치는 빗소리가 귀를 먹먹하게 때리고, 공사하느라 뒤집어엎은 무른 땅에 검은 구두가 질퍽하게 파묻혔다.

역시, 여기로 오길 잘했다. 한 걸음, 한 걸음, 앞으로 나아가기 위해선 온 발에 신경을 집중해 걸어야 하는 이 순간, 정윤은 잡생각 할 겨를 없는 현장이 다시 한 번 마음에 들었다. 양심 있는 땅이, 허용할 수 있는 것들만 품어 내는 땅이 좋아서.

한 시간 뒤, 반파된 것처럼 공사 흔적이 역력한 오전리 와가에는 정윤만이 남아 있었다.

현장에서 빠져나와 차를 오록리 방향이 아닌 오전리 더 깊은 길 안쪽에 세워 놓고, 차 안에서 반바지와 라운드 티로 갈아입은 정윤은 투두둑, 투둑, 차 천장으로 떨어지는 빗소리를 듣고 있었다.

흐려진 정윤의 시선 끝에서 전면 창에 방울지는 빗방울들이 그렁그렁 굵어지다 주르륵, 주르륵, 미끄러져 내렸었다.

생각에 잠겨 오랫동안 같은 자세를 유지하며 골몰하던 정윤의 눈동자가, 저 멀리서 뿜어져 나오는 노란 빛 뭉치를 느끼고 나서야 초점을 되찾았다.

한 대, 두 대, 세 대…… 노란 빛 뭉치는 와가 출입로에서 뿜어져 나오다, 붉은 꼬리를 남기고 멀어지길 여러 번 반복했고, 정윤은 그 모든 빛이 사라진 다음에야 차를 움직여, 다시 현장으로 되돌아온 참이었다.

"뭐가 이렇게 여러 겹이야. 후우."

흙벽 위로 덕지덕지 덧발라진 벽지가 어떤 부분은 딱딱한 마분지 못지않은 강도로 들러붙어 있었다.

습기 많은 날, 벽에 물을 뿌리고 납작한 칼날 달린 밀대를 온 힘을 다해 밀어 대던 정윤의 팔이 어느새 힘겨움을 드러내며 잘게 떨려 왔다.

서울에 남아 있으면서 병실에 안 들를 수도 없고, 병실에 들르자니, 엄마의 바람에 만족할 만한 답을 내놓을 수도 없고.

그래서 도피처럼, 엄마가 원하는 집을 빨리 완공시키겠다는 면죄부를 달고, 오전리로 다시 숨어든 정윤의 마음은 처음 이곳을 찾았을 때보다 도리어 더 복잡해져 있었다.

'이모가 봐도 많이 변한 것 같아?'

'……글쎄.'

'여기도 오는 거야? 언제부터 보고 지낸 건데?'

'너 회사 들어가고 나서 한 이 년 있다가 연락 왔었나, 아무튼 그렇대.'

'그런데 왜 말 안 했어? ……왜 말 안 하다가, 이제 와서 이러는 건데?'

'엄마는…… 자기 가고 난 다음이 걱정되나 봐. 기왕 보게 될 거면, 자기 있을 때 보라고.'

'무슨 그런 말이 있어! 엄마는 왜 그런…… 아니다. 말하지 말

자, 이모.'

　'정윤아.'

　'후우, 이모도 내가 그 사람, 만나길 바라?'

　'⋯⋯.'

　'이모 생각은 어떤데.'

　'⋯⋯나도 모르겠다. 나는 모르겠는데, 네 엄마가 원하잖아. 엄마 맘 편하게⋯⋯.'

챙그랑, 정윤이 들고 있던 밀대가 딱딱하게 굳은 시멘트 바닥 위로 내던져졌다. 잔뜩 일그러진 얼굴에선 땀이 뚝뚝 흐르는데, 눈 한가득 차오른 물기는 오기 부리듯 결코 떨어지는 법이 없었다.

뭐가 편한데. 왜 엄마는 날 두고 갈 생각만 하는데. 이겨 내겠다고 해 주면 안 돼? 엄마 없으면 내가 이 나이에 혈육 그리워서, 아버지라고 그 사람 찾아갈 것 같아? ⋯⋯뭐가 아빤데. 내가 아직도 어린애라서, 정자 하나 던져 준 사람을 아빠라고 그리워할 것 같냐고!

정윤의 힘준 두 눈동자가 빨갛게 변해 갔다. 결국 후두둑 떨어져 내린 물기를 땀인 양 스윽 닦아 내는 팔뚝 뒤론 입술을 앙다문 고집스런 얼굴이 드러날 뿐, 어디에도 상처받은 여자의 가녀림은 보이지 않았다.

원망이 가득 차도, 거친 호흡조차 내뱉는 법 없었던 삶. 그것이 이제껏 정윤이 살아 낸 삶의 방식이었다. 뭐가 보이나 싶게 재빨리 들어차는 눈물을 또 한 번 팔로 슥슥 닦아 내면 그뿐이었다.

그런 삶에서 유일하게 제 편이었던 엄마가 가려 하고 있었다. 그 원통한 이별의 길 앞에서 당신이 없어지면, 이미 썩어 버린 부성애에 제 자식이 상처받을까, 걱정하고 있는 거였다.

2년 전부터 연락이 왔었다면, 어쩌면 엄마는…… 그 사람한테 저를 잘 부탁한다 했을지도 몰랐다. 엄마는 그런 사람이니까. 백일 지난 걸 혼자 키워 놓고서도, 배알도 없이.

"이런다고 내가 포기할 것 같아?"

이를 악문 정윤은 서너 걸음 걸어가 바닥에 떨어진 밀대를 집어 들었다. 이 더러운 벽지들을 어서 다 떼어 내야, 예정된 공기 안에 작업이 마무리될 것이니 힘을 내야 했다.

철거 하루, 설비, 미장 일주일. 목공사 일주일, 도배 포함 도장 공사 6일. 타일시공, 바닥시공 하루 잡고 조명과 유리 끼우기로 하루를 잡아먹으면, 베이크 아웃하면서 집기 들이는 데까지 한 달은 무척이나 촉박한 시간이었다.

게다가 오늘처럼 비 오고, 뭐 해서 공사 지연되면 한없이 길어질 수도 있는 게 현장 사정이고. 저라도 서두르는 게 나았다.

"여기서 뭐 해요?"

그런데, 평산고택 앞까지 갔다가 차를 돌려 읍내로 나가야만 했던 이유인 사람이 불쑥 찾아와 버렸다.

어떡하라고요, 김태준 씨. 난 아직 머리가 많이 복잡해서 당신 까진 생각할 겨를이 없어요.

"이 과장이 정윤 씨 왔다고, 집에 안 온 거 보더니 읍내 갔을 거라고 해서, 한참 찾았어요."

여기 있는 줄도 모르고. 짧은 말 속에 그의 마음이 얼마나 저를 찾았는지 느껴져 정윤은 벽을 보며 그를 외면해 버렸다. 태준의 목소리에선 걸려 오는 전화를 받지 않았던 저를 원망하는 기색이 전혀 보이지 않았다.

……화를 내지. 그러면 이렇게 미안함이 자꾸 더 커지진 않을 텐데.

"저녁은 먹었어요?"

"……."

"아무것도 안 먹고 이러고 있는 거예요, 몸도 안 좋은 사람이? ……얼굴 좀 보여 줘 봐요. 괜찮은지만 확인할게요."

지난 일주일 넘는 시간 동안, 저를 걱정해 줬던 사람이 몇 명이나 있었더라. 모두들 자기들 말 좀 들어 보라고, 이것 좀 해결해 달라, 이것 좀 결정해 달라 요구만 했었는데.

"서울에서 진료받았어요."

메말랐다고 생각한 가슴이 또다시 울컥거렸다. 누군가를, 무엇을 지켜야 하는 입장에서 염려받는 입장이 된다는 건, 표현할 수 없는 마음의 찡함을 불러일으켰다.

차라리 싸움을 걸면 대응할 방법을 알겠는데, 이렇게 걱정해 오는 마음엔 면역력이 없었다.

정윤의 치아가 갈리듯 세게 맞물려졌다. 사춘기 소녀의 붉어진 볼처럼, 대책 없이 구는 제 모습이 짜증난 탓이었다.

"신경 안 쓰셔도 돼요."

퉁명하게 말을 내뱉은 정윤의 손은 다시금 물에 불은 벽지를 열심히 밀어 댔다. 그러다 그녀의 팔 움직임이 우뚝 멈춘 건.

"지금 뭐 하는 거예요?"

잠시 밖으로 나갔던 태준이 다시 안으로 들어온 다음이었다.

"같이 해요. 혼자선 이 방 하나도 해 지기 전에 다 못 해요."

"아뇨, 김태준 씨!"

"말하지 말아요. 여기 시멘트 독성 그대로고 먼지도 많으니까

코하고 입, 수건으로 잘 가리고, 최대한 빨리 끝내고 같이 나가요. 얘긴 나중에."

벽에 납작한 칼날을 밀착해, 밀어 대는 태준의 움직임을 따라, 페인트처럼 들러붙어 있던 벽지가 도삭면처럼 벽에서 가볍게 슥삭, 슥삭, 떨어져 내렸다.

한 손으로 밀가루덩이를 들고 칼로 삭삭 베어 내는 중국식 면 뽑기처럼, 어쩌면 저렇게 잘 떨어질까. 같은 면적을 다섯 번도 더 낑낑대며 밀어 댔던 정윤은 멍하니 태준의 뒷모습을 바라보고 있었다.

"나 뒤에도 눈 있어요."

흠칫한 정윤이 재빨리 벽으로 돌아서며 얼굴을 붉혔다. 다시 벽을 미는 손이 아까와는 다른 의미로 떨리고, 진정되어야 할 뺨에선 열기마저 느껴졌다.

"말하지 말고 듣기만 해요. 난 정윤 씨보다 호흡기 강하니까."

적어도 대답하라고 해도 못 할 상태라는 건 안 들켰으니 다행인가. 감정이 쉽게 균열되는 건, 내키지 않는 일인데, 이 사람은 왜 이렇게 찾아와 가지고선.

미간을 좁힌 정윤의 등 뒤로 힘 있게 벽 긁어내리는 소리가 규칙적으로 퍼져 나갔다.

"내 말을 안 믿는 것 같아서 다시 말해 주려고 찾았어요. 나, 정윤 씨 사랑하는 마음, 진심이에요. 정윤 씨 말대로 갈 때가 된 남자인 건 맞는데, 아무나 붙잡고 갈 생각은 없는 사람이고요. 내가 이러는 건, 정윤 씨라서 이러는 거예요. 나이나, 집안, 대를 잇는 문제랑은 별개라는 걸 믿어 줬으면 좋겠어요."

'때가 된 남자가 그 시기에 아무나 주변에 있는 여자 하나 잡아채서 결혼하는 거. 나 그거 아주 싫어하는 사람이에요. 이까짓 키스? 이런 흔한 키스 하나에 넘어갈 사람 같았으면, 지금 내가 이 자리에 있지도 않죠.'

부끄러웠던 것 같다. 처음 타인의 혀와 제 혀가 비벼지고 감기는 감촉에 흥분했다는 사실이. 심장이 더할 수 없이 뛰고, 제 몸이 변하는 걸 스스로도 느꼈으니까. 그때, 왜 가슴 끝은 짜릿했던 것일까.

'내 마음, 그렇게 모르는 척하고 싶어요?'

'……이런 꽃, 다시는 가져다 놓지 마세요. 그런 의미로 대해지고 싶은 적, 단 한 번도 없었어요.'

자존심을 긁는 말에도 화내지 않고, 도리어 안타까운 표정을 짓던 그를 보며 얼굴을 일그러뜨렸던 건 저였던 것 같기도 하고.

태준의 입술과 혀를 느꼈던 그 순간에 대한 기억은 노력해 봐도, 그다지 또렷하게 떠올려지지 않았다. 귓가에 온통 쿵쾅거리는 소리만 가득했다는 것, 뜨거웠다는 것. 더…… 하고 싶었다는 것 정도.

"아이가 급한 것도 아니에요. 장손이지만 손이 귀해도 독촉하실 어른들 안 계신 건, 정윤 씨도 잘 알 거고. 난 사랑하는 여자와 함께 살고 싶은 거지, 내 아이 낳아 줄 여자를 찾는 게 아니거든요."

"어떻게 사랑이라고 확신하세요?"

등 뒤에서 들려오던 거친 마찰음이 뚝 끊겨 버렸다. 정윤은 무관심으로 대응하지 못하고, 기어이 궁금한 것을 내뱉고만 제가 실수한 것 같아 두 눈을 질끈 감아 버렸다.

"정윤 씨, 나 좀 봐요."

"그냥 말해요. 난 태준 씨가 도대체 날 왜 좋아하는지 나에 대해 뭘 안다고 이렇게까지 쫓아다니는지 도무지 이해할 수가 없어요."

"정윤 씨하고 나, 닮았어요."

그게 무슨 소리예요? 이해할 수 없는 말에 정윤의 콧잔등과 미간에 새로운 주름이 하나 더 생겨났다.

"대답할 테니까, 보면서 들어요."

흐음. 물어봐 놓고 벽만 보고 있는 꼴도 유치하지. 뒤돌아선 정윤은 안으로 깨문 제 입안 살만은 놓아주지 못한 채, 어디 한번 말이나 해 봐라, 하는 조금 비딱한 표정으로 태준을 바라보았다.

"정윤 씨 처음 봤을 때 여기, 여기가 아팠어요."

아파? ……뛰는 게 아니고?

정윤은 제 명치를 손바닥으로 덮어 눌러 보이는 태준의 커다란 손등을 바라보았다. 사랑하면 설레야지, 사랑하면 심장이 주체할 수 없이 뛰는 거고, 사랑하면 별거 아닌 일에도 마음이 흔들리고, 얼굴이 빨개지고…… 가만.

정윤은 숨을 훅 들이마셨다. 이거 모두…… 제가 하는 짓이었다. 비록 태준에게 들키진 않았다고 생각되지만 그래도 이건…….

제길. 사는 게 더 복잡해진 정윤의 표정이 조금 더 심각하게 굳어져 버렸다.

"……왜 아픈데요?"

말을 내뱉는 목이 깔깔했다. 현장살이 하루 이틀도 아닌데, 갑자기 태준의 말처럼 시멘트 독성에 예민해지기라도 한 것일까.

"보는 순간 알았어요. 정윤 씨하고 나하고 닮은 사람이구나. 혼자 앉아 울고 있는 슬픔이 여기로 전해져서, 그래서 나도 아팠어요. ……숨소리조차 못 내고 우는 울음. 나도 울어 봤거든요…….

내가 아프지 않게 해 줘야겠다, 내가 많이 아껴 줘야 할 사람이구나, 그랬어요."

그거, 동정 아닌가요. 감추려 애쓰던 상기된 정윤의 **뺨**이 차게 식어 딱딱하게 굳어져 갔다.

"내 마음은 그때나 지금이나 마찬가지예요. 조금 더 좋아진 것 같긴 한데, 그렇다고 더 좋아질 여분이 남아 있을 만큼, 여유 있게 정윤 씨를 좋아하는 건 아니에요."

당신이…… 무슨 소리를 하는 건지 모르겠어요.

"혹시 보이는지는 모르겠지만, 나 아주 미칠 듯이, 흐음…… 정윤 씨 서울 가고 애타서 죽을 뻔한 사람이거든요, 내가. 내 마음은 이래요. 정윤 씨가 정말 좋아요."

나 때문에, 죽어요? 애가…… 타서?

"태준 씨."

"못 보면 안 될 것 같아요, 이제."

"저는……."

"나 좀 받아 줘요. 힘들겠지만, 다른 짐은 내가 좀 덜어 줄 테니까, 딱 내가 덜어 준 짐만큼만, 나 좀 받아 줘요."

"……."

"잘할게요."

"……."

"아프지 않게 아껴 줄게요. 난 자신 있어요. 시간이 조금만 더 지나면 정윤 씬, 날 제일 많이 믿게 될 거예요. 나 정말 괜찮은 사람이거든요. 누굴 배신하고, 이용하면서 산 적도 없고, 앞으로도 그러지 않을 거예요."

그렇게 말하면, 내가…….

"정윤 씨가 아플 때, 가장 먼저 안아 줄 수 있는 사람이 되고 싶어요."

엄마, 나 이 사람 어떻게 해.

정윤의 팔이 툭, 아래로 떨어져 내렸다. 눈가가 뜨거워져 미어지는 가슴팍이 숨조차 쉬지 못하게 조여들고 있었다.

"내가 정말 그러고 사는지, 지켜보고 싶지 않아요?"

보고 싶어요. 나한테도 그런 행운이 주어질 거라 믿어 본 적 없지만, 당신 말이 다 사실이라면, 나도…… 나는…….

한 손에 밀대를 들고 팔을 축 늘어뜨린 정윤의 눈동자가 태준을 보며 하염없이 흔들리다, 획 하니 뻥 뚫린 문틀 쪽으로 돌려졌다.

헐떡이듯 들썩이는 가슴팍과 정윤의 꾹 다물린 입술이 저를 외면하자, 애가 탄 태준이 한 걸음 앞으로 다가서려 할 때였다.

"잠깐만. 잠깐만, 나갔다 올게요."

도망치듯 태준의 앞을 가로지르며 방을 나선 정윤은 마당 한가운데서 큰 숨을 들이마셨다. 방문이 모두 떨어져 나가 마당과 별반 다를 것 같지 않은 방 안에 있다 나왔지만, 태준이 앞에 없다는 사실만으로 정윤의 폐는 마음껏 확장하며 공기를 들이마실 수 있었다.

그때 얇은 반바지 주머니를 축 처지게 만들고 있던 휴대폰의 진동이 이제야 느껴졌다. 서둘러 꺼내 보니 부재중 5통화가 찍혀 있었다. 무슨 일이기에, 평소라면 문자로 남겼을 이모가 부재중 전화를 5통이나……. 정윤은 정수리로 얼음물이 쏟아진 것처럼, 정신이 번쩍 들었다.

엄마. 엄마, 아직은 안 돼. 아직은 아니잖아!

"여보세요?!"

입을 열자마자 터져 나온 것은 극도로 흥분한 목소리였다. 다급하고, 초조하고, 두려움에 떨고 있는 목소리로. 저도 모르게 제 가슴팍을 부여잡은 정윤이 파들거리는 입술을 깨물고 있었다.

— 정윤아, 무슨 일 있어?

누가 할 소린데.

"엄마는?!"

— 엄마? 엄만 잘 계시지. 놀랐구나.

잘 계신다는 게, 여느 날과 다름없이 축 처져 반은 약에 취해 잠들다 일어나 의사의 처치대로 묵묵히 병상을 잘 지켰다는 뜻임을 알고 있지만, 그래도 감사했다. 여느 날과 다름없어 주셔서. 아직, 곁에 계셔 주셔서.

"하아, 하아⋯⋯허, 하아⋯⋯ 이모, 무슨 일이야. 무슨 일인데, 부재중이 이렇게 많아."

— 미안해, 정윤아. 내가 너 놀라게 하려고 했던 건 아닌데⋯⋯. 다른 게 아니라 너 만나는 사람 있니?

"그게 무슨 소리야."

— 너랑 교제하고 싶다고, 네 선배란 사람이 허락받으러 왔어. 서로 마음 안 지는 오래됐다던데? 너 대학 때부터 좋아하던 사람이라며.

놀라서 크게 눈 뜬 정윤이 사색이 되어 다급히 입을 열었다.

"차 선배, 거기 있어?"

— 맞구나, 차영준 씨. 와, 정윤아, 엄마가 아직 조심스러우면서도 얼마나 기운 나 하시는지, 엄마 눈에 생기가 보이기 시작하는데⋯⋯. 엄마가 그 사람 화장실 갔을 때 은근슬쩍 그러는 거야, 너

애 낳을 때까지만이라도 살고 싶다고. 사람이 그렇다잖니. 살고 싶은 이유가 생기면 좀 오래 버티기도 하고, 기적처럼 낫기도 하고…….

하얗게 질린 정윤이 숨을 억누르며 고통을 참아 내듯 표정을 일그러뜨렸다.

— 네 신랑감 오니까 하는 말인데, 엄마도 굳이 네 아빠 대면시키고 싶어 하진 않았어. 예전부터 그 사람이 워낙 엄마한테 한 번만 화해할 기회를 마련해 달라고 하도 조르는 바람에, 네 엄마도 자기 이렇게 되고 보니까 너 혼자 남아 외로울까 봐 흔들린 거지. 근데, 네가 결혼한다니까, 애 낳으면 꼭 그 사람 아니라도 핏줄이 생기는 거잖니. 엄마는 네가…….

눈을 질끈 감고 피가 나도록 아랫입술을 깨물었다.

'그 사람, 남자로 보여?'

'고민 중이야.'

'흔들리는 거야? 사귈 생각 있는 거냐고!'

'그걸 왜 선배가 따지는데?'

'따지는 게 아니잖아, 난…….'

'난 선배가 지금 나한테 화내는 것 같은데. 선배, 나한테 그런 거 물을 자격 있는 사람이었어?'

'정윤아. 너, 내 맘 알잖아. 내가 너 기다리는 거 알고 있잖아.'

'……나 분명히 말했었어. 다시 누굴 만나게 돼도, 그건 선배가 아닐 거라고. 하아, 이런 문제로 기운 빼고 싶지 않아. 선배 인계 다 끝났으면 그만 올라가.'

'한정윤.'

'나 안 힘들고 싶어. 가 그만.'

'그 사람 사랑해?'

'무슨 소릴 하는 거야.'

'대답해, 그 사람 사랑, 해?'

'하아, 선배. 좀!'

'대답 못 하겠어?'

'잘 몰라. 됐어? 이 상황에 내가 누굴 사랑해서 사랑에 환장했으면 좋겠어? 왜 그래, 정말!'

'……너, 지금…… 아니라고 말 못 하는 거, 알아?'

'하아…….'

'나한테는 만날 아니라고 똑 부러지더니, 왜 그 사람한테는 못 하는데. 너 그 말 되게 쉽게 하잖아. 왜 못 하는데!'

'선배는 내가 세상 사람 다 미워하고, 죄다 실망하면서 살았으면 좋겠어? 나한테 아무 짓도 안 한 사람한테까지 벽 세우고 그럴게? ……그만하자.'

'……내가, 아직도 그렇게 밉니?'

'선배.'

'아직도 실망이 그렇게 커?'

'시동이나 걸어. 나 현장 가 봐야 돼. ……안 갈 거면, 평산고 택까지 다시 태워다 주든가.'

그때, 현장에 도착해 내리기 직전에, 선배가 뭐라 그랬더라. 그래도 나 너 포기 안 한다고 그랬던가. 이제 기다리는 건 그만하겠다고 그랬던가. 수없이 많은 말을 들어서, 뭐가 마지막 말인지 기억도 안 났다.

차 선배, 그래서 겨우 생각해 낸 게, 엄마 찾아가는 거였어? 선배 편들어 달라고? 선배가 대학 때부터 나 좋아했던 걸 말했으면,

나 좋아하면서 다른 여자랑 양다리 걸친 것도 말했나? 어? 그래?!

"이모, 전화 좀 끊어."

— 얘, 정윤아.

정윤의 성난 손가락이 차 선배라고 저장된 번호를 찾아 급하게 눌렀지만, 전화는 신호음만 갈 뿐, 연결되지는 않았다. 다시 이모의 번호를 누른 정윤의 얼굴엔 화기가 들어차고, 가슴은 빨라진 심장 박동 따라, 빠르게 들썩이고 있었다.

"이모, 차 선배 좀 바꿔 줘."

— 어? 지금 죽집 갔는데?

"죽집?"

— 네 선배라는 사람이 얼마나 살갑게 구는지, 네 엄마 손을 한참 주물러 주더니, 뭐 드시고 싶은 거 없냐고. 웬일로 엄마도 식욕이 도는지, 깔끔한 야채죽이 생각난다고 그러지 않니.

원망으로 가득 찼던, 정윤의 얼굴이 한순간에 울상으로 변해 버렸다. 고함을 참던 입술은 여전히 똑같이 윗니에 깨물린 채 울음을 참아야 했고, 독한 눈빛을 감추려던 두 눈꺼풀은 고이는 눈물을 감추기 위해 더 깊게 내리눌렸다.

"……그래서, 엄마는?"

갑자기 착 가라앉은 목소리가, 세상만사에 지친 사람처럼 흘러나왔다.

— 어머, 얘, 정윤아.

"엄마는 좋대? 그 사람, 마음에 든대?"

— 너, 우니?

파르르 떨리는 입술이 흐흑, 울음 섞인 숨을 들이마셨다.

"엄마는 왜 그렇게 날 못 보내서 난리래?"

엄마는 내가 그렇게 아무한테나 갔으면 좋겠대? 이번엔 아빠가 아니라, 차 선배래?

— 정윤아! 얘!

내 나이가 몇 살인데, 지금까지 내가 어떻게 살았는데, 그렇게 불안하대?

"……기다리라 그래. 나 지금 올라간다고."

— 너 왜 그래? 어? 그 사람, 너하고 친한 사람 아니야?

"차 선배 오면, 이모."

— 어.

"꼭 기다리라 그래. 나 보고 가라고. 엄마한테는…… 엄마한테는 그냥 아무 말 말아. 가서 얘기하자. 끊어, 이모."

몇 번이나 심호흡을 했는지 몰랐다. 막혔던 숨이 제 박자를 찾고, 호흡의 크기가 정상으로 돌아와 눈을 떴을 때, 눈앞에는 언제부터인지 모르게 태준이 서 있었다.

"문제 생겼어요?"

"……"

"서울 갈 거예요?"

울음을 감추는 목 넘김이 묵직한 둔통을 동반해, 잠시 말을 삼켜야 했다.

"……그래야 될 것 같아요."

"같이 가요."

"……"

화낼 기운도, 상황을 설명하고 이해시킬 기운도 없는 정윤이 넋놓은 사람처럼 태준을 바라보았다.

"운전할 기운도 없잖아요. 설마, 하루 종일 굶은 건 아니죠?"

정윤의 떨리는 손을 걱정스런 눈으로 바라본 태준이 작고 하얀 손을 제 손으로 감싸 쥐었다. 투박한 손에 쥐인 정윤의 손이 세상에서 가려져 버렸다.

손과 손이 맞닿아 한 덩이로 뭉쳐져 버리는 결속. 평소 같았으면 당연히 내쳤을 행동인데, 정윤은 그 접촉이 주는 따스함을 제 마음이 꽤나 반기고 있음을 깨달았다.

좋았다. 따스한 체온에 닿는다는 것이. 의지가 된다는 것이.

멍하니 그 모습을 내려다보던 정윤은 의아함이 가득한 눈동자를 들어 올려 태준을 보았다. 조막만 한 콧망울엔 붉은 기운이 실리고, 까만 두 눈동자는 유리알처럼 말갛게 흔들리고 있었다.

"나한테…… 왜 이래요?"

"사랑한다고 했잖아요."

울음을 건디듯 무너지는 정윤의 표정에 태준이 안쓰러운 듯 손을 올리다 멈칫했다. 먼지 묻은 태준의 손은 결국 하얀 뺨에 닿지 못한 채 내려지고, 맞잡은 손에만 좀 더 강한 힘이 실려 왔다.

"데려다줄게요. 나, 기사 노릇 잘해요."

"……왕복하면, 새벽이나 돼야 돌아올 거예요."

"그러니까, 내가 운전해야죠. 지금 정윤 씨 상태론 무리잖아요."

전에 나한테 당신을 이용하라고 했었죠.

정윤은 제 손을 잡고, 손등을 문지르고 있는 태준의 굵은 엄지손가락 감촉을 느끼고 있었다. 같이 가요. 태준의 입이 말하고, 눈이 말하고…… 닿는 피부가 마음을 전하고 있었다.

"그래도 돼요?"

어디까지 이용해도 되는지, 그 말은 안 했던 것 같은데.

"그래도 돼요."

……미안하지만, 지금 나는, 당신이 필요한 것 같아요.

"그럼…… 부탁 좀 할게요."

그런데 왜, 이렇게 마음에 가책이 느껴지는 걸까요.

고속도로에서 시간이 흐르는 동안, 비는 점점 갠 대신, 하늘엔 어둠이 더 짙어져 있었다.

"엄마가 기뻐하셨대요."

생각에 빠져 있다 정신 차리니 어느새 졸다 깬 자신의 모습에 정윤은 운전 중인 태준에게 사과를 건넸다. 태준은 괜찮다고 말하더니, 어떤 일인지 물어도 되냐고 어렵게 물어 오고선, 정작 일의 전말을 듣고 난 뒤에는 무슨 생각을 하는지 모르게 표정 변화가 없었다.

"커피 한잔할래요?"

서 있을 때 무릎을 적당히 드러냈던 정윤의 통 넓은 반바지는, 조수석에 앉자마자 허벅지 중간까지 올라가 버리고, 습기에 젖었던 몸은 약하게 틀어 놓은 에어컨에도 오소소 돋아나는 소름을 느꼈다. 시야에 들어오는 문막 휴게소에, 고개를 끄덕이던 정윤은 태준을 바라보았다.

"음…… 네. 전화부터 받으세요."

대답하면서 정윤은 또 몸을 기울여 재빠른 손놀림으로 창문을 닦아 냈다. 에어컨을 끄면 안쪽으로 뿌옇게 김이 서리는 창문 때문에 에어컨을 끌 수도 없고, 창문을 열자니 들이치는 빗물과 바람 때문에 창을 열 수도 없었다.

부러 하는 건 아닌가 싶은 짓궂은 요구에, 운전하는 사람 시야를 가려 가며 티슈로 물기 닦아 주는 것도 한두 번이지, 번번이 태준과 핸들 사이로 몸을 밀어 넣어 재빨리 팔을 휘젓기란 보통 땀 나는 일이 아니었다.

"……."

그럴 때마다, 서로 말은 안 했지만 묘한 기류가 차 안을 떠돌고, 긴장하게 되는 것도 못 할 짓이었다.

휴게소에서 차 문 좀 열어 놓고, 따뜻한 차도 마시고, 그러다 보면 비도 완전히 그치겠지?

정윤은 자꾸만 태준을 의식하게 되는 제 마음을 가라앉히듯 천천히 숨을 들이마셨다. 그런데 왜…….

"아까부터 계속 오는데. 급한 일 아니에요? 저 신경 안 쓰셔도 돼요."

"아니에요."

그사이 전화는 끊겼다가 다시 또 걸려 오고 있었다.

"급한 것 같은데요. ……저기, 저기 자리 있네요. 태준 씬 계세요. 아, 비 오는데도 아이스 아메리카노 드실 거예요?"

읍내를 함께 돌아다니는 동안 태준이 마신 음료는 생수거나, 청량감이 느껴지는 아이스 아메리카노뿐이었다. 문득, 정윤은 어느새 태준의 입맛까지 알게 되었단 생각이 들었다.

"그러지 말고 같이 가요."

휴게소로 진입한 차는 주차장을 채 반절도 돌기 전에 양쪽을 채운 세단 사이로 파고들었다.

"통화하셔야 되잖아요."

"금방 끝낼게요. 잠깐만요."

손등을 덮는 따스한 온기. 차 문을 열려던 정윤은 제 왼손을 덮어 오는 낯선 감촉에 시선을 아래로 내렸다. 맨살 드러낸 무릎 위에 올려놨던 제 손, 그 손을 꽉 움켜진 태준의 손. ……손도 말을 하나. 손등으로 느껴지는 힘의 강도에 따라, 태준의 뜻이 전해져 오는 듯했다.

움찔, 기다려요. 다시 한 번 꽉, 자꾸 손 빼려고 하지 말고.

"왜."

정윤의 시선이 옆으로 조금 더 돌려져, 위로 향했다.

"칭따오, 따롄, 베이징. 모두 정리해."

이 사람, 이렇게 차가운 목소리도 낼 줄 아는 사람이었나. 소리 없이 눈을 키운 정윤의 눈동자가 태준의 옆얼굴을 새삼스레 훑어 내렸다.

남자다운 턱 선이야, 키도 크고 체격도 크니까 유순해 보이진 않는다고 치지만, 여자처럼 광나진 않아도 매끈하고 깨끗한 피부를 유지하고 있는 걸 보면, 영 털털한 것만 같지도 않은데, 왜 이제껏 순한 사람이라고만 생각했던 걸까.

"사재 출연하든가, 매각 정리하든가."

늘 웃는 얼굴만 봐서 생각을 못 했던 것 같다. 늘 저를 보고 있을 땐 따뜻하고, 속내를 다 열어 보이는 눈빛이 먼저 눈에 들어와서.

"분명히 말하는데, 이대론 같이 못 가. 이 주 안에 해결해. 늦으면 내가 지분 정리할 테니까."

정윤은 전화를 뚝 끊고 저와 눈 마주치며, 다시 착하기 그지없는 눈빛을 해 보이는 남자를 가만히 바라보았다.

"많이 기다렸죠? 가요."

태준은 서둘러 운전석 문을 열다가, 문득 맞잡은 손에 좀 더 힘을 주며 정윤을 돌아보았다.

"나한테 십 분만 줄 수 있어요?"

정윤은 태준을 바라보며 소리 없이 물어볼 뿐이었다.

"여기 한우 국밥 괜찮거든요. 금방 나오니까, 별로 안 늦을 거예요."

"아, 시장하셨어요?"

제 생각에 빠져 저녁때가 지났음을 뒤늦게 떠올린 정윤이 미안한 표정을 짓자, 태준은 웃으며 정윤의 머리카락을 쓸어내렸다. 웃음기가 사라진 정윤이 태준을 빤히 쳐다보았다.

"정윤 씨, 뭐라도 먹이고 싶어서. 밥 다 먹으면, 내가 커피도 사줄게요. 가요."

가자면서 미동 없이 옆에 앉아 눈을 맞춰 오는 태준의 시선은 천천히 아래로 내려가, 인중 어딘가를 바라보는 듯했다. 꿀꺽. 침이 삼켜졌다. 이제 차에서 내려야 하는데, 지금의 침묵이 나아가는 방향은 뭔가……. 정윤은 혹시 제가 숨을 너무 거칠고 빠르게 쉬고 있는 건 아닌지, 숨소리가 태준에게 들리진 않는지 신경 쓰이기 시작했다.

"정윤 씨. 대답…… 지금 해 줄 수 있어요?"

"뭐를요?"

"나, 받아 줄 건지."

"……."

결국 막혀 오는 숨에 입을 벌리고, 급하게 숨을 끌어모은 정윤은 도망치듯 시선을 내려, 태준의 가슴께 어딘가를 배회하고 있었다.

"난 지금 들어야겠는데. ……가서 차 부장한테 해 주고 싶은 말이 있거든요."

"……사실, 태준 씨 나는…… 아니, 저는 잠깐 또 태준 씨를 이용할 생각이었어요. 태준 씨는 이해해 줄 것 같아서. ……전에도 그래 줬고. 이번에도 같은 사람, 같은 일이니까."

"이용하지 말고, 내가 맡을 수 있도록 해 줘요."

"……."

"내가 맡겠다고 했잖아요. 정윤 씨 일은 뭐든. 게다가 이건…… 꼭 내가 해야 할 일 같은데. 안 그래요? 날 얼마나 우습게 봤으면, 내가 사랑한다는 여자 어머님을 제 맘대로 찾아가나."

"그건……."

"나한테 맡기고, 좀 쉬어요. 쉴 시간에 나 좀 예뻐해 주면 더 좋고. ……받아, 줄 거죠?"

혼란스러워서 생각을 정리한 다음에 대답해 주겠다고 말해야 하는데.

"키스할 거예요."

"잠깐만요."

"싫으면 물어요. 장애등급 받을 만큼 피가 철철 나도록 물면, 거절당한 걸로 알게요."

그럴 수 있을 리가 없잖아요. 저번에 우리가 어땠는지 알면서. 몸이 뜨거워지다 못해 종내는 헐떡이는 신음까지 흘러나왔던 키스였다. 정윤이 생애 처음 경험한 첫 키스는 그대로 누여져 벗은 몸을 맞대게 될 것 같은 어른의 짙은 성애와 닮아 있었다.

왜 도망치듯 서울로 가야 했는데. 온몸이 곤두서는 그 느낌, 흥분하는 제 모습을 보인 게 얼마나 수치스러웠는지…… 다 짐작하고 있을 거면서.

"태준 씨."

"그리웠어요."

까만 눈동자가 물기에 젖어 파도처럼 흔들리며 다가왔다. 말캉하고 부드러운 점막이, 여느 피부와는 분명히 다른 섬세한 입술조직이 또다시 맞붙어 버렸다.

뜨겁고, 부드러웠다. 고개를 비틀어 입 맞춰 오는 태준은 거침없이 혀로 입술을 가르며 밀려들었다. 어깨가 움찔하고, 심장이 간지러울 만큼 전신이 짜릿했다.

등을 감싸 받쳐 오는 손길과, 태준의 품 안에 감싸이며 급하게 들이마신 숨 사이로, 코를 타고 진하게 몸 안으로 퍼져 나가는 남자의 체향에 정윤은 또 다른 의미로 머리가 아찔해지며 어지러움을 느꼈다.

남자, 저와는 다른 수컷. 정윤은 제 몸 어디에 이런 여자로서의 본능이 숨어 있었는지, 기가 찰 뿐이었다.

좀 더 세게 비벼지고 싶어서 애가 탔다. 좀 더 세게 빨아 당기면, 모자란 숨이 쉬어질 것만 같았다. 무엇을 원하는지도 모른 채, 더 가지고 싶어서 스스로 입을 벌리고 태준의 혀를 감으며 몸을 밀착했다.

사랑, 지금 이게 사랑인가. 눈을 감고 흘리는 태준의 신음을 들으면서 정윤은 제 머리에 떠오른 의문을 가볍게 내리눌렀다.

사랑이든, 성적으로 끌리는 것뿐이든 뭐가 상관인데. 어차피 믿지 못할 거. 살면서 한두 번, 이런 추억쯤은. ……그래, 괜찮아.

"하아, 나랑 잘래요?"

입안도, 서로 나눈 타액도, 어디를 움켜쥐고 있는지 모를 손도 모두 뜨거웠다. 운전석에서 반쯤 건너와 키스를 나누다, 갑자기 능동적으로 변한 정윤에게 밀려 헤드레스트 옆면에 머리를 기대고 있던 태준이 눈꺼풀을 들어 올렸다. 흥분으로 흐려졌던 검은 눈동자가 바짝 조여들고, 가늘게 떠진 눈매가 진의를 타진해 오는 듯했다.

"그러고, 싶어요?"

한 번에 다 내뱉지 못하고 흠, 하고 목을 가다듬으며 낮게 흘러나오는 허스키한 목소리. 가슴이 울렁댔다. 낮아진 목소리 하나로 짜르르한 감각이 퍼져 나가는 제 가슴팍 때문에 이게 설렘인지, 단순한 성적 흥분인지 궁금해질 정도로.

"가능할 것 같아요."

태준의 시원한 눈매가, 반듯한 미간이 좀 더 진하게 좁혀 들었다.

"내가 예상치 못한 강제적이거나, 변태적 행위만 없다면."

"하."

기막힌 이야기를 들었다는 것처럼 헛웃음을 터트리는 태준의 입술 사이, 가지런한 치아가 보기 좋았다.

"당신이랑 자 보고 싶어요. ……받아 주는 건, 그다음에."

현장에서의 첫 성희롱이 50대 나이 지긋한 소장이 떠들어 대는 술집 탐방기를 듣는 거였죠.

그런 소리에 당황하던 내가, 이젠 내 앞에서 더 이상 그런 소리 따윈 꺼내지 못하게 된 자리까지 살아 내는 동안, 남자랑 자 보고 싶다는 생각이 든 건 처음이에요.

노골적인 표현에 질려, 누구와 닿는 것은 상상만으로도 역한 느낌이었는데…… 난, 지금을 놓치고 싶지 않아요.

"……잘 해야겠네요."

빙긋이 웃는 눈이 점점 더 가까이 다가왔다. 그리고 또다시 제

자리를 찾은 듯한 뜨거운 살점이 입안으로 밀려들었다.

　외롭지…… 않았다. 정윤은 언제부터 바지춤에서 빠져나왔는지 모를 태준의 셔츠 안으로 다시 손을 밀어 넣으며, 뜨거워지는 태준의 체온 따라 나오는 대로 신음을 흘렸다. 늘 억눌렀던 무언가를 시원하게 내던지는 느낌이 통쾌하기도 했다.

　손바닥에선 딱딱한 피부가 느껴지고, 아직 젊고 싱그런 남자의 근육은 정윤이 쓰다듬을 때마다 티 나게 꿈틀거렸다. 제 움직임 하나에 한 남자가 적나라하게 반응하는 기쁨. 온몸의 감각은 민감하게 되살아나고, 손끝에서 느껴지는 작은 돌기는 정윤의 흥분을 자극시켰다.

　"하아, 정윤 씨. 잠, 잠깐만."

　조금만, 조금만 더 해요.

　"거, 거긴."

　아직은 이 어지러움이 더 필요해요. 현실로 돌아가고 싶지 않아요.

　정윤은 태준이 그랬던 대로, 비빌수록 더 짜릿한 느낌을 전해 주는 설육에 제 혀를 문지르며, 입을 열고 고개를 더 깊이 틀었다.

　제 가슴이 태준의 가슴팍에 닿아 뭉개지는 느낌도 좋았다. 뭘 이런 걸 참고, 없는 듯 살아왔을까. 이렇게 해 버리면 그만인데. 이렇게, 마취제처럼, 진통제처럼 편안해질 수 있는데.

　태준의 허리가, 등이 꿈틀거리다 못해 괴로운 듯 비틀리는 것이 느껴졌다.

　심한 건가, 이러는 건. 차 안에서 이대로 계속 갈 수도 없는데, 너무 괴롭히는 일인가? 정윤은 제가 쓰다듬던 작은 유두와 내내 빨아 대던 혀를 놓아주며 입술을 떼고 숨을 골랐다.

"하아, 우리, 병원 다녀온 다음에."

"후우……."

태준은 큰 고비를 넘긴 사람처럼 숨을 가다듬으며, 정윤의 작은 어깨로 고개를 묻어 왔다.

"같이 자요."

말 없는 태준은 뻣뻣할 정도로 몸을 굳힌 채, 정윤의 어깨에 기댄 고개를 끄덕이는 것으로 대답을 대신했다. 정윤의 허리를 끌어안고 있는 태준의 손아귀에 살이 붉어질 만큼 억센 아귀힘이 들어가 있었다.

아프다고 해야 하나. 그러기엔, 이 남자가 뭔가 더 아파 보이고, 더 힘들어 보이는데? 정윤은 태준의 억누른 호흡과 과하게 힘이 들어간 몸을 느끼며, 차창 밖으로 시선을 돌렸다.

휴게소 주차장엔 수많은 차들이 쉼 없이 드나들고, 주전부리를 사 든 사람들이 종종 멀지 않은 곳을 지나치고 있었다.

수주 현장이 주로 수도권이었던 탓에 고속도로 휴게소를 제 집처럼 드나들진 않았었지만, 두어 번 와 본 적 있는 문막 휴게소에서 남자와 혀를 얽고, 창에 뿌연 막이 생길 정도로 몸을 달구다니. ……생각이 다시 깊어지려 했다.

정윤은 한 몸처럼 끌어안겨진 제 몸을 뒤로 물리며, 태준의 얼굴을 두 손으로 감쌌다. 그리고 다시 혀를 깊게 들이밀어 천천히 입안을 휘젓다가 느릿하게 빠져나왔다.

역시, 좋은 마취제 같아. 고통도, 사념도 모두 날려 버리는 훌륭한 마취제.

"국밥, 안 먹어도 되죠? 병원 빨리 다녀왔음 하는데."

아주 느린 키스였음에도, 또다시 숨이 거칠어진 태준이 졌다는 것처럼 고개를 저으며, 팔을 올려 제 이마를 한 손으로 덮었다.

보기 좋은 이마와 짙은 눈썹이 커다란 손에 가려지고, 늘 담담했던 태준의 뒷머리가 시트에 비벼지는 모습을 바라보며, 정윤은 새침스러울 만큼 깔끔한 자세로 제자리에 앉아 벨트를 당겨 맸다.

"……가요."

어느새 정갈해진 정윤의 모습을 눈에 담은 태준이 딱 한 번 고개를 끄덕여 보인 뒤, 뒤늦게 자세를 바로잡고 핸들을 움켜쥐었다.

'섹스도 키스처럼…… 우리, 잘 할 수 있겠죠?'

운전하던 태준이 팔을 뻗어, 곤한 생각에 잠긴 정윤의 한 손을 꽉 움켜잡았다.

사랑? 다 이런 거지. 섹스…… 별거 아닌 거야.

09.

　서울에 진입하며 밀리기 시작한 차는 9시가 넘어서야 병원 주차
장에 멈춰 섰다.

　차에서 내린 태준은 당연한 것처럼 손을 잡아 왔고, 손가락 사
이를 파고든 굵은 타인의 손가락을 잠시 바라보던 정윤은 다시 길
을 앞장섰다.

　"잠깐 지하에 좀 내려갔다 가죠."

　반 발짝 앞선 정윤과 보조를 맞추는 태준 사이에서 서로 연결된
팔이 자연스레 흔들렸다.

　이런 간지러움은 아직 불편한데.

　"왜요?"

　그럼에도 병원이란 곳은 몇 번이고 손을 떼어 내려 했던 정윤의
마음을 억누르게 했다. 여긴 혼자 남을 딸을 걱정하느라 맘 편히
아프지도 못하는 엄마가 계신 곳이었다.

"어머님께 정윤 씨가 제일 좋은 선물인 건 아는데, 그래도 한 손이 비어서요."

피식, 당면할 심각한 상황을 앞두고도 어이없어 웃음이 났다. 지하에 내려가 결국 엄마가 아닌 방문자들이 먹게 될 음료수를 사들고, 늦은 시간이라 떨어져 버린 선물용 과일바구니를 계속 아쉬워하는 태준을 이끌어 엘리베이터에 올라타면서도, 계속…… 마음이 이상하게 두근거렸다. 마치, 진짜 애인을 데리고 엄마에게 인사시키러 가는 모습 같아서.

혼자 생각에 빠져드느라 너무 태준을 신경 못 썼단 생각에 큼큼, 목을 가다듬으며 귀 뒤로 머리카락을 넘기는데, 정윤의 이마 앞으로 투박한 손이 다가왔다. 스스스슥, 앞머리를 매만져 주고, 아직 넘기지 못한 반대편 머리카락을 귓바퀴 뒤로 모아 넘겨주는 손길은 따뜻하긴 했지만, 그리 능숙하진 못했다.

태준이 흐뭇한 듯 다시 허리 굽혀 음료 상자를 들어 올리자, 멍하니 섰던 정윤의 작은 얼굴엔 홍조가 번졌다. 또 다른 생각에 빠져드는 모습을 모두 보여 줬단 생각에 아랫입술을 깨물어야 했다.

"왜 밖에 계세요."

이모는 엘리베이터에서 내려서자마자 보이는 휴게 공간 소파에 앉아 계셨다.

정장을 차려입고, 뭔가 각오한 눈빛으로 정윤과 태준을 번갈아 쳐다보는 차 선배도.

"어, 어……. 이 사람하고, 얘기 좀 하느라고."

정윤은 제 손을 더 꽉 잡아 오는 손길에 옆을 돌아보았다. 성큼, 앞서 가는 태준의 뒤로, 깍지 낀 손에 딸려 가는 정윤의 걸음은 얼핏 보기엔, 모든 중심을 태준에게 의지하고 있는 듯 보였다. 차 선배의 얼굴이 눈에 띄게 굳어졌다.

"안녕하십니까, 처음 뵙겠습니다. 김태준이라고 합니다."

"······예. ······얘기 들었어요."

정윤의 시선이 차 선배에게로 향했다. 자신의 두 손을 몸에 붙이고 손목을 쓰다듬으며, 뭔가 경계의 빛을 띠는 이모의 시선은 차 선배가 상당히 많은 말을 전했음을 의미하고 있었다.

갑자기 배알이 꼬였다. 이 사람이 언제부터 내 가족을 나 없이 만날 수 있는 사람이었나. 언제든 제 맘이 내키면 날 흔들고, 가족을 흔들고. ······누가 그걸 허락했는데.

"내가 사귀는 사람이야."

그래, 다시는 이 사람에게 흔들리지 말자. 아니라고 생각하면서도, 한 번 열렸던 마음이라 그런지, 이따금씩 들리는 소문에 솔깃해지던 내 귀도. 선배가 만나는 여자는 어떤 사람인지, 떠들어 대는 동기들의 말을 굳이 막지 않고 들었던 저의 호기심도. 이런 내 못난 마음부터 확실하게 도려내는 거다.

"어?"

"정확히는 결혼을 전제로 사귀고 있습니다. 이모님."

"아······ 어, 나는······ 저기······."

말을 맞춰 주는 태준이 고마웠지만, 당연한 것처럼 이모를 바라보며 여유 있게 웃어 보였다.

이모는 이제 태준과 차 선배를 번갈아 바라보기 시작했다. 힘드시겠지. 평생 순리대로 살아오신 분이니, 이런 상황, 버거우시겠지.

"태준 씨, 들어가요. 난 차 선배랑······."

"이모님 모시고 먼저 들어가."

아직 인사도 나누지 않고 서 있기만 하는 차 선배를 바라보며, 얘기 좀 하고 들어갈게, 라고 말하려던 정윤은 꽉 쥐어지는 손아귀 힘에 더 이상 말을 잇지 못했다. 뭐예요? 홱 돌아간 정윤의 시선에도 태준의 표정은 굳건했다.

"이모님, 먼저 들어가십시오, 차 부장님과는 구면이라, 잠시 안부 좀 묻고 들어가겠습니다."

"태준 씨."

"또 뵙습니다."

"그렇군요."

두 사내가 뿜어내는 적의와, 손을 놓아주며 금방 갈게, 라고 말하는 태준의 행동에 정윤은 뒤로 밀리듯 안쪽 병동 복도로 몸을 틀었다.

"아니, 정윤아."

이모의 시선엔 이 사내들 여기서 뭔 큰일 내는 거 아닌가 싶은 기색이 역력했다.

"……들어가십시오, 이모님."

차 선배도 태준처럼 이모에게 웃어 보였다. 다 큰 놈들이 들어가라는데, 그것도 웃는 낯으로 가라는데 더 뭘 말려 볼 여지도 없는 것 같긴 했다. 기 싸움의 방향이 이모와 정윤 앞에서 누가 더 여유 있어 보이나로 바뀐 모양이었다.

"들어가자, 이모. 두 분 얘기 나누고 오세요. 그럼."

C 병동과 D 병동의 연결지점이 되는 엘리베이터 앞에서 정윤은 이모의 등에 팔을 감싸 올리며 C 병동 복도로 걸음을 옮겼다.

"이모, 엄마는?"

"자는 거 보고 나왔어. 그런데, 정윤아. 저 사람들 저렇게 놔두고 와도 되겠니?"

"……글쎄. 차 선배가 이모한테 뭐라 그랬어?"

"아니, 그게……."

"태준 씨 기분 나쁠 만해. 버젓이 사귀는 사람 있는데, 차 선배가 무례했잖아."

"……너 정말 저 사람 사귀는 거, 맞아? 만난 지 얼마 안 됐다며. 게다가 저 사람이 너 속이고……."

엄마의 병실 앞에 다다른 정윤의 걸음이 티 나는 한숨과 함께 멈춰 섰다. 분명 저보다 나이는 어리지만, 집안의 가장으로, 아플수록 점점 더 흔들리는 언니의 보호자로서 녹록지 않은 삶을 짊어지고 있는 조카의 한숨에 이모의 걸음도 자연스레 멈췄다.

"이모."

"응."

"속은 거 없어. ……내가 본 남자 중에 가장 진실한 사람이야."

지금까진 그래.

"……그래? 그렇다면 나야…… 그럼, 네 선배란 사람은 왜 이러는 거니."

후회. 미련. 놓친 것에 대한 아쉬움. 어쩌면 깃발 한번 꽂아 보지 못한 정복욕일지도. 내가 워낙 병신 같았거든. 따지지도 않았어. 결혼해서 애 낳은 엄마도 그렇게 버려지는데, 겨우 눈길 몇 번 겹치다 뒤통수 맞았다고 따지는 꼴, 우스운 것 같아서.

그런데 차 선배, 오해가 깊다. 내 체념이. 내 연애의 부재가. 자신을 잊지 못해서라고 생각했나 봐. 손짓만 하면 언제든 내가 달려갈 거라, 오매불망, 내가 저만 기다린다고. 싫다는 건 단지 자존심 챙기기라 생각했던 것 같아.

"내가 이모 닮아서, 인기가 좀 많잖아."

내 마음에 깃든 아버지가 남긴 교훈은, 손가락으로 후벼 파낸 좁지만 깊은 홈들이 내 삶에 미치는 영향은…… 나만 알게. 이모랑 엄마는 내 삶이 봄날인 줄로만 알도록.

"그래도 저렇게까지는……."

"태준 씨, 예의 바른 사람이야. 여기서 소란 같은 거 안 피워. 들어가. 난 태준 씨랑 같이 들어갈게. 걱정하지 말고."

스르륵 열리는 미닫이문 안으로 어슴푸레 낮아진 조도 아래, 고이 누운 엄마가 보였다. 엄마, 안녕. 아침에 봤는데, 저녁에 또 보네. 아침에도 자고, 지금도 자고. ……나 안 보는 동안, 오늘은 또 몰핀을 얼마나 맞았어?

정윤은 엄마 곁을 지키고 있던 간병인과 간단히 눈인사를 나눈 뒤 이모를 바라보았다.

"갔다 올게."

타박타박 걷는 걸음이 등 뒤로 들리는 미닫이문 닫히는 소리에 점점 더 느려졌다. 후……아. 깊은 한숨을 쉬다, 병원 복도 천장을 올려다보았다. 국내 5대 의료기관으로 손꼽히는 병원은 천장까지 깨끗할 줄 알았더니, 그것도 아니고.

처음엔 흰색이었을 천장에서 느껴지는 누런빛에 외려 긴장을 푼 정윤이, 아까 태준이 사라지던 엘리베이터 옆 비상구를 향해 걷기 시작했다. 태준에게 차 선배와 둘이 얘기하겠다, 말할 참이었다. 태어나 지금까지 제 일을 남에게 의지하고 맡겨 본 적 없는 마음이 무척이나 불편해져서 마치 비겁해진 느낌에 이대로 맡겨 두고 싶지 않았다.

태준이 이모 앞에서 그 정도로 말해 줬으니, 도움은 충분히 받을 만큼 받았다 생각한 정윤은 시원한 기운이 느껴지는 은색 손잡이를 감싸 천천히 돌렸다. 삐그덕 소리도 없이 입 벌리는 철문에 습관적으로 용접경첩 쪽으로 내려지던 시선이 멈칫, 허공에서 흔들렸다.

"뭘 안다고 그렇게 말합니까. 우리 사이에 대해, 당신이 뭘 알아서!"

우리…… 사이?

차 선배는 정윤이 지금껏 들어 본 적 없는 목소리를 낼 만큼 격앙되어 있었다.

"……글쎄요. 알고 싶어도 정윤 씨 입이 워낙 무거워서, 오늘 이전까지는 선배라는 사실 외엔 아는 것이 없었습니다. 지금, 제 눈으로 부장님 마음이 그 이상이라는 것을 확인하기 전까지는. 이 이상 제가 알아야 할 것이 있다면, 직접 말씀해 주시겠습니까."

"정윤이가 당신 여자라도 된 것처럼 착각하는 모양인데, 미안하지만, 정윤이는……!"

"언성 낮추고, 말씀 조심하십시오. 당신이 정윤이라 부르는 그 사람, 내 여자 맞습니다. 참는 데도 한계가 있다는 말이죠. 새겨들으셔야 할 겁니다."

"하, 내 여자? 조심 안 하면, 주먹다짐이라도 하겠다, 이 말입니까."

"그 수준입니까? ……먼저 걸어온다면 피하지는 않겠습니다만, 저는 장모님 계시는 병원에서 싸울 만큼 미친놈은 아니라서 곤란하군요."

"김태준 씨!"

"싸우고 싶다면, 주먹이 아니라 제 자리를 무너뜨려 보시는 건 어떻습니까."

"뭐라고요?"

"우리 나이가, 주먹질 몇 번으로 싸울 나이는 아니지 않습니까. 일단 싸우면 다 거는 겁니다. 부장님은 지금 그 자리, 지킬 자신 있으십니까?"

어, 태준 씨, 차 선배 부모님도 이 업계에선 꽤 잘나가는 사람들인데…….

"지금 뭐라는 겁니까!"

"나는 있습니다. 부장님이 자리를 어디로 옮기시든, 그 자리를 매번 제 사람으로 채울 자신, 내 여자를 넘본 대가가 얼마나 무서운지 얼마든 절감하게 만들 자신, 다 있습니다."

"다, 당신, 뭐야."

"……한 가지만 더 말해 두죠. 한정윤 씨. 그렇게 휘둘러 치면 가질 수 있는 사람 아닙니다. 일이든, 사적이든, 한 번만 더 내 여자 신경 쓰이게 하면……."

정윤은 낮아지는 음성에 눈을 감으며 문틈 사이 소리에 집중했다.

"당신은 날 상대하게 될 거야. 뭐든 다 걸고. ……기다려지지 않습니까?"

잔인하게 낮아지던 음성이 다시 제 크기를 되찾았을 때, 더 이상 차 선배의 목소리는 들려오지 않았다.

"업계에 떠도는 소문도 유의하십시오. 정윤 씨에 대한 악성 루머가 돌면, 그 출처는 당신. 당신과 정윤 씨 이름이 같이 돌면, 그 출처도 당신. ……지켜보겠습니다."

"당신 정체가 뭐야! 뭔데 대체 나를 보고……."

힘에 부치는 상대에게 내보이는 마지막 성냄은 도리어 비굴한 발버둥과 같았다. 끝이 빤히 보이는. 성내는 차 선배의 목소리를 틈타 정윤은 숨죽이며 손잡이를 당겼다.

후우, 철문이 굳게 닫히고서야 터져 나오는 한숨. 방화문 밖에 선 정윤의 표정은 다소 멍해 보였다.

당신, 소아과 의사라며…… 내 앞에선 순하더니.

떨떠름해진 정윤의 고개가 차게 굳은 시멘트 벽을 투시할 수 있는 것처럼 비상구를 향했다가, 천천히 엄마 병실 쪽으로 걸음을 옮기기 시작했다. 둘 사이에 끼어들어 태준에게 당신의 무서운 면을 봐 버렸다, 아는 척할 수 없는 마음이 복잡하게 엉키고 있었다.

고맙다고 해야 되나, 무섭다고 해야 되나.

조금씩 더 빨라지는 정윤의 걸음이 복도 안 깊은 곳으로 사라지고 있었다.

"앉아요."

차 타고 오는 동안, 태준은 정윤의 집이 궁금하다고 했다. 회사가 바빠지면서 사무실 근처에 마련한 좁은 오피스텔은 씻고, 맘 편히 옷만 갈아입을 수 있으면 되는 곳이었는데, 정윤은 막상 태준을 들이고 나니, 휑한 집 안이 괜히 신경 쓰였다. 호텔로 가는 게 나았을까.

"내가 할게요."

"내 집이에요. 됐어요."

정윤은 좌식 쿠션소파에 앉은 태준을 뒤로하고 부엌으로 향했다. 대부분 빌트인 된 오피스텔 꾸밈과 동떨어진 8인용 원목 식탁은 한 면이 등받이 있는 일인용 의자 3개로 채워지고, 반대편은 등받이 없는 벤치가 좁은 평상처럼 놓여 있는 넓은 책상과 비슷했다.

식탁 끝을 차지한 책들을 주섬주섬 치우고, 손에 든 종이가방을 식탁 위에 내려놓은 정윤이 뒷목을 긁적이며, 안 그래도 부끄러운 제 집을 이리저리 눈에 담고 있는 태준의 시선을 불러 세웠다.

"태준 씨."

어떻게 여자 집이, 건축한다는 사람이 이러고 살 수 있냐는 말이 지금이라도 들려올 것만 같았다.

"네. 뭐 도와줄까요?"

"아뇨, 어차피 자기로 했으니까, 오해는 하지 말고 들어요. …… 라면, 먹을래요?"

부르자마자 자리에서 일어서는 남자를 막아 세운 정윤은 아무렇지 않은 것처럼 입을 열었다.

"네?"

긴장됐던 정윤의 얼굴에 옅은 미소가 서렸다. 나만 어색한 건 아니구나. 태준의 귀 끝이 빨갛게 변해 가는 것을 본 정윤은 딴청 피우듯 종이상자 안의 김밥을 꺼내며 중얼거렸다.

"떡볶이도 좋지만, 김밥엔 라면이 최고거든요. 태준 씨도 뜨끈한 국물 있어야 좋지 않아요?"

일 인분씩 포장된 두 개의 사각 종이상자, 동그란 종이그릇에 담긴 빨간 떡볶이. 사람에게 지친 정윤이 더 이상 식당 같은 곳에 머물기 싫다고 느꼈을 때, 태준은 흔쾌히 김밥도 좋다고 웃어 주었다. ……고맙게도.

"난 국물 있어야 좋던데. 태준 씨 생각 없으면 뭐, 말고요."

차 선배는 다시 병실로 돌아오지 않았다. 차 선배 성격상 그렇게 물러날 사람은 아니니 홧김에라도 돌아가서 김태준이란 사람에 대해 알아보고 있을 게 분명했지만, 그리 걱정되지는 않았다. 차 선배가 그리 모진 사람은 못 된다는 생각과 왠지 태준도 쉽게 당할 사람 같진 않다는…… 막연한 느낌에.

"제가 끓일까요?"

"아, 김치 없는데, 괜찮아요?"

"괜찮아요."

엄마는 결국 병실을 나설 때까지 일어나시지 않았고, 태준은 이모에게 다음을 기약했다.

'그래요, 다음에 꼭 와요.'

인자하게 예비 조카사위를 배웅하던 이모의 모습은 집으로 오는 내내, 정윤의 머리에서 쉬이 사라지지 않았다.

"다 됐어요. 그릇은……."

"라면 한 봉지에 무슨 그릇. 그냥 놓고 먹어요. 자, 여기 받침대요."

정윤이 종이용기째 펼쳐져 있는 김밥과 떡볶이 사이에 받침대를 내려놓자, 태준은 제가 끓인 라면을 냄비째로 그 위에 올려놓았다.

마주 앉은 태준이 제 그릇에 라면을 덜어 정윤 앞에 놓아주는 동안, 벤치 쪽에 앉은 정윤의 맨종아리가 식탁 아래에서 까딱, 까딱, 흔들리고 있었다.

"고마워요. ……태준 씨는 로망이 뭐예요?"

무심하게 말한 정윤은 부러 무심을 가장한 채 후르르륵, 라면 줄기를 입안으로 빨아들였다. 라면을 앞에 두고도 어색한 침묵이 오가는 이 멋쩍은 분위기를, 귀 끝이 빨개진 채 태연한 척하고 있는 태준을 대신해 깨 보려는 심산이었다.

"무슨, 뭐에 대한 로망 말입니까?"

일 인용 의자에 바르게 앉아 제 접시에 담긴 **빨간** 국물로 입을 축이던 태준이 고개 들어 머뭇, 의아한 눈빛을 마주쳐 왔다.

"섹스요."

"콜록."

견고했던 제 틀이 미세한 균열을 일으키는 이즈음, 속마음은 한 없이 처지려 했다. 집 안의 모든 불을 다 끄고 벽에 기대 두 무릎을 모아 세워 고개를 파묻든가, 가장 큰 이불을 꺼내 온몸을 둘둘 말고 머리를 처박고 싶을 정도로.

그러나, 정윤은 가볍기를 선택했다. 이 식사가 끝나고 나면 행하기로 약속한 첫 섹스를 미루고 싶지도 않았고, 태준이 없었던 시간, 매번 병원에서 돌아와 제가 어떤 꼴이었는지도 들키고 싶지 않았다.

"훗, 김태준 씨, 나 엄청 밝히는 여자로 만들고 있는 거 알아요? 자요, 난 손수건 같은 거 없어요."

정윤은 티슈 갑을 태준 앞으로 밀어 주며, 봉화에서 빌려 쓴 손수건을 상기하듯 당당한 표정을 지어 보였다. 빚을 갚아 시원하단 투로 건네진 티슈 몇 장이 태준의 입가를 닦고 지나갔다.

"만들다니, 그게 무슨 말이에요?"

"섹스, 성욕, 인간의 가장 기본적이고 본능적인 욕구인데, 뭐 그렇게까지 얼굴이 빨개지고 그러냐고요. 난 이렇게 멀쩡한데. 안 그래요?"

말똥말똥, 정윤은 눈을 동그랗게 떠 올리며 또다시 호로록, 가는 면발 서너 줄기를 얄밉게 빨아들였다. 피식, 얼굴에 웃음도 번져 나갔다. 동그랗게 오므린 제 입술에 태준의 뜨거운 시선이 와 닿고 있었다. 뭐야, 빨간 립스틱 바르고, 혀로 입술이라도 훑어야 될 것 같잖아.

"나 립스틱 바를까요? 빨간 건 없는데."

"네? 하, 아니, 정윤 씨."

응? 정윤은 눈썹을 들어 올리며 싱긋 웃어 보였다. 이만하면 능숙해 보였을까. 하룻밤쯤이야 아무렇지 않을 만큼 경험이 풍부해 보였으려나.

두 손으로 제 개인 접시를 든 정윤은 국물을 홀짝거리며, 끈질기게 태준의 눈동자를 따라붙었다. 저녁은 분명히 둘 다 못 먹었는데, 김밥 하나 못 넘기고, 숟가락으로 라면 국물만 떠넘기는 남자의 심정은 뭘까. 곤란한 표정으로 미간을 좁힌 채, 빤히 쳐다보는 남자의 짙은 눈빛은 뭘 말하고 싶은 걸까. 나를 좋아한다고 했으니, 첫 경험이란 사실에 의미를 두려 할까. ……그런 말은 듣고 싶지 않은데.

"화장실은 저기예요. 거울 수납장 열면 칫솔, 수건, 다 있어요."

일을 치르고 나면, 빨리 일어나서 흔적을 치워야겠다. 수건? 몇 장이나 깔면 되지? ……깔면 오히려 더 티가 날까.

"……."

"안 드실 거면, 먼저 씻으시라고요. 난 더 먹고 씻을 거거든요."

태준의 고개가 옆으로 기울어지는 게 보였다. 왜요? 내가 뭐 잘 못했어요?

"밥이 넘어가요?"

"뭐…… 배고프니까 힘내려고요."

뭐라도 씹고 있어야, 시간을 끌 수 있을 것 같으니까. 빨리 씻으러 가요. 나 좀 혼자 있게.

애써 호기를 부리는 시간이 점점 힘겨워지고 있었다. 천천히 고개를 끄덕이며 천연덕스럽게 대답하던 정윤은 젓가락을 집어 드는 태준의 행동에 한쪽 눈썹을 들어 올렸다.

"그럽시다, 그럼."

"네?"

"먹고 힘내자고요. 정윤 씨가 힘내는데, 나만 지치면 안 되잖아요."

뭐요? 정윤이 서너 줄기씩 입에 넣고 씹어 넘기던 라면이 태준의 젓가락질 서너 번에 모두 사라지고 있었다.

"김밥, 떡볶이, 뭘 더 좋아해요?"

"······떡볶이요."

"그럼, 이건 내가 도와줄게요."

아니, 뭐······. 대답하기도 전에 김밥 반줄이 태준의 접시로 옮겨지고, 정윤의 젓가락은 아예 허공에 멈춰졌다.

"빨리 먹고, 먼저 씻을게요. 정윤 씬 천천히 먹어요. 치우는 건 놔두고요."

뭐가 이렇게 일사불란해요. 태준 씨는?

빠르게 줄어 가는 김밥과 떡볶이를 바라보던 정윤이 긴장감을 감추지 못하고, 마른침을 넘겼다. 꿀꺽, 귀로 목 넘김 소리가 들리고, 재깍거리는 시계 초침 소리가 온 방에 가득해져 왔다.

딸깍, 샤워가운을 입고 나선 정윤은 낮아진 집 안 조도에 내딛던 발을 주춤하며 멈춰 섰다.

한쪽 벽면을 완전히 차지한 넓은 창이 원목 블라인드와 이중 커

184

튼으로 꼭꼭 가려져 있고, 은은한 주홍빛으로 발하는 스탠드 불빛은 사물의 형체만을 알려 주는 정도로 어둠을 밝히고 있었다.

"찾아보니까 와인 있던데 한잔, 할래요?"

머리카락을 말리고 매일 입던 화이트나 누드 톤 대신 블랙 세트로 속옷을 챙겨 입은 정윤이, 제가 입은 샤워가운과는 달리 씻기 전 옷을 그대로 입고 있는 태준을 물끄러미 바라보았다.

그래, 다 벗고 있을 수도, 일하느라 땀에 젖은 셔츠까지 다 입고 있을 수도 없었겠지. 수건을 목에 두른 채, 맨가슴을 드러내고 샤워 전처럼 까만 정장 바지를 입고 있는 태준의 가슴 위로 작은 유두가 도드라져 보였다.

꿀꺽, 이유 없는 목 넘김에 정윤은 혹시 그 모습을 태준이 본 것은 아닐까 눈치를 살폈지만, 그는 이미 목에 둘렀던 수건을 당겨 내리며 침대에서 일어나 협탁으로 몸을 돌리고 있는 중이었다.

"어, 음, 네."

팔을 움직일 때마다, 넓은 등의 굵고 자잘한 근육들이 어슴푸레한 조명 아래 음영을 드러냈다. 벨트를 풀어낸 바지 위로 보이는 단단한 근육과 그 위로 얇게 잡히는 피부. 얼마나 몸을 단련하면 저토록 긴장된 몸을 가질 수 있을까. 정윤의 시선이 곧장 아래로 향해, 눈에 띌 만큼 풍만하지 못한 평범한 크기의 제 가슴을 내려다보았다. 보통이 아니라, 너무 작은 건가.

"가벼운 건 없어서."

꽉 찬 A컵이라 옷 입는 데 불편함도 없었고, 너무 커서 어깨 아픈 적도 없이 살았던 제 가슴의 존재가 오늘따라 미미하게 느껴져, 정윤은 입고 있던 샤워가운 앞섶을 조금 당겨 여몄다.

"아, 괜찮아요."

성큼성큼, 긴 다리로 걸어와 잔을 건네는 태준을 보며 습관처럼 웃어 보인 정윤이 협탁 위 와인 병으로 시선을 돌렸다. 하얀 라벨, 붉은 별. 필기체로 쓰여 있는 작고 가는 글씨. 어두운 조도에 잘 보이진 않지만, 분명 저 별 모양 와인 병은 샤또 무사르일 것이다.

저 혼자 마시기 위해선 대형마트에서 십만 원 대 이상 와인을 사 본 적 없던 정윤이 언젠가 건축주에게 선물 받았던 와인. 집에 있는 술 중에 가장 비싼 녀석을 골랐네요. 한마디 농이라도 건네고 싶었지만, 입을 벌리자마자 느껴지는 잠긴 목 상태에 정윤은 조용히 와인을 마셨다. 지나치게 긴장하고 있는 입안으로 묵직한 바디감이 흘러들었다.

"잔도 안 부딪치고 혼자 마실 거예요? 난 여태 기다렸는데."

"읍, 음, 미안해요."

"……한 잔 더 마셔요."

쪼로록, 붉은 액체가 가는 선을 이루며 투명한 잔 안으로 떨어져 내렸다. 입꼬리를 살짝 올린 편안한 태준의 표정에 저도 그래야 할 것 같은데…… 정윤은 새로 따라진 와인을 마저 목으로 넘기며, 어서 이 어색한 긴장감이 사라지길 바랄 뿐이었다.

"너무 급하게 마시는 것 같은데."

한 모금, 두 모금, 와인을 넘기면서도 정윤은 태준의 시선이 제 감긴 눈에 향해 있다는 것을 느낄 수 있었다. 눈꺼풀을 떠 올리자 역시나, 태준의 시선이 곧장 뇌까지 파고들 듯 박혀 들었다.

쌍꺼풀 없는 커다란 눈매, 지나치게 검어 무슨 생각인지 쉬이 알기 어려운 낯선 사람의 눈동자. 문득, 정윤은 무슨 생각으로 여기까지 내달렸는지 자문했다. 키스가 마음에 들어서? 한 번쯤 내던지면 그만인 처녀성이라서?

"언제까지 볼 거예요?"

아니, 왜인지 모르겠지만, 무엇이든 제 뜻을 진지하게 생각해 줄 것 같은, 되도록 따라 줄 것 같은 느낌 때문이었다. 한 번 자고 나면 마치 제 여자인 양, 제가 제어할 수 없는 범위까지 소문이 퍼져 나가는 일도 없을 것 같고, 그 소문들로 인해 휘몰아치는 상황과 평판, 도의적 책임에 휘둘리지 않을 수 있을 것 같아서.

"큼, 아니에요."

또다시 양심이 고개를 든다. 이 사람은 진심이라는 거, 너 들었잖아.

정윤은 도망칠 수 없는 제 마음으로부터 딴청을 부리며 고개를 돌렸다. 잘 해낼 수 있을까. 한 잔 더 마셔야 될까. 그사이 태준은 제 첫 잔을 깨끗이 비워 내며 정윤의 잔까지 받아 들어 협탁 위에 올려놓았다.

긴 팔이 정윤을 향해 뻗어졌다. 아까만큼 가까이 와 다가서지 않는 남자. 딱 반절까지만 걸어와 침대와 욕실 문 앞, 중간지점에서 손을 내밀고 선 태준은 다시 한 번 정윤에게 당신 자의로 벌어진 일이에요, 라고 확인시키고 있는 듯했다.

"이리 와 봐요."

목소리가 낮아졌을 뿐인데도, 집 안 공기가 색을 달리하고, 한순간 치밀해진 공기에 아무리 숨을 크게 들이마셔도 속은 좀처럼 시원해지지 않았다. 정윤은 입술을 꼭 다문 채 숨을 크게 들이쉬며 태준을 향해 걸어갔다. 이제 시작인 건가.

"아까 휴게소에서."

태준은 정윤의 가는 손목을 잡아당겨 품에 안았다. 술을 목으로 넘긴 건 조금 전인데, 어째서인지 지금에서야 훗훗한 기운이 창자를 타고 흘러내렸다. 예고도 없이 태준의 입술이 다가오자, 바르르, 전신에 작은 소름이 퍼져 나갔다.

"여기서 끊겼던 거."

촉, 촉.

"기억해요?"

천천히 가까워지는 얼굴과 입술에 닿는 뜨거운 숨결, 자연스레 입술을 맞대고 올라가는 턱과 부드럽게 벌어지는 입술. 샤워를 끝낸 지 얼마 지나지 않아 더욱 촉촉해진 입술 사이로 단단하게 세워진 태준의 혀가 진득하니 파고들었다.

"흐음."

태준의 혀는 달고 씁쓸한 와인 맛이었다. 같은 와인을 마셨는데도, 그의 혀에서 느껴지는 와인 향은 더 진하고, 더 달았다. 말캉한 살이 휘젓는 감각에 호흡이 가빠지고, 혼몽함은 한결 더 짙어졌다. 정윤은 제 뒷머리를 움켜쥐듯 받쳐 오는 태준의 손에 온전히 머리를 의지하며, 그가 이끄는 대로 고개를 젖혔다.

"하아."

혀가 빨렸다. 과육인 것처럼 욕심껏 제 입에 머금고 쭉쭉 빨아당기는 압력에 혀끝으로 피가 몰리고, 타액까지 빼앗기고 있었다. 엉키고 빨아 대던 태준의 혀가 물결처럼 움직이는 것을 따라, 정윤도 부드럽고 촉촉한 감촉을 바라며 혀를 내밀었다.

세게 문질러질수록 매끄럽지 못한 표면이 마찰하듯 전율을 키워가고, 시간이 지날수록 그의 움직임에 정윤의 혀도 일정한 리듬을 만들어 내며 맞부딪치기 시작했다.

이런 뜨거움, 이런 어지러움…… 세세하게 키스의 맛을 느끼던 정윤은 태준이 혀를 놓아줘도 다시 엉켜들었다. 등을 받쳐 주며,

숨소리를 마치 낮은 신음처럼 흘리던 태준의 손이 허리를 타고 내려가 그 부근을 배회하기 시작했다. 등 뒤로, 옆 선으로, 머뭇거리다 조금씩 두근거림이 심해지는 가슴 위로.

"흐흠."

태준의 목에 팔을 감고 있던 정윤은 커다란 손이 제 한쪽 가슴을 세게 움켜잡자, 몸을 움찔 떨며 숨을 멈췄다. 작다고 하지 않을까. 긴장으로 바짝 굳은 정윤을 느끼며, 태준이 입을 열었다.

"예뻐요."

허스키한 낮은 음성, 은밀한 숨소리가 귓속을 파고들고, 잇따라 촉촉하고 뜨거운 부드러움이 귓바퀴를 핥아 내렸다. 머리가 핑 도는 것처럼 몽롱해지고 있었다. 이런 게 섹스의 시작이구나.

"으으음."

허리가 비틀렸다. 잠시 떨어졌던 태준의 혀는 좀 더 깊이 파고들어 정윤의 머릿속을 솜털까지 질척이는 섬세한 핥짝임으로 채워놓더니, 귓불을 빨고 턱 선을 핥다가 생경한 감각에 몸을 틀며 힘겨워하는 정윤의 입술 위에서 입을 열었다.

"흐응, 으읏."

"하아, 괜찮아요. 천천히 할게요."

검은 눈동자가 저만 바라보자, 일렁이는 시선으로 무언가를 바라듯 집중하는 긴장감에 심장이 온통 조이고 숨이 벅차올랐다.

천천히 움직이는 태준의 손에 샤워가운이 벗겨져 등 뒤로 무겁게 떨어져 내렸다. 브래지어는 풀려 어딘가로 날아가고, 낮아지는 태준의 머리를 따라 위로 올려져 있던 정윤의 팔도 편안할 만큼 아래로 내려뜨려졌다.

"흡!"

뜨겁고 말캉한 혀가 정윤의 벗은 가슴 끝을 부드럽게 감쌌다. 입술 안쪽 부드러운 점막으로 감싸 가볍게 빨고 다시 혀를 내밀어 아래에서 위로 쓸어 올리며 할짝거리다, 입안으로 세게 빨아들이기 시작했다.

"흐읍."

태준의 목을 감았던 정윤의 두 손은 그의 양어깨를 손끝이 하얘질 만큼 움켜쥐었다. 하얀 가슴 위에서 까만 머리카락이 이리저리 움직이며, 제 얼굴을 부비고 입술 자국을 내며 제 맘대로 움직여 댔다.

"하아, 예뻐요."

"하훗, 하아, 훗."

다시 반대편 가슴을 입에 넣고 굴리는 태준의 혀 놀림에 잔뜩 몸을 굳히고 고개를 뒤로 젖힌 정윤이 숨을 헐떡이며 가슴을 크게 들썩였다.

태준의 혀는 분홍빛 정점을 입술 안쪽 점막으로 감싸듯 빨며 천천히 돌리다가, 그 둘레에 둥근 선을 그리듯 핥아 나가며 애무를 더해 갔다. 부드럽게 흐르던 애무 끝에 다시 가슴이 덥썩 물리고 빨리자, 아릿한 아픔과 쾌감에 정윤의 입에서 참았던 신음이 흘러나왔다.

"아훗. 하아."

잔뜩 예민해진 유두가 선선해지다 바로 위에서 내쉬는 숨결의 뜨거움을 느끼며 파르르 떨었다. 그의 손가락에 빙글빙글 돌아가다 비벼지는 반대편 가슴 끝도 편안한 호흡을 방해하고 있었다.

"하, 하지 마요."

태준은 대답 없이 혀로 긴 자국을 남기며, 옆으로 고개를 움직여 여태껏 손가락으로 약 올리던 반대편 정점을 뜨거운 입안으로 삼켰다.

"아흣."

고개가 젖혀지고, 뜨거운 숨이 헉헉대며 터져 나왔다.

"제발."

정윤의 두 팔이 태준의 머리를 강하게 감싸 제 가슴에 눌렀다. 뭘 해 달라는 것은 아니었다. 좋은 듯 괴롭고, 더한 것을 바라는 듯 숨 쉴 수 없어 이제 그만 멈췄으면 싶기도 했다.

"아아."

숨 못 쉴 정도로 가슴에 코를 묻고도, 태준은 혀를 단단하게 세워 제 입안에 머금은 정점을 위아래로 튕기듯 쓸어 올리며 애무를 멈추지 않았다.

"그만, 하아, 잠깐만."

정윤이 누르는 힘은 우습다는 것처럼, 턱을 위아래로 움직이며 점점 더 강한 힘으로 혀를 쓸어 올리던 태준의 또 다른 손이 허리를 쓸어내리다, 슬금슬금 아래로 향하며 다리 사이를 파고들었다.

"흐흡!"

정윤의 엉덩이가 바짝 조여들며, 놀란 듯 위로 솟구쳤다. 다리 사이 은밀한 곳이 아무 예고도 없이 속옷 위로 매만져지고 있었다. 끔찍할 만큼 아찔함을 선사하는 정점은 엄지손가락으로 눌리며 비벼지고, 은밀한 샘은 나머지 손가락으로 문질러지는, 이건, 정말……

"잠깐만, 태준 씨, 침대에서."

속옷이 금방 축축하게 젖어 버릴 것만 같았다.

"가면, 못 참아요."

안 그래도 뜨거워지는 아래에서 뭔가 흐르는 느낌인데, 그렇게 문질러 대면 금방

"흐읏, 뭐가요."

아래가 울컥 뜨거운 것을 흘렸다. 이제 그의 손가락으로도 젖은 속옷이 느껴질 텐데.

"들어가고 싶다고, 당신한테."

제발.

"하아, 그러면, 하읏."

이렇게까지 달아오를 생각은 아니었는데.

"더 뜨거워졌음, 좋겠어."

키스만큼의 어지러움, 키스보다 더한 지우개가 필요했을 뿐인데.

"네?"

당신은 날 너무 미치게 만들잖아.

"당신이 날 더 원했으면 좋겠다고."

불어 버릴 정도로 빨리던 가슴 끝이 갑자기 시원해졌다. 더위도 차가움도 못 느낄 만큼의 적당한 집 안 온도였는데, 마치 뜨거운 물에서 벗은 몸으로 빠져나와 늦가을 바람을 그대로 맞고 선 듯한 기분이었다. 그의 입은 원래 이토록 뜨겁고, 열정적인 건가. 다시 그 안에 가슴을 물리면 뜨거운 혀가 반겨 줄 것만 같았다.

"어깨 잡고, 기대요."

상상치 못한 부드러움과 심장 떨리는 황홀함이 다리 사이에서 퍼져 나갔다.

"핫! ……으으읏, 하아, 태준 씨!"

허리가 순식간에 반으로 접히듯, 태준에게로 기대어졌다. 겨우

서 있는 한쪽 다리가 파들파들 떨려 왔다. 태준이 들어 올리려고 하는 한쪽 다리는 엄지발가락으로 땅을 딛고 있을 뿐, 무게를 감당하는 구실은 전혀 하지 못했다.

"등 짚어."

한쪽 무릎을 바닥에 대고 중심 잡은 태준이 세워 올린 반대편 무릎 위로 기어이 정윤의 한쪽 다리를 올려놓았다. 정윤은 한쪽 발 바닥으로 높이 세운 태준의 무릎을 딛고 서서 다리를 벌린 꼴이 되고 말았다.

"하아아, 하아앙. 하흐흑, 하아, 제발."

헐떡이는 숨소리가 제 것이 아닌 것만 같았다. 지금껏 앙탈 섞인 울음소리를 내며 숨 쉬어 본 적이 없는데 이건.

"태, 태준 씨."

그의 입안으로 빨려 든 살점은 정윤의 호흡을 뺏고, 생각을 지워, 이성을 날려 버렸다. 다리 사이에서 쭈릅거리는 소리가 들려왔다. 가끔은 따끔거리게 바로 위 음모까지 함께 빨아 대는 태준의 혀 놀림은 작정하고 정윤을 몰아붙이는 것 같았다. 단단하게 세운 혀끝이 예민한 정점을 누르듯 핥아 댈 때마다, 깊은 곳은 움찔거리며 조여들고, 엉덩이엔 저릴 만큼의 힘이 들어갔다.

"하아, 하아."

정윤은 빨갛게 달뜬 얼굴로 태준의 뒷목에 손을 내리고, 제 다리 사이를 파고드는 남자의 움직임에 몸을 맡겼다. 그가 더 세게 파고들수록, 허벅지 안쪽에서 느껴지는 태준의 부드러운 머리카락과 끄덕이는 턱 움직임이 너무나 적나라해, 전율을 더해 왔다.

다리 사이로 비벼지는 남자의 머리카락에서 이런 느낌을 느낄 줄이야. 정윤은 입을 벌린 채로 소리 없는 비명을 지르며 허공에서 머리를 가로저었다. 제 이에 깨물린 손등에 반원의 날을 세운 치아 자국이 선명하게 찍히고 있었다.

"정윤 씨!"

태준이 다리 사이 정점을 놓아주고 고개를 드는 순간, 가까스로 버티고 있던 정윤이 그 상태로 허물어졌다. 급하게 받쳐 안은 태준의 품 안에서 갓 절정을 느낀 여자처럼 붉게 달떠 헐떡이는 정윤의 눈가엔 물기가, 손등엔 깨물린 자국이 가득했다. 자칫 그대로 주저앉아 엉덩이를 다칠 뻔했던 정윤의 몸을 태준은 가볍게 들어 안아 침대로 옮겼다.

"태준 씨, 이리……."

이리 와요. 정윤은 이제 그만, 삽입하길 바랐다. 이미 전신이 풀려 더 이상 나아갈 자극을 감당키 어려웠다. 겁이 난 것도 같다. 더 이상 풀어지고, 제가 감당치 못할 모습을 보이게 될까 봐. 가만히 눈을 들여다보던 태준은 살짝 입꼬리를 올리며 고개를 저었다. 그러곤 다시.

"하아아."

입을 크게 벌리고, 시트 위로 한껏 고개를 젖힌 정윤의 허리가 크게 휘어 올랐다. 양옆으로 다리를 벌려 세우며 파고든 태준의 입술이 본격적으로 깊은 곳을 탐하고 있었다. 뜨거운 혀를 세워 아래에서 위로 핥아 올리며, 아무도 보지 못한 깊은 살점을 가르고, 세세한 모습까지 눈에 담고 있었다.

"하, 하아, 제발."

다리를 모아 드는 정윤의 움직임을 이미 그 자리를 차지한 태준의 머리가 방해했다.

"예뻐요, 먹고 싶어."

말을 마치자마자 머리를 밀어붙이는 태준은 서서 애무했을 때, 마치 움직임이 불편해 제 맘대로 하지 못한 것이 억울한 사람처럼 손가락으로 여린 살점을 벌리고, 정윤이 미친 듯이 반응했던 정점을 혀끝으로 지그시 눌러 동그랗게 돌리며 흡착하기 시작했다.

"하흑! 제발요!"

뜨겁고 부드러운 점막에 갇혀, 혀로 희롱하는 쾌감에 머리가 쭈뼛 서고, 가슴은 더할 수 없을 만큼 부풀어 올랐다. 신음에 자극받은 듯 태준이 입술을 꽃잎에 완전히 붙이고 세게 빨기 시작하자, 베개 위에 놓인 정윤의 머리가 머리카락이 엉킬 만큼 도리질 쳐졌다. 눈을 떠도 눈을 뜬 게 아니고, 입을 벌려도 숨을 쉬는 게 아니었다.

"하웃, 하흣, 흣, 태준 씨!"

마라톤의 마지막을 향해 가는 사람처럼 창피함도 모르는 가슴이 크게 헐떡여 댔다. 활짝 펼쳐 눌려졌던 여린 피부가 놓여난다 싶더니, 곧 버둥거리던 두 허벅지가 굵은 쇠사슬에 감기듯 태준의 팔에 엉켜 꼼짝 못 하게 한껏 벌어졌다.

"느껴요."

태준은 말을 마친 뒤, 예민한 정점을 입술로 빨아 대며, 더욱 세게 빨아 올렸다 입술을 부딪쳐 왔다. 맙소사, 이건 마치…… 입으로 피스톤 운동을 흉내 내는 것만 같았다. 파도처럼 움직이는 그의 목 움직임이 뜻하는 건 그거였다.

눈앞이 하얗게 변해 갔다. 다리 사이에서 그의 거친 숨결이 느껴지고, 이따금씩 뜨겁게 내뱉는 거친 숨결이 흠뻑 적셔진 다리 사이로 미풍처럼 스쳐 지나갔다.

"아아."

신음 소리가 신호인 것처럼, 빨아 대는 그의 압력이 더욱 강해졌다.

"아아아."

엄청난 세기로 빨리는 것 같은데, 아프기는커녕 쾌감만 커지고 심장이 멎을 듯했다. 부드러우면서도 강한 혀끝이 격하게 빨리는 정점의 선단을 간질이며 누를 때마다, 뜨거운 것이 아랫배에서 전신으로 훅, 하고 치솟았다.

폐를 마비시키고, 눈을 멀게 한 그 기운은 뇌를 하얗게 바래게 했다. 사위가 완벽히 고요해지고 있었다. 아무것도 들리지도, 보이지도 않는 정적 속에, 온전한 만족감을 동반한 뜨거운 희열이 다리 사이에서 시작돼 배부터 명치까지 뜨겁게 퍼져 나가고 있었다. 이대로 시간이 멈췄으면…….

완벽한 진공 상태 속에서 세상도, 정윤의 머리도 멈춰 서고, 온몸을 채우는 것은 끔찍할 정도의 쾌락뿐이었다. 이대로 정신을 부여잡지 않으면, 쾌락의 선을 넘어 심장마비로 죽을 것만 같은.

"하아, 하아, 느꼈어요?"

조금씩 먹먹했던 귀가 열리고, 한없이 가볍던 몸의 형체감이 돌아왔다. 붕 떴던 영혼이 다시 몸으로 가라앉는 것처럼. 의식하지 못하는 사이, 폐가 제 맘대로 팽창하며 숨을 들이마셨다.

촉, 입술에 뜨겁고 말캉하게 부풀어 오른 물기 어린 태준의 입술이 와 닿았다.

"정윤 씨."

얼마나 소릴 질러 댔는지, 벌어진 입은 단 한 마디의 소리도 만들어 내지 못할 만큼 잠겨 있었다.

천천히 눈꺼풀을 떠 올리던 정윤은 제 시야를 가로막는 물기로,

제가 얼마나 눈을 세게 감고 있었는지, 얼마나 격렬한 황홀경에 도취돼 교성을 질러 댔는지를 깨달았다. 이제 더 이상 감추고 참을 여지가 없을 만큼 완전히 저를 내어 주며, 미친 듯이. ……맙소사.

"이제 들어가요."

현실을 확인시켜 주는 태준의 낮게 쉬어 버린 목소리. 정윤은 제가 느꼈으니, 이제 태준의 차례라 생각하며 겨우 늘어진 머리를 끄덕여 보였다.

여전히 깊은 샘을 움찔거리게 할 만큼 강하게 느껴지는 깊은 쾌락의 여운. 척척한 다리 사이, 얼마나 많이 흘렸는지 짐작도 가지 않는 애액의 범람. 내가 지른 교성은 어떤 소리였더라.

"흐음."

생각을 더듬던 정윤은 제 몸을 타고 오르는 남자의 무게에 눌려 숨을 내뱉었다. 생각보다 살이 닿는 느낌이 좋았다. 단단하게 맞닿아 눌려지는 무게감도, 시야를 완전히 차단해 버리는 체구도.

태준의 눈동자는 잔뜩 흐려진 정윤의 눈을 똑바로 내려다보고 있었다. 그의 눈동자를 좀 더 정확히 바라보려 눈에 힘을 주는 순간, 툭, 툭, 딱딱하고 뭉툭한 끝이 흠뻑 젖어 버린 다리 사이를 찔러 왔다. 정윤의 눈이 살짝 커지자, 태준의 고개가 살짝 기울어졌다.

"……."

잠시 멈췄던 다리 사이 이물질이 또다시 툭, 툭, 다리 사이를 조금 더 세게 찔러 왔다.

정윤의 미간이 좁혀 들었다. 생각보다 딱딱한 것의 강도는 너무 단단했고, 그 찔러 오는 힘이 세지는 만큼 그 끝이 뭉툭한 흉기로 느껴진 탓이었다.

태준이 잠깐 움직임을 멈추며 정윤을 빤히 내려다보았다. 흐흠, 낮은 숨소리와 함께 그의 눈썹이 꿈틀하는가 싶더니, 꼭 감싸 안고 있던 정윤의 어깨를 풀어 준 태준은 하얗고 가는 목 양옆으로 손바닥을 대 자신의 상체를 들어 올렸다.

"소리 질러도 돼요."

"……네?"

"물어도 되고."

무슨……. 눈을 깜빡이는 정윤의 움직임은 아직도 완벽히 쾌감에서 벗어나지 못한 듯 느릿했다.

"흐흑!"

뚫어져라 정윤의 눈동자를 바라보며, 예고도 없이 찔러 들어오는 그의 것은 너무나 딱딱했다. 여린 살을 할퀴며 막무가내로 안을 파고들고, 아픈 표정을 지었음에도 흉기 같은 단단한 것을 계속 몸안으로 밀어 넣는 태준의 행동은 상식을 벗어난 것만 같았다.

"혁, ……입술, ……깨물지 마."

태준의 목소리가 숨을 참는 듯, 억눌린 채 흘러나왔다. 깨물린 아랫입술을 빼내며, 억지로 벌어진 입안으로 그의 엄지손가락이 파고들었다.

"하흐흑!"

아파. 고통을 참으며 입을 다물던 정윤의 치아가 제 혀를 누르고 있는 태준의 손가락을 깨물어 버렸다.

"하아, 조금만, 더."

잔뜩 일그러뜨린 얼굴로, 쥐어짜는 듯한 목소리를 내면서도.

"아악! 그, 그만!"

"거의, 다……."

태준은 끝까지 잔인하게 파고들었다.

"하흑! 아악!"

나중엔 아픈 것보다, 어디까지 파고들 건지, 겁이 났다, 한없이 밀고 들어오는 딱딱한 쇠뭉치에 배 속이 파열되고, 뭔가 사고가 날 것만 같았다.

"하아, 하아, 다, 됐어. 숨 쉬어."

"하아, 하아, 하아."

끝났다. 드디어. ……그런데 어떻게 이렇게 무자비하게 클 수가 있지. 화가 났다. 이렇게 흉기 같은 거라면, 적어도 일을 벌이기 전에 말이라도 해 줘야 되는 거 아닌가. 모든 여자들이 첫 경험을 하며, 죽을지도 모른다는 공포를 느끼는 건 아닐 텐데.

그때까지 혀를 누르고 있던 엄지손가락이 슬쩍 힘을 주어 혀를 쓰다듬은 뒤 빠져나가고, 곧 부드러운 혀가 밀고 들어와 짧지만 진득한 키스를 남겼다.

"잘했어요."

도무지 알 수 없는 사람. 방금 전, 위압적인 어투로 강제하던 남자는 또다시 부드러운 남자를 흉내 내고 있었다. 이젠 정말 뭐가 진짜 모습인지 알 수 없어졌다. 나는 지금, 누구와 섹스를 하고 있는 것인지, 이렇게 죽도록 아픈 방법으로 현실을 지우고 싶었던 건 아닌데.

"한정윤…… 날 봐."

봐, 또. 정윤의 원망 섞인 미운 눈빛이 태준에게로 날아갔다.

"지금은 나만 보고, 나만 느껴."

"아……."

슬쩍 가벼운 태준의 허리 움직임에도 숨이 멎도록 깊은 속이 쓰라리고 아파 왔다.

"많이 아파?"

정윤은 미간을 찌푸리면서도 고개를 저었다. 또다시 태준의 엄지손가락이 다가와 깨물린 정윤의 아랫입술을 내리눌렀다.

"물지 마."

살짝 빠져나갔던 그의 허리가 다시 안으로 밀려들었다.

"흐흑."

더 이상 아픔을 감출 수가 없었다.

"미안한데, 참아. 참는 수밖에 없어."

안타까운 표정이라도 짓지 말든지. 밀려들었던 딱딱한 기둥은 다시 밖으로 빠져나가며 여린 살을 쓰리게 긁어 댔다.

"잠……! 하흑!"

불쑥 들이치는 거대한 불 칼.

"미안해."

눈을 감은 정윤의 머리에 떠오른 건, 잔뜩 달궈진 용광로의 불칼이었다.

"하흑, 아파요."

신음처럼 흘러나온 가녀린 목소리 또한 제 것이 아닌 것만 같았다. 누군가에게 이렇게 다 죽어 가는 목소리로 사정해 본 적이 없었다. 정윤은 태준의 목을 부여안고, 사정하듯 고통을 토해 냈다. 잔뜩 힘주어 안으로 말린 정윤의 이마가 그의 쇄골쯤에 닿아 눌려지고 있었다.

"하아, 멈출까?"

"……."

뻑뻑하게 안을 채우고, 그대로 멈춰 있는 것만으로도 깊은 곳은 쓰리고 아픈데. 뜨거워진 몸으로 굵은 땀방울을 흘리며, 고개 숙여 아래를 내려다보던 태준은 목과 턱 밑을 간질이는 작은 머리의 움직임에 이를 악물며, 다시 허리 짓을 키워 나갔다.

"빨리 끝낼게."

"하읏!"

"조금만, 참아."

"으흑."

정윤은 아픈 만큼 태준의 가슴에 머리를 눌러 대다, 제 뒷목을 움켜잡고 떼어 내는 힘에 고개를 뒤로 젖혔다. 뜨거운 혀가 입안을 파고들었다. 혀를 얽고, 호흡을 앗아 가는 태준의 옆구리와 팔을 때려 봐도 그는 놓아주지 않았다.

다리 사이로 들이치는 숨 막히는 것이 사정없이 배 속까지 치고 들어오고, 그 아래 뭔가 부드럽고 찰박거리는 움직임이 허벅지 사이에서 세세하게 느껴지고 있었다.

"하, 하, 하, 정윤아."

정윤은 물었던 제 혀를 놓아주고, 다물린 입술 양 끝으로 거친 숨을 토해 내는 억눌린 그의 숨소리를 들으며, 아랫배에 힘을 줘 간신히 고통을 견뎌 냈다.

"으흑."

빠른 절정을 위해 허리 짓을 이어 가던 태준이 감전된 것처럼 몸을 굳혔다. 갑자기 멈춘 움직임에 눈꺼풀을 들어 올린 정윤은 서로 합쳐진 다리 사이로 팔을 내리는 태준의 옅은 미소에 뭐 하는 거냐고 물으려다, 입을 벌렸다.

"하읏!"

삽입한 이후 처음 들려오는 정윤의 교성이었다. 다시 한 번 태준의 엄지손가락이 정윤의 덤불 아래 볼록한 정점을 세게 누르며 돌리자, 더 크고 진한 색음이 흘러나왔다. 당황한 표정으로 입을 벌리고, 눈을 키운 하얀 몸이 고혹적으로 비틀리기 시작했다.

"느껴?"

"태준, 하훗, 하핫, 어떡, 하훗."

태준의 손가락이 작은 원을 그리고 커다란 분신이 그에 맞춰 천천히 안으로 들이칠 때마다, 정윤의 하얀 몸은 가쁜 숨을 내쉬며 위로 튕겨 올랐다.

"느껴지지? ……천천히 할게. 하아, 느껴 봐."

제 흥분을 견뎌 내느라 땀이 뚝뚝 떨어지는 태준의 시선이 오롯이 정윤을 내려다보고 있었다. 두려움과 흥분이 뒤섞인 검은 눈동자가, 모든 것을 제게 의지하며 매달리는 표정에 태준의 몸이 정윤의 샘 안에서 또 한 번 그 크기를 키우고 있었다. 정윤의 가는 허리가 더 짙은 느낌을 찾아 휘어지기 시작했다.

"아아아."

"하아, 그래, 그렇게 움직여."

허리를 좀 더 깊이 밀어 올리며, 꽃잎 사이 정점을 빠르게 비벼 대는 태준의 손길에 정윤은 제 코가 찡해지고, 혀를 길게 내어 가슴을 핥는 태준의 모습에 또 다른 의미로 숨이 가빠 오는 것을 느꼈다. 감정의 벽이 무너지고, 환희인지 고통인지 모를 감각들에 온몸이 휩싸이고 있었다. 울음을 터트릴 것만 같았다.

"하흑, 하아응."

"괜찮아. 계속해."

태준은 제 모습을 감추려는 것처럼 고개를 숙이며 몸을 비틀어 빠져나가려는 정윤을 더욱 더 세게 찍어 눌렀다.

다리 사이에서 아지랑이가 피어나고 있었다. 흠뻑 젖어 예민해진 속살을 묵직한 태준이 가르고 파고들 때마다, 조밀하게 주름진 여린 살이 파르르 떨며, 그것을 막아서듯 감싸 조이고 예민한 감각을 키워 나갔다. 다리 사이, 아랫배 그 틈 어딘가에서 모이고 뭉쳐진 뜨거움이 점점 더 몸 위쪽으로 오르며 커지는 기분이었다.

"제발."

이러다간 정말 울 것 같아. 안아 줘, 안고 싶어.

두 팔을 벌리며 눈으로 말하자 태준은 몸을 내려 정윤을 품에 안았다. 단단한 몸이 이불처럼 정윤을 덮었다.

한쪽 팔로 정윤의 어깨를 감싸 안고, 나머지 한쪽 팔로는 딱 맞붙은 몸 사이를 파고들어 정윤의 정점을 누르고 돌려 대는 손가락이, 따사롭게 얼굴 모든 곳에 키스를 남기는 그의 부드러운 입술과는 달리 더욱 빠르게 흔들리고 있었다.

"하아앙. 하으응."

신음을 내뱉느라 벌어진 입술 위로 한없이 키스가 퍼부어지고, 다리 사이론 뜨거운 기둥이 빠른 허리 짓으로 박혀 들었다. 아래가 움찔거리며 붕 뜨는 듯한 감각에 통증 또한 흐려진 지 오래.

"하흑, 하흐흑."

"하아, 정윤아."

헉헉대는 숨조차 쉴 수 없게 박아 대는 다리 사이에서 불길이 일고, 정신없이 몸이 흔들려 눈을 감아 버리자, 어지럽게 빙빙 도는 정윤의 머릿속으로 제 이름을 부르는 따스한 음성이 들려왔다. 계속 입을 벌리고 거친 숨을 내뱉던 정윤의 입은 쉬이 대답 소리를 만들어 내지 못했다. 정윤은 대답 대신 태준의 등을 더욱 바짝 끌어안았다.

"정윤, 허윽."

시트에 몸이 파묻힌 것 같았다. 더 이상 견딜 수 없는지 비벼대던 정점을 놓아두고, 허리 아래로 팔을 넣어 엉덩이를 움켜쥔 태준의 손아귀 힘이 억셌다. 엉덩이를 밀어 올리는 태준의 움직임이 더할 수 없이 거칠고 빨라졌다. 눈을 떠 올리자 바로 눈앞에서 내려다보고 있던 잔뜩 흐려진 태준의 눈동자와 마주치고, 눈이 마주치자 곧 이마가 맞닿았다.

하아, 하아, 내뿜는 태준의 호흡이 아까부터 벌어져 신음하는 정윤의 입안으로 밀려들었다. 이마를 맞대고, 허리를 추켜올릴 때마다 콧잔등이 비벼지고, 반 뼘도 되지 않을 공간을 사이에 두고 벌어진 두 입이 서로 내뱉는 뜨거운 호흡을 마주 삼켰다.

"사랑, 해. 하아."

"으응. 하아."

정윤은 제 다리를 잡아 허리로 올리는 태준에게 저도 모르게 고개를 끄덕여 주었다.

"정말, 사랑해."

"어. 하흐흑."

정윤은 음성은 급박한 만큼 어린아이의 것처럼 정제되지 못한 채 갈라져 흘러나왔다.

거칠게 공중으로 들렸다 세게 내리치는 태준의 허리 짓에, 그의 허리에 두 다리를 감고 매달린 정윤의 엉덩이와 허리도 공중으로 들렸다 내리쳐지길 반복했다. 시트가 출렁이고, 이불과 시트는 어지럽게 구겨져, 태준의 무릎 아래로 밀려 내려갔다.

아무리 꼭 부여안아도 자꾸만 위로 밀리는 정윤의 머리가 침대 헤드에 닿으려 하자, 태준은 한쪽 무릎으로 몸을 지지한 채, 한 손으론 정윤의 머리를 감싸고, 한 손으론 침대헤드를 부여잡은 채, 더욱 더 거세게 움직임을 키워 나갔다.

"하, 하, 정윤아."

더 이상 호흡은 중요하지 않았다. 분명히 뜨고 있는 눈앞이 하얘지고 있었다. 뭔가 몸 안에서 간절히 바라는 무엇이 있어, 그것을 잡고 싶은 정윤의 몸이 들이치는 태준의 몸을 더 이상 무서워하지 않으며 옥조이기 시작했다. 어디로 나아갈지 방법을 모르는 정윤의 다급한 손이 미끄러지던 태준의 등을 다시 움켜잡았다.

"아앙, 아응, 하아, 흐읏."

태준이 빠져나가면, 그 무언가를 놓칠 것만 같았다. 몸을 조여들며 그에게 매달리는 정윤의 눈가가 간절함에 축축해졌다.

"하아. 제발."

방법을 알려 줘. 이 갈증. 이 간절함. 어떻게 풀어야 해. 어떻게 닿아야 해.

허리에 감긴 다리를 조여들다, 거칠게 움직이는 힘에 밀려 미끄러진 정윤의 다리가 이젠 포기를 모르는 것처럼 다시 태준의 허리로 감겨들길 반복했다.

"조금만, 하아."

다리 사이 깊은 곳이 바르르 떨리고, 꿈결 같은 쾌감이 흐릿하게 솟았다 사라져 갔다.

"태준 씨이."

더 줘. 더 느끼게 해 줘.

"조금만 더 참아."

그게 아니야. 더 해 달란 말이야. 정윤은 제 허리를 들어, 거세게 들이치는 태준의 분신을 제 힘껏 맞부딪쳐 맞아들였다.

"허읔, 허헉, 정윤!"

아무 설명도 할 수 없었던 정윤은 머리를 저으며, 계속 제 엉덩이를 위로 치켜 올렸다. 심장이 터질 것만 같았다. 얼굴 위에선 뜨거운 태준의 신음이 다급하게 퍼져 나가고, 전동기계 위에 놓인 것처럼 흔들리는 제 몸도 더 이상 부끄럽지 않았다. 이대로 닿을 수만 있다면, 이 묘한 감각의 끝을 부여잡을 수만 있다면.

정윤은 제 머리를 부여안고 있던 태준의 팔이 다시 아래로 향하는 것을 느끼면서도, 조여든 몸을 풀지 못했다.

"하아악, 하악, 아하항."

태준의 손가락이 흥건한 애액을 묻혀 동그랗게 튀어나온 알갱이를 다시 비벼 대기 시작하자, 정윤의 몸이 사정없이 솟구쳐 올랐다. 허리가 비틀리며, 벅찬 숨을 토해 내는 다급한 교성이 사정없이 쏟아져 내렸다.

허벅지와 엉덩이가 조여들며 조금이라도 더 태준과 닿기 위해, 제 깊은 곳이 태준을 향해 휘어 오르는 것을 느꼈다. 다리 사이에선 뜨거운 기운이 폭발하고 있었다.

"허어억."

벌어진 입에선 더 이상 신음도 멎어 버리고, 들려오는 태준의 신음도 아득해져 갔다. 눈앞에는 온통 하얀 폭죽들이 퍼져 나갔다. 하늘 높이 떠오른 몸은 무중력 상태처럼 가볍기만 했다. 더 이상 가슴을 짓누르는 고민의 흔적도 찾아볼 수 없고, 아픔은 더더욱 없었다. ……행복.

정윤은 제 머릿속에 떠오르는 단어를 가슴에 품고, 서서히 잦아들어 가는 하얀 세상에서 억지로 꺼내지는 순간까지도 오랫동안 눈을 뜨지 않았다. 아래로, 아래로, 현실로 되돌아오는 시간이 아쉽고, 안타까워 더더욱 오래 눈을 뜨지 못했다.

"하아…… 하아…… 정윤아, 하아, 괜찮아?"

귀에 들려오는 태준의 목소리, 피식 웃음이 났다. 괜찮긴요. 좋았는데. 눈을 감은 채 환하게 미소 짓는 나른한 정윤의 모습에 태준이 입을 맞추며, 코를 비벼 왔다.

"후우, 많이 아팠어?"

"아니요."

정윤은 여전히 눈을 감은 채 고개를 가로젓다가, 허리를 들어 올리는 태준의 움직임에 여전히 그의 허리에 올려 있던 두 다리가 관절이 빠진 것처럼 맥없이 흘러내리는 걸 느끼곤, 무거워진 눈꺼풀을 떠 올렸다.

태준은 옆으로 몸을 내려, 거의 바닥에 다 떨어져 내린 시트를 잡아 올린 뒤, 정윤을 덮어 주었다. 그사이 보인 붉은 혈흔에 대해서는 태준도, 정윤도 누구 하나 입에 담지 않았다.

"잠시만 이대로 있어요."

태준은 정윤의 어깨를 다시 감싸 제 품으로 안아 들었다.

"조금 있다가, 닦아 줄게요."

정윤의 손바닥에 닿은 태준의 심장은 아직도 거칠게 쿵쾅이고 있었다. 섹스하는 내내 완전히 짧아졌던 말투. 제 것을 만지듯 당연하게 제 품으로 이끄는 손길. 처음에는 느낄 수 없을 거라 생각했던 쾌락.

정윤은 섹스 중에 오갔던 눈빛과, 말없이도 통했던 서로의 마음이 혼란스러워 눈을 감았다. 가슴엔 봄날처럼 따스한 기운이 스며드는데도, 서서히 생각과 현실이 들어차기 시작한 머리에는 그녀가 그토록 원했던 마취효과가 사라지고 있었다. 물먹은 솜처럼 몸과 머리가 가라앉는 것이 반가울 정도로.

"전에…… 사람이 필요했던 때가 있었어요."

그래, 차라리 자자. 쉬고 싶어서, 잠시라도 편하고 싶어서 벌인 일인데.

"……지금 정윤 씨처럼."

빠르지만 규칙적인 심장 박동 소리와 처음 느끼는 주체 못 할 나른한 기운에 파묻히며 서서히 잠에 빠져들던 정윤의 두 눈이 거짓말처럼 또렷하게 반짝 뜨였다.

'알았어요? ……내가 뭘 원한 건지?'

정윤의 고개가 들리려 했지만, 태준은 더 세게 안으며 움직임을 허락하지 않았다.

"정윤 씨가 쾌락만 원한 게 아니라는 것도 알아요."

"……."

"그런데 나는 정윤 씨가 누군가 필요할 때, 날 찾길 바랐어요. ……듣고 있죠?"

"……."

"들어요?"

태준은 정윤의 끄덕임을 느끼고서야 말을 이었다.

"믿게 해 줄게요. 믿을 만한 사람이 돼서, 늘 옆에 있을게요."

"……."

"그러니까, 앞으로 힘들면 꼭, 여기로."

태준은 제 품을 풀었다가, 다시 팔을 조여들며, 정윤을 꼭 끌어안았다.

"언제든, 정윤 씨 자리니까."

눈썹 산을 모으며 미간에 진한 주름을 만든 정윤의 표정은 고통

208

을 참는 듯했다. 가슴에 예리한 칼날이 파고들어 제 양껏 내리긋고도 모자라, 심장에 박혀 든 채 검신을 비트는 듯했다. 부끄럽기도, 미안하기도 했다. 도무지 이런 위로가 사람과 사람 사이에 가능한 건지, 혼란이 오기도 했다. 사람을, 세상을 잘 안다고 생각했는데…….

"정윤 씨 이제 내 여자, 하는 거예요?"

이마를 아직도 세게 쿵쾅이는 태준의 심장 위에 맞대며, 숨을 참는 정윤의 등이 파르르 떨려 왔다.

"……울어요?"

고통을 참으려 아랫입술을 잔뜩 비틀어 깨문 정윤은 고개를 저었다. 커다란 손이 작고 볼록하게 튀어나온 정윤의 뒷머리를 나른하게 쓸어내렸다.

"울지 말아요…… 내가 있잖아요."

대답 없이 좀 더 세게 제 가슴에 머리를 박아 오는 정윤의 움직임에 태준은 한 손으론 뒷머리를 감싸고, 한 손으론 작은 등을 받치며, 제 품에 꼭 안았다. 두 몸이 삽입 없이도 한 몸처럼 얽혀 들고 있었다.

10.

태양은 새삼스레 찬란했다. 새삼, 응급차량 없는 병원 주차장도 평화로워 보이고, 저 멀리 이제나저제나 정윤이 빠져나올까 계속 쳐다보게 되는 병원 주 출입문도 제법 튼튼해 보이는 게 모든 것이 마음에 들었다. 다만 한 가지.

"그래서, 믿고 맡겼더니, 최선주 자금 끌어들인 게 잘했다는 소리야?"

아침부터 전화를 걸어 와, 도저히 중국 분원들을 정리할 수 없다고 하소연하는 선배만 제외한다면.

— 아니, 그게 아니라…… 좋은 기회인데, 그대로 놓칠 순 없잖아.

"경영지원금은 충분했어."

겨우 2억, 계약금의 2배가 입금된 사실에 덜컥 일을 벌인 선배나, 지루한 인연의 끈을 다시 이으려는 그 계산된 속셈이나 모두

210

단칼에 끊고 싶을 만큼 불쾌하기 이를 데 없었다.

— 모자랐단 소리가 아니잖아. 너한테 은혜도 입었는데, 더 잘 키워 보고 싶었어. 이제 막 건물 매입이랑 실내공사 발주계약서 다 썼는데, 그걸 어떻게 다 정리해. 의료기기 계약도 다 끝낸 거, 너 알잖아.

2억에 건물 매입계약이라. 선배가 어떤 방식으로 돈을 끌어들였을지, 눈에 훤했다.

"바로 그 일 때문에 우리 관계가 깨진 거지."

— 태준아.

"나한테 전화하지 말고, 김 변하고 처리해."

— 야! 김태준! 너 나한테 어떻게 이럴 수 있냐. 너, 나 병원 다 말아먹고 죽어 갈 때, 병원 인수해 주면서 뭐라 그랬어. 선배, 우린 끝까지 같이 가는 거야, 그랬어, 안 그랬어? 그랬으면 인마, 내가 실수했어도, 선배가 다시 한 번 힘내 보려고 하는구나, 엉? 그렇게 한 번쯤 눈감아 줄 순 있잖아. 너 이러면 나 페이 닥터 되는 거 알면서 어떡하자는 거야!

"그걸 기억하면서 그랬다니…… 더 씁쓸한데."

— 걔가 너 못 잊었대, 한 번만 도와 달라잖아. 내가 네 녀석들을 몰라? 너 걔랑 헤어지고 어떻게 살았는지, 어? 선주 걔 엄청 변했더라. 반성 많이 했대. 너한테 바로 못 가고, 나한테 와서 도와 달라는 거 보면 모르냐? 지가 얼마나 잘못했는지, 알 만큼 안단 소리잖아. 너도 걔 못 잊고 지금껏 혼자고, 걔도 너 못 잊어서 다시 돌아왔고. 내가, 내 욕심만 차리자고 이런 것 같냐? 어? 다 너도 좋고, 나도 좋고…….

"아이는."

— 뭐? 뭐라는 거야. ……야, 너 그거 무슨 소리야!

"……모르면, 알아보고 결정해. 지분인수를 하든 최선주를 새 파트너로 삼든. 난 딱 2주만 기다렸다 정리 시작할 테니까."

전화 끊은 태준은 헤드레스트에 머리를 깊게 파묻으며 피곤한 눈을 감았다. 영영 입에 올리고 싶지 않은 일이었는데.

"흐으음……."

옛사람의 일을 입에 올리는 건, 역시나 유쾌한 일이 못 되었다. 부당함을 선사한 옛 사람이 현실을 파고들려 할 때 느껴지는 우롱당하는 불쾌함처럼.

'아!'

'왜 그래.'

'……온몸에 각이 떠진 것 같아요.'

'각?'

'뼈 마디마디가 따로 논다고요. 누구 덕분에.'

훗, 입가에 미소가 퍼져 나갔다. 전 같으면 최선주를 떠올리다 아무렇지 않게 웃는 건 상상도 못 할 일인데, 정윤은 그걸 가능케 해 줬다.

참 사랑스런 여자. 한없이 예쁘고 곱지만은 않아서, 더 사랑하고 싶은 여자를 만났다. 대부분 볼 때마다 무던한 얼굴로 통 넓은 옷에 감싸여 일하기 바쁜 사람을.

그 당찬 모습 안에 인생의 쓴맛, 단맛 제법 다 본 것 같은데도, 헝클어지지 않으려 잔뜩 긴장하고 사는 나약한 여자가, 부모님 떠나보내고, 믿었던 사람에게 배신당했던 그날의 저처럼 숨죽여 우는 여자가 들어 있었다.

'아빠가 조실부모는 아니지만, 뭔가 좀 찜찜하시대.'

'……찜찜?'

'하루아침에 두 분 모두 길거리에서 비명횡사하셨는데, 어른들 입장에서는 집안에 무슨 마가 낀 것 같기도 하고, 찜찜하게 생각하실 수도 있잖아.'

찜찜. 장례를 마치고 열흘도 지나지 않아, 최선주가 태준에게 건넨 최초의 조의. 며느리처럼 늘 아껴 주시고, 종종 쇼핑하다 예쁜 것을 발견하셨다며, 태준의 손에 선주의 옷이며, 장신구를 전하곤 하셨던 어머니의 죽음에 대해, 묵묵하셨던 아버지의 죽음에 대해, 그녀는 그렇게 정리했었다.

"빨리 와라. 정윤아."

정윤이 필요했다. 떨어진 지 겨우 사십 분인데도, 너무 보고 싶다. 어기적어기적, 걷다가 출입문 앞에 멈춰 서서 다 네 탓이야, 하는 눈빛으로 곱게 눈 흘기고 건물 안으로 사라진 여자가. 그 무던한 얼굴로 한 번만 더 흘겨봐 주면, 소리 내서 웃을 수도 있을 것 같은데.

"……어?"

들어갈 때보다 더 파리해진 얼굴로 생각보다 빨리 모습을 드러낸 정윤이, 금색 회전문 안에서 느릿하게 걸어 나오는 것이 보였다. 주인 잃은 진돗개처럼 출입문만 바라보고 있던 태준이 급하게 차 밖으로 튀어 나갔다.

"어디 아파요?"

전력질주 후, 거친 숨을 내쉬는 태준에게 정윤의 대답이 들리는 대신 고운 아미 사이, 주름진 미간과 콧잔등이 보였다.

"아뇨."

"얼굴 좀 봐요, 왜 눈을 안 마주쳐요."

"……얄미워서요."

"풋, 왜요,"

태준이 옆 걸음으로 따라붙으며 능글맞게 물었다.

"그것도 모르면 바보고요."

당연히 이유를 아니, 태준의 입꼬리는 사정없이 위로 올라가고, 대답 없음에 옆을 돌아봤던 정윤은 어이없단 표정으로 턱을 놓았다. 조금 전보다 더 쌩한 얼굴이 된 정윤이 걸음을 서둘렀다.

"안아다 줄까요?"

바짝 다가서며 뿌듯한 미소를 거두지 않는 태준에게 정윤이 그가 바라 마지않던 째려봄을 가해 왔다.

"그러기만 해 봐요."

먼저 차로 향하는 정윤의 뒷모습을 바라보면서, 태준은 또 한 번 진한 미소를 피워 올렸다. 그 미소의 끝엔 안타까움이 스며든 애틋함이 남고,

"정윤 씨, 같이 가요."

그녀를 부르는 목소리엔 어울리지 않는 장난기도 섞여 들었다.

온몸이 아프다 하면서도 허리를 바짝 세우고 반듯하게 걷기 위해 느린 속도로 걷는 제 여자에 대한 애틋함. 저라도 밝게 굴지 않으면 어머니를 병원에 두고 나서는 묵직한 마음이 더 침잠할까, 걱정되는 마음을 숨기려는 억지 밝음.

뒤를 돌아보자, 제 마음과 같은 찬란한 햇살이 병원 유리벽에 부딪혀 하얗게 부서지고 있었다.

'같이 인사드리러 가는 거, 아니었어요?'

'차 선배가 병원을 지키고 있는 것도 아닌데요, 뭐. 잠깐 가서 엄마만 보고 올게요.'

'그래도 내가 같이 가야, 어머님도 마음 놓이시고……'

'태준 씨, 그 옷 어제랑 똑같아서 이모가 보면 말 길어져요.'

큼, 면도도 못 한 제 턱을 한 손으로 쓸어내린 태준은 씻었다고는 하지만 어제 저녁보다 더 허름해진 제 옷과 몰골을 내려다보며, 작게 중얼거렸다.

"……어머님, 다음엔 꼭 제대로 인사드리겠습니다."

말을 마치고 서둘러 몸을 돌린 태준은 급히 뛰어가 정윤이 다다른 조수석 문을 열어 주었다. 한 번의 동작으로 차에 올라타고는 이내 미간을 찌푸리며 신음을 참던 정윤이 입을 열어 말했다.

"고마워요."

습관적인 인사말 한 마디에 태준의 입꼬리가 귀에 걸렸다. 운전석에 올라, 별말 없는 정윤에게 이따금씩 질문을 던지는 사이 차는 고속도로로 접어들었고, 더 이상 정윤의 대답은 들려오지 않았다.

운전하면서 잠깐 시선을 돌려 보자, 곤한 표정의 정윤이 불편하게 창문에 머리를 박은 채 졸고 있는 모습이 보였다. 꺾인 목이 아픈 건지, 이따금 끙끙거리는 소리도 흘리면서.

운전 중인 태준의 시선이 점점 더 자주 조수석으로 돌아갔다.

"음, 으음……. 여기 어디예요?"

"만남의 광장이요. 가만있어요."

꺾인 목을 바로 놔주려던 태준은 도리어 정윤을 깨워 버린 안타까움에 작은 어깨를 내리눌렀다.

"좀 더 쉬어요. 난 가서 마실 것 좀 사 올 테니까."

목 베개 좀 사 올게요. 가는 동안 편히 자게.

"훗, 고마워요."

선의를 순하게 받아들이는 말간 얼굴이 예뻤다. 볕 좋은 마당에서 한껏 몸을 늘이는 교태로운 고양이처럼 두 손을 깍지 끼고 앞으로 쭉 뻗어 기지개를 켰다 제 앞에서 흐트러진 모습을 보일 만큼 친밀함을 허용한 것 같아 속 깊은 기쁨을 느끼게 했다.

이 뽀얗고 창백한 뺨이, 어제는 발갛고, 뜨거웠는데. ……음, 창백? 그러고 보니 아까부터 얼굴이 계속 파리했다.

"근육통 말고, 다른 증상 있어요?"

하얀 이마에 닿은 태준의 손에는 식은땀이 묻어났지만,

"……아뇨."

이마를 비롯해 슬쩍 만져 본 눈가의 떨림이나, 결막충혈 양상은 보이지 않았다. 열은 없는데. 한기가 들까 봐 부러 에어컨까지 낮춰 둔 차 안이라, 그리 길지 않은 시간에 냉방병이 들었을 가능성도 적고.

"나쁜 꿈이라도 꿨어요? 왜 이렇게 땀을 많이 흘려요?"

"그런 건 아닌데…… 내가 뭐라 그랬어요?"

"잠꼬대하는 버릇이 있어요? ……지금은 안 했는데, 앞으로는 듣고 싶네요."

이런 말엔 면역이 없구나. 얼굴은 말짱한데 하얀 반팔 셔츠 사이로 보이는 좁은 쇄골부터 턱 선 바로 아래 목까지, 금세 발개져 올라오는 모습이 귀여웠다. 빨간 얼굴, 달뜬 표정.

'핫, 핫, 하흣, 이러는 거, 싫어. 하응.'

갑자기 지난밤 기억이 떠오른 태준은 단전에 힘이 들어가며, 분신이 저릿해졌다. 가슴팍에도 설렘과 흥분이 자르르르 미풍처럼 퍼져 나가고…… 아, 안고 싶다. 눈 꼭 감고, 둘만 있는 곳에서, 한참 동안.

"……왜 그래요?"

"아니."

참아 보려고 빤히 정윤을 바라보고만 있는데, 심장은 점점 더 두근거림을 키우고 고인 것도 없는 목은 자꾸 마른침을 삼켜 댔다.

"뭔데요?"

아이처럼 머리를 저어 대기만 하고. 한심하게.

"……그럼, 같이 내려요. 나도 화장실 갈 거예요."

이젠 얼굴까지 빨개진 것을 눈치챘으면서도 아무렇지 않은 척 몸을 돌려 차 문을 열려는 사람을 야속해할 만큼, 이렇게 절박하고 애가 타다니.

"키스하고 가요."

지금 이 꼴이 막무가내 사춘기 녀석들과 다른 것이 무엇이란 말인가.

"네?"

"키스해 주고 내리라고요. 나 지금, 이대로 내리면 못 걸을 것 같아요."

그래 나는 지금, 당장 한정윤을 가지고 싶다. 문고리에 닿은 정윤의 손을 감싸 쥐며, 백주대낮, 사람 많은 휴게소에서 붉은 입술을 삼키고 만 태준의 머릿속엔 그 생각뿐이었다. 자꾸만 아닌 척하려는 이 여자를 완전히 가지고 싶다. 어떻게 하면, 이 여자에게 사랑한단 말을 들을 수 있을까.

"아이고, 도련님 오셨니꼐, 소장님도 같이 오실 줄은……."

미리 사랑채 건넛방에 군불 좀 넣어 두라고 한 태준의 전화로 이미 그들이 도착할 시간을 짐작하고 있던 울진댁은 반가이 마당을 뛰어나오다 슬그머니 걸음을 멈추고, 정윤과 태준이 맞잡고 있는 두 손을 멍하니 바라보았다. 슬그머니 뒤로 빠져나가는 정윤의 손을 태준이 다시 한 번 세게 갠싸 쥐었다.

"저희 밥 못 먹었습니다."

만남의 광장에서 키스하는 바람에, 이 사람이 창피하다고 국밥 먹기로 했던 문막 휴게소에도 절대 못 들어가게 하잖아요. 밥 먹다가도 키스할 것 같다고 겁이 난다면서. 허허허.

태준의 마음이야 팔불출 소리 들으며 신혼여행 다녀온 새신랑처럼 이 여자가 내 여자다, 그리 떠들어 대고 싶었지만, 얼굴이 빨개져 아랫입술을 깨물고 있는 정윤을 보고선 이성을 되찾고, 그 기쁨은 나중으로 미뤄야만 했다.

"그, 그랬니껴. 알았습니더. 잠시만 기다리시이소."

뒤돌아 재빠르게 놀리는 울진댁의 걸음이 다소 경황없이 성기고, 어설펐다. 저러다 넘어지실라.

안채로 뛰어 들어가, 마당을 가로지르는 울진댁의 뒷모습에 태준의 시선이 따라붙는 동안, 정윤은 맞잡힌 손을 얼른 놓고 성큼성큼 걸어 디딤돌 앞에 섰다.

힘 있게 올라서려던 다리가 오랜 시간 바람과 비와 햇살에 다듬어진 네모난 돌을 디디려 하는 순간,

"아야."

하얀 쌀밥을 맘 놓고 씹어 대다 뻐적, 돌맹이 하나를 씹은 사람처럼 움찔하며 움직임을 멈췄다.

"왜요, 왜 그래요!"

자연스레 허리를 감싸 안으며 부축하는 태준의 손등에 찰싹, 매운 손이 날아왔다. 아까보다 더 꽉 깨물린 아랫입술. 어제저녁, 어슴푸레한 조명에 잠시 본 것 같은 작은 보조개 하나가 오른쪽 뺨

에 깊게 패여 있었다.

"아무 때나, 이러지 말아요."

"그럼, 어떨 때만 안아요?"

능글맞게 싱글거리는 태준의 얼굴에, 정윤은 어이없어 하며 헛웃음을 내뱉고,

"허."

태준은 벌어진 정윤의 입술에 촉, 하고 가벼운 입맞춤을 남겼다.

"들어가요. 따뜻한 데 누워 있으면 좀 괜찮아질 거예요."

그러나 콩기름 발라 윤이 반질반질 나는 한지 바닥에 몸을 누인 정윤은 도리어 끙끙 앓기 시작하며, 울진댁이 준비한 늦은 점심상도 받지 못했다. 그 곁에 앉은 태준은 한시도 건넛방을 나서지 못했다.

"정윤 씨, 어디 아파요? 말 좀 해 봐요. 병원 갈래요?"

열이 슬슬 올라 해열 진통제를 억지로 먹인 것 외엔 아무것도 하지 못했다. 환자가 증상을 호소하지 않으니, 태준이 할 수 있는 건 겨우 시진에 심장 박동 수와 체온 체크뿐이라 애가 탔다. 이럴 줄 알았으면, 간단한 왕진가방이라도 챙겨 오는 건데, 생전 안 해 본 후회만이 늘어 갔다.

"태준 씨."

"내가 누울게요. 말 편하게 해요."

바로 곁에 앉아 있는데도 떨어진 귀까지 소리를 전달하는 게 막막한지 주저주저 말을 망설이는 정윤의 모습에, 태준은 얼른 그 곁에 누워 귀를 가까이 가져다 댔다. 제 팔을 내어 주고 등을 다독이는 손길마저 아주 조심스러운 모습은 사랑을 시작한 남자 티를 잔뜩 내는 중이었다.

"미안한데요."

"응, 미안하긴, 뭐가요."

"……"

"말해요, 어서."

이젠 짐짓 나무라는 투도 섞어 가며, 기운 없는 정윤의 입에서 속말을 끌어내기 위해 안달복달하는 형국이었다.

"나, 사실 오늘 저녁에 서울 가야 되는데……."

"……하루라도 여기 있는 거 아니었어요?"

아니, 왜. 그럴 거면 그냥 서울에 있지, 왜 힘들게 여기까지 왔어요. 혹시, 정윤 씨 차 타고 갔다 와서, 나 데려다주려 온 거예요? 괜히 미안해진 태준은 속상한 표정을 지으며 정윤의 눈을 마주 보았다.

"……그러려고 했는데, 일이 생겨서요."

"안 돼요. 이렇게 아픈데 어딜 또 가요. 다 낫고 가요. 안 그럼, 나 못 보내요."

"일, 아니라, 엄마예요."

"어머니요?"

"내가 늘 바쁘니까, 엄마가 딱 하루만 같이 자자고."

"아……."

"내일 하루 일정 완전히 빼면, 그다음 날 오전까지는 병원에 있을 수 있거든요. 그래서 오늘 올라가서 사무실 일 좀 마저 당겨 해 놓고, 내일 아침 일찍 병원 가려 그랬는데. 그래야 내일모레 저녁엔 다시 여기 내려올 수 있는데, 자꾸 졸려서……. 나, 3시간만 지나고 깨워 줄래요? 3시간만 자면, 일어날 수 있을 것 같은데."

"하……."

"안 돼요?"

어제 저녁부터 새벽까지, 참는다고 참았지만 결국 몇 시에 재웠더라. 삽입은 처음이라 너무 하면 아플 테니, 제 딴엔 정윤을 생각해 준다고 애무만 하다 재운 것이 동틀 무렵이었다. 처음 터진 쾌락의 세상에 시간 가는 줄도 모르고, 제 여자 몸 아파지는 줄도 모른 멍청한 놈.

"……그래요, 자요. 내가 책임지고 깨워 줄게요."

정윤을 꼭 안으며, 이마부터 쓸어내려 눈을 감게 한 태준은 어서 자라고 작은 등을 다독이기에 여념이 없었다. 꽤나 피곤했는지 금세 색색거리는 소리가 귓가에 들려왔다. 태준의 몸에서도 그제야 긴장이 덜어지던 참이었다.

"도련님, 계시니껴."

이를 악문 채, 곱게 정윤의 머리를 베개에 올려놓은 태준이 까치발을 들고 방문을 나섰다.

"소장님한테 이 누룽지죽 좀 자시라 해 보이시더."

쉿, 저도 모르게 어른이신 울진댁에게 조용히 해 달라 손짓을 해 버린 태준이 급히 신을 신고 마당으로 내려섰다.

"죄송합니다, 아주머니. 정윤 씨 지금 잡니다."

두 손으로 폴폴 김이 나는 고소한 누룽지죽을 담은 쟁반을 받쳐 든 울진댁의 시선이 안타까움에 찡그려지고 있었다.

"주무시니껴? 아이고, 뭣 좀 묵고 자야 할 긴데. 도련님이라도 뭐 좀 드시야 안 되겠습니꺼."

"저도 됐습니다."

"두 분 다 그라시믄 안 됩니더. 뭐 좀 자셔야지."

"정윤 씨 기운 좀 차리면 같이 먹겠습니다."

같은 생각으로 안타까운 표정을 지은 두 사람이 너 나 할 것 없이 건넛방 띠살문을 뚫어져라 바라보았다.

"근데요, 도련님. 어째 된 건지, 말씀 안 해 주실랍니꺼?"

"예?"

"소장님이랑 말입니더."

"……"

아가씨라 부르던 정윤이 많은 남자들을 조용한 언사로 부리는 걸 보며, 울진댁은 단번에 존칭을 바꿔 버렸었다.

"잡았습니꺼?"

"하아…… 뭐, 예. 그러려고 합니다."

"아이고마! 아이고, 잘했습니더. 우리 도련님, 참말로 잘했습니더. 내 아까 손잡은 거 보고 짐작은 했지마는서도 이제 마, 돌아가신 우리 주인마님은 물론이고 저도 두 다리 쭉 뻗고 안 자겠습니꺼. 마음 참 잘 자셨니더."

"저기, 아주머니."

"야?"

"소리가…… 정윤 씨 더 자야 해서요."

"크크큭, 알겠습니더. 걱정을 마시이소. 아이고마. 하하하하. 도련님이 마음 단디 잡수셨는데, 누가 도련님을 막겠니꺼. 안 그렇습니꺼? 이제 이 집에도 쫌 있으믄 아 소리도 나고."

"음, 큼."

"알겠습니더. 아이고, 이 입이 고마. 크큭, 들어가이시더. 점심은 건너뛰셔도, 저녁상은 꼭 받으셔야 합니더. 크큭."

쟁반을 들고 안채 마당으로 걸어 들어가는 울진댁의 웃음소리는 그 뒤로도 한동안 태준의 볼이 벌겋게 될 때까지 계속 멀어지며 들려왔다.

'이제 이 집에도 좀 있으믄 아 소리도 나고⋯⋯.'

태준은 귓가에 남은 소리를 곱씹으며, 둘이 나눈 지난밤과 새벽을 되짚어 내렸다.

정신없이 치러진 처음이어서 그렇단 핑계가 통하지 않는다는 건, 누구보다 제가 더 잘 알았다. 적극적으로 피임을 거론하지 않는 정윤을 다행스럽게 여기며, 씨앗을 되도록 깊이 뿌리려 온 힘을 다해 여린 살을 파고들었던 저였으니.

'우리 주인마님은 물론이고 저도 두 다리 쭉 뻗고 안 자겠습니꺼. 마음 참 잘 자셨니더.'

태준은 대를 이을 생각이 아닌, 제대로 만난 제 짝 같은 여자를 놓치게 될까 두려워서 벌인 일을 곱씹으며 쓴웃음을 지었다.

지난번에야, 여자라는 존재를 상종 못 할 대상이라 여기게 만든, 시간이 지날수록 악연이었구나, 하며 정리하게 된 사람을 놓쳤으니 괜찮았지만, 제 짝이라는 느낌이 강하게 든 정윤을 놓치고서는 못 살 것 같아서 일을 저질러 버렸다.

그래서 혹시나 아이가 생겼을까, 그 때문에 저리 몸져누웠을까, 이리 애태우고 있다는 걸 알면 땅에 계신 부모님은, 울진댁 아주머니는 어떤 표정을 지으실까.

한바탕 크게 웃기부터 하시겠지? ⋯⋯무뚝뚝하던 네가 그럴 줄은 몰랐다면서.

태준은 고개를 들어 멀찍이 어둠에 감싸인 선산 어디쯤으로 시선을 던졌다.

편히 계십시오. 아버님, 어머님. 저도 이젠 웃으며 살려고 합니다.

몇 초간 정지했던 태준의 시선은 다시 건넛방으로 돌아왔고, 곧 그의 걸음도 그리로 향했다. 곧 있으면 오전리 시공팀이 퇴근해서 돌아올 시간. 정윤의 곤한 잠을 깨우지 않으려면, 건넛방에 소음을 막아 줄 병풍부터 둘러쳐야 했다.

　병원에 입점한 한식집엔 제법 메뉴가 다양했다. 갈비탕, 불고기, 물냉면, 비빔냉면, 순두부찌개, 된장찌개. 그러나 어느 것 하나 주문하지 못한 정윤의 손이 테이블 아래에서 올록볼록 튀어나온 얇디얇은 냅킨 한 장을 꼭 그러쥐고 있었다.

　'언니는 그게 불안한가 봐. 어릴 땐 자기 뜻대로 헤어졌지만, 이젠 네가 판단 능력이 있으니까…….'

　어제 오전, 이모가 로비에서 한 말이 귀에서 계속 맴돌았다. 자기 뜻이라니. 아이를 봐서라도 제발 떠나지 말라는 아내의 말에 낳은 지 백일 된 아이를 마당에 집어 던지고 발로 밟으려 한 아버지란 사람. 그 발밑에 아이 대신 깔려 뼈가 부러졌던 엄마. 그 일 어디가 얼마큼 엄마 탓이고, 어디까지가 엄마의 선택이라는 건지, 이해할 수 없었다.

　남들은 이제 겨우 산후조리 끝내고 몸조심할 시기에, 남편 발에 뼈가 부러지고도 자식 잘못됐을까 봐 오열해야 했었던 엄마라는 걸…… 이제 내가 아는데.

'아니라며.'

'어?'

'……내 머리. 성한 게 기적이라고, 이모가 그랬잖아.'

'정윤아.'

'다 들었어. 이모부, 이모 몰래 대출받아서 사돈댁 드린 거 들켰을 때, 우리 집 베란다에서 술 먹던 날.'

'윤아!'

'난 친구들이 내 머리에 탈모 있다 그래서, 농담인 줄 알았었거든? 무슨 탈모가 수술 자국처럼 일자냐고. ……근데, 날더러 그거 만들어 준 사람 만나 보라는 거야, 지금?'

남들이 꽃잠이라 부르는 첫 경험을 하고, 태준이 파고들었던 부근이 전부 얻어맞은 것처럼 아릿하게 아파, 한 걸음 한 걸음 걷는 것도 조심스럽던 어제 아침.

병원 로비까지 따라 내려온 이모는 태준이 기다리는 주차장으로서 향하고 싶었던 정윤의 마음을 그렇게 차갑게 식혀 버렸었다.

'정윤아, 잠깐만, 사실은…… 엄마가 내일 너랑 하루 종일 같이 있자는 거, 네 아버지, 그 사람 만나게 하려고…….'

그 말을 들은 뒤부터 온몸이 무너지기 시작했던 것 같다. 봉화로 내려가는 내내, 태준이 얼마나 신경 쓰고 있는지 다 느껴지는데도, 머리가 시키는 대로 밝은 척, 괜찮은 척할 수 없을 정도로.

'많이 아파요? ……내가 좀 만져 줄까? 아까 보니까 다리도 좀 저는 것 같던데. ……조금만 참아요. 울진댁 아주머니한테 방에 불 좀 넣어 두라고 전화할게요.'

226

한여름에 불을 넣으라니. 몸이 왜 이렇게 까라지는지 진짜 이유
도 모르면서. 그래도 제 몸 아픈 것처럼 걱정해 주고, 애타하는 태
준이 안타깝고, 고마웠었다.

걱정해 주는 당신 눈빛 때문에, 내가 꽤 버틸 만해요.

그가 이유를 알고 있다면, 이렇게 말해 주고 싶었을 만큼. 그래
서 다소 당황스런 휴게소에서의 키스도, 평산고택에 도착해 당연
한 듯 건넛방으로 따라 들어오던 그의 행동도 모른 척했었다.

그가 원하는 것이, 의뭉스레 선을 넘는 그 예민한 순간들을 모
르는 척해 주는 것임을 느꼈기 때문에. 지금 저를 보호받아야 할
약한 사람으로 인정해 주며 챙겨 주는 유일한 시선이었기에.

"뭐 좀 시키자. 난 요즘 입맛이 없어서 심심하니 먹기 좋게 불
고기가 좋겠구나."

남도 그랬는데. 이모도, 다 아는 애가 어떻게 이제껏 한 번도 티
를 안 냈었냐고 얼굴 하얗게 질려 가며 물었는데. 그 일을 행했던,
지금 눈앞의 이 남자는 왜 이리 당당한 걸까. 어떻게 그동안 잘 지
냈냐고 한마디 묻지도 않고, 밥 먹을 생각만 하는 것일까.

나는 당신이란 사람 때문에, 악한 주술에 걸린 것마냥 좀처럼
남자를 믿을 수가 없는데. 그렇게 속없이 다 보여 주는 사람도 겁
이 나서, 끌리면서도 좀처럼 그래, 사귑시다, 그 한마디를 속 시원
하게 내뱉지 못하겠는데.

……그 사람 볼 때마다 세 갈래, 네 갈래로 갈라져 힘들기만 한
내 마음을 알아요? 나는 좋으면서도 늘 그 사람과 어떻게 끝내야
될지를 고민하고, 그를 원하면서도 내가 미친년 같고, 힘들 때마다
그를 찾으면서도, 양심의 가책을 느껴요. 그런데 당신은…….

"와규가 없는데, 한우도 괜찮겠지?"

남자는 메뉴판 가장 앞 페이지에 컬러 사진까지 근사하게 실려 있는 불고기 사진을 들여다보고 있었다. 무척 자상한 목소리로 정윤에게 건넨 한마디. 그러나 대답은 들을 생각도 없이 높이 들어 올리는 손. 마음 없는 요식행위는 차라리 안 하는 것이 나았다.

　"여기!"

　작은 룸 2개와 넓은 마루, 좌식 홀을 갖추고 있긴 하지만 손님은 많지 않았던 가게 안에, 불쾌한 남자의 목소리가 퍼져 나갔다. 열려 있던 미닫이문 바깥에 서 있던 종업원이 득달같이 다가왔다.

　"예, 손님, 뭐로 드릴까요."

　이모의 주사로 엄마가 함구해 왔던 진실을 알게 된 뒤론, 장난 섞인 친구들의 놀림에 짜증나서 기르기 시작한 머리카락을 치기 어린 결정이 아닌 철칙처럼 길게 유지하며 살아왔다. 누구보다 더, 그 상처를 잊고 싶어서. 가리고 안 보이면 스스로도 잊을 수 있을 것처럼. 엄마랑 나랑 서로 모른 척, 그렇게 산 게 다 누구 탓인데, 당신은……

　"넌 뭐로 할 거니?"

　너……. 혹시 이름을 모르는 건 아닐까. 스물아홉 해 만에 만난 제 핏줄에게 던진 첫마디가 넌, 뭐로 먹겠냐라니. 그 말밖엔 할 수 있는 말이 없는 것일까.

　정윤은 차갑게 바라보던 시선을 돌려 종업원을 바라보았다.

　"불고기 2인분 주세요."

　이 나이 먹어, 공사판에서 먼지 밥 먹는 지금까지도.

　"음료는 뭐로 드릴까요?"

　"아, 난 사이다로 주시오. 난 고기 먹을 땐 사이다가 있어야 돼서."

꾸밀 시간 없어, 매번 검은 끈으로 질끈 묶고 다니면서까지 내가 왜 머리를 길게 기르고 다니는데.

"하."

음료까지 취향따라 챙기는 이 남자의 모습에, 웃음 말고 뭐가 더 나올 수 있을까.

더군다나, 제가 술 마신 날이면 마침표를 찍듯 술 깨려 입에 달고 사는 사이다를 너무도 당연하게 주문한다. 그런 남자를 보는 정윤의 마음은 표는 내지 않았지만 머리가 깨지는 듯한 충격에 산산이 흩어지고 있었다.

태어나 백일까지는 봤다 해도 실제 본 것은 처음인 것과 마찬가지인 이 남자가, 수십 년 떨어져 살았음에도 저와 똑같은 식성을 가지고 있다는 것을 어떻게 받아들여야 할지.

우연을 지나치게 비약하고 있는 거라고 생각하려 애써 봐도 이미 마음에 인 파고가 잦아드는 것은 아니었다.

"여기, 식사하러 오셨어요?"

한마디 하지 않으면 소리라도 질러 버릴 것 같은걸.

정윤의 날 선 목소리에, 사람 좋게 웃고 있던 남자의 얼굴에 노기가 서리고 종업원은 당황했는지 우물쭈물하다 고개를 꾸벅하곤 멀어져 갔다. 하긴, 왜 안 황당하겠어. 밥집에 앉아, 밥 먹으려 왔냐고 따지고 드는데.

"크흠, 네가 험한 일 한다는 소리는 들었다."

험한 일. 험한 막노동판에서 뒹굴어, 네가 그리 드세고 싸가지 없는 거냐 묻는 건가요.

"오랜만에 만나, 너도 내가 좀 불편하고 그렇겠지마는……."

이 건물 8층, 당신이 버린 내 엄마가 누워 있어요. 엄마가 어

229

떤 마음으로 거기에 누워 있는지, 무슨 생각으로 날 여기로 보냈는지. 그 마음, 한 번이라도 생각해 보셨나요.

"사실, 내가 사업만 다 잘됐으면, 너도, 엄마도……."

서울에서 몇 천 들고 집을 살 수 있었던 그 시절의 150억. 지금의 가치와는 비교도 할 수 없는 거액을 손에 쥐고도, 백일 된 딸과 몸조리 중인 아내가 살던 집까지 팔아, 태평양을 건너셨죠. 그런데 왜, 이렇게 멀쩡한 얼굴로 제 앞에 앉아 계세요.

"30년 전, 친할아버지 돌아가시고 현금 상속받으신 것만 150억이었다고 들었어요. 저희 버리고 바로 미국으로 가서, 파티광으로 사셨다는 것도 알아요. 호텔에서 제공하는 롤스로이스만 타고 다니셨고, 데리고 간 사람 말고도 함께 다닌 여자들이 그렇게 많았다죠."

멀쩡한 엄마 놔두고 혼인신고 했다던 그 여자도, 외국 미녀들 앞에서는 초라해 보이던가요. 그래서 그렇게 금방 헤어지고, 어디서 사는지조차 알 수 없는 남남이 되셨나요. 차마 제 입에 담기 싫은 그 일은 내뱉지 못한 채.

"누가 그런! 너, 누구한테 무슨 소릴 들은 거냐!"

"하시려는 말씀 하세요. 엄마한테 꼭 하실 말씀 있다고 하셨다면서요. 저 금방 일어나야 돼요."

당신이 어디 있는지 알았으니, 난 해야 될 일이 있거든요.

남자가 걸치고 있는 옷은 전부 명품. 그러나, 명품의 가치는 세월의 때가 묻어 허름함으로 변질되고 있었다. 그나마 봐줄 만한 건 시계. 만약, 당신이 엄마에 대한 죄스러움을 알고, 내게 미안함을 느낀다면, 그 시계라도 팔아 엄마 병원비 한 번 정도는 낼 생각을 했었어야죠…… 그래야, 아버지죠.

"큼, 음, 밥부터 먹고 이야기하자."

"아뇨. 주문한 건 혼자 드셔야 될 것 같아요. 바빠서 일어나겠습니다."

그런데 당신은 내게 대접받길 원했나 봐요. 내 맘과는 너무 다른데, 이를…… 어쩌죠.

"앉아!"

자리에서 일어나려 허리를 곧추세우던 정윤은 잡았던 핸드백 손잡이를 놓으며, 남자의 눈을 곧게 바라보았다. 지금, 반말했나요? 당신 없이 혼자 큰 나한테? 분노에 찬 시선이 벼린 날처럼 사나워지자, 정윤은 제 눈을 감아 살기를 감췄다. 이대로 나가단, 딸 잘못 키웠다고 엄마를 욕보일 것만 같다. 어디까지나 난 이 사람 딸이 아니라, 엄마의 딸이니까.

"……나, 아예 들어왔다."

그래서요. ……아예 들어온 건, 몇 년 전이라면서요.

"타향살이가 길다 보니, 고국이…… 집이 그립더구나."

테이블 아래에서 꼭 쥐어진 주먹 속 손톱 끝이 손바닥을 아프게 찔렀다. 손톱 관리 한 번 받아 본 적 없는 손톱은 늘 짧고 뭉툭한데, 그 무딘 손톱 끝이 아프고, 또 아파 왔다.

"너랑 같이 살고 싶다. 이제라도 내가 애비 노릇 제대로 해 주고 싶어."

암담하게 감긴 눈. 머릿속 생각들은 퓨즈 나간 형광등처럼 번쩍번쩍, 마지막 발악을 하다, 간당간당하던 끈을 놓아 버렸다. 암전, 체념, 쓰린 인정. 정윤의 마음속 아버지는 그렇게 살아 있는 채로, 정윤의 마음에서 죽음을 맞이했다.

"어떻게 지냈냐고 안부부터 묻지 그러셨어요."

빈털터리로 고국에 돌아와서도 그 긴 세월 동안 나를 찾지 않았던 당신이, 고모님 댁에 얹혀살면서, 요즘 들어 설움이 많았다는 걸 알고 있어요.

"계산은 제가 하고 가겠습니다. 곧, 변호사 연락 받으실 거예요."

한국에 돌아와서 처음 찾은 게 나라면, 생각해 볼 수도 있었겠지만.

"얘! 정윤아!"

결국 나는 당신에게 딸이 아닌, 기생할 수 있는 숙주일 뿐이라는 걸 알아요. 그렇지 않았다면 회사 좀 자리 잡고, 경영 사정이 좋아진 뒤에야 이리 나타났을 리가 없죠.

"얼마죠?"

"네? 아, 4만 3천원……."

정윤은 늘상 잡아 빼던 카드 대신, 현금 몇 장을 집히는 대로 카운터에 던져두고 나왔다.

수많은 사람들이 빠르게 스쳐 지나가는 병원 상가를 빠져나오며, 일그러지는 얼굴을 펴기 위해 숨을 참고 뛰듯이 걸음을 재촉했다. 우스워, 한정윤. 뭘 기대한 건데.

엘리베이터 기다리는 순간조차 견딜 수 없어, 계단을 두 개씩 뛰어오르며 휴대폰을 꺼내 들고 버튼을 누르기 시작했다. 뚜르르륵, 뚜르르륵.

— 어, 정윤아. 아직 못 만났니?

"이모, 나 오늘 집에서 자고 올게."

— 윤아! ……잠깐만, 잠깐만, 있어.

엄마가 깨어 있는지 말을 아끼는 이모의 통화음 사이로 부스럭거리며 걷고, 문을 여닫는 소리가 들려왔다. 기다리는 동안 걸음을 멈추고 고개를 꺾어 올리니, 3층까지 뻥 뚫린 로비 천장이 목을 답답하게 내리누르는 느낌이 들었다.

눈에 보이는 먼지들이 풀풀 날아다니는 공사현장에서도 씩씩하게 숨만 잘 쉬던 폐가, 병원 로비의 묵직한 공기가 버겁다며 답답함을 호소해 왔다. ……빨리 나가고 싶다.

— 만났니?

"만났어."

— 왜 벌써…….

"이모, 내가 더 힘들길 바라?"

— 무슨 말이야, 그게!

몸에 흐르는 피를 다 빼 버리면 저 사람과 상관없어질까. 짧은 순간 그런 생각을 했었다.

"……후우, 미안, 이모. 내가 감정이……. 미안해. 버릇없게 굴어서."

— 윤아.

"미안하지만 부탁 좀 할게. 엄마한테, 만났는데도 엄마 딸 한정윤은 그 사람이 싫더라고 전해 줘. 나중에라도 절대, 그 사람하고 엮이기 싫다 했다고. 응?"

— 그래.

겨우 묻어 놓은 원망인데. 왜 갑자기 내 삶에 끼어드는데. 바로 잡고자 할 때는 연락도 안 되더니, 이제 와 무슨 자격으로 아비 노릇을 운운해.

"고마워. 끊을게."

— 윤아!

여름비가 추적거리는 병원 밖으로 뛰쳐나와 지상 주차장에 세워 놓은 차까지 정신없이 걸었다. 반팔 위로 내리는 비도, 귀에서 웅 웅대는 그 남자의 목소리도 현실감각 없이 주변을 부유하는 느낌 이었다.

문득, 걸음을 멈추고 유리로 마감된 까마득히 높은 병원 건물을 올려다보며, 정윤은 그 건물 어딘가에서 곤한 숨을 이어 가고 있을 엄마를 떠올렸다.

"엄마."

엄마도 이렇게 마음이 아팠어?

엄마란 말이 이리 아픈 말일 줄은, 미처 몰랐었는데. 들어 올렸 던 고개를 떨어뜨리고 앞으로 다시 걷기 시작한 정윤의 작은 등을 점점이 커다란 물방울들이 묵묵히 적시고 있었다. 새삼 호적엔 여 전히 처녀로 남아 있는 엄마의 인생이 너무나 참담하게 아팠다.

빠아앙, 빠라바라빠라밤. 헤드라이트 불빛이 요란한 오토바이 경적음과 함께 뒤섞여 어지럽게 어둠을 갈랐다. 멍하니 생각에 빠 져 있던 정윤은 흠칫 놀라며, 그제야 밤이 된 것을 깨닫고 있었다.

변호사와 만난 뒤 강가에 도착해 몇 시간 동안이나 과거를 더듬 은 걸까. 꽃집 하던 엄마, 엄마를 좋아하던 아저씨. 그분을 보면 가끔 표정 관리가 안 돼서 어색하게 굴던 엄마가 딱 한 번, 그분께 차 대접하는 것을 본 적이 있었다.

명목상 커다란 꽃바구니를 주문한 손님께 기다리시는 동안 드시 라고 대접한 차였지만, 함께 사는 딸이기에 그 안에 손끝을 어색하 게 주먹 안으로 감추던 엄마의 마음이 담겨 있다는 것쯤이야 눈치 챌 수 있었는데. 엄마는 왜 그 아저씨를 받아 주지 않았던 걸까.

어릴 때야 이모가 말하는 대로 딸 키우는 엄마라, 새아버지 만들어 주기가 걱정돼서 그러신 거라, 들리는 대로 이해하려고도 했었지만, 지금은 재혼을 가로막은 가장 큰 이유가 두려움이 아니었나 생각한다.

[어머님은 좀 어떠세요. 저 찾으시면 전화해요. 달려갈게요.]

[밥은 먹었어요?]

[많이 바빠도 목소리 좀 들려줘요.]

[걱정돼요.]

[정윤 씨, 나 병원 왔는데. 시간 나면 얼굴 좀 보여 줘요. 1층 로비에서 기다리고 있어요.]

태준이 보내온 많은 메시지를 읽으면서도, 선뜻 전화를 걸지 못하는 제 마음처럼. 한 번 남자에게 당하고, 남자를 보는 자기 눈을 믿을 수가 없어졌을 테지……. 직접적으로 당한 적 없이 간접경험만 한 저조차 이렇게, 믿어야 하는지, 믿을 수 있는지 생각이 만 갈래로 갈라지는데.

밤 9시 20분. 이 시간이 되도록 난 여기서 뭘 하고 있었던 거지. 아침부터 내린 비에 불어난 한강은 저만치 앞에서 넘실넘실 검은 물결로 빠르게 흘러가고 있는데, 정윤의 마음속에 박혀 버린 상처의 시간은 멈춰져 움직일 생각조차 하지 않았다.

휴대폰을 확인하자 다행히 하루 일정을 비워 놓은 탓에 업무와 관련된 부재중 전화와 메시지는 많지 않았다. 이 시간까지 제 결정을 기다리며 휴대폰에 신경을 곤두세울 사람은 이모, 김태준 씨.

"흐으음, 후우……."

습관처럼 마른세수를 하다 손바닥에 느껴지는 새삼스런 감촉에 얼굴을 덮었던 두 손을 그대로 떼어 냈다.

아, 나 화장했었지. 30년 만에 만나는 남자에게 만만해 보이고 싶지 않고, 당신 없이 잘 자랐다는 걸 보여 주고 싶어서, 매일 바르는 비비크림 대신 제대로 된 화장을 했었다. 아이라인도 그리고, 속눈썹에 마스카라도 하고. 훗, 그 남자는 제 얼굴빛엔 관심조차 없었는데. 안부조차 묻지 않던 생부의 얼굴이 떠오르자, 정윤의 얼굴에 자조가 퍼져 나간다.

아직도 죽이지 못한 마음속 어린아이가 울고 있음을 들켜 버린 오늘. 마음속 자괴감이 현실을 좀먹으려 하고 있었다. 정윤은 재빨리 버튼을 눌렀다. 뚜르르르, 뚜르르르.

— 정윤 씨!

그가 주는 망각의 효과를 잘 알고 있으니.

"아직도 병원이에요?"

나는 오늘 나만을 위해, 당신을……

— 네? 정윤 씬 어딘데요.

"내 오피스텔 알죠? 아니, 주소 찍을게요. 그리로 와요. 나도 지금 그리로 갈게요."

— 정윤 씨.

"빨리 와요."

대답을 기다리지 않고 전화를 끊은 정윤은 메시지를 보낸 뒤, 타이어 마찰음을 남기며 급하게 후진했다. 좁은 한강공원 도로를 지나, 올림픽대로에 올라선 하얀 SUV가 곧 위험하게 속도를 올리며 내달리기 시작했다.

"흡!"

문이 열리자마자 정윤의 팔에 목이 감긴 태준은 안으로 빨려 들어갔다. 표정을 살피기도 전, 입술을 부딪쳐 오는 정윤의 뜨거운 몸짓에 심장이 쿵쾅대고, 정신을 차릴 수 없었다.

"정윤, 읍."

"안아 줘요."

현관 안으로 들어서고 문을 닫는 동안, 잠시 떨어졌다 달라붙길 반복하는 입술 위에서 정윤의 깃털 같은 목소리가 들려왔다.

"잠깐만, 무슨 일 있어요?"

첫 경험 한 지 고작 만 하루가 조금 더 지났을 뿐이었다. 처음을 치르고 아파 누웠었던 정윤을 서울에 볼일이 있다고 새벽부터 기어이 따라붙어 병원에 데려다주고, 선배가 계약파기를 결정했다는 김 변의 보고를 받은 뒤, 몇 년 만의 휴가 중이었음에도 빠질 수 없었던 임원모임에 참석하곤 내내 병원 앞에서 대기한 태준이었다.

"나중에. 응?"

그런데 아파 밤새 뒤척이던 사람이 다시 안기려 들다니, 그것도 이런 눈빛으로. 태준은 빛이 사라진 메마른 눈을 하고 제 셔츠를 들추고 들어오는 하얀 손을 잡아 들었다.

"무슨 일 있죠? 네? 정윤 씨, 말해 봐요. 무슨 일이에요."

손목이 잡혀 허공으로 양손이 올려진 채 포박당한 정윤이 원망스러운 눈빛으로 태준을 올려다보았다.

"그러지 말고 좀, 안아 줘요."

"왜 그러는데요."

흔들리는 눈동자를 불안한 시선으로 끝까지 파고들자, 정윤은 태준에게 잡혔던 팔에서 힘을 빼며 축 늘어뜨렸다. 희미하게 웅얼거리는 소리가 짐작할 수 없는 쓸쓸함을 담고 있었다.

"뜻대로 되는 게 없네."

태준은 차갑게 식은 마음처럼 냉정히 몸을 돌리는 정윤을 뒤에서 급히 껴안았다. 화난 대상이 그가 아닌 것처럼 아니, 뗄칠 기운도 없는 것처럼 가슴 위로 겹쳐진 태준의 두 팔에 제 무게를 의지하며 머리를 축 늘어뜨리는 정윤의 모습이 가슴을 아리게 했다.

곧 허물어질 것 같은 정윤을 받치려 팔에 더 힘을 싣자, 통 큰 셔츠 원피스 안에 들어 있는 정윤이 곧 바스라질 것 같은 검불처럼 힘없이 저를 내맡겨 왔다.

"어머님…… 더 안 좋아지셨어요?"

"……."

"응? 그래서 이래요? ……회사에 무슨 일 있는 건 아니죠?"

"……."

"내가 알아볼게요. 정윤 씨가 병원장이랑 아무리 안면 있어도, 내가 주치의도 만나 보고."

투둑, 제 팔뚝 위로 떨어지는 굵은 물방울에 태준의 말이 멈췄다.

"정윤 씨……."

"……미운 사람을 봤어요."

태준은 물을 머금고 가늘게 새어 나오는 소리를 놓칠까, 온 감각과 정신을 집중했다.

"어릴 때…… 날 다치게 한 사람인데. 오늘, 그 사람을 봤어."

태준은 정윤을 감싸 안은 제 팔에 좀 더 힘을 주었다. 늘 무덤덤한 정윤이 이 정도로 흔들릴 일이라면…… 집단 따돌림? 처음은 제가 확인했으니, 성폭행까지는 아니더라도, 추행?

……널 어쩌면 좋을까.

238

"병원에서요?"

천천히 흔들리는 고갯짓과 숨을 참듯 조여드는 흉곽의 느낌.

"다음엔 같이 가요. 병원 갈 땐 늘 나랑 같이 다녀요."

"……이젠 안아 줄래요?"

태준은 축 늘어진 몸을 끌어안고 서서, 고개 숙인 정윤의 뒷머리와 어깨를 제 머리로 문질렀다. 바스락거리며 비벼지는 머리카락 소리가 자잘한 소음을 일으키고, 안도할 만큼의 적당한 체온이 오가는 동안 정윤은 한참을 서서 울음을 삼켰다.

태준은 그저 서서 안고 있는 몸체의 떨림이 잦아들고, 팔뚝에서 느껴지는 물방울의 감촉이 더디 느껴지기 시작하는 것으로 울음이 잦아드는 것을 짐작하고 있을 뿐이었다.

안으로 삼키는 애끓는 숨소리와 견디기 위해 안쓰럽게 온몸에 주었던 힘이 사라지고 방 안에 흐르는 고요함이 조금 더 진해지던 어느 순간, 정윤이 몸을 돌려 고개를 들어 올렸다. 태준의 엄지손가락에 스친 정윤의 눈가가 촉촉한 물기로 젖어 있었다.

"나 좀 안아 줘요. 아무것도 생각 안 나게."

목에 팔을 감고 발뒤꿈치를 들어 올린 정윤의 입술이 촉, 태준의 건조한 입술에 와 닿았다.

살짝 벌어져 제게 배운 대로 윗입술을 베어 무는 정윤의 입술을 느낀 태준은 눈을 감으며, 깊게 머금어 오는 정윤의 아랫입술을 마주 빨아들였다.

물기에 젖어 부풀어 오른 여린 점막은 여기저기 찢겨져 있고, 깊은 키스를 바라며 꺾여 드는 정윤의 호흡에는 옅은 흐느낌의 여운이 남아 있었다. 가늘게 떨리는 숨결 속에 키스가 깊어질수록 옅은 피 맛은 점점 더 확실해지고 있었다.

아침만 해도 폭폭, 힘든 숨소리를 내기는 했지만, 곱고 단정한 선 위로 분홍빛 엷은 피부가 매끄럽던 입술이었는데. 이렇게까지 고통스러웠니. 네 몸을 이렇게 다치게 하고도 모를 만큼.

태준은 힘겹게 제게 매달리는 정윤을 번쩍 안아 들었다. 어떻게 해도 상관없다는 듯 놀라지도 않고 계속 제 입술을 파고드는 정윤의 혀를 살짝 감아 빨며, 침대로 다가가 내려놓았다.

"지금부턴 나만 생각해요."

정윤의 옆에 누워, 눈을 감고 고개를 끄덕이는 그녀의 이마에 가볍게 입을 맞추고,

"내 사랑만 느끼고."

뜬금없는 고백에도 슬픈 기운이 남아 힘없이 입술을 늘이는 정윤을 향해 얼굴을 내렸다.

입을 크게 벌려 작은 입술을 모두 머금고, 그 안을 가르고 들어가 앙증맞게 동그란 끝을 빨고 혀를 엉켜들었다.

정윤이 다른 생각을 할 수 없도록 제 심장이 짜릿할 만큼 강하게 느껴지는 감각에도 속도를 늦추지 않고, 뜨거워지는 입안을 휘저으며 맑게 고여 드는 타액을 빨아 마셨다.

버거울 텐데도, 잠시 입술이 떨어지는 사이도 참지 않고 다시 달라붙는 정윤은 어찌 보면 필사적이라 할 만큼 행위에 매달리고 있어, 태준의 가슴이 아파 왔다.

더 이상 달라붙을 수 없는데도 태준의 어깨를 몇 번이고 고쳐 잡고, 아래에 깔려 있는 왼쪽 다리를 움직이지 못하는 대신 오른쪽 다리를 들어 태준의 허리를 세게 감고, 제 몸 깊은 곳이 그의 복부에 닿도록 한없이 당겨 드는 정윤의 행동에 태준이 움직임을 서둘렀다.

허리에 올려진 가는 다리를 무릎부터 쓸어내려 매끄러운 허벅지까지 타고 내려가던 태준의 눈이 번쩍 뜨였다. 손을 조금 더 올려 동그란 엉덩이까지 타고 올라가도 손끝에 걸리는 것이 아무것도 없었다.

"정윤……."

정윤은 말없이 계속 태준의 입안을 탐하며, 제 엉덩이 위에 있는 태준의 손을 잡아, 이미 꼿꼿하게 선 가슴 위로 가져다 놓았다. 태준은 정윤이 원하는 대로 셔츠 위에서 단단해진 유두를 엄지손가락으로 누르다 집게손가락으로 비틀듯 매만지기 시작했다.

"하아."

맹목적으로 제 혀를 빨아 대던 정윤의 얼굴이 발갛게 달아오르고 급하게 신음을 흘리는 모습에 태준의 몸도 빠르게 반응했다. 신음하느라 놓쳤던 혀를 잡아채려 고개를 들던 정윤은 태준이 다시한 번 가슴 끝을 집게손가락으로 붙잡아 비벼 대자, 괴로운 듯 몸을 젖히며 가쁜 숨을 뱉어 내었다.

태준의 손이 아래로 내려가 까실한 거웃 위에서 아래로 쓰윽 손을 내렸다. 말캉하고 여린 살점이 손끝에 쓸리다, 뜨거운 액이 만져졌다.

"하읏, 빨리."

"들어갈까요?"

지금 이렇게 달뜬 상태로는 애무가 괴로울 뿐이니. 눈을 꼭 감고 고개를 끄덕이는 정윤의 대답에 태준은 급히 애액이 묻어 미끈거리는 손으로 벨트의 버클을 푸르고, 엉덩이를 조금 들어 올려 그대로 바지를 벗어 던졌다.

태준이 풀썩이며 옷을 벗는 동안 그가 몸을 들어 올리는 만큼 허리에 올려놓았던 정윤의 다리도 덩달아 더 많이 벌어졌다 좁혀 들곤 했다. 태준은 혈관이 불거지도록 크기를 키운 제 분신을 손에 쥐고, 뜨거운 애액으로 길을 만든 정윤의 샘 앞에 맞췄다.

"아프면 말해요."

애액이 흘러나왔어도 겨우 이틀째 밤, 애무도 없는 상태의 삽입 이었다.

"하아웃."

허리를 크게 밀어 올리자, 반밖에 삽입을 안 했는데도 숨을 들 이마시며 압박감을 참아 내는 정윤의 숨소리가 허공을 갈랐다. 통 증인지, 쾌감인지 불분명한 표정을 짓는 얼굴과 진입을 막을 정도 로 조여 대는 샘의 꿈틀거림에 태준의 관자놀이에도 굵게 튀어나 온 혈관이 펄떡이고 있었다.

"입 벌리고."

"하아, 하아."

"더 크게."

"하핫!"

"허흑."

정윤의 몸을 이완시키려 꽉 다문 입술을 벌리게 한 태준은 뜨 거운 샘을 가르고 들어가며, 제 몸을 조이는 마찰감과 짜릿함에 이를 악물었다. 손끝이 하얗게 짓눌리도록 어깨에 박히는 가는 손 끝의 파들거림. 눈에 띌 정도로 덜덜 떨어 대는 동그란 엉덩이의 경련.

태준은 제 분신이 끊어질 듯 조여 대는 정윤의 샘이 안정될 때 까지 몸을 움직이지 않기 위해 인내를 끌어모아야만 했다.

"하아……."

드디어 터져 나오는 정윤의 숨소리에 태준도 턱이 아프도록 물었던 이를 놓으며 물었다.

"괜찮아요?"

"응…… 하아, 괜찮, 하흣."

작은 머리가 먼저 끄덕인 뒤 들려온 대답에 태준은 제 오른팔로 정윤의 작은 머리통을 완전히 감싸 안으며, 왼팔로는 제 분신을 품고 있는 가는 허리를 꽉 끌어안았다.

왼쪽 무릎을 접어 정윤의 엉덩이를 받쳐 올리듯 세게 밀어붙이자, 태준의 다리와 몸통 사이에 낀 정윤의 입에서 새된 끙끙거림이 들려왔다.

"지금처럼 나랑, 꼭 붙어 있으면 돼요."

또다시 제 품 안에서 끄덕여지는 고갯짓에 태준은 고개를 숙여 정윤의 머리에 제 머리를 대고 비비며, 눈을 감고 깊은 안도의 숨을 내쉬었다. 말려 올라간 정윤의 원피스와 태준의 셔츠가 배꼽 근처에 뭉쳐 있고, 그 아래로 드러난 두 사람의 벗은 엉덩이가 서로를 향해, 배를 내밀듯 밀물과 썰물처럼 천천히 박자를 맞추기 시작했다.

태준의 엉덩이가 위로 치받듯 올려 치자,

"하아웃!"

정윤의 샘이 밀려 나가는 분신이 안타까운 것처럼 안으로 휘어지며 더욱더 그를 조여들었다.

"하아."

"흐윽."

느리게 움직이며 지나치게 불안정한 정윤의 위태로움을 안정시키려 했던 태준의 생각은 오판이었다. 전신으로 퍼져 나가는 짜릿한 쾌감에 느린 속도를 유지하는 것도 고통이 될 수 있다는 것을 알게 된 태준은 저처럼 제 분신이 들이칠 때마다 쾌감의 크기를 감당하지 못하고 머리를 젖혀 대는 정윤을 꼭 끌어안고, 격해지려는 가는 허리를 붙잡아 들여야 했다.

"천천히."

"싫어."

"정윤아."

제 머리를 감싸 안고 놔주지 않는 태준의 어깨를 셔츠 위로 물며, 제 허리를 부여잡은 태준의 팔뚝을 지지대 삼아 움켜쥐고선, 온 힘을 다해 허리를 움직여 대는 정윤의 심장이 금방이라도 터질 것처럼 고동치고 있었다.

아무리 달래는 소리를 해 봐도 정윤은 제 몸을 붙들며 막아 대는 태준의 힘을 거스르면서까지 몸을 움직였고, 얼마 지나지 않아 힘에 부치는지 우는 것처럼 신음하며, 움직이지 않고 버티는 태준의 팔뚝을 주먹으로 내려쳤다.

"움직이란 말이야. 흐흣, 왜 이러는데!"

원망 어린 주먹에 실린 힘이, 또 다른 울음이라 느낀 태준은 천천히 따뜻하게 안아 주려던 의지의 끈을 놓았다. 심장이 터질 것 같고, 무언가 위로가 아닌 격렬한 소용돌이에 휩쓸리는 느낌이라 해도, 정윤이 원하는 대로 휩쓸려 주고 싶었다.

"꽉 잡아."

태준은 저를 잡고 놓지 않으려 하는 샘 안으로 점점 더 세게 파고들기 시작했다. 격동하는 심장의 박자보다 더 빨리 엉덩이를 쳐 올리고, 제 몸이 파고들 때마다 가는 허리를 붙잡아 온 힘을 다해 아래로 잡아 내렸다.

그에게 끌어안긴 채 몸을 열고 있는 정윤의 다리 사이가 헤아릴 수 없는 열기로 가득해지고 있었다.

"하훗, 하아웃."

애액이 범람하는 여린 점막을 벌리고 들어가는 태준의 분신이 굳건한 밑동까지 밀어붙일 때마다, 분홍빛 샘 입구가 팽팽하게 벌어지며 거대한 것을 온 힘을 다해 받아들였다.

태준은 제 분신을 기막힌 쾌감으로 빨아들이는 샘에 취해, 힘 조절은 생각도 못 하고 힘껏 들이치며 쾌감만을 좇기 시작했다.

예민한 분신의 끝이 부드럽고 뜨거운 샘을 가르며 치받아 오를 때마다, 그 끝을 맞이하는 오밀조밀한 주름이 눌려 펴지며 안으로, 안으로 태준을 끌어들였다.

뜨거운 애액에 휘감겨 녹아들다가 끊을 듯 조이는 샘의 압력에 거친 숨을 토해 낼 때마다, 정윤의 허리를 끊을 듯 온 힘을 다해 끌어안고, 좀 더 세게 몸을 부딪치며 파고들고 있었다.

처음엔 제 몸을 움직여 보려 했던 정윤은 입술을 벌린 채 눈을 꼭 감고서 하염없이 태준 안에서 흔들렸다.

퍽, 퍽, 안을 가르고 파고드는 태준의 분신에 숨이 막히는지 종종 입을 벙긋거렸고, 태준의 허리가 육감적으로 안으로 휘어 오를 때마다, 고개를 크게 젖히며 소리 없는 비명을 내질렀다.

제 품 안에서 온전히 파고드는 저를 느끼며 반응하는 정윤의 모습에 태준의 분신이 꽃샘 안에서 점점 더 크기를 키워 대자, 정윤은 결국 울음과 비슷한 신음을 터트렸다.

"하, 하, 아웅, 태준 씨, 하, 하."

태준은 땀방울을 흘리며, 제가 들이칠 때마다 야릇하게 변해 가는 정윤의 얼굴을 세세하게 눈에 담았다. 뜨겁고 부드러워 점점 더 부풀어 오르는 정윤의 샘이 미칠 만큼 달콤했다. 분신이 끝까지 다다라 가장 크게 반응하는 곳을 찔러 올라가면, 눈을 감은 정윤의 얼굴은 순간적으로 핏기가 사라지며 쾌감에 취해 가는 야릇한 표정을 지어 보였다.

눈을 뜨면 흥분으로 들뜬 눈동자가, 눈을 감으면 눈썹을 모으며 입술을 벌리는 정윤의 작은 얼굴이 보였다. 태준의 미세한 움직임에도 검은 눈동자를 조이고 허리를 뒤틀며 크게 반응해 왔다. 하나로 붙어 버린 몸이 머리카락 하나만큼의 미세한 변화도 세세하게 나눠 느끼며, 절정을 향해 가고 있었다.

"핫, 하앗, 하웅, 더, 하아, 하아."

한 몸. 허리를 붙잡고 있던 손을 들어 땀 흘리는 정윤의 이마를 쓸어 주던 태준은 뺨을 감싸며 입을 맞춘 채로 몸을 굴렸다.

정윤을 제 아래에 놓고 올라타, 허리를 더 자유롭게 내려치기 시작한 태준은 더 세진 쾌감에 경악하듯 입을 벌린 정윤의 입안으로 제 혀를 밀어 넣었다. 혀를 움직일 생각도 못 하고, 쾌감에 취해 헉헉대는 작은 혀는 보드랍고, 그 안에 고인 맑은 타액은 다디달았다.

"하아, 핫, 핫, 핫."

너무 거칠어지는 호흡에 숨이 막힌 듯, 고개를 옆으로 틀며 키스하는 태준을 거부한 정윤이 머리를 저으며, 아래에서 느껴지는 쾌감에 집중했다.

그녀가 눈을 감고 미간을 좁혀 들자, 태준은 들어 올리고 있던 상체를 한쪽 팔로 지지하며, 아직 처음처럼 단정히 채워진 정윤의 단추를 하나하나 풀어 내리기 시작했다.

하얗게 드러나는 가는 목. 보기만 해도 섬세한 쇄골 위, 지난 밤

제가 남긴 붉은 반점. 혀를 길게 내어 그 자리를 진하게 핥아 올린 태준은 커다란 등을 둥글게 말며, 정윤의 소담스런 가슴으로 얼굴을 내렸다.

"하아아응, 하핫, 흐응."

"하아, 하아."

허리 아래를 격하게 들이치며, 저를 위한 열매처럼 흔들리는 유두를 빨아 대는 태준의 입에서도 엉덩이가 안으로 휘어질 때마다 참을 수 없는 신음이 흘러나오고 있었다.

태준이 느끼는 쾌감만큼 거칠게 빨리는 가슴 끝이 금세 타액에 젖어 부풀고 번들거렸다. 그 탱글한 감촉을 혀끝으로 휘저으며 만끽하던 태준은 제 허리를 쓰다듬어 내려가 엉덩이를 쥐는 손길에 더 깊이 허리가 휘고 단단한 엉덩이 근육을 빠짝 조여들었다. 그 바람에 더 깊게 찔린 정윤이 허리를 튕기며 바르르 몸을 떨었다.

"태준, 씨, 하훗아앙."

태준의 허벅지에 두 다리를 감고, 두 손으로 엉덩이를 감싸 쥔 정윤의 허리가 위로 들리기 시작했다.

"하아앙, 태준 씨. 핫, 핫, 하아아아앙."

목적 없는 부름이 정윤의 입에서 터져 나오고, 끝까지 파고든 분신을 태준이 크게 허리를 돌려 휘저어 대자, 금방이라도 절정을 느낄 것 같던 정윤의 두 눈이 크게 떠지며 경악에 가까운 신음이 터져 나왔다.

"느껴져?"

"하아아웃, 하아아응."

"이제 혼자 안 돼."

홍분으로 뿌옇게 흐려진 정윤의 눈동자를 내려다보는 태준의 눈매가 미세하게 가늘어지며, 대답을 기다리고 있었다. 숨도 내쉬지 못하는 정윤은 무언의 압박에 고개를 끄덕이며 목에 걸려 나오지 않는 숨을 힐떡였다.

다리를 더 넓게 벌리며, 파고든 제 분신을 조여 오는 정윤의 힘을 느낀 태준은 꺽꺽, 숨이 넘어가려는 정윤을 내려다보며 마지막을 향해 허리를 내리찍기 시작했다.

"아아아, 아아, 하아아아."

태준의 허리를 감고 있던 정윤의 다리가 무릎을 펼치며 천장을 향해 꼿꼿하게 세워졌다.

태준의 허리를 잡으려다 미끄러진 작은 손은 다시 옆구리를 움켜쥐며 파르르 떨고, 쾌락의 근원인 꽃샘은 이루 말할 수 없는 본능으로 조여들며 절정의 처음을 잡아챈 그 끈을 놓지 않으려 했다. 의식을 넘어선 힘이 뜨겁게 달아오른 샘을 잔뜩 조여들며 경련시켰다.

"하앙, 하아아아아."

꿈을 꾸듯 약하게 감겨, 실금처럼 가는 선으로만 드러난 정윤의 눈동자. 태준은 쾌감에 젖어 온몸을 휘는 정윤을 내려다보며 부드러운 벽을 짓눌러 마지막 일격을 가하듯, 단번에 샘을 파고들었다. 빽빽하게 채워지는 샘이 버겁다고 항의하며, 끔찍한 쾌감을 동반해 비틀듯 조이기 시작했다.

"크흑."

태준은 가장 깊은 곳에 다다라 저의 뜨거운 것을 풀어 놓으며, 제 살에 흡수될 듯 달라붙는 부드러운 피부를 맘껏 제 안으로 끌어안았다. 제 것이라 생각했다. 한정윤은, 이제 완벽히 제 여자가 되었다고.

공기가 차갑게 식고 있었다. 태준이 제 위에서 내려가자마자 옆
으로 돌아누운 정윤은 가쁜 숨을 골랐다. 비정상적으로 펄떡이던
심장 박동이 차츰차츰 잦아들고, 뒤늦게 찾아온 적막감에 대체 무
슨 일을 벌인 것인가, 자책과 수치심을 동시에 감당하느라 뒤를 돌
아보지 못했다.

나는 이 사람과 대체 무슨 사이지. 섹스 파트너? 고백받았으니
사귀는 거라고도 할 수 있나.

"물 좀 줄까요?"

분명한 건, 반말과 존대가 오가는 태준의 말투처럼, 무어라 정
의할 수 없는 불안정한 관계라는 것.

정윤은 소리 내어 대답하지 않았다. 잠시 일어나 앉았던 태준이
다시 자리에 눕는지, 등 뒤에서 사각거리는 소리와 함께 잠시 매트
가 흔들렸다.

가려지는 것 없이 통으로 뚫린 오피스텔 공간, 인조 대리석 마
루, 외벽이 있을 자리를 채운 사각 프레임으로 나눠진 이중창. 아
무 의미 없이 눈꺼풀을 들어 올렸던 정윤은 커튼이 쳐져 있지 않
은 전면 유리창을 확인하곤 다시 눈을 질끈 감았다.

"커튼 좀 쳐 줘요."

모로 세웠던 몸을 엎드려 벗은 앞모습을 가린 정윤의 귀로, 저
만치나 당황한 태준의 목소리가 들렸다.

"어? ……음, 잠깐만 있어요."

꺼져 있는 현관 센서 등과 메인 등. 망원경으로 들여다보지
않는 한, 맞은편 건물에선 실루엣도 알아보기 힘든 어둠이라 해

도, 정윤은 커튼도 치지 않은 투명한 유리창 안에서 섹스를 나눴다는 사실에 마당에서 나신으로 서 있는 것처럼 수치스러움을 느꼈다.

부스럭거리는 소리가 들리고 몸 위를 덮는 얇은 이불이 사각거리며 다시 매트가 출렁거렸다. 실눈을 뜨자, 어둠에 익숙해진 시야에 벗은 상체로 바지만 꿰입은 태준이 창가로 다가서는 것이 보였다.

보기 좋은 몸. 길고 다부진 다리와 단단해 보이는 엉덩이. 골격이 큰 태준이 창 앞에 있는 것만으로 세상으로부터 가려진 안정감이 느껴지는 건 왜일까. 저 사람이 뭐라고, 저 사람이 뭔데.

긴 팔이 줄을 잡고 오르내릴 때마다 창마다 설치된 원목 블라인드가 층층이 펼쳐지며 바닥 가까이에서 멈춰 서고, 침대가 놓인 바로 앞창의 원목 블라인드 위로는 회색 커튼이 한 번 더 덧대어졌다. 완벽히 어두웠다. 이제 섹스도 끝났는데, 김태준 씨와 한 공간에 갇혀서 이 어둠을 어떡해야 하나.

"잘 안 보였을 거예요."

침대로 걸어오는지 흔들리는 목소리가 점점 가까워지고 있었다. 놀랐을까 봐 달래는 목소리는 다정하고,

"이제 말해 봐요."

적정선을 지키지 않고 언제나처럼 훅 치고 들어오는 습성도 여전했다.

정중앙에서 일을 벌이다 창가 쪽으로 돌아누웠으니, 등 뒤로 와야 침대를 반반씩 차지하게 되는데. 태준은 정윤이 얼굴을 향하고 있는 창가 쪽, 굳이 그 비좁은 자리로 친밀하게 몸을 비집고 들어왔다.

"……무슨 말이요."

잠을 청하는 것처럼 태준에게 등을 보이며 돌아누운 정윤은 눈을 꼭 감았다. 분명히 제자리에 잘 서서 30년을 살아왔는데, 갑자기 이 몇 달, 땅속부터 흔들리는 느낌이었다.

"……말해 주기 싫어요?"

이렇게 흔들리다 어디로 쓰러질 건지, 이젠 저도 슬슬 걱정될 만큼 어지러운 나날들.

그간 사람들 앞에선 잘 감춘다고 감춰 온 것들이, 이 사람 앞에선 자꾸만 방어벽이 허술해지고 끝내 이렇게 제일 먼저 그를 찾아들어 미친 짓을 벌이고 말았다.

단지, 그가 적극적으로 제게 다가오며 모든 것을 받아줄 것처럼 저를 원한다는 핑계 하나만으로.

"말해 봐요, 어딜 다친 건지…… 알아야겠어요."

등을 덮는 커다란 손에 움찔한 정윤의 생각이 끊겼다. 다독이듯 쓸어내리는 온기가 몸 전체로 퍼져 나갔다. 추웠던가. 한여름, 선선한 에어컨 냉기가 감도는 집 안에서 태준의 체온이 좋다고 느껴지는 걸 보면, 추웠나 보다.

"사람이 살면서 안 다칠 수는 없어요. 사건, 사고도 많고…… 사람한테도 다쳐. 워낙 그렇게들 살고, 그게 세상이니까. 일일이 헤아리면서 살 순 없지만, 정윤 씨, 나는, 적어도 정윤 씨 일만은 전부 다 알고 싶어요."

"왜요."

"내 사람이니까."

"……."

"말해요. 나 걱정하느라, 일도 못 하게 하지 말고."

담백하게 팔을 쓰다듬던 손이 스윽, 허리를 감아 왔다. 등 뒤로
바짝 붙는 태준의 벗은 몸이 느껴졌다

"······일하는 거, 못 봤는데."

다른 사람의 살과 닿았는데, 이토록 마음이 편안해지다니.

"훗, 나 직업 있어요."

나, 왜 이러지.

"······."

"장기 휴가 중. 앞으로 한 2주? 길어도 3주 정도까지만 쉬고 복
귀 예정. 믿죠?"

정윤이 천천히 고개를 끄덕였다. 시트에 짓눌린 귀로, 엉키듯
비벼지는 머리카락 소리가 메마르게 들려왔다.

"그럼 말해 봐요."

말문이 열리길 기다리는 것처럼 침묵이 이어지고 있었다. 시간
을 끌수록, 부담스러워지는 고요함에 정윤이 피곤한 듯 입을 열었
다.

"······제일 궁금한 게 뭔데요. 어디 다쳤는지가 궁금해요?"

"얘기 다 안 해 줄 거예요?"

"······."

"알았어요. 세 가지만 물을게요."

"한 가지."

"한 가진 너무하잖아요."

"관둬요."

"알았어요, 두 가지. 어디 다쳤어요?"

"······머리요."

사실은 마음이 더 다친 것 같아요.

"언제."

"……."

"최근이에요?!"

욱하는 듯 태준의 목소리가 커지자 정윤은 몸을 돌려 상체를 일으키는 그의 몸을 껴안았다.

"백일, 아기 때요."

본격적으로 따지고 들 것처럼, 당장 어찌 된 일인지 알아볼 것처럼, 전투적 태세를 갖췄던 몸이 흠칫 굳는 게 느껴졌다. 그래. 당신이 무슨 말을 할 수 있겠어. 백일이란 나이는 부모 밑에 있을 수밖에 없는 나이이고 기본은 가정폭력에서부터 추측이 시작될 텐데.

"……얼마나 다쳤었는데."

아래로 끌어 내리듯 태준의 몸을 안고 정윤이 제 머리를 시트에 놓는 순간, 태준의 몸도 그녀를 따라 나란히 누여졌다. 맨살에 맞닿는 단단한 피부와 묵직한 무게감이 기분 좋고, 커다란 손이 마치, 지금 막 다친 사람의 머리에 손을 대는 것처럼 조심스럽게 감싸 왔다. 뭐 이래. 뭐가 이렇게 따뜻해.

정윤은 아프지도 않은 머리의 상처를 위로받으며, 눈시울이 뜨거워지는 것을 느꼈다. 이렇게 약해지긴 싫은데, 당신은 날 자꾸 허술하게 만들어.

"괜찮아요. 지금은 안 아파요."

"정윤 씨."

"나도 잘 몰라요. 얼마나 다쳤었는지는. 다 커서 알았어요. 머리 땋아 주던 친구가 머리에 상처 있대서, 그때 알았죠. ……사실은 원형탈모가 신기하게 생겼다고 놀려서 처음 알았어요."

너무 무거운 분위기에 뒤늦게 목소리에 웃음기를 섞어 봐도 대답은 곧바로 들려오지 않았다. 잠시 뒤, 자리를 박차고 일어나 앉는 빠른 움직임에 매트가 흔들렸다.

"잠깐만, 불 좀 켜요."

불이 켜지고, 눈이 부셔서 찡그리고 있는 정윤 곁으로 태준이 돌아왔다. 시트를 당겨 몸을 덮어 봐도 벗은 몸을 전부 감출 순 없는데, 어쩜 저렇게 발가벗고도 자연스러울 수가 있는지. 갑자기 환해진 불빛보다 벗은 태준을 바로 보기 민망해 계속 눈을 감고 있어야 할 것 같았다.

"머리 어딘데요."

매트에 앉은 채로 머리에 손을 뻗어 오는 태준을 보며 반대편으로 고개를 돌렸다.

"안 아프다니까요."

커다란 손은 금세 따라와 머리를 붙잡았다. 따뜻하고 큰 손. 그보다 더 마음에 스미는 걱정스럽고 아파 보이는 눈동자.

"내가 아파요. 어디예요. 돌아누워 봐요."

울컥, 예상 못 한 감정이 돌멩이처럼 가슴에 고여 있다 목구멍을 막았다. 아무 말도 할 수 없고, 나오는 대로 터트려 본 적 없는 감정이 쌓이고 쌓여 있다, 반란을 일으키는 느낌이었다. 그렇지 않다면, 어찌 이렇게 마음이 갈피를 못 잡고 요동치는 것일까.

환한 불빛 아래 엎드린 채로, 머리카락을 샅샅이 뒤집는 손길에 머리를 내맡긴 채, 정윤은 생각을 서둘러야 했다.

"여기네."

나보다 날 더 아끼는 이 사람.

침음을 삼키며 말을 멈춘 태준은 머리카락을 헤집어 벌린 채로 한동안 말이 없었다.

"……많이 아팠겠어요."

잡아야 할까.

'기본적으로 어머님 편찮으시면, 제 짝 찾아 안심시켜 드리는 게 자식 된 도리입니다. 일반적으로 사람들은 그런 걸 효도라고 하죠.'

그래, 그 말도 맞는 말이고, 일리가 있다는 건 안다. 하지만 결론은 늘 '믿을 수 있을까'에서 답을 잃곤 했었다.

"잘 참았어. ……장해요."

당신은 믿을 수 있을까. 정윤은 제 상처를 안쓰러운 듯 더듬는 느린 손가락의 감촉에 기어이 뜨거워지고 마는 눈시울을 참아 내며 숨을 삼켰다.

오른쪽에 치우친 뒤통수 중앙. 어렸던 탓에 안 죽었지, 뼈가 단단해진 뒤에 내던져졌으면, 어디 한 군데 기능 이상이 생겼을 만큼 많이 다쳤을 거란 말을 이모에게 들었다. 충격 흡수가 뛰어난 백일 무렵, 성긴 머리뼈와 비 온 뒤 푹신했던 잔디 마당 덕에 피부만 다치고 말았다고.

'너 목 꺾인 줄 알고 네 엄마 까무러칠 뻔했었잖아.'

지금도 술기운에 다행이라고 주절주절 옛이야기를 풀어 놓던 이모 목소리가 귓전에 선했다. 손가락 한 마디만큼, 긴 원뿔형으로 머리카락이 자라지 않는 여자. 흉하지 않나. 그 흉한 꼴을 부러 확인하는 당신 마음은 지금 어떨까.

"호오. 호오. 쪽."

하, 찡그려진 정윤의 입술 사이로 탄식이 흘러나왔다. 뒤통수에서 느껴지는 뜨끈한 입김. 그리고 입맞춤. 유치하기 짝이 없는데,

255

왜 기분은 이 모양인지. 숨이 멎고, 가슴이 메어 들고, 일그러지는 얼굴을 겨우 견뎌 내느라, 정윤의 말소리는 한참 뒤에야 입 밖으로 꺼내져 나왔다.

"뭐 하는 거예요."

머리에 올린 태준의 손을 털어 내며 바로 누운 정윤은 위에서 내려다보고 있는 검은 눈동자를 마주 보며 얼굴을 찡그렸다.

"이제 안 아플 거예요."

"원래 안 아팠어요."

"……마음도. 내가 있으니까."

눈에 힘을 주고, 애써 짜증을 담아냈던 정윤의 표정이 기어이 허물어져 내렸다. 모른 척해 주지. 적당히 좀 멀리 있어 주지.

가면을 허용하지 않는 담담하고 진지한 태준의 시선 아래, 그와 몸을 합치고 얼마 지나지 않아 벌거벗은 채, 결국 울고야 마는 자신이 싫어서 정윤은 두 손으로 제 얼굴을 가리고 말았다. 아무리 입술을 깨물어 봐도, 복받치는 감정은 숨이 터져 나오는 입술 양 끝으로 울음 섞인 가쁜 숨을 기어코 새어 나오게 만들고 있었다.

"마음 좀 열어요. 나 기다리는 동안 정윤 씨 더 외롭잖아요. ……나, 더 기다려야 돼요?"

"잤잖아요. 잤으면 된 거 아니에요?"

"바라는 게 그게 다가 아닌 거, 알잖아요."

"자꾸 채근할 거면…… 보지 마요, 우리."

발가벗고서 나눌 말은 아닌데. 몸을 겹치듯 누워서 할 말은 정말 아닌데. 혼란스러움이 넘치고야 말았다. 시선을 피해 다시 돌아 눕는 동안 등 뒤에선 아무 소리도 들려오지 않고, 정윤은 잘못을 저지르고 눈치 보는 아이처럼 가만히 굳어 숨을 죽였다.

"……잘못 말한 거, 알죠?"

가만히 등을 감싸 오는 단단한 가슴팍에 안도하는 건 왜일까.

"……."

"내가 잘못해도, 그런 말은 빼고 혼내요, 이 아가씨야. 겁나서 심장마비 걸릴 것 같잖아요."

정수리에 와 닿는 가벼운 입맞춤과 머리에 비벼 대는 태준의 얼굴에, 참았던 숨을 포옥 내뱉는 나는 뭘까.

"응? 대답해요. 대답 안 하면, 안 놔줄 거예요."

커다란 곰이 애교 떠는 것처럼 웃는 목소리로 장난을 쳐 오는 바람에 훗, 바람 빠지는 소리처럼 정윤의 입에서도 웃음이 새어 나오고 말았다.

애써 냉정을 흉내 내 봐도 긴장했던 마음은 분명, 태준의 너그러움에 안도하고 있었다. 화낼 수도 있는 상황을 이렇게 유하게 넘기는 남자라면…… 괜찮지 않을까.

"……흉하지 않아요?"

뺨을 천천히 쓰다듬다 눈썹으로 손끝을 옮겨 위치를 확인하더니, 그 아래로…… 물기 젖은 속눈썹을 정성스레 훔쳐 주는 태준의 손길에 파르르, 물기를 덜어 낸 정윤의 눈꺼풀이 가늘게 떨려 왔다.

어릴 적, 긴 머리를 올리고 큰 거울 앞에서 손거울을 이용해 어렵게 확인한 그 상흔은 끔찍하게 흉했었다.

감수성 예민한 나이라 더 그렇게 느꼈는지는 몰라도 검은 머리카락 사이, 햇빛을 받지 않아 파리하게 하얀 맨살은 그 분명한 경계만큼 크고 사납게 느껴졌었는데……. 그 뒤론 다시, 제 상처를 쳐다본 적 없을 만큼.

"안 그래요. ……시그니처."

"네?

정윤의 가슴 앞으로 성기게 감겨들던 손이 촉촉해진 그녀의 목소리처럼 부드럽게 앞가슴을 손에 쥐었다. 제 것을 만지는 것처럼 자연스럽게 주물럭거리며, 엄지로 천천히 유두를 쓸어 대는 손길에 정윤은 상황에 어울리지 않게 짜릿해지는 다리 사이가 곤란해 몸을 비틀었다.

"나도 하나 만들까요? 같은 걸로."

"흐웃, ……뭐요?"

"하늘이 내려 주신 한 쌍처럼 보이겠죠?"

"바보같이 보일걸요. 남자는 머리도 짧은데, 중간이 패이면, 하아, 태준 씨."

태준의 다리 하나가 맞붙어 있던 가는 다리 사이를 벌리며 파고 들었다.

"청혼하기 전에 만들어야겠어요."

"잠깐만. 흐훗."

"들어가 있기만 할게요. 헤어지잔 소릴 들었더니 불안해서 그래."

묵직하게 파고드는 빳빳한 것을 느끼며, 정윤은 시트에 얼굴을 파묻은 채, 어깨를 움츠리고 허리에 힘을 풀었다. 어느새, 그로 인해 익숙해지는 것이 하나씩 늘어 가고 있었다. 따뜻한 손길과 거대한 분신을 부드럽게 받아들이는 방법까지.

"하흐웃, 하아, 하아."

"흐으음, 으음."

부드럽게 밀려 들어온 것이 뻐근하게 안을 채웠다. 등 뒤에서 저를 껴안고 있는 태준의 몸에 힘이 잔뜩 들어가는 것이 느껴졌다.

최대한 자극을 줄이기 위해 긴장한 것처럼 미동 없는 태준으로 인해, 정윤의 안은 아릿한 통증과 함께 저릿한 자극에 묘한 충동질을 당하고 있었다.

"으윽, 조이지 마요."

"흐으읏, 하아, 안 조였어요."

"계속, 그러면, 후우."

"하훗, 안 그랬다니, 하훗, 하아응, 태준, 하훗."

가슴에 품은 정윤의 어깨를 꽉 끌어안고, 귓불을 빨며 허리를 쳐올리기 시작한 태준의 몸이 불덩이처럼 뜨거워지고 있었다.

"핫, 핫, 안 한다며, 하읏."

"하아, 한 번만. 응? 정윤아."

고개를 젖히며 제 귀에 속삭이는 태준의 간청을 들은 정윤은 들이치는 태준에 맞춰 허리를 움직이기 시작했다. 거의 엎드리다시피 몸이 눌린 채로, 한쪽 가슴을 태준의 손에 쥐인 채, 벅찬 것이 안으로 들이칠 때마다 숨이 턱턱 막혀 왔다.

"흐윽, 혀."

태준은 가슴을 놓고 정윤의 턱을 붙잡아 뒤로 돌렸다. 게걸스럽게 입안으로 파고들어 혀를 탐하고 밀친 대로 벌려진 가는 다리를 들어 제 허벅지 위로 올린 태준은 은밀한 곳으로 손을 내려 동그랗게 솟아오른 정점을 찾아 부드럽게 굴리기 시작했다.

"아훗, 아읏, 하아응, 태준 씨."

"미안, 하아, 못 멈추겠어요."

흥분에 취한 태준은 시트와 정윤의 어깨 사이에 낀 팔로 위로 치솟는 작은 몸을 붙잡아 들이며, 무서운 속도로 몸을 쳐올리기 시작했다.

"아응, 아아응."

태준의 복부와, 엉덩이 안에 감싸인 정윤의 엉덩이가, 한 몸처럼 맞붙어 거세게 물결쳤다.

"하아, 잘하고 있어."

"하아, 핫, 핫, 핫 하웃."

"좀 더…… 일어나 봐요."

마구 흔들려 정신이 혼미한 가운데 대답할 새도 없이 일으켜진 정윤은 무릎을 꿇고 엎드린 자세가 되어 엉거주춤 몸을 들고 있다가, 급하게 허리를 꺾어 내리며 시트에 머리를 박았다.

"하훗, 태준 씨!"

입을 한껏 벌린 태준이 양손으로 엉덩이를 붙잡아 벌리고, 그 사이를 빨아 대고 있었다. 다리 사이에서 추릅, 추릅 소리가 들리는 것 같았다. 말캉한 혀가 거침없이 비부로 파고들어, 입술을 대고 빨아 왔다.

창피하기 그지없는 곳까지 혀로 핥고 빠는 통에 정신이 없고, 이리저리 고개를 움직여 가며, 빨아 대는 그의 얼굴과 머리카락이 엉덩이를 스칠 때마다, 야릇한 감각은 몇 배나 더 강하게 정윤을 몰아쳐 왔다.

"아흑, 하아웃."

무릎이 풀려 버린 정윤이 무너지려 하자, 양손 가득 잡고 있던 엉덩이를 세게 붙잡아 올리며, 제 손힘으로 정윤의 자세를 유지시키던 태준은 혀를 꽃샘 안으로 밀어 넣어, 얼굴로 무너지는 엉덩이를 받쳐 올리기 시작했다. 우는 소리를 내며 신음하던 정윤이 이루 말할 수 없는 자극에 이끌려 다시, 제 힘으로 엉덩이를 들어 올렸다.

태준이 꽃샘에 매달리듯 입술을 붙이고 혀를 밀어 넣으며 한 손으론 엉덩이를 잡고, 한 손으론 꽃잎 위 볼록 솟은 정점을 찾아 집게손가락으로 비비기 시작하자, 정윤의 허리가 저 혼자 흔들리기 시작했다.

"하흑, 못 참겠어."

대답 대신 태준은 다리 사이에서 고개를 흔들어 댔다. 샘 안으로 혀를 밀어 넣고 고개를 젓는 바람에, 마치 온몸을 다 내어 준 채로 물어뜯기고 있는 기분이 들어, 정윤은 숨을 쉴 수 없었다.

"하흥, 제발. 그만."

온전히 마음을 열고 감각에 빠져들지 못하는 정윤을 벌주듯, 태준의 손가락이 좀 더 세게 예민한 정점을 문질러 왔다.

"아흑, 태준 씨! 아흣, 아아웅!"

"조금 더."

계속 안을 찔러 대던 혀를 거둬들인 태준이 고개를 젖혀 들며 정윤의 다리 사이로 더 깊숙이 입술을 가져다 댔다.

"하으응, 하흣, 하아웅, 태준, 하웃, 하아앙."

손가락으로 거칠게 다룬 것을 사과하듯 보드랍고 촉촉한 혀를 곧게 세워 작은 알갱이를 누르고 굴리는 태준으로 인해 정윤의 이마가 시트에 비벼지고, 헐떡이는 교성이 들려오기 시작했다.

"하흐훗, 제발 빨리, 흐흑 하웃."

"못 참겠어요?"

"흐흑, 제발."

그제야 얼굴을 떼어 내는 태준으로 인해 모자란 숨을 들이켜던 정윤은 곧, 비명 같은 교성을 지르며 갑자기 꿰뚫고 들이온 태준의 분신을 바짝 조여들었다.

"하ㅇㅇㅇㅇ"

"흐윽."

정윤이 전기 맞은 것처럼 찰나의 순간 경직되어, 엉덩이와 머리를 쳐올린 자세로 사지를 바들바들 떨어 댔다. 삽입하자마자 전신으로 퍼져 나가는 황홀경에 숨을 쉴 수 없고, 작은 전류처럼 몸을 휘감는 쾌감을 끝까지 느끼느라 눈을 뜰 수도 없었다.

"하아, 하아, 잠깐만."

잠시 몸을 굳혔다가, 거세게 허리를 치받기 시작하는 태준에게 밀리기 시작한 정윤은 태준의 손아귀에 어깨를 잡혀, 그가 들이칠 때마다 속수무책으로 거대한 것을 받아들이며, 속절없이 흔들려야 했다.

제 허리 짓이 점점 더 거세져 갈수록 손아귀에 더 힘을 주는 태준으로 인해, 정윤의 하얀 어깨가 붉게 변하고 있었다.

"하웃, 하웃."

"하아, 하아."

대화도 없고, 신음만이 서로가 느끼는 황홀경과 몰입을 전해 주는 시간. 버티다 결국 정윤의 팔꿈치가 꺾여 무너지고 말자, 정윤을 안아 들며, 바로 눕힌 태준이 가는 발목을 두 손으로 잡아 위로 들어 올렸다.

"정윤아."

"하아, 하아."

가쁜 숨을 몰아쉬는 정윤은 이제 묻지도 못하고, 태준이 하는

262

양을 지켜볼 뿐이었다.

번쩍 들린 다리가 허공에서 V자로 들리고, 그 앞에 허리를 세우고 앉은 태준이 순식간에 다시 몸을 파고들어 허리 아래만 빠르게 들이치며 속도를 높여 가기 시작했다.

강하게 쳐올리는 속도만큼 살 부딪히는 소리가 크게 들려오고 내뱉는 숨이 뜨겁게 흩어질 때마다 마주친 태준의 검은 눈동자가 조이듯 곧게 내려다보고 있는 통에 시선을 돌릴 수도 없었다.

"하아아, 하아아아."

시선을 붙들린 정윤의 입에서 정제되지 못한 교성과 신음이 마구 흘러나왔다.

흐려진 정윤의 눈동자를 바라보고 있던 태준은 이를 악물며, 한 손을 내려 정윤의 다리 사이로 가져갔다.

"하으응, 하아아응!"

한쪽 다리는 태준에게 잡혀 곧게 뻗어 있고, 한쪽 다리는 단단한 허벅지에 걸쳐져 있던 정윤의 허리가 비틀리며, 엉덩이를 위로 튕겨 올렸다.

"태준 씨!"

태준은 다리 사이 흥건한 애액을 묻혀 꽃잎을 가르며 올라, 그 위에 맺힌 예민한 정점을 둥글게 문질렀다.

정윤은 안으로 치받는 거대한 분신이 꽉 채우고 들어올 때마다, 숨이 멎을 것 같았다.

뜨겁게 내려다보는 태준의 시선과, 아무리 허리를 뒤틀며 도망가도 무릎걸음으로 따라붙으며 더 세게 들이치고, 끈질기게 쫓아와 둥글게 매만지는 손가락으로 인해, 차라리 아픈 것이 나을 만큼 감당하기 어려운 쾌감을 느끼고 있었다.

"흐훗, 하아앙."

정윤은 울음을 터트리며, 모자란 숨을 쉬기 위해 입은 더 크게 벌렸다. 그에 반응하듯 태준의 허리가 더 빨리 들이치기 시작하자, 허공으로 뻗어 나온 하얗고 가는 팔이 태준에게 닿을 듯 손을 펼쳤다. 움쩍거리는 팔이 그에게 닿지 못하자, 괴로운 듯 제 양 가슴을 움켜쥐며, 꽃샘을 조여들기 시작했다.

"하으윽, 윽, 정윤아."

정윤은 눈을 감고 가쁜 숨만 내뱉으며 전신을 긴장시켰다.

"하웅, 핫, 핫, 하웃."

시트에 놓인 정윤의 머리가 도리질 쳐지고, 태준이 잡아 주지 않아도 들린 다리에 힘이 들어가며 허리가 아치 형태로 솟고, 분신을 꽉 조인 엉덩이가 위로 향하기 시작했다.

신음이 사라지고 소리 없는 교성이 공간을 가득 채우는 순간, 바짝 조여들어 바르르 떠는 정윤의 샘 안으로 미친 듯이 파고들던 태준의 분신에서 뜨거운 것이 울컥울컥, 쏟아져 나왔다.

"흐으윽, 하윽, 윽, 사랑해."

"아아아아."

"사랑해, 정윤아."

"아아아아."

넋 나간 표정으로 황홀경에 빠져 아무 소리도 못 듣고, 아무 말도 못 하는 정윤을 내려다보며, 태준은 다시 한 번 제 허리를 움직여 정윤의 안에 마지막까지 제 것을 뿜어냈다.

눈을 감고, 아직도 몸에 긴장을 풀지 못한 정윤의 품 안으로 쓰러져 내린 태준이 힘없이 벌어진 정윤의 입술에 키스하며 아직 세우고 있는 몸을 느릿하게 다시 한 번 들이쳤다. 꿈틀, 이젠 괴로운

지 미간을 찌푸리는 정윤의 입술에 태준이 짓궂게 웃으며 다시 입을 맞췄다.

"사랑해."

"……."

"앞으로 미운 말 할 때마다, 이럴 거야."

"……."

"우리 정윤이 아무 말 못 하게."

싫다, 좋다, 말도 못 하고, 불이 환하게 밝은 침대에 누워 그대로 잠에 빠져드는 정윤을 바라보며, 태준은 오랫동안 합쳐진 몸을 떨어뜨리지 않았다.

12.

"의사, 라고요. 무슨……."

아침이 되어 집을 나서는 정윤의 뒤를 당연한 듯 따라나선 태준이었다. 미리 사 두었었는지, 서울서 따로 렌트했다는 차에서 슈트케이스를 들고 들어와서는 정윤에게 넥타이를 매 달라고 말했다가 타박만 들었다. 그의 목 언저리에는 제 손으로 맨 타이가 아주 단정하게 매듭져 있었다.

"네, 소아 청소년과 전문의입니다."

그렇게 혼자 챙겨 입은 라이트 그레이 슈트를 입고, 진지한 얼굴로 대답하는 태준의 모습에 정윤은 처음 성암고택에서 봤을 때처럼 거리감을 느꼈다.

남, 같았다. ……남인 건 맞는데, 눈앞의 등을 감싼 양복이 보기좋게 당겨질 만큼 어깨가 딱 벌어진 좋은 체격의 남자가 잠시나마, 제 손에 신음하고 함께 뒹굴었던 남자라고는 믿어지지 않을 만큼 너무나 정갈한 느낌으로 앉아 있어, 낯설다는 말이 더 정확할 거였다.

모든 남편들이 집에서는 아내를 그렇게 탐하고 밖에 나와서는 아무 일 없는 듯, 다들 그렇게 담백하게 구는 걸까.

남편? ……무슨 생각을 하는 거야, 한정윤.

정윤은 손을 올려 제 달아오른 뺨을 쓸어내렸다.

"힘들 텐데."

정윤은 거기까지 제 생각이 흘러간 것을 원망하듯, 아담한 엄마와 이모 앞에서 우뚝 솟은 거구로 앉아 있는 태준을 바라보았다. 괜히 따라와선 기분을 이상하게 만든 사람에게 병원에서 나가면 한마디를 하고 싶어졌다.

"네, 요즘 의료 경기도 좋은 편은 아닙니다만, 다행히 지금까지는 큰 어려움 없이 운영하고 있습니다."

적당히 남자친구인 척만 하면 되지, 뭘 그렇게 정색하고 그랬냐고.

"……음, 연주야."

생각에 잠긴 듯 기운 없이 마른침을 넘기던 엄마는 얼른 일어난 이모가 물컵에 꽂힌 빨대를 가져다 대 주자, 한 모금 겨우 목을 축였다. 그러고는 말을 고르다 깊은 감정이 고인 눈으로 태준을 바라보았다.

"우리 정윤이, 사랑, 해요?"

목을 조금 축인 뒤에도 힘없이 여러 번 끊겨서 들리는 목소리. 그놈의 사랑. 그렇게 데고도, 또 그 사랑. 엄마는 물을 게 그렇게 없어요, 성을 내고 싶지만 낸들 무엇할까.

"네, 어머님. 저 정윤 씨 아주 많이 사랑하고, 결혼하고 싶습니다."

엄마의 그 사랑 때문에 제가 태어나 이렇게 살고 있는 길. ……ㄴ
데, 뭐요?

"훗, 참…… 듬직하네."

눈이 커졌던 정윤은 엄마의 웃음소리에 또 한 번 눈이 휘둥그레
졌다. 얼마 만에 본 엄마의 웃음인지, 마주 보고 앉은 태준은 짐작
도 못 할 거였다. 엄마를 보다 놀란 눈으로 이모를 쳐다보자 이모
는 곁눈질로 병실 문을 가리켰다.

왜? 나와. 서로 입 모양으로 주고받은 대화 끝에 슬며시 일어난
정윤은 무릎 위에 단정히 손을 올리고 있는 태준의 긴장한 모습을
눈에 담으며 병실 문을 열고 나섰다.

"이모. 왜."

"엄마랑 저 사람, 따로 이야기할 시간도 필요한 것 같고, 나도
이따는 말할 시간이 없을 것 같아서."

병실 문 앞에서 서너 걸음 떨어진 복도에 나란히 서서, 이모는
측은한 눈길로 정윤의 이마를 쓸어 주었다. 뒤늦게 빠져나온 간병
인이 화장실로 사라져 주변이 정리되자, 조금 가라앉은 얼굴의 이
모가 말문을 열었다.

"어젯밤에 네 고모 찾아왔었는데, 내가 잘라 냈어. 이제 그만
보고 싶다 그랬잖아."

정윤은 꾹 눌린 입술 위로 좁혀 들던 눈썹을 멈춰 세우고, 천천
히 고개를 끄덕였다.

"앞으론 절대 찾지 말라 그랬고, 엄마도 네가 아버지한테 뒤통
수 맞는 일은 없을 것 같아서 마음이 조금 놓인대. 그거 알고 있으
라고."

"엄마한테 다 얘기했어? 그 사람, 나하고 같이 살고 싶어 하는 거?"

"아니. 그럼, 엄마 넘어가게. 너도 그런 소리는 하지 말라고 했잖아. 엄마는 그 사람이 너한테 용서를 구한 줄만 알지. 그래도 그 습성 쉬이 안 변할 거라, 걱정했던 거고."

"……잘했어, 이모."

"그 사람, 네 엄마한테는 그런 얘긴 코빼기도 안 비치고, 한 번만 만나게 해 달라고, 용서 빌고 싶다고 얼마나 절절했었는데. ……저번에 네 고모란 사람이 음료수 들고 와서 나한테만 살짝, 같이 사는 거 힘들다고 넌지시 비치기는 했었지만, 그거야 내가 너한테 얘기했듯이 이미 남남 된 그 사람들 사정이라, 난 깨진 사돈한테 와서 별소리 다 하는구나, 생각하기만 했지, 누가 새장가도 두어 번이나 더 가서 자식새끼 서넛이나 더 낳고 산 사람이, 그쪽에서 이혼당했다고, 백일 때 버린 자식한테 와서 그런 개소리를 할 거라고 생각이나 했겠어. 나도 언니처럼 사람이 늙고 철들어서, 용서 빌고 싶어 한다고 생각한 거지."

말을 맺고도 정윤의 안색을 살피던 이모가 풀 죽은 목소리로 머뭇거리며 다시 말을 이었다.

"이런 말 하긴 뭐하지만, 나는 그치가 너한테 미안해서 뭐라도 챙겨 주려나 했어. 그런 마음인데 내가 억지로 막아서는 건 또 아니지 않나 그랬거든. 이럴 줄 알았으면 내가 봤을 때 머리털을 다 쥐어뜯어 놓는 건데. 미안하다, 윤아."

"이모."

"어."

"……그만 말하자."

"그래. 에휴, 불쌍한 것. 으휴, 우리 착한 정윤이…… 걱정 마. 넌 복 받을 거야."

"응."

고개를 끄덕이고 이모 품에 안겨서, 어릴 때와 다른 어색함에 빙긋이 웃었다. 그러고 나서 다시 병실로 들어서던 정윤은 예상치 못한 장면에 걸음을 멈췄다. 아까보다 병상 앞으로 의자를 가까이 당기고 앉아서 손을 맞잡고 있는 두 사람, 엄마, 김태준 씨. 지금 두 사람 뭐 해요?

환하게 웃는 얼굴로 뒤돌아보는 태준의 표정에 정윤의 의아함이 커져 갈 때, 뒤에서 들어서던 이모의 목소리가 축포를 터트리듯 요란하게 울려 퍼졌다.

"허락했어?"

허락?

"정윤이가 좋다니까."

차분한 엄마의 목소리에도 왠지 모를 생기가 묻어났다. 언제나 미리 죽은 사람처럼 허깨비인 양 힘없어하던 사람이.

"나 신경 쓰지 말고, 재미나게 잘 지내."

"엄마."

그래서, 차마 아니라고는,

"이 사람 하자는 대로, 준비 할 거 있으면…… 이모랑 상의해서 잘 하고."

말할 수 없었다.

"엄마는."

엄마 얼굴이 저렇게 밝아지는데.

"나도 도울 거 있음 도와야지. 우리 딸 결혼인데."

결혼하는 거 보고, 엄마가 기운 내서 더 사실 수만 있다면, 태준에게 사정해서라도 결혼식을 올리고 싶은 마음인데…… 웃기라도 해야지. 정윤이 머뭇거리다 울 것 같은 얼굴로 미소를 머금자 태준도, 엄마도, 이모도 모두 다 행복한 얼굴이 되어 웃기 시작했다. 마치 완전한 가족이 된 사람들같이.

"고마워요."

웃는 얼굴로 활기차게 병실을 나선 정윤이 문이 닫히자마자, 무거운 숨을 내쉬며 가장 먼저 찾아든 곳은 엘리베이터 앞 소파였다. 이유도 모르게 팔다리가 바들바들 떨리고, 머리가 멍하니 어지러웠다. 생각을 하려 해도, 정신이 잘 차려지지 않았다. 도대체 왜 이러는 거지.

"뭐가요."

"……문병."

의자에 앉아 무릎에 팔꿈치를 올리고 두 손으로 얼굴을 감싸 봐도, 저조차 이유를 알 수 없는 떨림은 잦아지지 않았다. 엄마가 태준을 바라보던 시선과, 꼭 맞잡았던 두 손. 그를 사위로 인정하듯 태준이 하라는 대로 잘 따르라 했던 말들이 온통 머릿속에 두서없이 맴돌고 있었다.

"왜, 그래요."

뭐라고 말하면 맞는 말일까. 쉬운 헤어짐을 예상하며 몸을 섞은 당신을, 엄마가 결혼 상대자로 흔쾌히 받아들이는 모습이 충격이었다고 말할까. 엄마가 너무 좋아하시니까, 간단한 거짓말이 꽤 큰 사기처럼 느껴졌다고. 그런데다 당신과 내가 그렇게 진지하게 엮이기 시작한 이 순간을 받아들이기가 버겁고, 쇼로 시작했던 모든 일들이 현실이 되어 버린 것 같아 두렵다고 말하면 이해해 줄래.

"정윤 씨."

난 결혼이 싫어. 태준 씨.

"왜 이렇게 떨어요."

난 여전히, 남자를 믿는 건 인생이 무너지는 지름길이라고 생각해.

"어디 아파요?"

엄마처럼, 사랑했던 사람에게 배신당하고.

"어머님 뵙고 결혼 얘기해서 화났어요?"

버림받고도 그 사람을 잊을 수조차 없게, 그 사람 아이까지 키우며, 평생…… 그렇게 살고 싶지는 않아. 생각만 해도 정말, 끔찍하잖아.

"정말 그것 때문에 이래요?"

그런데 난 지금 왜, 당신한테 그만 만나자는 말을 못 하겠는 거지.

"그것 때문에 이러는 거면, 후우…… 사과하고 싶지 않은데."

그냥, 애 생기면 나 혼자 낳고 절대 버림받지 않을 내 가족 하나 만들어서 그 아이랑 같이 살아도 좋겠다, 생각했었어. 혼자 키워도 그건 버림받은 게 아니라 내 선택이니까. 당신은 반듯한 사람인 것 같아서, 당신 닮은 아이 생기는 건, 괜찮다고…… 그렇게 생각했는데.

"……정윤 씨."

당신한테 그만하잔 소리를 못 하겠어. 나 어떡해, 태준 씨. 내마음 왜 이래…….

정윤은 고개를 천천히 들어 올려, 제 앞에 쪼그려 앉아 시선을 맞춰 오는 태준을 바라보았다. 모든 것을 기민하게 읽어 내리는 예리한 시선이 제 눈 깊숙이 파고들고 있었다. 저는 아무리 그의 눈을 마주 봐도 검은 눈동자는 검을 뿐, 평소처럼 사람의 기분이나 생각 따윈 읽어 내지 못하고 머리가 굳어 버린 것만 같은데.

"진짜, 왜 우는데요. 이게 울 일이에요? 내가 그렇게 정윤 씰 힘들게 했어요?"

화가 난 거야? 아니면 지금 그 얼굴은 상처받은 표정인 거야? 안 그래도 복잡해 죽겠는데, 당신까지 왜 그래. 당신까지 제자리에 안 있어 주면, 내가 더 힘들잖아.

정윤은 제가 생각해도 이해되지 않는 제 꼴을 생각하며, 떨리는 손을 힘주어 맞잡아 들였다. 생각은 좀처럼 정리되지 않고, 마음은 혼자 있고 싶다고 외쳐 대도 평상심을 잃은 듯한 태준의 감정이 걱정돼서, 서둘러 상황을 정리하고자 입을 열어야 했다.

"정말 나랑 결혼할 마음, 있어요?"

그의 주의를 돌리고, 멀어지는 감정의 벽이 더 이상 높아지는 걸 막고 싶었다. 태준의 기분을 맞추려 하다니. 그가 화내는 게 싫어, 노력이란 걸 하다니.

"응?"

"있어서 그런 말 한 거예요, 아님, 차 선배 때처럼 역할극이에요?"

어떡해, 나 정말…… 이 사람, 좋아하나 봐.

"둘 다 진심이에요. 정윤 씨랑 결혼하고 싶은 것도, 차 부장 한 대 패 주고 싶은 것도."

깨닫는 스스로의 진심을 감당하기 어려워 가슴이 메이고, 얼굴이 찡그려졌다. 눈물이 그렁그렁한 정윤이 소리 내어 울음을 터트리기 직전의 표정으로 입을 열었다.

"내가 진짜 사귀자 그럼, 어떡할 건데요."

조금은 차가워지고, 조금은 관망하듯 정윤을 바라보던 태준의 시선이 한순간에 방향을 전환하듯, 온기를 담아 천천히 풀어지고 있었다. 주의 깊게 저를 살피는 시선을 감출 여력도 없이, 손끝을 덜덜 떨면서 차게 곱은 정윤의 손가락을 힘주어 쥐는 태준의 손은 늘 그랬듯 따스하고 부드러웠다.

"결혼해야죠."

"결혼 아니고, 사귀자 그런다고요."

"사귀니까, 결혼해야죠."

"태준 씨, 난 농담 아닌데. 진지하게 말하면 안 돼요?"

"나도 농담 아니에요. 사랑하는 여자한테 매달리다 겨우 사귀자는 소리를 들었는데, 넋 놓고 있으면 되나. 얼른 낚아채서 확실하게 내 거 만들어야지. ……내가 정윤 씨, 많이 좋아하잖아요. 염치 같은 거 따질 여유 없이, 초조해 죽잖아요, 내가 지금. 안 느껴져요? 나 정윤 씨 눈빛 하나에 3kg씩 왔다 갔다 하는 것 같은데. ……한번 안아 볼래요? 아침이랑 얼마나 차이 나는지?"

"하아, 태준 씨."

태준은 실없는 말로 정윤의 입에서 기어이 헛웃음을 뽑아낸 후에야, 다시 진지한 표정으로 되돌아왔다. 낮아진 목소리와 함께 흘러내리는 정윤의 머리카락을 귀 뒤로 넘겨주는 태준의 손가락이 부드러운 시선 속에 느리게 움직이고 있었다.

"뭘 겁내는 건지는 알 거 같은데……. 정윤 씨. 자식 입장에서 이런 말 하긴 뭐하지만, 우리 부모님은 차라리 한날한시에 같이 가신 게 다행이다, 싶을 만큼 정이 좋으셨어요. 그 점은 우리 할아버지도 가시기 전에 가끔 말씀하셨을 정도로 모두가 인정하는 부분이고. 난 정윤 씨랑 결혼해서, 우리 아버지만큼 좋은 남편, 좋은 아버지가 되고 싶어요. 정윤 씨가 좀 도와줘요."

"……"

"이 아가씨가, 끝까지 대답을 안 하네. 내가 이렇게까지 매달리는데도. 응?"

웃음을 섞어 말하는 태준을 멍하니 바라보며, 정윤은 입술을 달싹이지도 못하고, 생각 많은 눈빛으로 바라보기만 했다. 마주 보던 태준이 한쪽 눈썹을 찡그리며 정색한 눈을 마주쳐 왔다.

"내가 잘못한 거 같네요."

"……뭐가요."

"봉화 사람들 현장 근처에 쫙 풀어서 내가 어떤 사람인지 소문다 낸 다음에 정윤 씨가 김태준이란 사람이 어떤 사람인가, 그 사람이 진짜 그렇게 좋은 사람인가 막 궁금해할 때, 짠 하고 나타날걸 잘못했어요."

"훗."

"……예뻐요."

태준의 볼이 미세한 변화로 부드럽게 퍼져 나가는 미소를 머금었다.

"……"

"그렇게 웃어요. 내가 웃으면서 살게 해 줄게."

눈꼬리에 물기를 묻힌 채로 휘어졌던 정윤의 눈매가 천천히 풀리고, 살풋 올라갔던 입매가 차분히 내려앉았다. 아래로 시선이 내리깔림과 동시에 정윤의 고개가 낮아지자, 그 숙인 머리를 위로하듯 쓰다듬던 태준이 커다란 손으로 뺨을 지나, 가는 턱을 붙잡아

올리며, 끈질기게 시선을 맞춰 왔다.

"우리, 정윤 씨가 원하는 대로 진지하게 사귀다가, 빨리 결혼해요."

"……."

"내 마음 다 알면서 피하지 말고. 내가 연애엔 소질이 없어서 더 이상 어떻게 해야 되는지는 잘 모르겠지만, 지금까지 정윤 씨한테 한 말, 단 한 마디도 거짓인 거 없어요. 더 말한다고 해도, 사랑한다는 말밖엔 생각 안 나고. 나, 정윤 씨 남자 되고 싶어. 우리 같이 살자."

"……."

"좋은 남편, 좋은 아빠 될게. ……내 좋은 아내는 정윤 씨가 해 줘요."

머뭇거리며 제 입술을 깨물던 정윤이 미간을 한껏 좁힌 채 태준을 묵묵히 바라보는 시간이, 미동 없는 두 사람 사이를 느리게 지나갔다. 제 입술을 마구 깨무는 정윤을 빤히 보면서도 태준은 말리지 않았고, 흔들리는 눈동자를 그대로 내보이며 이따금씩 눈썹을 찡그리고 힘겨워하던 정윤도 쉽게 입을 열지는 못했다.

그러다 엘리베이터가 열리고 나타난 낯선 사람들이 정적을 깨며 곁을 지나친 뒤에야 눈물 젖은 눈가를 제 손으로 정리한 정윤이 긴 숨을 코로 들이마시며, 태준의 눈을 똑바로 쳐다보았다.

"나 배신 안 할 거죠."

"그럼."

당장 뒤쫓아 나오는 대답에, 정윤은 다시 한 번 아랫입술을 잘 근 깨물었다.

"양다리도 안 하고."

"홋, 당연하죠."

"버리는 건요."

잠시 헛웃음 흘리던 태준의 얼굴에서 유함이 사라지고, 시선이 심각하게 굳어 들었다.

"가장 약해졌을 때, 내가 가장 당신을 의지하고 믿고 있을 때 버리는 일…… 당신은 안 할 거죠?"

"안 해. 절대 안 해. 나는…… 정윤 씨가 나 싫어서 죽고 싶다 그러지 않는 이상, 당신 안 놔. 그것도 당신 죽을까 봐 놓는 거지, 나 살자고 놓는 건 아닐 거야. 나한테 부부는 그런 의미예요. 나도 정윤 씨밖에 없는데, 누가 누굴 버려, 이 바보야."

"……나도 모르겠어요. 이젠 정말…… 도무지 모르겠어."

눈을 질끈 감고, 제게로 안겨 드는 정윤의 가는 몸피에, 태준은 벅찬 마음으로 그녀를 품에 안았다. 가슴 한가득 숨을 길게 들이켜는 그의 흉곽이 크게 벌어지며, 정윤의 가슴과 맞닿아 두근거렸다.

마음이 열리는 소리가 들렸다고 생각했다. 이젠 됐다고. 정윤이 힘들게 제 벽을 깨고 나왔으니, 다 되었다고.

또다시 비가 내리고 있었다. 여름비는 잦아지고, 비 그친 뒤에도 습한 공기 속에 맑은 물기운 가득한 나날들이 지속되고 있었다.

"창문 잘 뚫었어요?"

책상 위로 올려진 도면과 그 옆을 차지한 서류 뭉치에서 시선을 거두며 눈을 감은 정윤은 집게손가락으로 미간을 잡고 꾹꾹 누르며 통화를 이어 나갔다.

— 네, 소장님. 소장님 원하시는 대로, 안방, 건넛방, 주방 모두 아주 예술적으로 잘 뚫었습니다. 현장으로 매일 마실 나오시는 동

네 어르신들께서 무슨 창을 그렇게 크게 내냐고 걱정들이 많으신데, 그것도 이제 만날 들으니 들을 만합니다. 히하하.

창이 거의 없는 구옥이었던 터라, 누워서도 마당을 내다볼 수 있게 벽을 쳐 내고 유리창을 만들라고 했었다. 온도 조절이 용이하도록 안방과 건넛방 사이 대청마루에도 엄마가 좋아하실 들어열개문은 그대로 놔둬 정취는 살리고, 그 앞에 폭 넓은 접이식 유리문인 폴딩 도어를 설치해, 조망과 보온을 동시에 만족시키기로 했었는데.

"이 과장, 고생이 많아요."

일 처리도 분명하고 성격도 좋은 이 과장은 그새 벌써 동네 어르신들과도 마음을 텄나 보다.

— 제가 무슨 고생을…… 고생은 사장님께서 다 하셨지요.

"응? 뭐요?"

— 아, 평산고택 사장님께서 저희 일을 많이 도와주고 계십니다.

아, 이 과장은 아직 태준 씨를 숙박업자로 알고 있구나.

— 그 사장님 성격이 아주 시원시원하시고 정이 많으셔서, 괜찮다는데도 간식도 사다 주시고, 엊그제부터는 저희 일도 도와주고 계신데…….

"무슨 일? 그분, 현장 경험 없으실 텐데."

— 안 그래도 위험한 일은 안 맡겼습니다. 뭐, 아직 용접도 시작 안 했고, 전기 작업도 안 해서…….

"그래도 사고 제일 많이 나는 사람이 현장 첫 출근하는 사람인 거 알잖아요."

— 저도 말렸는데, 벽지 제거 작업이라 괜찮다고 판단이 돼서,

죄송합니다.

"벽지 제거요?"

— 네. 간식 먹다가 벽지 떼는 일이 은근히 손이 많이 가서 한 2, 3일 정도 공사 지연될 것 같다는 얘기가 나왔었는데, 사장님께서 그 말을 들으시곤, 엊그제부터 계속 벽지 제거 작업만 혼자 도맡아 하시고 계십니다.

정윤의 입가가 어쩔 수 없이 휘어 올랐다.

"알았어요. 사장님은 그 작업 마치시면 현장출입 금해 주세요. 사고는 한순간이니까."

— 네, 알겠습니다.

"사무실에 일당 처리해서 보고 올리시고요."

— 아, 사장님, 그건…….

"공사 구별합시다, 이 과장. 일을 시켰으면 돈을 드려야죠."

— 안 받으실 텐데. 네, 그래도 한번 말씀드려 보겠습니다. 사장님께선 언제 오십니까?

원래는 봉화에 있기로 한 날이었지만, 갑작스런 양재동 건축주의 미팅 제의로 부소장인 현석 선배에게 모든 것을 일임할 수가 없어, 정윤은 아직 서울이었다.

지난해, 한국건축대상 일반주거부문 본상을 수상한 뒤로 설계를 의뢰해 온 양재동 건축주는 그만큼 기대가 많았고, 잦은 설계 변경 요구로 현석을 자주 곤란케 해 왔다.

"넉넉히 내일 아침에 보죠. 오늘 저녁엔 미팅이 잡혀 있어서."

전화를 끊은 정윤은 책상 위에 휴대폰을 내려놓으며, 컵 홀더에 올려 뒀던 커피 잔을 들어 올렸다. 절로 웃음이 나고, 눈매가 휘어졌다. 마음을 정하고 나니 모든 것이 한결 편안하게 느껴졌다. 엄마도 더 이상 친가 쪽을 만나 보라며 애타하지 않으셨고, 오늘처럼 건축주에게 시달린 날이면 태준의 목소리에 큰 위로를 받기도 했다. ……하아, 보고 싶다.

캐비닛에 차고 넘쳐 그 위까지 켜켜이 쌓여 있는 설계 도면들에 향해 있던 정윤의 시선은 아련한 시선 너머 태준을 떠올리고 있었다. 저를 향해서만 편하게 풀어지는 얼굴, 은근히 자상한 시선과 그에 당연하다는 듯 따라붙는 손길…….

"소장님, 전화."

깜짝 놀란 정윤이 파티션 너머에서 불쑥 솟아오른 현석의 머리에 정신을 차렸을 땐, 책상 위에서 진동하던 휴대폰이 옆으로 밀려나고 있었다.

"어, 미안. 선배."

시공업체들과 철거, 변경에 따른 보상 문제를 조율해서 새로운 도면을 들고 나서야 할 현석 선배가 예민한 건 당연한 일이었는데, 이런 실례를 하다니.

"여보세요."

재빨리 받아 든 전화를 들고 부러 탕비실까지 걸어 나온 건, 별 뜻 없는 배려였다. 현석 선배나 판교 마무리 공사로 지친 팀원들의 집중력을 흐트러뜨리지 않으려는. 그런데.

— 안녕하십니까. 한정윤 씨, 본인 되십니까.

딱딱한 남자 목소리는 처음 듣는 것이었다. 인이 박인 말을 내뱉는 듯, 다소 건조한 말투.

"네, 본인입니다만, 어디십니까."

— 네, 저는 서대문구 홍은2동 주민센터 사회복지 담당…….

남자는 간단한 자기소개를 마치고 곧 한영광 씨의 친딸이 맞는지 확인한 뒤, 생부에 대한 부양의무에 대해 말하기 시작했다. 남자의 목소리를 듣는 내내, 마음이 고요히 가라앉고 있었다.

어떻게든 부양의무를 지우려 할 것은 예상했으나 이런 식으로, 이렇게 공무원의 입을 빌려……. 나는 당신에게 한 번 더 만나 미안하다 말할, 그렇게 노력해 볼 가치조차 없는 사람이었나요.

참담하다는 말은 이럴 때 쓰는 거겠지. 끔찍하게 느껴지는 보이지 않는 끈을 이제는 정말, 끊어 내야 되겠다는 생각이 들었다.

"담당자님."

— 네. 말씀하십시오.

"저는 지금까지 제 어머니 주민등록상 동거인이었습니다."

언젠가 엄마가 말했었다. 자상하신 시아버님이셨으나, 병환 중인 시부를 모시는 어려움은 생각보다 컸다고. 결혼식을 올림과 동시에 그렇게 쫓아다녔던 아버지가 남처럼 변한 상태에서 사이좋게 약속하고 혼인신고 하러 나갈 분위기도, 그러겠다고 편하게 말씀 올릴 시집살이도 아니었다고.

— 네?

"그렇다고 오해는 마세요. 제 어머니는 혼외자를 낳은 것이 아니라, 양가 합의하에 정식으로 결혼하시고, 저를 낳으셨던 거니까요. 다만, 남편이 혼인신고 했다는 말을 아무 의심 없이 믿는 잘못을 하셨을 뿐이죠."

— …….

그 밖의 이야기는 엄마가 굳이 말하지 않아도 짐작할 수 있었다. 아주 사소한 것이라도 양심에 걸리는 행동 같은 건 할 생각도 못 하는 이모나, 엄마를 보면서.

사람이 어떻게 만인 앞에서 잘 살겠다고 결혼식을 올려놓고, 시작부터 딴 맘을 먹었을 거라, 짐작이나 했었겠나. 아이를 가졌다는 소리에 시부가 기뻐하자 아버지도 무척이나 기쁘다고 하셨다는데, 당연히 혼인신고 다 됐다는 말을 믿으셨겠지. 의심 한 번 없이.

"어릴 때는 몰라서, 성인이 된 후에는 소송을 걸려고 해도 호적 상 부모라는 사람들이 모두 미국에 있는 데다, 거주지가 불확실해서 소송이 진척되지 않았습니다. 친생자관계 부존재확인 소송이 강제성이 있다 해도, 미국 영주권자들에게 국내법이 강제할 수 있는 부분은 제한적인 데다, 일단, 연락이 닿지 않았으니까요."

— 아……

엄마는 아버지가 다른 여자와 혼인신고를 한 채 미국으로 떠난 뒤에야, 병원에서 진실을 알게 되었다고 했다.

뜨거웠던 그 청혼이 사실은, 재산 많은 시부가 며느릿감으로 점찍은 여자를 아내로 맞이하여 유산상속을 약속받기 위함이었다는 걸. 병환 중인 시부를 모시느라 10kg이나 쪽 빠져서 뼈만 남은 채 시집살이하던 그 시간 동안, 아버지는 결혼 전과 마찬가지로 외도를 일삼으며 애인을 사귀고 다녔었다는 걸.

결혼 생활이 파탄 나고, 갈비뼈가 부러진 채 깁스를 하고서 소리쳐 울지도 못하는 고장 난 몸으로 알게 되었었다고.

"그래서 포기하고 잊고 살다가 며칠 전, 생부의 국내거주 사실을 알게 돼서, 변호사를 선임하고 소송 전반 사항을 일임한 상태입니다. 그런 와중에 갑자기 부양이라니, 무척 당황스럽습니다."

— 죄송합니다.

"담당자님께서 죄송하실 일은 아니죠. ……다만, 이해해 주세요. 도저히, 그분을 부양하고 싶은 마음이 들지 않습니다."

전화는 그렇게 끊겼다. 그리고 고통을 참듯 숨을 참고, 온 얼굴로 몰리는 핏물을 견뎌 내며, 어울리지 않게 터져 나오려 하는 오열을 틀어막았다.

아는 것과 겪는 것은 달랐다. 스스로 끊어 낸 자리지만, 가슴 깊은 곳이 헛헛하게 고동치며 아파 왔다. 생부라는 그 사람에게 무언가를 기대했던 통증이 아니라, 생부라는 자체, 남들이 천륜이라 부르는 그 질긴 연이 겨우 돈 몇 푼에 이리저리 흔들리고 정리되는 꼴이, 그런 사람이 제 생부라는 사실이 힘겨웠다.

'이러려고, 엄마. 이러려고, 날 그 사람 만나라 한 건 아니지.'

서글프게 흔들리던 눈동자가 생부를 떠올리는 순간, 고통이 배가된 것처럼 검게 침잠해 들었다.

'어릴 때, 한 번만 버리죠. 지금 이게, 내가 당신을 버린 거라 말할 수 있는 건가요.'

한 방울의 눈물도 흘리고 싶지 않은 정윤이 제 입술에서 핏방울이 흐르는지도 모르고, 옅게 발린 틴트가 거의 바래 버린 분홍 입술을 찢어지도록 깨물고 있었다. 이제 단순하게 생각을 정리해, 선별적으로 기억을 재저장할 차례였다.

변호사가 생부와 연락해서 호적상 모친을 찾아낼 시간을 기다리고, 호적상 모에게는 부존재의 확인을, 엄마에게는 존재 확인을 구하는 소송이 시작될 날을 기다리며, 마음을 다잡아야 하니.

삐그덕, 어둠은 깊었다. 오셨느껴. 이제는 울진댁 아주머니가 없어도 절로 그 목소리를 상상하게 되는 솟을대문이 열리자, 그 안에 한 남자가 서 있었다. 저를 맞아 주는 남자의 품을 향해 정윤이 깊이 얼굴을 묻어 들었다.

"어떻게 지금 와요."

"보고 싶어서요."

기어이 울지 않았다. 미팅을 마치고, 기나긴 제 설명에도 굳이 설계 변경을 요구하던 건축주가 정윤의 짧은 설명에 고개를 끄덕이며, 기존 설계안대로 공사를 계속 진행해 달라고 말하자 얼굴이 시뻘게지던 현석 선배를 다독인 뒤 병원을 들르고, 고속도로를 탄 뒤에도, 정윤은 울지 않았다.

"그래도 새벽 운전 힘들잖아. 다음엔 데리러 오라고 전화해요."

"더 빨리 보고 싶어서."

두 팔을 등 뒤로 둘러 할 수 있는 한 깊게 얼굴을 파묻고, 보드라운 면 티셔츠 위에 입술을 댄 채 웅얼거리자, 그 단단한 가슴이 들썩이며 웃는 것이 느껴졌다. 참 좋은 사람. 참 좋은 느낌. 정윤은 포근한 품에서 얼굴을 떼어 내며 까치발을 들었다. 촉…… 잠시 떨어졌다 또다시 촉.

"나, 오늘 어디서 자요?"

어둠 속에서도 하얗게 벌어지는 태준의 입술이 느껴져, 정윤도 따라 웃었다. 태준 씨…… 당신은 좋은 사람이죠? 나 그렇게 믿을래요.

"……우리 나갈래요?"

안 그럼, 세상 살기 너무 힘들 것 같아.

"훗, 아니. 태준 씨 방? 내 방? 어디로 갈까요?"

번번이 함께 잘 때면, 벽으로 스며든 소리가 남에게 들릴까 걱정될 정도로 소리를 지르게 되는 건 어쩔 수 없다. 당신이 그렇게 만드니까. 정윤은 곤란한 표정으로 고개를 돌려, 사랑방과 건넛방을 번갈아 바라보는 태준의 두 뺨을 제게로 잡아 돌렸다.

"소리 안 낼게요. 조심, 조심. ……응?"

어디 가긴, 너무 피곤해.

"하⋯⋯."

당해 낼 수 없다는 얼굴로 얼굴 한가득 웃음을 머금은 태준의 목에 팔을 두르고, 작게 소곤거리던 입술을 모아, 다시 입을 맞췄다. 촉⋯⋯ 촉. 마음이 편안해진다. 당신이 옆에 있으면, 오늘 같은 날도 이렇게 웃을 수가 있네. ⋯⋯고마워요.

"흐흡."

"쉬이⋯⋯."

거세게 들이치던 몸이 정윤이 토해 내는 거친 숨소리 한 번에 우뚝 멈춰 섰다.

안채 건넛방과 벽 하나를 두고 붙어 있는 사랑방 대신, 대청마루 건너 정윤이 지내는 작은 방에 몸을 누인 두 사람의 몸이, 이미 타는 듯 뜨거워진 상태였다. 창호지 한 장과 병풍 하나로 바깥과 가로막힌 방 안에 누워, 정윤은 말없이 제 아래에 힘을 잔뜩 줘 조여들었다.

"흡."

거봐. 당신도 그렇잖아. 쿡쿡, 웃음을 터트리는 정윤의 등이 울리자, 작은 몸에 한 몸처럼 붙어 있던 태준의 가슴도 못 말린다는 투로 들썩거렸다. 정윤의 목과 어깨가 만나는 보드라운 살에, 태준의 반듯한 콧대가 비벼지다 촉, 가볍고 따사로운 입맞춤이 남겨졌다.

"하아, 후우."

"왜요?"

한없이 교태롭고 싶었다. 아무것도 생각 안 하고, 여자로서만 태준 앞에 서서.

"참기 힘들어서."

모른 섯을 잊고 싶다. 당신 앞에선 그럴 수 있어서 얼마나 다행
인지.

"안 참고 있잖아요, 지금."

정윤은 어스름한 윤곽을 가늠하고 있던 눈꺼풀을 꼭 내리감으
며, 허리를 휘어 천천히 움직이기 시작했다. 흐윽, 가벼운 숨소리
가 바람처럼 귓가를 스치고 지나갔다. 미세한 소리. 그러나 색을
담은 교성은 남자의 것이라 해도 적요한 고택의 허허로운 공간으
로 단번에 퍼져 나갈 텐데.

"조용히 해요."

"하아, 정윤 씨, 진짜."

한낮과는 다른 의미로 아랫입술을 깨물고, 입가엔 옅은 보조개
가 패였다. 정윤은 이따금씩 코로 들이쉬는 태준의 숨소리를 들으
며, 제가 느끼는 감각을 담아 마음껏 몸을 움직였다. 목석처럼 굳
어 제 본능을 절제하는 태준이 주는 쾌감은 서로 발버둥 치듯 몸
을 섞고 부딪혀 대던 전날들과는 또 달랐다.

"이러는 것도, 하아, 좋은 것 같아요."

천천히 허리를 일렁이며 제 가슴을 부여잡고, 유두를 비벼 대고,
가슴을 주무르는 태준의 손에 제 손을 겹친 정윤은 숨을 끊어 내
듯 속삭였다. 태준은 더 이상 말이 없었다. 고요 속에 느껴지는 억
눌린 숨소리 속에, 그가 저와 같은 감각에 사로잡혀 있다는 것만
느껴질 뿐이었다.

정윤은 그가 전에 해 줬던 것처럼, 태준의 허벅지에 제 다리 하
나를 올려놓았다.

숨소리 하나하나도 조심스러운 순간, 계속 붙어 있느라 땀이 고여 있던 태준의 가슴에서 등을 떼어 내고, 허리를 숙여 손을 아래로 뻗었다. 서로 합쳐진 몸을 매만지며 어떻게 맞물려 있는지 확인해 보고 싶었지만, 미끈거리는 액이 범람하는 그곳은 차마 만지지 못하고, 그 아래……

"하흑, 하, 정윤, 으윽."

"좋아요?"

"흐흑."

"싫어요?"

"하아."

싱긋, 어둠 속에서 웃음을 베어 문 정윤이 제 손에 든 부드러운 주머니를 손바닥 안에서 마음껏 주무르기 시작했다. 만질수록 탱탱하게 조여드는 것 같은 주머니. 음낭이라는 것이 이렇게 생동감 있게, 예민하게 반응하는 것인지 몰랐는데.

정윤은 둥근 것을 제 손안에 넣고 세밀하게 주름져 중앙을 가르듯 합쳐진 솔기를 따라 더 팽팽하게 조여드는 감촉을 손끝으로 쓰다듬었다. 그러다가 제 배를 덮고 내리누르던 손이 아래로 내려오는 바람에 엉덩이를 비트느라 음낭을 놓치고 뒤에서 들이치는 힘에 몸이 흔들렸다.

"하흣! 하지 마요."

"내일, 호텔, 가요."

정윤이 몸을 둥글게 말고 있던 만큼 제 몸을 웅크리듯 감아 오는 태준의 움직임과 귀 속으로 파고드는 뜨거운 숨소리는 성급한 기운으로 가득했다. 화난 것처럼 정윤의 거웃 전체를 한 손으로 꽉 잡아 쥐던 커다란 손이 아래로 내려져, 미끄러운 액에 이미 흠뻑 젖어 있는 정점을 잡아 눌러 굴리기 시작했다.

"하웃, 안 돼, 태준 씨, 아홋."

굵은 손가락에 눌려 비벼지는 다리 사이를 좁히며 허리를 뒤튼 정윤의 작은 반항은 그것으로 끝이 나고 말았다.

"갈 거예요."

그게 그 말이 아니잖아요. 정윤은 숨을 헐떡이며 제 손을 겹쳐 입을 틀어막았다. 안으로 들이치는 태준의 분신을 온전히 받아 내며, 정점을 자극받을 때마다 극한의 쾌감을 느끼던 정윤은 울음 같은 교성을 흘리며 머리를 저어 댔다.

숨을 참으며 머리를 젖혀도, 입을 막고 있는 제 손바닥을 빨아 들이듯 깨물어도, 둔중하게 파고든 것이 빡빡한 안을 뻐근하게 채울 때마다 끊어질 듯 이어지는 흐느낌은 급하게 흘러나와 미세하게 들이켜는 숨으로 어두운 방을 뜨겁게 채워 나갔다.

"흐흐흡, 하흑, 태, 하흑."

그 밤의 조용한 몸짓이 그렇게 소리 죽여 비틀리는 정윤의 허리처럼 무르익어 가고, 뜨겁게 내뱉어지는 두 사람의 호흡처럼 온 방이 혼미한 아지랑이로 가득 차오르고 있었다.

13.

힘주어 누른 손끝 아래 거칠한 밀대 기둥이 눌려 마지막까지 벽에 붙어 있던 폐벽지가 모두 떨어져 나갔다. 지난밤까지 땅을 적시던 서늘한 비는 푸른 여명 이후 맑은 하늘로 찾아온 화사한 아침 햇살에 거짓말처럼 잊혀지고, 한낮까지 몸을 움직인 태준의 등허리엔 척척한 땀이 가득했다.

"후우……."

틀만 남은 방문으로 시원하게 들이쳐야 할 바람은 한 조각도 흔적을 찾을 수 없었다. 밀대를 챙기고 바닥에 떨어진 새카만 벽지들을 주섬주섬 챙겨 큰 비닐봉투에 옮겨 담는 동안에도, 태준의 폐로 밀려드는 공기에는 후덥지근한 화기만 느껴질 뿐이었다.

실내에서도 열기 때문에 얼굴이 발갛게 익은 태준은 방을 나섰다. 윤기 잃은 대청마루를 지나 높지 않은 디딤돌을 딛고, 여기저기 뒤집히고 파인 흙 마당에 내려선 다음에야 그는 미소 지을 수 있었다.

저만치 앞 마당 끝에 정윤이 서 있었다. 바람이 불지 않아도 온몸이 상쾌하니 개운해지는 그 느낌에 행복이란 이런 것이구나, 다시 한 번 실감하면서 싱긋이 미소 지었다.

'사랑해. 지난밤 아무리 말해도 되돌아오지 않던 네 대답이 못내 가슴을 아리게 하지만…… 괜찮아. 지금은, 단지 그 처음일 뿐이니.'

땀이 흐르는지 관자놀이부터 턱까지 손을 올려 스윽 닦아 내는 정윤의 모습에, 태준의 입가에 퍼졌던 미소는 조금 더 진해졌다.

손에 묻은 먼지 때문에 겨우 손등으로 슥슥 문지르고 마는 투박한 움직임. 함께 몸을 합쳐 움직일 때가 아니면 늘 맑고 또렷한 눈망울처럼 담백하게 움직이는 손끝조차 마음을 흡족하게 했다.

저 모습, 저런 단정함으로 현장을 누비고 사람을 대했을 지난 시간의 정윤이 상상되어서.

"벽지인가요?"

박 반장과 이 과장이 도장 공사가 한창인 벽을 마주 보고 서서, 인부들이 하얗게 칠하는 페인트 색을 두고 뭔가 얘기 나누는 동안 정윤은 마당 앞에 이제 막 멈춰 선 용달차로 다가가 운전기사에게 말을 건네고 있었다.

"네, 천년조은 벽지에서 나왔습니다."

"어디 좀 보죠."

운전자가 차에서 내려 화물칸에 실린 상자를 열어 보이자, 정윤은 팔을 뻗어 일일이 펼치며 확인하기 시작했다. 조금 더 다가가서 지켜보니 아침에 바른 비비크림이 진즉에 닦여 나간 갸름한 얼굴은 오전 햇살에 지쳐 벌써 발갛게 익어 있었다.

그래, 차라리 저렇게 붉은 얼굴이 낫다. 지난 새벽, 제 품에 안겨 곤히 잠든 정윤의 몸이 시간이 갈수록 차게 식어 가 얼마나 걱정되고 마음을 졸였었는지.

오죽하면 손목을 잡고, 심장은 잘 뛰고 있는지 심각하게 심박수에 집중했을까. 15초간 15회. 분명 정상인 걸 확인했음에도 걱정되는 마음은 보드라운 가슴팍에 손을 올려, 심장에게 부탁이란 걸하게 만들었었다.

내가 있을 때나 없을 때나, 정윤 씨를 위해 열심히 뛰어. 나한테 소중한 이 사람이 내 곁으로 언제나 잘 돌아올 수 있게.

"이 과장!"

차게 식어 푸릇푸릇해졌던 부모님의 몸, 뛰지 않던 심장. 온몸이 찢겨지는 고통으로 울어도 다시는 들려오지 않던 목소리. ……이 사람은, 그러지 않게.

차를 타도, 비행기를 타도 무엇이든 갑작스런 일은 없도록……부탁한다.

태준은 땀에 젖은 제 손을 꾹 말아 쥐었다. 지난밤 제 손끝 아래, 숨을 들이쉴 때마다 작게 부풀어 올라, 또 조용히 아래로 가라앉던 보드랍던 감촉을 바람에 날려 버리고 싶지 않았다.

자꾸만 손끝을 저릿하게 하는 감촉을 느끼며, 눈앞에서 바쁘게 일하는 정윤의 모습을 쉼 없이 눈으로 좇았다. 정윤과 함께한 은밀한 순간, 그 숨결, 지금의 모습까지 모두 다 두 눈과 가슴에 새기고자.

내 부모님이 그러하셨듯이 모든 것을 내어 줘도 될 한 사람을 만난 진실함으로. 이제 살면서 기억해야 할 것은 오로지, 당신과 나.

나는 당신의 젊은 날을 기억했다가, 어느 날 지친 당신이 내 앞에서 지난 시간을 회상할 때, 지금도 그러하듯 지난날의 당신이 얼마나 아름답고, 싱그러웠는지를 말해 줄 수 있는 유일한 증인이 되어 주고자, 지금부터 열심히 당신을 보고, 기억할 거야.

……내 어머니가 아버지의 그 말씀 들으시며, 부끄럽다 주름진 얼굴을 붉히셨던 것처럼. 그 따스한 미소를, 당신도 지을 수 있게. 지금 지쳐 보이는 당신은, 꼭 그렇게 될 거야.

저 멀리서 박 반장과 이야기 중이던 이 과장이 고개를 돌리자, 정윤은 더는 말없이 번쩍 손을 들어 보였다.

"예, 소장님."

아, 벌써 왔습니까? 소리치며 이 과장이 뛰어오는 동안, 마당을 지나던 하늬바람이 정윤을 지나쳐 태준에게로 불어왔다. 비 그친 뒤 바로 쨍쨍하게 내리쬐는 태양 아래, 거짓말처럼 옅은 정윤의 살 내음이 맡아졌다.

그 보드라운 살결에 코를 파묻고 진한 체향을 들이마셔 봤기에, 바람에 묻어 온 옅은 향까지 잡아낸 태준의 감각이 가슴을 부르르 떨게 할 정도로 심하게 전율했다.

분명한 자극도 없이 단전에 힘이 들어가 다리 사이가 뜨끈해지다니…… 중증이구나.

이제는 저도 스스로를 포기할 만큼 어이가 없어, 태준은 허탈한 웃음을 감추려 고개를 숙였다.

한지에 떨어진 묽은 먹물처럼 뭉근하게 전신으로 퍼져 나가는 온몸의 열기를 빨리 날려 버리긴 해야겠는데, 한번 불붙은 뜨거움은 쉬이 가라앉지 않았다. 설상가상 눈을 감자 어둠을 배경으로 야하게 흔들리던 지난밤의 가는 허리 짓이 떠올라, 태준의 마음과 몸이 엇박으로 날뛰기 시작했다. 이를 어쩌나, 밤새 파고든 정윤의 몸은 아직 낫지도 않았을 텐데.

"소장님, 괜찮으십니까?"

이 과장의 음성에 고개를 번쩍 든 태준은 손으로 이마를 짚고 서서 눈을 감고 있는 정윤을 보곤 바로 몸을 날렸다.

"괜찮아요."

"안색이 안 좋아 보이십니다."

"……."

"괜찮……으십니까?"

"네, 잠깐 어지러웠던 것뿐이에요. 걱정해 주셔서 감사합니다."

짧은 구간을 전력질주 한 태준의 놀란 눈동자를 정윤이 담담한 시선으로 맞이하며 답했다.

"그러게 왜 새벽같이 출발하셔서……. 설마, 제가 못 미더운 건 아니시죠?"

태준은 애가 타 절로 이가 꽉 물렸다. 새벽같이 출발해서 아침에 도착한 게 아니라, 밤부터 새벽까지 이어진 사랑에 지쳐 사람들 다 출근한 다음에야 겨우 제 손에 몸을 일으킨 정윤이었다. 아직은 아무도 몰라야 한다는 걸 알지만, 이런 때까지 남처럼 거리를 두는 짓은 못 할 일이었다.

이렇게 감춘다 해도, 이미 울진댁 아주머니께 들켜 버린 것처럼, 결국은 모두 알게 될 텐데.

'거, 누굽니꺼!'

하얀색 SUV를 먼 곳에 주차해 놓고 디딤돌에 놓인 정윤의 구두를 든 채 사랑채 대청마루로 올라 건넛방으로 향하던 태준은 적요한 마당을 울리는 거친 고함에 걸음을 멈춰야 했다.

293

'쉿, 접니다.'

'도, 도련님입니꺼?'

그 순간을 떠올리면 지금도 아찔했다. 아주머니의 목소리가 안채까지 파고들어 정윤의 직원들까지 깨우게 될까 봐, 어찌나 놀랐었는지.

'아이고, 방이 솔아 우쩌니껴.'

'집 가방이라도 사랑방으로 옮기는 게 안 낫겠니껴.'

팔은 안으로 굽는다는 말이 무엇인지 몸소 체험케 해 주신 아주머니의 반응처럼은 아니더라도, 편하게 사귄다고 말하고 자연스럽게 내보이면 욕할 사람은 없으련만. 방금 전 무감하던 정윤의 눈빛으론 공개연애는 어림없는 소리겠지.

'오전리 현장 공사 끝나면, 그때요. 여기서 우리 드나드는 거, 직원들한테 계속 주시당하고 싶진 않아요.'

"……못 믿으면 맡겼겠어요? 그런데, 여기. 이거."

"네, 소장님."

"금박, 은박 전혀 안 보이는데요. 그냥 숯 한지예요. 안방엔 금박, 은박 들어간 숯 한지로 하고, 건넛방엔 금박 머드 한지, 별채엔 들꽃 한지 바르기로 했잖아요."

"주문은 제대로 들어갔는데……. 천년조은 직원이시죠? 누가 이렇게 보낸 겁니까."

"어, 저는 배송담당 직원이라…… 발주, 포장은 직접 회사로 전화해 보셔야……."

"죄송합니다, 소장님. 제가 바로 업체에 연락해 보겠습니다."

"그래요. 재시공 하는 일 없게, 제대로 신경 써서."

"네, 다음엔 이런 일 없도록 하겠습니다."

"소량주문이라 업체 측에서 착오가 있었나 본데, 이 과장 일 처리 깔끔한 건 내가 아니까, 표정 풀고. 난 점심 약속이 있어서 먼저 갈게요. 곧 식사 올 시간이죠?"

"그렇습니다."

"식사 잘 해요. 넉넉히 챙겨 달라 그랬으니까. 저쪽 어르신들 그때까지 계시거든, 식사 권하는 것도 잊지 말고요."

"네. 그러겠습니다."

정윤의 말에 몸을 돌린 태준은 헐어 버린 담장 대신 임시로 둘러친 철제 울타리 밖으로 먼 산 보듯 현장을 구경 중이신 동네 어르신들을 바라보았다.

"사장님, 저 먼저 가 보겠습니다. 집도 구해 주셨는데 매번 이렇게 현장 일도 도와주시고, 감사합니다."

"아, 음, 예. 아닙니다."

이 맹랑한 아가씨 좀 보게. 두 눈을 빤히 뜬 채 깍듯이 인사하고 멀어지는 정윤을 보며, 태준은 속으로 한숨을 삼켰다.

"집을 다 파내가꼬, 겨울에는 우짤라꼬……."

먼저 현장을 빠져나가는 정윤에게 창문이 크다며 걱정을 늘어놓으시는 어르신들의 말씀이 들려왔다. 전문지식과 경험을 떠나 일일이 고개를 숙여 '네. 참고하겠습니다.', '네, 그럴 수도 있겠네요.' 하며, 어른들께 순하게 대답하고 빠져나가는 그녀의 모습은 기운 없는 와중에도 다소곳했다.

'사랑해, 정윤아.'

"예. 건축설계 한, 이 과장입니다. 벽지가 잘못 왔는데, 송 부장님 계십니까? 아, 예, 건축설계 한, 입니다. 예, 그러게 이렇게 보내시면 어쩝니까……. 아니, 직접 오실 필요는……."

문득, 뿌듯해지는 마음에 더 이상 모습이 보이지 않는 길목을 계속 바라보던 태준은 통화를 마친 이 과장을 돌아보았다.

"한 소장님, 평소에도 자주 힘들어하십니까?"

그럴 이유는 지난밤으로 충분하지만, 그래도 나는 네가 걱정돼.

"어……."

의아함이 가득한 눈동자가 태준을 뚫어져라 바라보다, 반짝, 이유를 찾은 것처럼 밝아졌다.

"아, 사장님, 의사셨죠? 제가 깜빡했습니다. 하하."

저 나름의 이유를 찾은 이 과장에게 진실을 말해 주지 않은 태준은 조용한 시선으로 그의 대답을 재촉했다.

"워낙 일정을 타이트하게 잡으시니까, 종종 저러십니다. 프로젝트 하나 시작되면 거의 일주일씩 꼬박 밤을 지새우시기도 하니까요."

"일주일씩이나요?"

"아, 그래도 매일 한두 시간씩은 주무시겠죠. 이쪽 일이 워낙 그런 데다가, 소장님이 일을 무섭게 하시는 편이시라, 마감 때는 거의 그렇습니다."

"음……."

"게다가…… 아, 아닙니다."

뭡니까? 눈썹을 위로 올리며 눈짓으로 묻는 태준의 시선에도 이 과장은 끝내 입을 열지 않았다. 그의 무거운 입이 분명 정윤을 생각하는 마음이라는 것은 아는데, 흐려진 뒷말에 담길 내용이 궁금해 작은 가시 찔린 손끝처럼 마음이 편치 못했다.

"뭔데, 그러십니까."

"별건 아닙니다. 요즘 들어 더 바빠지셔서 그런지…… 많이 피곤해 보이시네요."

염려가 담긴 이 과장의 시선이 이미 사라진 정윤의 뒷모습을 좇는 동안, 태준의 무거워진 시선이 낮게 깔려 곤한 생각으로 빠져들고 있었다.

"저, 그런데, 사장님."

"네."

슬쩍 돌아간 시선 앞에, 이 과장이 멋쩍은 얼굴로 웃고 있었다.

"저, 정말 불편해서 그런데, 제가 안방 쓰면 안 되겠습니까?"

"네?"

"박 반장님이 코를 고셔서요. 아, 제가 잠귀가 밝은 편이라……."

안방은 어머님이 평산고택 다니러 오실 때마다 머무시던 방. 그리고, 언젠가는 정윤이가 머물게 될 방.

"죄송합니다. 안채 건넛방까지는 내드렸지만, 안방까지 남자분을 머무시게 할 순 없습니다. 불편하시면 행랑채 빈방을 쓰시도록 말해 두겠습니다."

"아…… 예……. 그래도 다들 안채에 머무는데, 행랑채는 중문 밖이라 너무 외떨어져서."

"그럼, 손님방 계시는 분들 중에 독방 원하시는 분들 계시면, 몇 분 더 행랑채로 옮기시도록 하시죠."

"아, 아닙니다. 괜찮습니다. 저는 저기, 배송기사하고 좀 얘기할게 있어서……."

나무 그늘 찾아 더위를 피해 있던 기사를 향해 뛰어가려는 이 과장과 마저 인사를 나눈 뒤 보내 준 태준은 곧장 정윤이 달리고 있을 오록리 쪽 하늘로 시선을 던졌다.

골목 어귀 주차장으로 빠져나온 정윤은 차 문을 열자마자 훅, 하고 끼쳐 오는 찜질방 같은 열기에 창문을 연 뒤 에어컨을 틀었다. 잠시 차 밖에 서서 턱 아래로 흘러내린 수건을 풀어 버리고, 하얗게 부서지는 태양을 겁도 없이 바라보다, 캄캄하게 눈이 먼 뒤에야 눈살을 찌푸리며 고개를 내렸다.

진즉에 끊어졌어야 할 사람은 질기게 이어지고, 간절히 붙들고 싶은 사람은 모질게도 떠나려 했다. 생각을 털듯 머리를 흔든 정윤은 채 식지 않은 차 안으로 몸을 들이밀었다.

통행 없는 시멘트 도로를 달리고, 자그마한 오전교를 넘어서면서 액셀 밟은 다리에 좀 더 힘을 실었다. 언제나 조용하게 달리는 차는 부드럽게 도로 위를 미끄러지는데, 창문을 파고드는 뜨거운 바람은 눈을 시리게 할 만큼 맹렬하게 온 얼굴로 부딪쳐 와, 잔머리카락이 따끔따끔, 얼굴을 찔러 왔다.

그러면 창문을 닫아 버리면 될 일을, 정윤은 고집스레 눈매까지 좁혀 가며 시야를 확보하고선 외려 속도를 높여 들었다.

차 안으로 세차게 밀려드는 더운 여름 공기. 그 안에서 느껴지는 달큰하고 풋풋한 수풀 내음. 병실에서 나눈 엄마와의 대화. 세찬 바람에도 건조하던 정윤의 눈가가 시큰해지고 있었다.

'엄마 옆에 있어야 되는데, 미안해.'

'네가 옆에 있으면, 엄마 병원비는 누가 내게. 네 직원들은 누가 먹여 살리고. ……윤아.'

안다. 힘들 때마다 제가 주저앉고 싶은 것처럼 엄마도 왜 무섭지 않겠는가. 어둠 속으로 홀로 가는 외로운 길을 앞두고, 왜 딸아이 손 붙잡고 오래오래 얼굴 보고 싶지 않겠는가.

'응?'

'……너무 애쓰지 마. 엄마 다 알아.'

매일 현장마감이 코앞이라고 외치며 집에 안 들어오는 날이 많았던 딸의 죄스러움은, 엄마를 병실에 누인 다음엔 병원비 버느라 바쁜 딸이 되어 면죄부가 주어졌다.

'뭘.'

'우리 딸, 얼마나 고생하는지. 얼마나 힘든지.'

'엄마.'

'미안해. 엄마가 아파서.'

'……왜 그런 말을 해. 안 그러기로 했잖아.'

'우리 예쁜 윤이…… 잘할 수 있지?'

말을 할 수 없었다. 목 안으로 뜨겁게 넘어가는 덩어리를 몇 번씩이나 꾹꾹 삼켜 대며, 바보처럼 눈가가 촉촉하게 붉어지는 엄마를 쳐다보기만 할 뿐. 울지 않기 위해 이를 악무는 것밖에는.

'이렇게 예쁘게 컸는데…… 미안해.'

바싹 마른 손이 잘게 떨며 다가와 뺨을 쓸어내렸다.

이런 식으로 인사하는 건, 엄마…… 반칙이야.

'김 서방이, 잘해 주지? ……우리 윤이는 예뻐서, 남편한테 사랑받으며 살 거야.'

애써 배에 힘을 주고, 잠시나마 멈췄던 숨을 꺼내 놓으며…….

'……걱정 마. 나 예쁜 건 내가 제일 잘 알아.'

환하게 웃었다.

'이번 판교 공사만 마감되면, 나 엄마 곁에 한동안 붙어 있을 거야. 엄마 예쁜 딸내미 얼굴 지겹도록 보게 해 줄 테니까, 기다려.'

철없이 밝은 목소리로 호기도 부리며.

'회사는.'

'중요 공사는 웬만큼 마갑됐어. 요즘엔 설계 의뢰 들어오면 우리가 골라서 하니까, 걱정 마.'

조금이라도 더 안심하시라고. 지금 했던 엄마의 인사를 모른 척하면…… 혹시나, 무의미해진 그 인사 다시 하려고, 엄마가 더……버텨 주실까 봐.

'봉화엔 안 가 봐?'

'그렇게 가고 싶어?'

'궁금해서. 얼마나 지어졌나.'

'……오늘 내려갔다 내일 하루 돌아보고 바로 올라올 건데, 그때 사진 찍어 올게.'

'윤아, 거기 사진도 좋지만…… 일만 하지 말고, 김 서방이랑 데이트도 좀 하고 그래. 다니다가 예쁜 데 있으면, 둘이 사진 찍어서 엄마도 좀 보여 주고.'

'……'

'엄마 신경 쓰지 말고 좋은 데 많이 다녀. 너 재미있게 지내는 거 봐야, 엄마 맘이 편해.'

이를 악문 정윤은 속도를 높일수록 점점 더 묵직해지는 핸들에 힘을 주며, 완만한 곡선 도로를 그대로 내달렸다.

계속 마음속 노기를 끓어오르게 하는, 아침나절 전화기 속 목소리는, 더 이상 저와 아무 상관 없는 것이라 여기려 애쓰면서.

'네, 한정윤입니다.'

— 너, 네 아버지 부양 못 한다고 했니?! 내가 네 아버지 3년씩이나 먹여 살렸는데, 넌 딸이라는 게, 단칼에 끊어 내?!

'……전화 잘못 거셨습니다.'

— 야, 한정윤! 나, 네 고모야! 잘못 걸긴 뭘 잘못 걸어!

오늘 하루, 태준 씨와 재미나게 데이트하고, 엄마에겐 제일 예쁜 사진으로 보여 드려야지.

이젠 작은 것 하나라도 흘려들을 수 없는 엄마의 부탁을 하나하나 들어드리며…… 더 강해질 거야. 난 엄마 딸이니까.

정윤은 전방을 주시한 채, 왼손을 뻗어 뒷좌석 창까지 모두 열어 버렸다. 사방에서 휘몰아치는 거센 바람에 머리카락은 위로 붕 떠오르고, 강풍기 앞에 선 것처럼 귓전을 때리는 시끄러운 바람 소리에 머리를 채우고 있던 더운 생각들이 모두 날아가고 있었다.

솟을대문 안으로 들어서던 태준은 바지 주머니 안에서 진동하는 휴대폰을 꺼내 든 뒤, 말없이 바라보다 수신거부를 눌렀다. 곰곰이 생각을 곱씹듯 단정하게 다물린 입술이 묵묵하게 한일자를 만들고, 먼 곳을 바라보는 눈동자는 점점 안으로 검게 깊어졌다.

"흐음."

깜빡…… 깜빡. 더디게 감겼다 떠지는 눈꺼풀이 미약하게 좁혀지며 꿈틀거린 순간, 태준은 생각을 정한 듯 어디론가 전화를 걸기 시작했다.

"강 원장님, 일 처리 잘 하고 있습니까. ……김 변에게 운영진에 대한 유, 무선 포함 접근금지 조항 추가하라고 하세요. ……반응이 그렇다면, 고소 의사도 밝혀 두고. ……그 건에 대해서는 좀 더 지켜보고 결정하도록 하죠. 알아보는 정도야 참아 줄 수 있는 일이니까."

— 사장님. 경호팀을 그렇게 모두 물리시면…….

"봉화 시내에 머물라고 했으니까, 너무 걱정 말아요. 끊겠습니다."

코로 깊숙이 숨을 들이마시며 전화기를 바지 주머니 안으로 밀어 넣은 태준이 숨을 멈추자, 관자놀이에 불거져 있던 파란 혈관이 약동하다 내쉬는 숨과 함께 형태를 감춰 갔다.

평산고택 서가에 머물던 경호팀은 현재 경호 대상인 태준과 조금 떨어진 봉화 시내에 있었다. 정윤의 시공팀이 평산고택에 오던 날, 스페이스 차 부장이, 정윤이 머무는 안채에 제 짐을 풀려 하는 의도가 못마땅해, 서가가 비워진다 말한 것이 씨가 되어, 의심을 사지 않으려면 그 밤에 경호팀을 내보낼 수밖에 없었다. 나중엔 시선에 예민한 정윤과 시간을 편안하게 보내기 위해 그대로 놔둔 것이고.

그런데 접근금지까지 신청하게 되면……. 잠시 더 그렇게, 옅은 황토 길 너머 초록 벼들과 그 위로 겹겹이 녹빛 아롱지는 북쪽 봉화산을 올려다보던 시선이 하얀 구름과 맑은 하늘을 지나, 등 뒤에 저를 기다리듯 서 있는 평산고택 솟을대문을 향해 돌려졌다.

바깥마당 안으로 저벅저벅 걸어 들어가는 걸음이 힘 있고, 뻗어나가는 시선 또한 곧았다.

"정윤 씨. ……나 들어가도 돼요?"

건넛방 안에 있던 정윤은 민소매 티셔츠와 반바지를 입은 채, 수건으로 머리를 말리다 깜짝 놀라 고개를 번쩍 들어 올렸다. 서둘러 비끄덕, 문틈을 벌리고 마당에 아무도 없는 것을 확인하고선 골난 것처럼 미간을 모아 봤지만, 태준은 눈매를 휘며 빙긋이 웃어 보일 뿐이었다.

"아무도 없어요. 울진댁 아주머니 현장 오셨던데, 몰랐어요?"

"알아요. 그래도…… 빨리 준비하고 나갈게요. 차에 가 있든가……."

제 말이 끝나지 않았는데도, 디딤돌에 올라 신을 벗고 있는 태준의 모습에 눈이 커다래진 정윤은 말끝을 흐렸다.

"한 번만 안아 보고요."

대청마루로 올라선 태준은 정윤의 손목을 잡아, 건넛방 안으로 이끌었다. 덜커덕 닫히는 문소리가 조금 거칠게 들려오고, 방 안엔 창호지를 투과한 햇살만이 부드럽게 들어차고 있었다.

"태준 씨."

커다란 등을 구부려 젖은 어깨에 얼굴을 묻은 태준은 정말로 정윤을 가만히 안고만 있었다.

"……왜 그래요."

"한정윤이 좋아서."

"……무슨 일 있어요?"

"당장 호텔 가고 싶은 것만 빼면, 아무 일도 없어요."

장난을 담은 그의 말투에, 정윤의 검은 눈동자가 마음을 읽으려는 듯 일렁이는 파도처럼 부산스레 흔들렸다. 긴장한 듯 숨죽인 정윤의 침묵에 태준은 꽉 끌어안았던 정윤의 가느다란 양팔을 붙잡은 채로 몸을 바로 세웠다.

"둘만 있고 싶긴 한데, 오늘 봉화 구경시켜 주기로 해서 약속을 어길 수는 없고."

"……."

"그러니까, 한 번 더."

태준은 정윤의 작은 몸이 제 안에서 바스라지도록 두 팔로 힘주어 안으며, 낮게 속삭였다.

"정윤 씨."

"네?"

탄탄한 몸에 파묻히듯 끌어안겨진 정윤의 목소리는 잔뜩 억눌려 나왔다.

"아프지 마요."

"……."

"……얼른 옷 갈아입고 나와요. 나가 있을게요."

의아함에 미간을 모으던 정윤은 저를 놓고 서둘러 돌아서 나가는 태준의 등을 바라보다, 바닥에 아무렇게나 널브러져 있는 수건으로 시선을 내렸다. 무언가, 조용하지만 거센 감정의 폭풍이 휩쓸고 지나갔는데. 그것이 무언지 알 수 없는 막막함에 쉬이 몸을 움직일 수 없었다.

작은 관광지로 개발된 오전 약수터엔 싱그러운 초록 나무가 우거져 있고, 그보다 더 생동감 있는 아이들의 까르르륵 넘어가는 웃음소리와 올려다보자마자 눈을 감아야 할 만큼 강렬한 햇살이 가득했다.

정윤은 현장에서의 버릇처럼 팔목까지 내려오는 얇은 마 소재 셔츠를 입고 소매를 팔꿈치까지 둘둘 말아 올린 채였다.

"다 먹었어요?"

하얀 접시에 붉게 담긴 닭 불고기가 반절쯤 남은 테이블을 앞에 두고, 창밖을 내다보고 있던 정윤이 고개를 돌렸다.

"……일어날까요?"

"네."

태준의 시선이 반절쯤 남은 제 앞의 밥공기를 지나 얼굴에 머무르는 것을 알면서도 정윤은 형식적인 미소를 지으며 자리에서 일어났다.

"나 먼저 나가 있어도 돼요?"

"그래요. 나가 있어요."

계산하는 태준을 뒤에 남겨 두고 먼저 식당 밖으로 빠져나온 정
윤은 여유 있는 왕복 2차로 너비의 계곡 위로 구름처럼 떠 있는
철제 다리에 발을 올렸다. 걸음을 옮길 때마다 속 빈 쇳소리가 나
지막하게 텅텅 울리고, 맑은 물 흐르는 계곡을 중심으로 휘어진 오
래된 나뭇가지를 스쳐 지나온 잔잔한 바람이 정윤의 뺨을 스치고
지나갔다.

어느덧 익숙해진 신선한 풀 냄새. 누런 모래 바닥 위로 맑게 흐
르는 얌전한 물길. 그 사이에 띄엄띄엄 박힌 묵직한 바위들과 아까
부터 시선을 빼앗던, 물장구치느라 옷 젖는지도 모르는 예닐곱 살
의 소년들. 그리고, 그들을 내려다보고 있는 저.

"뭘 그렇게 봐요?"

분명 같은 공간에 있는데, 저와는 상관없이 무감하게 텔레비전
을 보고 있는 기분이 드는 것은 왜일까.

"애들이요."

잠시 태준에게 돌아갔던 정윤의 고개는, 갑자기 높아진 아이의
웃음소리에 다시 계곡으로 향했다. 아이들은 풀장처럼 평탄하게
다져진 모래 위에서, 계곡가에 앉은 제 아버지에게 물을 끼얹고 있
었다. 통실한 몸매로 무릎까지 내려오는 반바지를 입고, 민소매 셔
츠 아래로 불룩한 배를 내밀고 있는 아이들의 아버지는 마음씨 좋
게 웃고 있었다.

머리카락이 젖고, 얼굴이 젖어 눈을 뜰 수 없어도 아이들의 장
난에 환하게 웃는 아버지…….

'너랑 같이 살고 싶다. 이제라도 내가 애비 노릇 제대로 해 주

고 싶어.'

정윤의 이맛살이 움찔, 찰나의 고통을 느낀 것마냥 주름을 만들었다가 표정을 지워 냈다.

"날 그렇게 보지."

"네?"

"내 얼굴 좀 봐 달라고요."

뜬금없는 투정이 태준이 내뱉은 말이라고는 믿어지지 않았다. 고개를 돌려 눈을 꿈뻑거릴 뿐 좀처럼 말을 내뱉지 못하는 정윤에게 태준은 싱긋이 웃으며 곁으로 다가섰다.

"사람은 원래 오래 봐야 사랑스럽다잖아요."

"……."

"풀꽃이라는 시에 나오는 말인데."

처음 듣는 말이에요? 하듯 눈썹을 살짝 들어 올리는 태준의 물음에 정윤은 그새 깔깔해진 입을 달싹여 작게 대답했다.

"……알아요, 그 시."

"……그러니까, 나 좀 오래 봐 달라고요."

웃는 얼굴, 시원하면서도 선하게 올라간 입꼬리…… 그에 반해, 진지한 태준의 눈동자.

자세히 보아야 예쁘다.

오래 보아야 사랑스럽다.

너도 그렇다.

교직에 있었던 나태주라는 시인이 학생들을 바라보며 지으셨다는 시가, 정윤의 마음에는 조금 다르게 들려왔다.

사랑한다는 말, 듣고 싶어요. 나를 봐요. 기다리기가…… 힘들어요.

가슴이 진득하니 눌리는 것처럼 아파 와, 정윤은 눈꺼풀을 아래로 천천히 내리깔며 흔들리는 눈동자를 감추려 했다. 아까 방에서 이유 없이 불안하게 느껴졌던 당신의 포옹도, 이런 의미였나요.

"어허, 보라니까 아예 눈을 감아 버리네."

훗. 언제나처럼. 이렇게.

"아니에요. 그냥 좀."

웃음으로 무게를 덜어 주는 당신 때문에.

"……어지러워요?"

내가 웃을 수 있는데.

"아뇨."

나도 이제, 당신에게…… 닿고 싶다는 생각을 해요. 나도 이제 그만 자유로워지고 싶어요.

정윤은 고개를 들어, 가만히 태준의 까만 눈동자를 바라보았다. 검고, 또렷한 눈동자. 늘 돌아보면 저를 바라보고 있는 고요한 눈동자. 그 안으로 검은 거울에 비치듯 작게 보이는 저의 얼굴. 그 눈을 가만히 보고 있으면, 제 모습이 흔들릴 만큼 곱게 눈매를 휘어 주는 당신.

……어느 누가 나를, 당신만큼 맹목적으로 좋아해 줄까요. 어느 누가 당신만큼 날 향해 그렇게 매번 웃어 줄 수 있을까요. 처음부터 계산이라곤 하나 없이, 속없이 다 내어 주고, 이해해 주면서. 불안해하지 말아요. 이젠 나도 알아요. 나도 당신 없인 안 될 것 같다는 걸.

매번 당신이 이렇게 가까이에서 봐 준다면.

"정윤 씨."

나도 행복할 수 있을 것 같은데.

"……이제 가요. 약수터 보여 준다면서요. 아까보다 사람들 많이 줄어든 것 같은데. 빨리 가요."

그런데, 나…… 왜 이렇게 말이 안 나오는 거죠.

푹 떨군 고개로 먼저 돌아선 정윤은 제 걸음걸음마다 울리는 쇳소리를 들으며, 철제 다리를 건너 약수터로 향했다. 뒤따라 들리던 걸음 소리가 다리를 마저 건넜는지 더 이상 들려오지 않았을 때, 몇 걸음 걷지 않은 정윤도 사람들이 모여 선 곳을 바라보며 걸음을 멈춰 세웠다.

주차장 경사면에 키 낮은 회양목들 사이에 세운 팻말에 쓰인 오전 약수터라는 글씨와 그 맞은편 커다란 간판석에 새겨져 있던 멋들어진 오전 약수 관광지라는 검은 글씨가 무색하게도, 오전 약수터의 실물은 작은 정자 아래, 돌 거북 한 마리가 전부였다.

외려, 그 주변을 둘러싼 10여 군데의 식당과 민박집이 관광지로서의 흥취를 더욱 살려 주는 듯이 여겨질 정도로.

"마셔 볼래요?"

등 뒤로 다가서는 듬직한 기운에 몸에 힘이 들어가고 긴장하게 된다. 닿지도 않고, 그저 뒤에 서서 말하는 것일 뿐인데도. 당신은 늘, 내 뒤를 이렇게 지켜 줄 건가요.

"먹어도 돼요?"

태준은 정윤의 곁을 스치며 사람들이 모여 있는 뒤편으로 걸어가 줄을 섰다.

"탄산수예요. 조선 9대 왕이었던 성종 때, 전국 최고 약수로 뽑혔다는데, 피부병과 위장병에 효과가 좋다니까, 기념 삼아 한번 마셔 봐요."

주변 상점에 높다랗게 쌓여 있던 흰색 플라스틱 물통을 들고,

거북 앞에 쪼그리고 앉아 물을 받는 사람들. 그 주변에서 사진 찍는 사람들. 가족 단위 관광객이 많은 곳이라 그런지, 둥글게 모여 선 사람들의 수가 제법 많았다.

"……."

"왜요?"

"그런 것도, 어른들이 외우라고 혼내셨어요?"

"어……."

"네?"

"크흠, 저기……."

태준이 제 걸음을 옆으로 물리며, 반절쯤 가리고 서 있던 돌 조각상을 온전히 보여 주었다. 정윤이 미처 눈여겨보지 못했던 작은 아이만 한 크기의 석상은 등짐 진 보부상의 모습이었고, 그 아래 까만 돌에 새겨진 글은…….

「오전 약수 보부상 象.

경북 봉화군 물야면에 위치한 오전 약수터는 쑥밭약수로 불리며 조선 성종(조선 제 9대 재위 1469~1494)…….」

"하하하, 후훗."

정윤이 하얀 치아를 모두 드러내고 턱이 얼얼하도록 웃자, 태준도 눈부시도록 환한 미소를 눈에 담았다. 마주 본 눈빛, 마주한 마음. 조금씩 입꼬리를 내리며, 길었던 웃음의 흔적을 지워 나가던 정윤이 한 걸음 태준 앞으로 다가섰다.

"팔짱, 끼고 다녀도 돼요?"

"……그럼, 요."

순간적으로 얼어붙은 태준의 표정이 무엇을 의미하는지 알고 있었다. 제게 진짜 그럴 마음이냐고, 그만큼 마음이 열린 거냐고 묻는 시선임을 알면서도 정윤은 모른 척했다. 한 번도 부려 본 적 없는 애교로 슬며시 옆으로 다가가 묵묵하게 굳어 있는 팔에 제 팔을 끼워 넣고, 아무 일 없었던 양 계속해서 나무 터널을 지나 걸어 올라오는 관광객들에게로 시선을 던졌다.

"아까 걸어올 때, 고개 들고 하늘 올려다보면서 걷고 싶었는데……. 나, 내려갈 때 손 좀 잡아 줄래요? 태준 씨 믿고, 하늘만 보면서 걷고 싶어요."

당신 손을 잡고, 오래된 회색빛 보도블록 대신 파란 하늘, 그 푸르름을 배경으로 가지 뻗은 단풍과 꽃나무들을 눈에 담아 볼래요. 내가 지금, 이 진창에 발을 담그고도, 당신을 보며 웃을 수 있는 것처럼. 나는 당신 손을 잡고, 하늘을 보고 싶어요.

"그러고 걸으면 어지럽고 목 아파서 안 돼요."

"……안 돼요?"

"대신 업어 줄 테니까, 보고 싶은 하늘 맘껏 봐요. 편하게."

수고로움을 감수하겠다는 건 당신이면서 왜 그렇게 환하게 웃나요. 나…… 당신은 그런 사람이란 걸…… 믿어 볼래요.

"……고마워요."

"고맙긴."

어정쩡하게 늘어뜨리고 있던 자신의 팔을 좀 더 확실하게 고리처럼 만들어 받치며, 그 사이에 끼어 있는 정윤의 팔을 잡아당겨 좀 더 꽉 제 팔꿈치를 붙잡게 했다. 그 작은 손을 놓지 못하고 계속 다독이며, 억누른 숨을 깊게 들이마셨다.

다독, 다독…… 조물락, 조물락. 그러다 손가락 사이사이를 엮으며 파고드는 투박한 손가락에, 있는 대로 손을 펼쳐 주던 정윤이 고개를 비틀어 태준을 올려다보았다.

상기된 얼굴. 손바닥에서 느껴지는 갑작스런 열기는 제 것이 아 닌 양, 무덤덤한 표정을 만들려 평소보다 차게 굳은 표정. 훗, 웃 으며 고개를 기대자 움찔하는 느낌에 또 한 번 웃은 정윤이 그대 로 멈춰 서서 녹빛 가득한 나무들 너머, 하늘을 올려다보았다.

꼭 업히지 않고, 이렇게 보는 하늘도 예쁘네요.

'이제…… 당신만 있으면 되는 건가 봐요…… 나는.'

14.

미풍이 부드럽게 뺨을 스치고, 차는 시골길을 스크린처럼 세세하게 보여 주며, 느리게 달리고 있었다.

"네, 걱정해 주신 덕분에 잘 끝나고 있어요. ⋯⋯네. 준공식은 참석해야죠. 아⋯⋯ 그래요? 전 사무실보단 밖에서 식사라도 대접하고 싶었는데⋯⋯. 아니에요, 불편하긴요."

운전하던 태준의 고개가 통화 중인 정윤에게로 슬쩍 돌려졌다 제자리를 찾았다.

"⋯⋯네, 내일모레 3시에 회사로 찾아뵐게요. ⋯⋯네, 선배. 그때 봬요."

흠, 전화를 끊으며 낮게 숨을 내쉰 정윤이 이내 고개를 돌려 태준을 보며 웃어 보이자, 태준도 눈을 마주치며 웃어 보인 뒤 입을 열었다.

"선배라면⋯⋯ 내가 봤던 그 선배는 아니죠?"

"그럼요. 아니에요."

"됐어요, 그럼. 자, 이제 오른쪽 좀 봐 봐요."

업어 주겠다는 태준을 웃는 얼굴로 일으켜 세운 정윤은 그의 크고 굵은 손에 깍지를 낀 채, 무성한 나무와 계곡물을 눈에 담으며 오전 약수터를 내려왔다. 파란 하늘을 보고, 그 위를 부유하듯 느리게 흐르는 하얀 구름들을 바라보며 저 구름이 무슨 모양을 닮았는지 떠드는 몇 마디 수다조차 달콤했다.

누구나 할 수 있지만, 한 번도 해 보지 못한 것들. 누구에게나 주어졌지만, 정윤에겐 지금에서야 주어진 생경한 따스함. 그 나른한 감정은 물야 저수지를 지나, 오전리와 오록리를 한참 벗어난 곳에 이르기까지 정윤의 마음을 흘러가는 풍경처럼 잔잔하게 만들었다. 몸은 쉬어도 마음은 쉴 수 없었던 정윤에게 그것은 참으로 오랜만에 다가온 무념의 휴식이었다.

"저쪽으로 꺾어져서 쭉 가면 계서당이라고 있어요."

태준의 말에 고개를 돌린 정윤은 진행 방향마다 겨우 한 차선씩 주어진 시골도로에서 옆쪽으로 뻗어 나간 갈림길을 바라보았다. 가평리 계서당 0.6km. 춘향전의 실존 인물 이몽룡 생가. 교통표지판처럼 생긴 사각의 안내판을 보고 고개를 갸웃하는 정윤을 바라보며, 태준은 어느새, 차량 통행이 없는 도로에서 기어가듯 속도를 늦추고 있었다.

"이몽룡 생가요?"

"정확히는, 이몽룡의 모델이 된 실존 인물의 생가예요."

"남원인 줄 알았는데."

"계서당을 지은 분이 계서 성이성(成以性) 선생인데, 그분이 청빈, 강직, 직언으로 유명한 문신이셨답니다. 암행어사도 여러 차례

하셨는데, 그때 탐관오리들을 봉고파직 시키셔서 그 일이 춘향전으로 소설화되었고요. 당시로서는 춘향전이 파격소설이어서, 이몽룡 역할에 성이성 선생님 이름을 붙일 수가 없는 일이라, 춘향이의 성씨(姓氏)에 성(成)을 붙였다는데, 제법 그럴듯하죠?"

고개를 끄덕이며 이야기를 듣다가, 더 이상 설명이 이어지지 않는 침묵에 고개를 돌린 정윤이 태준을 빤히 쳐다보았다. 마치, 더 뭐 없어요? 하는 눈빛으로.

"다른 건 묻지 말아요. 더는 모르니까."

"푸훗."

"후훗."

마주 보는 얼굴에 장난기 서린 웃음이 번져 나가고, 서로를 바라보는 시선이 편안했다. 차 안의 공기와 두 사람 사이에 오가는 기운조차 따뜻하고 안온하게 느껴질 만큼. 무엇인지 모르게 둘 사이에 늘 존재하던 살얼음 같은 긴장이 사라져 있었고, 서로 말하지 않아도 속내가 읽어지는 미묘한 믿음이 싹튼 기분이었다.

다시 빨라지는 차 속도에 뒤로 지나쳐 간 계서당 안내판과 육각정자. 조금 멀리 있던 파란색 슬라브 지붕의 단층 가옥들을 바라보며 정윤이 말했다.

"유명하다면서 왜 저긴 안 가요?"

"우린 가야 할 데가 있거든요."

"더 유명한 곳으로 가나 보죠?"

"정윤 씨한테 꼭 보여 주고 싶은 곳이요. 봉화엔 이름 있는 정자만 103곳이에요. 저녁에 서울 가려면 다 돌아볼 순 없으니까, 딱 한 곳이라도 제일 좋은 곳으로 가야죠. 하루짜리 가이드지만 후회 없게 만들어 줄게요."

"……닭실마을 가는 거죠?"

"들어 봤어요?"

전방을 주시하다 흘낏, 정윤을 바라봤던 태준은 서둘러 다시 앞을 보면서도, 한쪽 눈썹을 치켜 올려 보았다. 왕복 이차선 도로 옆으로 이젠 익숙해진 초록 논밭이 끊임없이 이어지고, 제 말 한마디에 기민하게 반응하는 사람을 곁에 둔 기분은……. 이대로 길이 쭉 계속되어도 좋겠다, 이 길이 끝나지 않고, 목적지에 오래도록 닿지 않아도 괜찮겠다는 생각을 하게 만들었다.

"그럼요. 한과 때문에 서울서도 몇 번 들어 본 것 같고, 여기 와서도 부동산 찾아다니면서 이정표 쳐다본 것만 몇 번인데요."

"음, 그랬겠네요. 그런데 닭실이 아니고, 달실이에요."

"달실이요? 이정표엔 다 닭실이던데요?"

"법지명으론 닭실이 맞는데, 속지명은 달실이거든요. 여기 어르신들은 모두 달실마을이라고 부르세요."

아. 입을 작게 벌리고 희미한 탄성을 내뱉은 정윤을 보며, 태준은 운전하는 내내 잡고 있던 작은 손을 다시 고쳐 잡아 꼭 쥐었다. 차는 달리고 맞잡은 손엔 에어컨 바람에도 땀이 스미지만, 무슨 이유에선지 둘 다 그 문제에 대해선 말을 아꼈다. 마치 땀 때문에 느껴지는 축축함이 전혀 느껴지지 않는 것처럼.

익숙한 길을 달리던 차는 봉화 시내와 가까워지는 삼계회전로에 들어서자, 머리를 좌측으로 틀었다. 그때부터 이어진 외통수길. 조금만 팔이 길었으면 창밖으로 내뻗은 손이 수풀과 나뭇잎을 스칠 듯, 한적하고 좁다란 길이 계속되었다. 그러다 그 길이 끝나고 마을에 도착했다는 느낌이 들기 시작한 시원한 광장이 나타나자마자, 바닥은 온통 붉은빛으로 가득해졌다.

"여기예요?"

"네, 거의 다 왔습니다."

시선을 돌리는 곳마다 초록 나무, 초록 논, 먹빛 기와와 그 아래 단정하게 쌓아 올린 돌담이 옛집이지만 함부로 살았던 집이 아닌, 지금도 관리되고 있는 것이 분명한 양반가의 기운을 느끼게 했다. 그런데 바닥은⋯⋯.

"왜 이렇게 다 포장을 해 놨을까요."

정윤은 차에서 내려서며 아쉬움 가득한 목소리로 제가 딛고 선 붉은색 아스콘에서 시선을 떼지 못했다. 마치 온 이상을 담아 잘 지어 놓은 건물에 조잡한 간판들이 하나둘씩 덕지덕지 붙어, 건물이 지녔던 아름다움을 무너뜨리는 것을 어쩔 수 없이 지켜봐야 하는 마음과도 같은 심정으로.

"음⋯⋯."

태준의 숨소리와 함께 흘러나온 망설이는 기운은 정윤의 마음을 알고 있는 듯했다.

"제가 알기로는 별다른 이유는 없었던 모양이에요."

"흐흠⋯⋯ 단지 비 오면 흙탕물 튀고, 관광객들 불편하다고 이런 걸까요. 관리하기 쉽게?"

"다르지 않을 겁니다."

"⋯⋯그렇군요."

고개를 끄덕이며 말을 아낀 정윤은 태준이 앞서 걷는 대로 따라 걸으며, 관광지라고 말하기엔 지금도 사람이 살고 있는 기품 있는 마을을 꼼꼼히 눈에 담다가 고개를 위로 올렸다. 차에서 내리느라 잠시 놓고 있던 손을 다가와 다시 잡아드는 태준의 손길에 절로 미소가 지어졌다.

"가요."

"저기 저 골목엔 관광객들이 들어가면 안 되나요?"

"그건 아닌데. 달실마을도 찬찬히 둘러보려면 시간이 꽤 걸리니까, 오늘은 청암정부터 가요. 아까 물어봤던 충재 박물관도 청암정 바로 옆이니까 같이 살펴보고요."

'태준 씨, 달실마을 안에도 관광지가 많은가 봐요. 봉화 닭실 한과마을, 충재 권벌선생 관계 유적지, 충재 전통마을, 청암정, 충재 박물관…… 박물관 가면 여기 자료 다 볼 수 있겠네요?'

좁은 길을 지나오며 느려지는 차 속도에 마을 초입에 세워진 안내판을 읽어 내렸던 기억에 정윤은 손목시계를 내려다보며 고개를 끄덕였다. 서두르는 기색 하나 없이, 저를 보며 눈빛이 진해지는 태준의 시선과 서울까지 데려다주겠다 했던 말이 떠오른 탓이었다.

"네, 그럴게요."

마을을 향해 걸어 들어가는 정윤은 샅샅이 둘러보지 않고 그저 스쳐 지나가듯 걷는 걸음만으로도 유구한 세월 속에 살아남은 단아한 양반가의 기품을 담장 밖에서도 느낄 수 있었다.

경북 봉화군 유곡리. 암탉을 닮은 나지막한 산이 부드러운 능선 아래 고고히 서 있는 와가를 알을 품듯 감싸고 있는 마을. 오래되었으나, 우리나라 3대 길지답게 오래된 와가들은 흔들림 없는 가풍을 전해 주듯 당당했다.

말끔하게 손봐져 있는 오래된 고택들과 깨끗한 돌담. 그 위로 덩굴지어 곧 있으면 주홍색 통꽃잎을 피워 올릴 능소화 덩굴과 담장 밖, 줄지어 심어져 있는 나리꽃까지. 거기에 길 건너, 하얀 수로로 정돈된 어른 한 발짝만 한 너비의 깨끗한 실개천과 그 너머 초록 벼 포기들이 자로 잰 듯 심어진 논배미마저, 자연 속에 녹아 난 선조들의 삶을 그대로 느끼게 해 주었다.

정윤은 태준의 손을 잡고 걷고, 또 걸으며 저만치 멀리 선 키 큰 소나무 하나를 눈에 담았다. 좋으면서도 자꾸만 가슴팍이 따끔거리는 것이 느껴져 그 아릿한 감정에 정윤의 시선은 단 한 마디도 말을 꺼내지 못한 채, 소나무와 마을을 감싸고 있는 나지막한 산등성에 오래도록 가닿곤 했다.

아름다웠다. 평안하고 아름다운 이 시골에서 자란 엄마. 서울로 유학 갔다 아버지란 남자를 만나 꺾인 그 인생이 못내 아프고, 아팠다.

나라도…… 돌아오고 싶었겠구나. 나라도, 모든 것을 되돌리진 못해도 적어도 이곳에서…… 마음을 정리하고 싶었겠구나.

목으로 치미는 뜨거운 것을, 여러 번 마른 목으로 넘기며 걷고 있는데, 문득 어깨를 감싸는 따스한 열감에 정윤의 고개가 옆으로 돌아갔다.

"어머니 모시고 내려오면, 내가 업고 산책시켜 드릴게요. 휠체어보단 내 등이 더 편하실 거예요."

정윤은 먼 곳을 보며 잡고 있는 손을, 눈물을 참기 위해 온몸에 힘을 준 만큼 세게 잡았다. 고마워요…… 고마워요. 마음이 닿고, 몸이 닿아, 정윤의 마음속에선 이 사람이 제 사랑인 게 맞는가 보다, 하는 생각이 짙어지고 있었다.

"자, 여기가 청암정이에요."

온통 푸르렀다. 새가 지저귀고 키 큰 나무가 하늘을 덮어, 마치 커다란 수풀 돔 안에 들어선 느낌이었다.

외부와 차단된 고즈넉함. 그 안에 들어선 고요한 연못과 그 위를 느리게 떠다니는 작은 이끼들. 연못 중앙에 자리한 커다란 거북 모양의 바위 위엔 우직한 기둥을 가진 정자가 올라 있고, 정윤이 선 땅과 정자가 있는 거북바위 사이엔 연못을 지나갈 수 있는 기다란 장대석 돌다리가 반듯하게 놓여 있었다.

이 나무들은 언제부터 여기에 있었을까. 연못가를 울타리처럼 둘러싸고 있는 키 큰 고목들마저, 주름진 나뭇결 사이사이마다 짙은 연둣빛 이끼가 무성했다. 가만 보니, 수변에 닿아 있는 바위에도, 움푹 팬 거북바위 발치도 그러했다. 시간마저 갇혀 흐르지 않을 것 같은 한적함이, 이따금씩 불어 나뭇잎을 흔들리게 하는 바람에 흩어지고 있었다.

"참…… 좋네요."

바람에 날리는 제 머리카락을 붙들어 귀 뒤로 넘기며, 정윤은 가슴을 억누르듯 조심스레 꾹 다물린 입술을 열어 습한 공기를 천천히 들이마셨다.

"여기는 잘 아니까, 아는 대로 전부 다 설명해 줄게요."

훗, 정윤은 눈매를 곱게 접으며, 웃는 얼굴로 태준의 팔에 머리를 기댔다.

"이 청암정은 별서(別墅)예요. 지금으로부터 약 500년 전, 중종 14년에 기묘사화가 있었는데, 그때 중앙 정계에 계시던 충재 권벌 선생님이 다른 사림파 선비들과 함께 파직당해 내려오셨어요. 그로부터 7년 뒤에, 뛰어난 인재들이 파직당하고 귀향 가는 세태를 보시고선, 출처지의* 하시는 마음으로 이 청암정을 지으셨답니다.

---

* 출처지의(出處之義): 선비가 대부로 관인이 되면 나라와 백성을 위해 힘쓰지만, 세상이 자신의 이상을 받아 주지 않으면 관직에서 물러나 처사의 입장에서 대의와 명분을 지키는 것.

그러다 중종 28년에 복직되셔서, 청암정과 충재에서 머무신 시간은 실제로 약 7년 정도고요."

정윤의 고개가 제 뒤로 선 자그마한 와가를 향해 돌아가자, 태준은 비스듬히 몸을 돌리며 작은 와가와 중앙에 서 있는 다리, 그리고 거북바위 위 청암정을 모두 둘러볼 수 있도록 정윤의 위치를 고쳐 주었다.

작은 와가, 삼면이 열린 마루, 까만 현판 위에 쓰인 충재라는 하얀 글씨와 막힌 마루 벽에 커다랗게 뚫린 여닫이 창문이 정윤의 시선을 잡아끌었다.

"저쪽 충재는 권벌 선생이 책 읽으시던 곳이고, 이쪽 목조 누각은 시를 읊기도 하시고, 쉬시던 곳이죠. ……이쪽으로."

태준은 정윤의 손을 잡아끌며, 넓고 편편한 두 개의 사각 디딤돌을 밟고 돌다리로 올라섰다.

"이리 와 봐요."

"손잡고 건너기엔 위험하지 않아요? 좁은데."

정윤은 태준이 이끄는 대로 디딤돌을 밟고 올라서면서도, 한 사람조차 겨우 서 있을 만한 너비의 돌다리를 걱정되는 듯 내려다보았다.

"천천히 가면 되죠. 나 못 믿어요?"

"아뇨. ……믿어요."

돌다리 초입에 올라선 정윤의 손을 잡은 채 다리 중간쯤에서 가만히 바라보던 태준의 눈매가 부드럽게 휘어지고, 입매가 천천히, 조금 더디게 올라갔다.

다시 한 번 맞잡고 있던 정윤의 손을 꼭 쥔 태준은 다리를 옆으로 옮기며 게걸음을 걷기 시작했다. 바닥에 시선을 꽂은 채, 조심스레 앞으로 나아오는 정윤을 바라보면서.

"잠깐만, 거기, 서요."

"네?"

"다리 표면이 이상하지 않아요? 잘 봐요."

반듯한 생김과 달리 장대석 돌다리의 표면은 울퉁불퉁 거칠게 마감되어 있었다. 마치 커다란 정을 대고 온 힘을 다해 망치로 쪼아 놓은 것처럼, 다리의 시작부터 끝까지.

"미끄러지지 말라는 건가요?"

"……역시. 맞아요. 이 다리도 그렇고, 저기 계단도 그래요. 가 봐요."

돌다리를 건너 거북바위 위에 올라서자, 누각에 오르는 경사면엔 대여섯 개의 돌계단이 만들어져 있었다. 계단마다 오선지를 만들려다 만 것처럼, 바른 선과 사선으로 불규칙하게 만들어진 가는 선들이 긴 세월이 지나, 지금까지 남아 있었다.

"돌길이라서 오가는 사람들 배려해서 만든 미끄럼 방지책이라고 하던데, 어떻게 정윤 씨는 보기만 해도 금방 맞추네요. 건축을 해서 그런가?"

"아뇨. 왠지 그럴 것 같아서. 느낌이 그랬어요."

"뭐, 감도 백지 상태에서 오는 건 아니니까요."

태준은 씨익 입꼬리를 한쪽으로 올려 웃으며, 정윤의 어깨에 팔을 감아 계단으로 이끌었다.

청암정은 우직한 고동색 나무 기둥과 풀빛 천장, 그 끝을 장식한 얌전한 단청이 정갈한 마루와 어우러져 선비의 강직함을 나타내고 있었다. 6칸 넓이의 누마루에. 2칸 모양의 마루방을 붙인 T자 모양의 정자. 널찍한 마루에 올라 아래를 내려다보면, 낮은 담장 너머 다복한 마을 전경이 순하게 눈에 들어왔다.

"소쇄원 들어 보셨어요?"

올라선 자리에 붙박인 듯 시선을 내리뜨고 코로 깊이 숨을 들이마시던 정윤이 저를 가만히 바라보고 있던 태준을 돌아보았다.

"담양에 있는 거요? 예. 들어 봤어요."

"제가 가 본 전통정원 중에 가장 인상 깊었던 곳이 소쇄원하고 명옥헌인데, 소쇄원은 담장 안에 아기자기하게 볼 것들이 많아서 굉장히 여성스럽거든요. 명옥헌도 여름에 배롱나무 꽃이 피면, 석 달 열흘 연못 따라 온통 붉은 꽃밭이 되고…… 그래서 거기는 사람들이 꽃 피면 무릉도원이라고 많이들 말해요. 여기처럼 연못 중앙에 자그마한 섬도 하나 있고. 전통정원은 성리학에 기본해서, 네모난 연못 안에 동그란 섬 같은 걸 만드는 방지원도형(方池圓島形)이나, 주변 경치를 차경한 방지중도형(方池中島形)이 특징이거든요. 여기는 방지원도형 연못이고, 명옥헌은 방지중도형이고요."

아까부터 곱게 불던 바람이 좀 더 힘을 더해 불어왔다. 인공 연못을 둘러싼 나무들마다 아래로 축 늘어진 잎 많은 가지들이 한가로이 흔들려 대고, 그 아래로 눈에 익은 이름 모를 풀들이 가벼운 몸체를 휘며 나긋하게 춤을 추었다.

"음, 네."

고개를 끄덕이며 제 말을 경청하는 태준에게 부드럽게 웃어 보인 정윤이 슬며시 그의 곁으로 다가가 다시 팔짱을 끼고 다부진 팔에 머리를 기댔다.

"그런데 여기는 위치만 살짝 변경되고, 대부분 전통정원 형식을 그대로 지키고 있는데도 참…… 달라요."

"뭐가 그렇게 달라요?"

"굉장히 활기차고 남성적이에요. 일필휘지로 한 번에 쫙, 내그 은 선처럼…… 전체적으로 간결하고 굵네요. 느낌들이."

"……그렇군요. 전문가 말이 그렇다면, 그런 줄 알아야죠."

"훗, 아니에요. 저도 전통가옥에 대해선 잘 몰라요. 학부 때 교 수님께 잠깐, 수박 겉핥기식으로만 배웠거든요."

"그런데 아까, 위치가 바뀌었다는 말은?"

"아, 보통 전통정원에서는 외별당이 정침의 동남쪽, 청룡 자리 에 있는 지당가에 세워져요."

"지당가…… 연못가란 소린데. 이곳에서 외별당이라면, 이 청암 정을 뜻하는 것일 테고."

"네, 맞아요. 저기 충재라는 서가를 정침으로 봤을 때, 서쪽에 청암정이 세워졌으니까, 권벌 선생님께서는 전통기법보다, 풍경에 사로잡혀 운치를 살리셨다고 보는 게 맞을 것 같아요."

"그렇군요."

"심각하게 듣진 마세요. 제 사견인걸요."

"아니요, 전통정원 전문가들도 그렇게 말하던데요."

"네?"

"엊그제, 정윤 씨 서울 보내 놓고 내내 청암정에 대해서 찾아봤 었어요. 찾아본 글마다 그렇게 적혀 있더군요."

"왜…… 그럼 엊그제부터 저 봉화 구경시켜 주실 생각이셨어 요?"

"아뇨. 이러려고 찾아봤죠. ……이리 와 봐요."

태준은 정윤의 손을 잡아 돌계단으로 이끌어 조심스레 내려올 때까지 시선을 떼지 않았다.

"박물관 가요?"

"아뇨."

"그럼 왜…… 응?"

성윤을 먼저 돌다리에 오르게 하고 손을 잡아 주던 태준이 장대석 돌다리 위에 멈춰 서자, 정윤의 눈썹이 위로 올라가며 의아한 눈빛을 내보였다. 시선을 마주친 태준은 좀 전보다 더욱 딱딱해진 얼굴로 꿀꺽, 침을 삼켰다.

"왜 그래요."

잡고 있던 손마저 놓고 갑자기 진지하게 바라보는 태준으로 인해, 정윤은 자유로워진 제 두 손을 마주 잡으며 그를 쳐다보았다. 청암정을 등지고 서서 생소하게 저를 바라보는 태준 때문에 마음에 싸아한 바람이 불고 있었다. ……이런 뜻 모를 침묵은…… 싫은데.

"하아."

이젠 한숨까지. ……도대체 왜 이래요, 김태준 씨.

태준은 물론, 정윤의 얼굴마저 심각하게 굳어져 갔다.

"청암정은 70년대 이전까지만 해도, 후손들조차 쉽게 오를 수 없던 곳이었어요. 지금은 누구나 자유롭게 오르내리지만 그건 70년대 이후부터 허락된 일이고. 아무튼, 이곳은 지어진 지 500년이나 된, 엄청난 시간이 쌓인 곳이죠."

"……"

"내가 하고 싶은 말은…… 후우……."

"태준 씨."

지나친 긴장감에 미간이 좁혀 든 정윤이 더 이상의 스트레스를 감당하기 싫다는 표정을 짓자, 태준은 가슴을 털썩 떨어뜨리듯이 커다란 한숨을 내쉬며, 팔을 올려 제 뒷목을 주물렀다.

"하아, 정말 긴장되네요."

"네?"

갑자기 긴장이 풀린 것처럼 평소의 웃는 모습으로 돌아온 태준으로 인해 정윤도 졸였던 마음을 내려놓으며 답답했던 만큼 큰 소리로 물었다.

"내가 잘 긴장하는 편은 아닌데, 정윤 씨만 보면 늘 이렇게 돼요."

"무슨……."

머리가 갸웃했다. 더 이상의 질문도 부질없을 것 같은 동문서답의 반복에 정윤이 말끝을 흐렸다.

"정윤 씨가 정원에 대해서 이렇게 잘 알 줄은 몰랐거든요. 일단, 기억나는 대로 해 볼 테니까, 다 아는 거라도 끝까지 들어 줘요."

"……."

"시작할게요."

"……."

알 수 없는 표정으로 멍하니 서 있던 정윤은 아랫입술을 깨물며 내키지 않는 고개를 살짝 끄덕였다. 그 모습에 안도한 것처럼 다시 숨을 크게 들이마시며 애써 웃어 보인 태준이 천천히 표정을 가라앉히며 말을 이었다.

"정윤 씨."

"네."

어느덧, 태준의 표정은 처음처럼 꽤나 긴장한 듯 심각하게 굳어 있었다.

"지금 정윤 씨 뒤에 있는 충재는 권벌 선생님이 기거하셨던 생활공간으로, 어지러운 현실 세계를 의미해요."

"······네."

"제 뒤로 보이는 청암정은 그분이 꿈꾸셨던 이상 세계를 의미하고, 지금 우리가 서 있는 이 석교는 현실과 이상을 잇는 상징적인 의미를 갖고 있죠."

"······그런데요?"

"음, 아까 말한 것처럼, 이 다리에는 수많은 상처가 있어요. 저는 상대를 위해 제 몸에 스스로 상흔을 만들어 지닌 이 석교 같은 마음으로 살아야, 부부가 행복할 수 있다고 생각합니다."

"······."

"내가 이 다리가 될게요. 정윤 씨가 넘어지지 않게, 내 몸에 상처를 내고도 기뻐하면서 긴 세월 정윤 씨만 사랑하는 사람이 될게요."

"······."

"방금 전에, 이 정원이 만들어진 지 500년 정도 됐다고 말했었죠."

"······네."

"조성 당시에는 어땠을지 모르지만, 지금 이 나무들은 전부 다 장구한 세월만큼, 장대하게 자라 있어요. 지금은 내 말이 한낱 말뿐으로 들리겠지만, 기회를 준다면 지금 이 말들이 어떻게 뿌리내리고, 얼마나 자랄 수 있는지 진심으로 정윤 씨에게 보여 주고 싶어요."

정윤은 바지 주머니에서 에메랄드그린 컬러의 상자에 크림화이트 리본이 매어져 있는 작고 네모난 상자를 꺼내 드는 태준을 바라보았다. 충분히 예상할 수 있는 크기와 색상. 어디서 무엇을 샀는지 바로 알 수 있는 그 상자를 보면서, 정윤은 코로 다급한 숨을 들이마셨다.

"사랑해요, 정윤 씨. 받아 줘요."

"……."

상자만을 향해 내리뜬 시선, 낮게 깔린 눈꺼풀 끝에서 바르르 떨리는 숱 많은 속눈썹이 정윤의 속내를 가늠할 수 없게 했다. 숨마저 멈춘 듯 미동 없는 모습이 당황스러웠다. 환희가 섞인 떨림인지, 그저 당혹스러운 거부인지. 태준은 넘길 것 없는 마른입으로 몇 번이나 침을 삼키며, 상자를 내민 채 조용히 정윤의 반응을 기다리고 있었다.

"내 손 잡고, 이 다리를 건너서, 우리가 꿈꾸는 행복한 삶을 시작하는 거예요."

"……."

"……받아 두고 생각해 보는 것도 괜찮아요."

조바심 난 태준이 정윤에게로 한 걸음 다가서려 할 때, 정윤은 최면에서 깨어난 사람처럼 굳었던 몸을 움직여 태준을 바라보았다.

"잠깐만요."

"쉽게 생각해요."

순간적으로 상체를 뒤로 물리는 정윤의 반응에 태준의 이마가 꿈틀하고, 감추지 못한 긴장이 눈썹을 모아들게 했다.

정윤의 시선은 여전히 상자에만 가닿아 있고.

"지금 당장, 뭘 어떻게 하자는 게 아니에요."

"……."

"서로 속했다는 걸 확인하는 것뿐이라고 생각하면……."

"그뿐인가요? 약혼, 그런 거 아니고, 연인이 됐다는 증표, 그렇게만 생각하면 되나요?"

"……네, 그래요."

"하아……."

참고 있던 숨을 터트리며, 눈을 감고 어깨를 축 늘어뜨리는 정윤의 모습에 태준의 표정은 한층 더 굳어졌다.

"미안해요. 하아, 나도 모르게 놀라서……."

"……뭐가 그렇게 놀랄 일인데요."

너무나 안도하는 정윤의 모습에, 태준의 목소리가 더욱 낮아졌다. 정윤은 제 어깨 너머로 고개를 돌려 자그마한 와가, 충재를 눈에 담은 뒤, 다시 다리를 지나쳐 거북바위 위 우직하게 선 청암정을 올려다보았다. 현실, 꿈, 이상. 당신 손을 잡고 이 다리를 건너면…… 정말 나도 행복한 세상으로 갈 수 있을까요.

"나도 한 가지 고백할 거 있어요."

아직은 너무나 갑작스럽지만,

"뭘……."

부드러우나, 아픔을 완전히 거두지 못한 태준의 음성이 더디게 흘러나왔다.

"전부터 하고 싶은 말이었는데."

그럼에도 당신을 놓치고 싶진 않아요.

"……."

"사랑, 하는 것 같아요."

여기까지가 지금, 내 진심이니까.

꾹 눌러 다물고 있던 태준의 입매가 채 풀어지기도 전에, 그의 시원한 눈매가 더욱 크게 뜨여졌다.

"……나, 말이에요?"

"네. ……아무리 생각해 봐도, 그런 것 같아요."

다른 건 조금 나중에 생각해 볼게요.

"하아, 훗, ……맙소사. 하아……."

정윤은 빙긋이 웃으며, 저의 고백에 어쩔 줄 몰라 하며 손으로 얼굴을 쓸어내리고, 하늘을 올려다봤다 저를 봤다 반복하는 남자를 쳐다보았다. 가슴이 한결 더 따뜻해지고 있었다. 그 따스함이 이런 게 사랑이라고, 꽤 괜찮은 감정이라고 말해 주는 듯 여겨졌다.

정윤은 다가오는 태준을 말리지 않았다. 좁은 다리 위에 서서 저를 껴안는 태준을 순하게 받아들이며, 눈을 꼭 감고 그의 체향을 폐 깊이 들이마셨다.

"……정윤 씨."

당신을 만난 뒤로 우리…… 너무 빠르고, 너무 휘몰아쳤잖아요.

눈을 감고, 저를 꼭 끌어안고 있는 남자의 두근거림을 맞닿은 제 가슴의 울림으로 그대로 느끼면서 정윤은 천천히 입을 열었다.

"다시 물을게요. 지금 그 반지, 단지 커플링이 맞나요?"

그러니까, 우리. 조금만 천천히.

조금 더 세게 정윤을 끌어안은 태준이 숨을 한 번 고른 뒤 머리를 숙여 그녀의 귓가에 작게 답해 왔다.

"……정윤 씨가 커플링이길 바라면 커플링이 될 거고, 약혼반지이길 바란다면…… 반드시 그렇게 될 거예요."

훗, 그럴 줄 알았어요. 당신은 늘 순박한 얼굴로 다가와 방심하게 만들고, 정신없이 속도를 내 버리는 사람이죠.

"……방금 전에 받아 두고 생각해 봐도 된다 그랬으니까, 가지고 있다가 약혼을 원하게 되는 날, 직접 낄게요."

"……그러고 싶어요?"

"네."

"그래요. ……그 날을, 아주 간절하게 기다려야겠네요."

귓바퀴에 와 닿는 태준의 입술과 앞 머리카락을 간질이며 붕 뜨게 만들었던 미풍이 둘 사이를 휘감고 지나갔다. 새소리가 들리고, 여름인데도 시원함을 전해 주는 무성한 나뭇잎들의 자잘한 흔들림 소리를 들으며 정윤은 눈을 더욱 꼭 감았다.

15

"물놀이하는 사람들 많더라"

충재 권벌의 아들 권동보가 지었다는 석천정사. 그 바로 앞, 맑은 물이 힘 있게 굽이치는 석천계곡. 윗물에서는 어머니와 튜브 타고, 아랫물에서는 아버지와 물살에 몸을 싣는 천진난만한 아이들을 구경하며 사진을 찍었었다.

"벌써?"

짙은 녹음에 둘러싸인 높은 흙빛 돌담 아래로 연둣빛 평탄한 풀밭만 사이에 둔 채 거친 물살을 마주한 와가. 기이하게 몸을 구부린 소나무 그늘을 지나, 공기마저 일순 시원하게 숨구멍을 채워 드는 조붓한 길을 빠져나오자, 정윤은 시야에 가득 차 오는 장관에 걸음을 멈췄었다.

"응. ……밖엔 많이 덥거든."

정윤은 새삼 병상에 갇혀 있는 엄마의 일상이 가슴 아파, 괜찮은 척 다음 말을 서둘렀다.

"이건, 숲길 막 빠져나와서 계곡이랑 석천정사 보이자마자 찍은 사진."

엄마의 시선이 서로 각기 다른 모양새를 가진 돌들이 켜켜이 쌓여 정갈한 돌담을 이룬 모습과 그 위로 먹빛 기와 여럿이 계곡과 맞닿아 나란히 선 사진에 오래도록 향하고 있었다.

"엄마, 넘긴다?"

제 머리 바로 옆에서 끄덕여지는 엄마의 머리를 느끼며, 정윤은 제 손에 들고 있던 휴대폰 액정을 찍어 넘겼다.

"이건, 걷다가 벼 이삭이 예뻐서 찍었어. 달실마을 앞 논배미."

"⋯⋯으응."

병상에 누워 있는 엄마 옆에 의자를 놓고 머리를 맞댄 채 사진을 보여 주던 정윤이 작게 미소 지었다.

논두렁 경사면 수풀에 길게 솟아 있는 이름 모를 풀과 그 기다란 줄기 끝에 주먹으로 꼭 쥐어 놓은 것처럼 매달린 제법 큰 알집.

"이건 온통 초록인데 분홍색이어서 눈에 띄더라. 우렁이 알이래. ⋯⋯그리고 여긴, 태준 씨랑 같이 갔던 청암정. 이건 청암정 동쪽 문에서, 태준 씨랑 나."

엄마가 아무 말이 없자, 정윤은 제 휴대폰에서 시선을 옮겨 대답 없는 엄마를 바라보았다.

"⋯⋯엄마. ⋯⋯엄마, 왜 그래에."

순식간에 미간에 주름을 만들며 아랫입술을 깨문 정윤의 낮아진 목소리에, 소파에 앉아 있던 태준의 눈에서도 부드러움이 사라지고 물러앉았던 몸마저 곤두선 신경마냥 곧추세워졌다.

"……."

"엄마."

"……아냐. 늙으니까…… 눈물샘도 늙어서 그래. 후우…….."

물기 묻은 습한 호흡이 갑자기 서늘한 정적에 갇힌 병실 안으로 낮게 퍼져 나갔다. 입술을 꼭 다물고서 무표정하게 얼굴을 굳히고 있는 정윤의 호흡이 거칠어지고, 병상 아래 제 무릎에 놓인 작은 두 손이 짧은 떨림을 이어 가고 있었다.

"정윤 씨. 이모님 오실 시간 안 됐어요?"

"어, 아, 네. 오실 때가 됐는데. 내가 잠깐 나가 볼게요."

태준의 목소리에 어색해진 공기에 기름이 칠해지고, 숨을 참아 얼굴이 발개진 정윤이 두서없이 이리저리 고개를 돌리며 말을 이었다.

"태준 씨. 간병인 아주머니 바로 오실 거예요."

"알았어요. 걱정 말고 다녀와요."

"엄마, 갔다 올게."

대답 없이 억지로 입가를 당겨 올리는 엄마의 흐릿한 미소에 고개를 끄덕여 보인 정윤이 병실 문을 밀고 나섰다.

"어머님, 물 좀 드시겠습니까? 이모님도 곧 오실 거고, 간병인도 곧 올 겁니다."

닫힌 문 사이로 이를 악물고 병실을 나선 정윤의 등이 완전히 모습을 감추자, 태준은 빨대 꽂힌 물컵을 눈에 담으며 병상으로 눈길을 돌렸다.

눈을 감고, 고단한 숨을 천천히 내쉬고 있는 노모의 입술에 들어간 힘이 필사적이라 태준은 잠시 말을 멈추고 이 정적이 깨어지길 기다렸다.

"후우……."

낮은 한숨과 함께 눈꺼풀을 들어 올리는 연희의 모습에 태쥬은 한 시간 전, 정윤과 함께 주치의와 만나 예비 장모님의 상태를 확인했던 시간을 되새겼다.

제가 도울 일이, 아니, 의료진이 할 수 있는 일조차 아무것도 없음에, 고개를 떨어뜨렸던 시간을.

'그럴 리가 없어요. 요즘 들어 표정도 더 좋아지셨고, 말씀도 더 많이 하시는데.'

'겉으로 보시기엔 그래도, 환자분은 지금 무척 힘드실 겁니다.'

'억지로 감추고 계신단 뜻인가요?'

"김…… 서방."

힘없는 손이 슬쩍 움직이는 대로, 태준은 정윤이 앉았었던 의자로 걸어가 앉았다.

'지금 상태는 환자분이 마음 편하시게, 원하시는 대로……. 의료진 입장에서도 언제라고 말씀드리기가 어려운 것이…….'

"……흠, 고마워."

"아닙니다."

'그래도, 호스피스 병동으로 옮기시는 것은 재차 설득을 해 보셔야…….'

"……우리 정윤이."

"예, 어머님."

"많이 사랑해 주게……."

"네. 그러겠습니다."

'아뇨, 그렇다면 더더욱…… 다음 주 중에 봉화로 모시겠습니다.'

"믿고…… 가네."

"……어머님, 말씀을……."

'우리 엄마, 한 달은 넘길 수 있나요.'

'……'

'……뭐가 이래요. 저번만 해도, 몇 달은 더 버티실 거라고 그랬잖아요. ……뭐가 이래요, 뭐가……. 말도 안 돼. 흑흑, 이건 말도 안 되잖아요, 선생님.'

"애쓰지, 말아."

태준은 제 손을 잡아 쥐는 마른 손을 내려다보며, 끊어질 듯 이어지는 이야기를 침통함을 감춘 채 듣기 시작했다. 지난하게 살아낸 한세상을 붙이는 것도, 덜어 내는 것도 없이 담담하게 꺼내 놓는 목소리에, 눈을 가라뜬 태준의 심장이 제 부모를 떠나보낼 때처럼 잘게 경련하며 고통스러워했다.

"언니, 내가 오늘은 좀 늦었지? 어? 정윤이는?"

미닫이문이 열리며 조용하게 가라앉은 공기를 흐트러뜨리는 연주의 목소리가 들려왔다.

"간병인은 어디 가고, 김 서방만 여기……."

눈을 감은 채 조용히 이어 가던 말을 얼른 끊으며, 고단한 눈꺼풀을 들어 올려 어서 내색 없이 연주에게 인사를 건네라는 연희의 눈짓에 태준은 가는 손을 조심스레 내려놓고, 자리에서 일어나 머리를 숙였다.

"오셨습니까, 이모님."

"어, 김 서방. 바쁜데 어떻게 왔어요. 근데, 정윤이는?"

"정윤 씨, 이모님 마중 나갔는데, 길이 엇갈렸나 봅니다."

"이를 어째. 오늘따라 내가 지하에 내려갔다 오는 바람에……."

예비 장모님의 손을 꼭 잡아 드린 뒤, 미닫이문을 여닫고 복도로 나선 태준은 그리 오랜 고민 없이 걸음을 옮겼다, 엘리베이터를 타고 1층으로 내려와 사람 북작이는 로비를 벗어나 보호자들에게 산책길로 주로 이용되는 은행나무 길로 들어서기까지, 태준의 시선은 망설임 없이 한곳을 바라보고 있었다.

산책길에서 약간 벗어난 곳에 놓여 있는 오래된 벤치. 햇살이 잘 닿지 않는 그곳엔 생각처럼 정윤이 있었고, 태준은 그 곁에 앉으며 오른팔을 벌려 굳어 있는 작은 어깨를 감싸 안았다.

왔어요. 뭐예요, 놀랐잖아요. 그 흔한 말조차 없이 가만히 안겨만 있는 정윤의 어깨를 좀 더 세게 보듬어 안으며, 태준은 묵직해져 버린 가슴에 천천히 숨을 채워 넣었다.

"이모님 오셔서 나왔어요."

소리 없이 미약하게 끄덕여지는 고개. 태준은 어깨를 잡고 있던 손을 올려 정윤의 오른쪽 뺨을 느리게 쓰다듬었다. 같은 벤치에 앉아 서로 같은 곳을 바라보며 맞닿은 체온에 의지해 같은 색을 가진 무거운 마음을 묵묵히 다스려 나갔다.

"일 마무리하고 있다 그랬죠?"

"네."

'우리 정윤이가 몸이 상할 정도로 일을 많이 해요. 원체, 일 욕심이 많기도 하지만, 제 엄마 재발한 시기에 회사 인수 중이었던 터라, 투병하는 걸 지켜보면서도 자리 잡느라 힘든 거 내색도 못 하고 애를 많이 썼어요.'

'네.'

'제가 돈 벌어서 엄마가 받을 수 있는 검사며, 치료며 뭐든 다 할 수 있게 한다고, 잠 못 자고 일했어요. 그렇게 번 돈으로 저는 호강도 못 하고 다 이 병원에 쏟아부었는데……. 우리 정윤이가 받쳐 주는 뒷배가 없어서 그렇지, 애 하나는 똑소리 나고 마음이 깊어요. 지금도 엄마 상태 악화되기 전에 계약해 놓은 것들만 마무리되면, 계속 엄마 옆에 있을 거라고 일 마무리하러 다니느라 엄청 바쁜데……. 흐흐흡, 언니가 버텨 줘야 될 건데……. 하이고, 나 좀 보게. 아무튼, 우리 정윤이 좀 잘 다독여 줘요. 요즘 걔 속이 말이 아닐 거라서. 봉화에 일 보러 내려가면 좀 잘 챙겨 주고요.'

'예, 알겠습니다.'

대강 돌아가는 분위기를 눈치챈 이모가 복도로 따라나서 건넨 말에, 태준은 붉어진 두 눈을 마주 보며, 많은 말을 할 수 없었다.

"너무 무리하지 말고, 일 마무리 잘 해요. 어머님 곁은 내가 되 도록 지킬 테니까."

유례없던 장기 휴가는 이번 주말에 끝이 나고, 이미 휴가 중에 도 중요 사안 회의는 종종 서울을 방문해 참석해야 했을 정도로 바쁜 일정이 기다리고 있었지만 태준은 정윤을 위해, 이제 가족이 된 장모님의 곁을 지키고 싶었다.

"……다 끝났어요. 다른 건 당분간 부소장이 돌아보면 될 일들 이고…… 봉화 집, 오늘 타일 시공 들어간다니까 바닥 깔고, 조명 달고, 유리 끼고…… 이제 대충 공사 마무리하고 베이크 아웃만 하면, 한…… 다음 주 수요일이면 엄마 모셔도 될 거예요. 그 안에 저도 정리 끝날 테니, 엄마랑 같이 봉화 내려갔다가 일 있을 때 만 가끔 서울 올라오면 돼요."

벤치 앞, 커다란 고목이 갈라진 껍질과는 다른 푸르른 생명력으 로 초록 은행잎들을 흔들어 댔다. 사그락, 사그락, 잎사귀가 바람 과 포옹할 때마다, 땅 위엔 흔들리는 나뭇가지 그림자 사이로 둥근 햇살이 하얗게 모습을 드러냈다.

잠시도 제자리에 있지 못하는 그 밝은 빛이 흔적, 그만큼 밝았던 정윤의 미소.

흠…… 다시 봉화로 데려가면, 잠시나마 그 웃음을 지어 보이려나.

다만 바라는 것은 그 미소가 아픈 어머님 앞에서 내보이는 가짜가 아니라, 속에서부터 끌어 올린 진짜 웃음이기를. 태준은 아직 아무것도 끼지 않은 가늘고 무던한 손가락들을 내려다보며 간절히 바랐다.

문득, 정윤의 어깨를 감싸 쥐는 그의 손아귀에 좀 더 많은 힘이 들어가고 있었다.

다음 날, 오후 3시 30분. 종합건설 스페이스 사옥 F층에 위치한 소장실 문이 벌컥 열렸다.

"한 소장!"

뒤에서 들려오는 서 선배의 흔치 않은 큰 목소리에도, 정윤의 발걸음은 아래층을 향해 빠르게 움직였다.

5층짜리 스페이스 사옥. 대지면적은 작지만 충실하게 공간을 채워 넣은 사옥 3층엔 스페이스의 심장이라 할 수 있는 설계팀이 자리하고 있었다.

"정 기사. 차 부장님, 어디 가셨어요?"

제 사무실과는 비교도 할 수 없게 업무 공간이 여유로운 설계실 한쪽, 빈 책상을 바라보던 정윤이 바로 앞에 앉아 있는 정 기사에게 물었다.

30여 분 전, 정윤이 사 들고 들어온 바나나와 망고를 환한 얼굴로 받아 들었던 정 기사의 표정이 심상치 않음을 느낀 탓인지 놀란 기색으로 변해 눈을 동그랗게 뜨며 자리에서 일어서고 있었다.

"어, 차 부장님, 소장님 호출받아 올라가셨는데……."

소장실에 앉아 차 부장을 기다린 지 10여 분. 그는 오지 않았다.

"그래요?"

지난 몇 개월간 서서히 건축주와의 직접대면이나, 판교 단지와 같은 큰 프로젝트의 사장단 모임이 아닌 경우엔 되도록 부소장과 책임 설계사에게 일을 일임해 온 덕분에, 정윤의 봉화행은 직원들에게 큰 혼란을 야기치는 않을 듯했다.

집 보러 갈 겸 정윤이 봉화에서 머물렀던 그 며칠간의 부재가, 직원들에겐 일종의 예행연습이 된 듯도 했고.

그렇게 다, 정리되어 가고 있다고 생각했었다. 서 선배의 갑작스런 말만 아니었다면.

'내년도 착공 예정인 타운 하우스 설계야. 위치는 광장동. 건축주가 판교 타운을 둘러보고 네게 맡기기로 마음을 정한 모양이야. 사전답사 후에 미팅 가지면 될 것 같다.'

'감사한 일이라는 건 아는데, 선배, 죄송하지만 전 이 작업 참여 못 할 것 같아요.'

'뭐?'

부지실사를 다녀왔는지 인화된 사진과 동영상을 보여 주던 서 선배의 찌푸린 눈동자가, 모니터에서 눈길을 돌려, 지금 무슨 소리 하냐는 표정으로 정윤을 응시하고 있었다.

'너, 이거 어떤 기회인지 알고나 거절해?'

'……죄송합니다.'

'한정윤.'

'왜 선배가 안 하시고, 저를⋯⋯. 게다가 회사로 의뢰가 들어온 것도 아니고 선배를 통한 걸 보면, 건축주도 제가 처음부터 끝까지 이 작업에 끼어하시길 바라시는 것 같은데, 죄송하지만, 전 한동안 업무에 전념할 수가 없어서요. 건축주께 저희 회사에 직접 맡겨 주신다면, 부소장을 위시해서 저희 설계사들이 최선을 다하겠다고 전해 주세요. 물론, 그렇게 되면 제가 필요한 순간은 최선을 다해 살필 거고요.'

'이 불경기에⋯⋯ 일 욕심 많던 한정윤 어디 갔어. 일 가리지 말고 맡아. 다른 현장은 부소장한테 돌리고, 넌 이것만 붙들고 끝을 봐. 이 현장, 수익 괜찮을 거라고 보장해.'

'밀어주시는 건 정말 감사한데. 선배⋯⋯.'

'내가 아니라, 차 교수님이 밀어주신 일이야.'

'네?'

'건축주와 친분이 있으셔서 널 추천하신 것 같은데, 이런 기회 다신 없으니까 무조건 맡으라고.'

'교수님이 왜요?'

국내 건축학의 권위자. 그 이름만으로 설명되는 많은 것들을 이룬 사람. 그리고 차 선배의 부친이자, 정윤의 학부시절 지도교수님.

'흠, 말하지 말라 하셨지만, 난 네가 알아야 한다고 생각해. 선배로서의 내 판단은 그렇다.'

'⋯⋯뭔데요.'

잠시 맘 좋은 선배 만나러 왔다고 안일하게 군 제가 어리석었단 생각이 들었다.

후웁, 숨을 들이마신 정윤이 눈빛을 차게 식히며, 원래부터 냉

340

정한 선배의 눈동자를 같은 온도로 마주 보았다. 있는 대로 다 말
하라는 정윤의 준비된 자세에 서 선배가 낮게 숨을 내뱉으며 찻잔
을 들어 올렸다.

'영준이가 요즘 네가 만나고 있는 사람, 뒷조사를 했나 보더라.'

짧게 입을 축인 선배의 입에선 유쾌하지 못한 이야기가 흘러나
왔다.

'네?!'

전혀 예상치 못한 허를 찔린 기분. 차 선배가 알아보리라고는
생각했지만, 어느 정도로 집요했기에 서 선배의 입에서 뒷조사란
말이 나오게 만든 것일까.

'피해자 측에서 확증자료 가지고 소송 들어간다던데. 넌 몰랐
어?'

'……아니요, 전혀. ……하아.'

정윤은 저도 모르게 손을 올려, 갑자기 못 견디게 답답해지는
속을 견뎌 내며 이마를 짚었다. 머리가 아팠던 것이 열이 난 탓이
었는지 이마가 생각보다 뜨거웠다.

'차 부장이 무슨 생각이었는지는 모르겠지만, 사람을 고용했었
어. 그쪽에선 처음부터 알고 있었던 것 같은데, 증거확보차원에서
한동안 방치했던 것 같고. 너도 알다시피 차 교수님, 워낙 대쪽 같
은 분이시니, 네게 미안하셨던 것 같다.'

'……소송, 취하하게 하라는 말씀이신가요?'

'……그 사람 진지하게 만나는 거니?'

정윤은 그때까지도 얼이 나가 있었다. 지끈거리는 머리. 더럽기
짝이 없는 차 선배의 뒷조사. 그것을 방치하다 덜미를 잡아 소송에
착수한 태준은 또 뭐란 말인지.

341

'NK그룹이야 평판이 좋기도 하고, 네게 인연이 생겼다니까 기쁘기도 하지만, 그 소식을 이런 식으로 전해 듣게 되는 건 유감이구나. 선을 넘은 차 부장한테는 내가 귀띔하긴 했지만, 소송까지 가는 건 네게도 좋은 일이 아니란 건 확실하고.'

NK그룹? 정윤은 갑작스럽게 튀어나온 거대기업 이름에 감출 수 없는 궁금증이 일었지만, 애써 목까지 치미는 질문을 참아 내야 했었다.

선배에게 태준에 대해 묻는다면…… 저도, 태준도 우스워지는 건 시간문제니 참을 수밖에.

'……그 사람, 그런 일 함부로 벌일 사람 아닌데 이렇게까지 했다면, 그만한 이유가 있을 거예요. 차 선배 좀 불러 주세요. 저, 직접 들어야겠어요.'

'정말 후회 안 하겠어. 이 일 놓치는 거?'

'……네. 선배, 차 선배 좀.'

미련 없이 사진을 정리하는 서 선배를 보면서도, 정윤의 머릿속에는 온통 NK그룹이라는 글자만 떠돌고 있었다.

"일하는데 미안, 일해요. 부장님은 내가 찾아볼게요."

"네? ……네."

서둘러 설계 사무실을 빠져나오던 정윤은 위층에서 내려오고 있는 차 선배를 볼 수 있었다. 왜 거기서 내려오냐는 정윤의 시선에 차 선배의 대답이 이어졌다.

"담배 한 대 하고 들어갔더니 네가 없더라. 다시 올라갈까? 5층도 괜찮고."

F층, 경리팀과 총무팀 사무실 맞은편, 방음 장치가 허술한 소장실. 그 위층에 있는 5층 직원 휴게실과 소회의실.

"5층으로 가요."

어울리지 않는 침통한 얼굴로 쉽사리 말 걸지 못하는 차 선배 앞을 휙 지나치던 정윤의 뒤로 차 선배의 느린 걸음이 따라붙고 있었다.

16.

　땀에 젖은 정윤이 넋 나간 표정으로 비적비적 걸어 1층 로비 소파 대기석에 주저앉았다. 3일. 그 기간 동안 조금 전과 같은 절규를 듣다가, 약에 취해 잠드는 엄마를 본 것이 도대체 몇 번인지. 정윤은 기운 없이 풀린 눈으로 멍하니 조도가 낮춰진 원무과 수납대를 바라보았다.

　'윤아, 집에 가서 자고 와. 너 며칠째 이러고 있잖아. 어서.'

　그래서 그렇게 괜찮다고, 오지 말라고,

　'이모는?'

　엄마는 의식이 돌아올 때마다 애써 밝은 목소리로 전화를 하셨던 걸까.

　'난 집에서 씻고 왔지. 가서 잠 좀 자고 와. 너 이런 거 보면 엄마 깨서 운다.'

　아니면, 이렇게 아프니 어서 와 달라는 반어였을까. 내가 이모처럼 늘 엄마 곁을 지켰었다면, 과연 얼마나 제정신으로 버틸 수 있었을까. ……날마다 울었겠지.

정윤은 문득 엄마가 정말 깰 수 있을까, 하고 생각하는 저를 발견하곤 소스라치게 놀라 심장이 내려앉았다.

'알았어. 갔다 올게.'

서둘러 병실을 빠져나온 정윤은 그동안 참는다고 참았던 건, 우스운 착각이었다는 것을 깨달았다. 온전히 알지 못해서 견딜 수 있었던 것일 뿐, 결코 제가 감정을 조절할 만큼 다부져서가 아니었다는 걸. 난 이제 여기서, 뭘 더 어떻게 해야 할까.

간혹 바쁘게 걷는 간호사만 빼면 한가로운 병실 복도를 걸으며, 정윤은 지금껏 제가 할 수 있는 한 최선을 다해 왔다는 사실들이 무너져 내리는 것을 느꼈다.

정말 최선이었을까. 지금껏 내가 한 모든 판단들이 정말…… 잘했던 것일까.

'차 선배 소송 얘기, 알고 싶어요.'

— ……그 사람 만났어요?

'소송 진행 상황부터 말해 주세요.'

— ……시작한 거 없어요. 알아보는 것까진 용인했지만 티 나게 사람 붙이고, 병원에도 다시 찾아와서 주의를 줬을 뿐인데…… 어떻게 알았어요. 정말 그 사람 만났어요?

'……제안을 받아요. 차 선배 아버님께서 제 지도교수님이셨는데, 공사대금 큰 현장을 소개해 주시겠다고.'

— 그래서요.

'……다 들었어요. 태준 씨가 NK그룹 최대주주에 한국대 이사장이란 사실도 들었고, 지금은 NK에너지 전무지만, 곧 NK홀딩스 사장으로 인사발령 받을 예정이라는 것도. ……이번 휴가가 2년 만에 처음 받은 휴가였다던데, 진작 알았으면 그렇게 폐를 끼치진 않았을 거예요, 미안해요.'

— 정윤 씨, 왜 말을……! 내 말 잘 들어요, 정윤 씨. 말하고 싶었는데, 우리 그만큼 편한 시간 없었잖아요. 이제 겨우 마음 확인했고, 정윤 씬 늘 병원에서 연락 오면…….

그래요. 당신 말처럼, 늘 나 때문에 우린 제대로 편안했던 적이 없었어요. 당신은 늘 무겁고, 지친 나를 받아 주기 급급했겠죠. 나 때문에. 언제나 내 문제 때문에. ……이런 내가 당신에게 왜 진즉 말하지 않았냐고 따지고 드는 건, 배은망덕한 건가요.

— 아버님 떠나시고 갑작스럽게 최대주주가 되긴 했지만, 내가 원한 건 아니었어요. 내가 선택하고 꿈꾼 삶은 소아과 의사였는데, 하루아침에…….

그래도 당신은 나 같은 죄책감은 없었겠네요. 난 그마저도 부러워요.

— 의대 진학 허락하셨을 때, 난 당연히 아버님께서 전문경영인을 영입하실 거라고 생각했는데, 막상 유서에 남기신 내용은 그렇지가 않았어요. 살아 계셨다면 설득이 가능했겠지만, 이미 돌아가신 분이니 유지를 저버릴 수도 없고, 그래서 병원을 인수해서 내가 해 나가고 싶었던 일을 선배에게 맡긴 거예요. 경영 지원하면서 회사에서 일하다 쉴 틈이 생기면 선배가 운영하는 병원 이름으로 봉사진료를 나갔고. ……처음 회사를 맡았을 땐, 그렇게 해서라도 정체성을 지켜 나가고 싶었으니까…….

'하긴, 나한테 다 말할 필요는 없죠.'

순간, 그런 얘길 왜 안 했냐고 묻고 싶었지만, 정윤은 맘과는 다

346

른 말을 내뱉었었다. 서운한 바람이 가슴을 스산하게 스치고 지나가는 느낌이었다. 관심을 갖지 않았던 건 저였으면서. 매번 제 문제로 동동거리며 서로 알아 갈 시간도 주지 않았던 건 저였으면서.

엘리베이터에서 내려선 정윤은 우직하니 서 있는 병원 회전문을 바라보다, 터덜터덜 가장 가까이 있는 소파 대기석으로 다가가 털썩 주저앉았다.

— 정윤 씨.

'싸우자는 건 아니에요. 그보다 소송이 아니라니 다행이네요.'

— 내가 정윤 씨 입장도 있는데, 막무가내로 섣불리 움직일 사람처럼 보여요? ……기다려요. 내가 지금 바로 올라갈게요. 가서 얘기해요.

'그냥 거기 있어요. 나 좀, 한 가지라도 쉽게.'

— …….

'아무것도 생각하고 싶지 않아요. ……뭔가 생각할 수 있으려면 시간이 필요할 것 같은데, 그럴 기력도 없고. 나, 이 정도는 요구해도 되지 않아요? 태준 씨 나한테 실수한 거 맞잖아요.'

전화를 끊으면서 마음에 습기를 머금은 찬 공기가 훅 치고 들어오는 건 막을 수 없었지만, 정윤은 태준을 미워할 마음도 더 이상 따질 생각도 하지 못했었다. 그저 소송이 아니니 다행이고, 그가 저에게 완전한 거짓을 말한 것이 아니란 사실을 다행이라 여겼을 뿐.

출판사로 시작해, 학습지 시장을 기반으로 재계에 이름 올린 NK. 그룹화를 진행하며 에너지 사업과 특수가전 시장에 뛰어든……. 그다음엔 또 뭘 기억하고, 뭘 따지고 들어야 하지?

"뭘 더 어떻게……."

산 사람의 문제로 고민하기엔 엄마의 시간이 너무나도 짧게 남아 있었고, 정윤은 모든 것을 세세하게 따지고 들기엔 너무도 지쳐 있었다.

인적 없는 허한 로비에 과하게 틀어진 에어컨 바람이 살에 닿자, 정윤은 잘게 소름 돋는 제 팔을 양손을 엇갈려 끌어안으며 천천히 쓸어내렸다.

머리로는 괜찮다, 괜찮다 해도, 병원에 있는 시간이 길어질수록 마음에 이는 두려움은 심장을 먼저 조이게 했다. 그때마다 차갑게 식어 소름이 돋는 팔뚝과 전신을 훑는 진저리는 어떻게 해도 감출 수가 없었다. 두려움과 절망이 스며든 표정으로 엄마를 마주하지 않기 위해서 늘 병실에 들어가기 전 표정을 점검하는 일이 당연한 수순처럼 반복되고 있었다.

"하아……."

지친 정윤이 무심코 고개를 돌리다, 원무과 직원 의자가 5개씩 놓인 대리석 접수대와 파티션 역할을 하는 사각기둥에 시선이 닿았다. 지금은 텅텅 비어 있는 그 기다란 대리석 데스크가 어두침침한 로비 끝까지 끊임없이 이어지고 있었다,

저 많은 직원들이 접수를 받아야 할 만큼, 아픈 사람들이 차고 넘치는구나.

시야가 울렁거린단 느낌이 든 순간 정윤은 땀으로 축축이 젖은 셔츠를 빨리 갈아입어야 한다는 생각을 하면서도 아주 잠시만이라 스스로에게 변명하며, 병원 직원들만 가끔씩 오가는 늦은 밤 로비에 앉아 길게 이어진 소파에 상체를 옆으로 누였다.

눈을 감으니 천장 높은 로비에서 오가는 사람들의 허한 발걸음 소리가 두서없이 겹쳐 들렸다. 집만치 푹신하지 못한 소파임에도

온몸이 한없이 바닥으로 빨려 들어가는 것만 같았다. 마치 숨 쉴 때마다, 눅진하게 무른 땅속으로 한 뼘씩 파묻히고 있는 것처럼.

"정윤 씨, 일어나요."

피곤해. 까맣던 머릿속으로 파고든 목소리가 불현듯 정신을 가다듬게 했다. 몽롱해진 머리가 서서히 안개를 걷어 내듯 현실로 돌아오고, 선뜻 떠지지 않는 눈꺼풀 대신 들려오는 소리에 청각을 집중하기 시작했다.

"못 일어나겠어요?"

직원의 음성이라 하기엔 너무 친근한 어투. 짧은 시간 정신을 잃듯 잠기운에 휩쓸려 가던 정윤이 겨우 이마를 찌푸려 가며 천천히 눈을 떠 올렸다. 눈꺼풀을 올려도 초점 잡히지 않는 뿌연 시야에 정윤의 얼굴은 한층 더 미간을 좁혀 들고, 눈매에 한층 더 많은 힘이 들어가고 있었다.

"괜찮아요? 정윤 씨?"

뭐가 뭔지 모를 만큼 어지러웠던 기운이 사그라들고 천천히 일정한 선으로 윤곽을 잡아 가는 사물들. 뺨에 닿아 있는 손과 태준의 것이 분명한 목소리에 안심하며 몇 차례 눈을 더 깜빡이자, 잔뜩 걱정스러움을 담고 있는 익숙한 검은 눈동자가 서너 개로 겹쳐 보였다.

"……태준 씨?"

"가요. 이모님이 정윤 씨 고집부리면 떠메서라도 데려가라 그러셨으니까, 사양할 생각 말아요."

그가 왜 여기에 있는지도 모르면서 안심되는 마음. 그래, 속마음은 이게 진심이었다.

"봉화에 있던 거 아니었어요?"

안겨서 쉬고 싶고, 등을 쓸어 주는 커다란 손바닥 온기에 위로 받고 싶은 마음.

"빔마나 내기 있었어요."

"어떻게."

"갑자기 정윤 씨가 보고 싶다 그럴까 봐, 공사 끝나면 날마다 바로 올라와 있었죠. 오늘은 이모님이 미리 전화 주셔서 좀 더 빨리 온 거고요. 가요. 가서 좀 쉬고…… 나, 정윤 씨한테 할 말 많아요."

정윤은 제 대답을 기다리지 않고 어깨 뒤로 팔을 두르고 무릎 사이로 남은 한 팔을 넣으려는 태준에게서 급히 몸을 돌려 벗어났다.

"……정윤 씨."

이 커다란 로비에서 남자에게 안겨 가는 것이 얼마나 무안한 일인지 전혀 생각하지 못하는 사람처럼 잔뜩 굳은 얼굴로 심각하게 받아들이는 남자에게 정윤은 주변을 좀 살피라는 듯 시선을 던지고 있었다.

"다른 사람들 보잖아요. ……난 태준 씨 직장 문제로는 더 할 말 없어요. 휴가 곧 끝날 텐데, 이제 현장 그만 가고 슬슬 출근 준비 하셔야죠."

"……어머님 봉화 오시는 것 보고 나갈 생각이니까, 내 일은 걱정하지 말아요."

긴 줄로 겹겹이 이어진 대기석 소파 사이를 빠져나오던 정윤은, 자연스레 어깨를 감싸는 태준에게 붙들려 잠시 머뭇하다, 그대로 천천히 걸음을 옮겼다.

"나 혼자도 충분해요. 이모도 있고."

"정윤 씨."

참 많은 일이 있었지만 다 부질없게 느껴지는 건, 죽음을 앞두고 있는 한 사람의 인생이 너무도 가까이 있기 때문인 것 같았다.

"······"

'호적상 모친 되시는 분이 일시 귀국하셨다는 것은 확인됐는데, 국내 거주지 추적은 다소 시간이 걸릴 것 같습니다. 일단, 한정윤 씨와 생모분의 유전자 검사를 먼저 시행하고······'

옅은 바람처럼, 변호사가 걸어 온 전화 통화 내용이 머리를 치고 지나갔다. 지루한 숨바꼭질처럼 한 번도 이어진 적 없는 희미한 악연을 찾아내 끊어 내려는 노력마저 허무해지는 요즘, 무언가에 대해 심각하게 고민하고 애쓰고 싶지 않았다.

"······혹시, 거리를 두고 싶은 거라면······ 그러지 말아요."

정윤은 노기 빠진 먹먹한 눈동자를 들어 태준을 바라보았다. 엄마를 비롯해, 병원에만 들어서면 보게 되는 숱한 환자들. 건강하기만 하면 세상 모든 문제가 다 남의 일이 될 것처럼 생을 갈구하는 사람들을 매일 보면서, 잘 산다는 게 뭔지 매 순간 곱씹게 되는 지금의 눈빛 그대로.

"화내도 되고, 원망해도 되는데, 날 놓는 건 안 돼요."

"······."

"잘 할게요."

"······"

먹먹한 표정을 짓던 태준의 손가락 하나가 느릿하게 젖어 있는 정윤의 눈 밑을 닦아 내는 동안에도, 말간 눈동자는 속뜻을 알 수 없는 시선으로 뚫어져라 태준만을 바라보았다.

"낯설면 어떡해요?"

"······정윤 씨."

"다 거짓말 같진 않은데, 그래도 전처럼 태준 씨 보는 게 마음 안 편하면 어떡해야 되는데요?"

화도 안 내고, 전혀 격앙되지 않은 감정으로 정말 몰라서 묻는 것처럼 흔들림 없이 바라보는 정윤의 시선에, 태준의 얼굴이 천천히 일그러지고 있었다.

"일어나요. 정윤 씨."

어디선가 들려오는 나지막한 일깨움이 성가셨다.

"다 왔어요."

뿌드득, 가죽시트 위에서 미끄러지는 소리와 함께 반쯤 누워 있던 몸을 일으킨 정윤은 제가 있는 곳을 파악하기 위해 잠이 덜 깬 눈매를 찌푸리며 실눈을 떴다.

"집에 가서 자야죠."

목소리를 듣자마자 시린 눈을 다시 감은 정윤은, 제 거르지 않은 말에 아파했던 태준의 표정을 떠올리며 손을 올려 잠이 덜 깬 양 어색한 얼굴을 문질러 댔다.

"으음, 다 왔어요?"

"네, 다 왔어요."

정윤에게 몸을 기울이고 있던 태준이 대답과 함께 차 문을 열고 빠져나가자, 허하게 비워진 자리엔 내내 틀어져 있던 에어컨 냉기만이 찬바람을 일으키며 채워졌다. 텅, 하고 울리는 차 문 닫히는 소리. 철판에 가로막힌 거리감만큼 둔탁한 발걸음 소리가 분주하게 차량 뒤편을 돌아 조수석으로 다가오는 것이 느껴졌다.

"자, 일어나요. 천천히."

딸깍, 소리와 함께 훅, 하고 지하 특유의 음습한 먼지 냄새가 차 안을 파고들었다. 태준은 여전이 따스했다. 환자를 에스코트하듯 뒷머리에 손을 얹고, 다른 한 손을 잡아당겨 일으키는 태준의 과한 보호에, 눈 먼 강아지처럼 그를 따라 바닥을 디디면서도 미안하고, 안타까울 만큼 그의 행동에선 놓지 말라는 마음이 전해져 오고 있었다.

"어디예요, 여기?"

그런데 그것도 잠시. 눈앞 풍경이 제가 사는 오피스텔 주차장이 아닌 것에 정윤의 입꼬리가 당황해서 커진 눈동자와 함께 천천히 내려갔다.

"우리 집이에요."

"……태준 씨 집이요?"

"거의 한 달 만에 오는 거라 정리는 안 됐겠지만, 정윤 씨 내 침대서 재우고 싶어서요."

"……."

태준 씨, 이렇게까진 안 해도 되는데.

"따뜻한 물에서 쉬게 해 주고 싶은데, 정윤 씨 오피스텔엔 욕조가 없으니까……."

"괜찮아요. 가요.

황금빛으로 반사되는 엘리베이터 앞에 서며, 정윤은 제 눈에 보이는 태준과 저의 모습을 타인처럼 바라보았다. 잠시간의 기다림 중에도 고개를 옆으로 돌려 저를 내려다보고 있는 남자.

엄마 계실 때, 이 사람과 예복 입은 모습을 보여 드리면 참 좋아하시겠다. 정윤이 문득 떠오른 생각에 시선을 아래로 내리고 있을 때였다.

"태준 씨."

뒤에서 여자의 목소리가 들려왔다. 그 울림을 시작으로 팔을 피고 흐트는 알 수 없는 선득함에 정윤이 고개 돌려 태준을 올려다보려 할 때, 비스듬히 기울어지던 시야에 들어온 건, 황금빛 엘리베이터 문에 비친 처음 보는 태준의 성난 눈동자와 그 뒤로 모습을 드러낸……. 저 여자가 태준 씨의 전 연인이었나.

풀 죽어 지친 저와는 달리 화사하게 피어난 한 여자의 모습에 정윤의 낯빛도 곧 태준과 비슷할 정도로 굳어져 버렸다.

"……미안해요. 17층인데, 먼저 올라가 있어요."

정윤은 카드 키를 받아 들고 입안 살점을 깨물며 멀어지는 태준을 돌아보지 않았다. 조금 더디게 들리기 시작한 또각거리는 여자 구두 소리. 바람 소리와 함께 문이 열리고, 무게감이 다른 두 개의 구두 소리가 사라진 뒤 고개를 들어 올린 정윤은 투명한 유리벽 너머, 다시 회색빛 주차장으로 나선 태준과 한 여자의 뒷모습을 눈에 담을 수 있었다.

손에는 얇은 플래티넘 카드 한 장이 쥐여져 있었다. 엘리베이터를 타서 이 카드를 밀어 넣고 위로 올라가야 할까. 아니면……. 다시 옆을 돌아본 곳에, 태준과 여자의 모습은 보이지 않았다.

둘만. 둘이서 가능한 대화는 무얼. 아무리 꽉 움켜쥐어도 구겨지기는커녕, 제 손바닥에 붉은 자국만 남기는 딱딱한 것을 힘주어 잡던 정윤은 아랫입술을 깨물며 주차장으로 통하는 유리문으로 다가섰다.

"태준 씨, 나 아직 당신 사랑해."

정윤의 미간이 있는 대로 모아졌다. 유리문만 넘어섰을 뿐인데도, 인적 드문 주차장에 울리는 소리는 사방의 벽과 일정한 간격으

354

로 솟은 기둥을 치고 정윤의 귀까지 아주 잘 들려왔다.

"그때 내 상황이 그랬다는 건 왜 이해 못 해 주는데, 왜!"

무슨 이유에서건 완전히 저를 드러내지 않았던 남자의 위안을 잃고 싶지 않아, 쉽게 이해하려 애썼던 저의 모습에 왠지…… 비웃음이 흘러 나왔다.

"아무것도 모르는 강 선배 이용해서 벌인 일, 네 손으로 깨끗하게 마무리하고 돌아가."

"나, 이혼했어."

"……."

태준의 침묵은 정윤의 가슴에 비수로 박혀 들었다. 몸을 돌리고 몇 발자국 내딛지 않아 제 앞에서 활짝 열리는 투명한 자동문 안으로 몸을 밀어 넣으며, 정윤은 손에 든 카드를 힘주어 잡았다. 이것을 어디로, 어디에 두고 가면 될까.

환한 엘리베이터 통로 옆쪽에 난 비상구 철문을 향해 걸으며, 정윤은 바르르 떨리는 다리가 못마땅한 것처럼 전신에 힘을 주어야 했다.

17.

잠들어 있는 정윤의 미간이 끊임없이 움찔거렸다.

"하아……."

— 태준 씨랑 헤어져 주세요. 우리 그렇게 쉽게 끝날 사이 아니에요.

땀에 젖은 정윤은 괴로운 표정으로 머리를 이리저리 뒤척였다.

— 너, 네 아버지 부양 못 한다고 했니?! 내가 네 아버지 3년씩이나 먹여 살렸는데, 넌 딸이라는 게, 단칼에 끊어 내?!

'백일 된 애를 마당에 집어 던지니까, 네 엄마가 널 덮으면서 네 아버지 발에 대신 밟혔잖아.'

'윤아, 괜찮아.'

'엄마?'

'엄마가 다 낫게 해 줄게. ……다 괜찮을 거야.'

입을 벌리고 소리 없이 꺽꺽거리던 정윤은 제 목을 움켜쥐며 벌

356

떡 일어나 앉았다. 숨을 크게 헐떡이는 와중에도, 제게 전화를 걸어 와 이별을 요구하던 여자와 악담을 퍼붓던 고모의 목소리. 술에 취해 늘어놓던 이모의 말들이 잔인할 만큼 생생하게 느껴지고 있었다.

태준의 전 연인. 추억이 많다고 당당히 말하는 여자. 생각만으로도 부르르 떨리는 몸. 오소소 소름 돋은 팔을 쓸어 보아도 몸에 이는 한기는 줄어들지 않았다.

이럴 줄 알았다. 태준에게 마음이 열리면서도 늘 불안했던 이유는, 이렇게 정신 못 차리고 질투라는 감정에 빠져 허우적거릴 저의 무른 구석이 짐작된 탓이었다.

'태준 씨, 당분간 전화하지 말아요.'

— 정윤 씨.

'하나라도 쉬고 싶다고 말했잖아요. ……내가 당신 때문에 더 힘들기를 바라요?'

— 날 못 믿어요?

'믿는 문제가 아니라, 이런 상황에 놓인 내가 싫을 뿐이에요. 한 가지만 물을게요. 내가 있어서, 나 때문에 그 여자한테 안 돌아 가는 거예요? 조금이라도 그쪽에 미련, 있어요?'

— 그런 말이 어디 있어요!

그래 놓고도, 그날 이후, 전화가 걸려 올 때마다 태준이 아닐까, 우습지도 않게 기대를 했었다. 시시때때로 쳐다보게 되는 제가 미우면서도 매번 그러고, 매번 실망하면서.

"윤아……."

혼자 있는 방, 혼자 일어나는 아침에 다시 익숙해지려 애쓴 보름이란 시간이 지나는 동안 연희는 봉화 집에 내려와 짐을 풀었고,

태준은 그와의 시간이 모두 꿈이었던 것처럼 좀처럼 연락을 취해 오지 않았다.

'조금이라도 날 생각한다면, 내가 찾기 전엔 다신 내 앞에 나타 나지 말아요.'

지금까지 겪었던 태준의 성격이라면, 절대 이대로 잠잠히 저의 연락을 기다리고 있을 사람이 아닌데. 정윤은 먼저 놓았음에도 버림받은 기분을 느끼며, 내내 엄마의 곁을 지키다 어제 하루를 꼬박 판교 준공식장과 서울 회사에서 보낸 뒤, 새벽녘 봉화로 돌아온 참이었다.

어제 하루 종일 정윤은 저 혼자 고속도로를 달리면서도 태준과 함께 달렸던 어느 날의 오후와 환하게 웃거나 떨림을 간직했었던 초여름의 그를 떠올리고 있었다.

중요한 일정인데도 제가 아닌 것처럼 실수가 많아지는 날. 이대로 하루가 빨리 마감되길 바라게 되는 날. 정윤에게 어제는 그런 날이었다. 이 하루 눈 뜨고 있는 것이 곤욕스럽다 여겨지는. 그래서 이런 꿈을 꾸게 된 것일까. 가슴이 찢어지는 것 같아서, 눈물까지 흘리게 되는?

"왜 그래."

"어? 아니야. 엄마! 괜찮아? 어디 아파?"

멍하니 입을 열었다가, 지금 말을 건 사람이 늘 기운 없이 아픈 엄마라는 사실에 번쩍 눈을 키우며 안색을 살피기에 바쁜 정윤에게 연희는 희미한 미소와 함께 맥없는 손목을 들어 보였다.

"땀 좀 봐."

판교와 서울. 그가 있을 도시 근처를 달리며 몇 번이나 누를 뻔 했던 휴대폰. 외로움이 뼈에 스미는 느낌에 건넛방 대신 안방을 찾

아들어 엄마 옆에 누웠던 정윤의 이마를 까맣게 변한 마른 손이
더듬더듬 쓸어내렸다.

"나쁜 꿈 꿨어?"

"······아니."

아이처럼 눈을 감고 엄마의 손길을 느끼던 정윤은 천천히 머리
를 가로젓다 작게 웃어 보였다.

"그런데 왜 그래."

이미 날은 훤하게 밝아 있었지만, 모든 기능이 떨어져 가는 엄
마의 눈엔 잘 보이지 않을 만큼 흐린 미소였다. 힘이 부족한 엄마
의 손은 어느새 다시 바닥으로 되돌아가고 있었다.

"······엄마가 나만 혼자 두고 갈까 봐, 무서워서. 흐흡. 근데, 오
늘은 엄마가 기운 있어 보여서 좋다. 오늘은 엄마가 나한테 말도
걸고. ······크흠, 나하고 눈도 마주치고······. 매일 이래라, 엄마.
······매일, 매일, 나랑 이러자, 엄마."

"······."

처음 꺼내 든 진심이었다. 마당을 오가는 이 하나 없이 고요한
이 아침. 왜 이런 말을 꺼내 들고 만 것인지. 정윤은 터지는 울음
을 애써 기침으로 목 안으로 밀어 넣으며 아무렇지 않은 척 덤덤
한 표정을 짓다가 그것이 무너지면 제 이마를 마른 엄마의 손등에
대고 온 얼굴을 찡그려 눈물 참기를 반복했다.

"윤아."

"······으응?"

"엄마는, 널 볼 때마다, 어떻게 나한테서 이렇게 예쁜 딸이 나
왔을까····· 늘 꿈같았어."

바보. 나 아니면 나비처럼 훨훨 날아 행복하게 살 수 있었으

면서.

"자랑스럽고, 기특한 우리 딸…… 사랑해."

"엄마."

"……엄마는, 김 서방이 있어서, 마음이 편해. 끝까지 엄마 걱정 안 시키고, 엄마보다 똑똑하게, 좋은 신랑, 잘 만나 줘서…… 고맙다."

"<u>ㅎㅎㅎ흡</u>. 엄마, 왜 그래에…… 흐흡."

"우리 정윤이는 언제나 사랑받고…… 행복해야 돼."

정윤은 고요한 새벽을 약한 바람처럼 오고 가는 엄마의 목소리에 쉼 없이 고개를 끄덕였다.

"으응……."

그리고 어쩔 수 없이 미루고 미뤘던 대답을…… 하고야 마는 마음은…… 더 이상 대답 않고 버티다간 이 순간을 후회하게 될 것 같다는 두려움에.

"언제든, 네가 건강하고, 행복하기 위한 선택만 하고. ……윤아."

"응?"

"남들이 뭐라 그러건, 넌 떳떳하게 생긴 아이고…… 내가 낳았어."

"……알아."

신음하듯 가는 목소리가 축축이 젖은 물기 어린 목소리로 변했다. 서류상 동거인. 동거인으로 기록된 주민등록등본을 학교에 제출하던 날이면 따로 교무실에 불려 가, 사생아인지 아닌지 따로 질문받던 시간들. 그때마다 원치 않게 아버지 이야기를 되풀이하면, 멸시와 동정이 학년이 바뀔 때마다 번갈아 되돌아오곤 했었다.

"······그래, 다 됐다. ······우리 애기 더 자야 되는데, 엄마 때문에 잠 다 깼지."

정윤의 눈물 젖은 눈가가 봉긋이 솟는 광대뼈와 함께 반달 모양으로 곱게 휘었다. 우리 애기. 고등학교 때까지 교복치마 입은 엉덩이를 두드려 주던 엄마가 입에 달고 살았던 그 말.

"아니야. 다 잤어. 엄마, 힘들지 않아? 간호사 부를까?"

엄마가 편안한 얼굴로 천천히 눈을 감으며, 머리를 가로저어 보였다.

"배는, 배는 안 고파?"

이렇게 기적처럼 컨디션이 좋은 날이면, 뭐라도 조금 목으로 넘길 수 있지 않을까.

"흐흐음······. 다래가······ 생각나네."

"다래? 먹고 싶어? 잠깐만, 엄마! 좀만 기다려, 내가 빨리 사 올게!"

몇 개월 만에 처음으로 엄마가 뭘 먹고 싶다고 한 거였다. 신이 난 정윤은 눈을 감고 희미하게 입매를 올린 엄마의 편안한 표정을 눈에 담으며 안방을 뛰쳐나갔다.

안방을 뛰쳐나온 정윤은 체크 시간인지 대청마루를 오르던 홍 간호사와 마주치자, 잠시 외출하겠다 말하고선 급하게 차를 몰아 봉화읍내까지 달렸다. 내성천 건너 찾아낸 하나로마트는 너무 이른 시간인지 아직 문을 열지 않았고, 급한 마음에 그 너머 봉화시장으로 내달린 정윤은 듬성듬성 열린 가게들 사이를 뛰어다니는 중이었다.

"아저씨, 여기 과일가게 연 데 없을까요?"

"이 아침에…… 아직 없을 건데."

대량 주문이 있는지, 다들 잠긴 가게들 중에 일찍 문을 연 도시락집 주인에게 말을 걸던 정윤은 주머니에 든 휴대폰의 떨림이 느껴져 급히 전화기를 꺼냈다.

"어, 이모."

— 어, 윤아. 이모 내려가는데, 뭐 필요한 거 있나 해서.

어젯밤 종일 집을 비운 정윤 대신 엄마 곁을 지켰었던 이모는 깊은 밤이 되어서야 서울로 올라갔을 거면서 벌써 내려오고 있었다.

"어딘데."

고맙지만 집안 돌보고, 애들 등교며 이모부 출근까지 시켜야 하는 이모 몸이 남아날까 걱정스러웠다.

— 한남대교에서 아직 고속도로 못 탔어.

"어, 그럼, 오는 길에 양재로 빠져서 하나로마트…… 아니다. 이모 올 때쯤이면 여기도 문 열겠다."

— 뭐가 필요한데? 넌 나오지 말고 엄마 곁에 있어. 이모가 사 갈게. 필요한 게 뭐야?

"아니, 벌써 나왔어. 엄마가 다래 먹고 싶다 그래서. 이모, 엄마가 오늘따라 컨디션이 좋은 것 같아. 아침에 일어나서 나랑 말도 많이 했어."

정윤의 기쁜 목소리가 끊기자, 이모는 뜸을 들이다 의아한 목소리로 말해 왔다.

— ……다래를 거기서 팔아? 아직 다래 나올 때 안 됐는데.

"무슨 소리야. 슈퍼만 가면 다 있는데."

물론, 엄마가 다래라고 했으니 키위보단 작고, 구하기 어려운 국내산 다래겠지만, 까다롭지 않은 엄마는 키위든 국내산 다래든 비슷한 맛이면 굳이 싫다고 하실 분이 아니셨다. 정윤은 몸이 약해지셨으니 어쩌면 신맛이 덜한 골드키위가 더 나을지도 모르겠단 생각을 하고 있었다.

― 슈퍼만 가면 다 있는 건 다래 넝쿨이랑 비슷한 키위고, 네 엄마가 찾는 건 목화다래 같은데? 언니는 키위 시다고 잘 안 먹잖아.

엄마가…… 키위를 안 좋아하셨나? 정윤의 기억에 그런 건 없었다. 그러고 보니 저나 엄마나 딱히 키위를 찾는 일은 없었던 것 같긴 했다. 이렇게, 아무것도 모르다니.

"목화다래? 그건 뭔데. 시장에서 찾아보면 있겠지?"

― 아직 철이 아니라서 없을 건데. 철이 돼도 시장엔 안 나올걸?

이모와의 전화를 끊고, 축 처진 어깨로 멍하니 서 있던 정윤은 제 전화에 남겨진 부재중 표시를 뒤늦게 발견했다. 홍 간호사. 오전리 집 손님방에 머물며 한 달간 엄마를 돌보기로 계약된 의료인.

갑자기 펄떡이기 시작한 방정맞은 심장을, 가볍게 굴지 말라 나무라며 버튼을 누른 정윤은 잠시 뒤, 아이처럼 엉엉 울며 어두운 봉화시장 골목을 뛰쳐나가기 시작했다.

― 한 소장님, 지금 어머니 안동 성소병원으로 이송 중이세요. 빨리 오세요.

정신을 잃지 않을 수 있다고 생각했었다. 울컥할 때마다, 사회생활하며 다져온 냉정함으로 이를 악물고 노력하면, 제 생에 이성을 잃는 일만은 없을 거라고.

"무어라 위로의 말씀을 드려야 할지 모르겠습니다."

"……망극합니다."

같은 밀을 반복하는 목소리가 쇳소리처럼 쉬어 갈라져 나왔다. 눈두덩은 이미 볼록하게 부어오르고, 핏줄 터진 눈동자는 붉어져 있지만, 그래도 정윤으로서는 겨우 정신을 다잡아 겨우 한 시간째, 상주 자리를 지키고 있는 중이었다.

반나절 지속된 혼수상태, 그리고 다시는 눈 뜨지 못하고 멀리 가신 엄마. 떠나가신 뒤에야 그것이 마지막 인사였구나, 깨닫는 어리석음. ……의사의 사망선고를 들으며, 정윤은 아직 따뜻했던 엄마의 몸을 끌어안고 심장이 터지도록 울어 댔었다.

정신을 잃었던 정윤이 빈소를 찾아 장례식장으로 걸어 들어오자, 바쁘게 움직이던 이모와 이모부는 단숨에 그녀에게 달려왔었다. 그리고 정윤의 시야가 몽롱하게 흐려질 때마다 물을 마시라고 다그치며 정윤 대신 조문객을 맞아들였다.

그래도 넘어가지 않는 물 한 모금. 고마워야 하는데도 귀찮게만 여겨지는 간섭들. 정윤은 저를 돌보는 따뜻한 손길들이 마치 엄마 곁으로 못 가게 하는 사슬처럼 붙드는 듯 느껴져, 위로하는 손길들을 떨치고만 싶었다.

"그래도 사위가 있어서 다행이네. 난 아까 남편도, 아들도 없고 딸만 혼자 서 있어서 어찌나 보기 딱하던지."

"누가 누굴 걱정해. 이 사람들 특실 중에서도 제일 큰 분향실로 잡은 거 보면, 다 살 만한 사람들인데."

또다시 먹먹하던 귓가에 서서히 시끄러운 소리가 밀려들기 시작했다. 마지막으로 들었던 소리가, 장지는 어디로 정했는지, 발인은 언제인지, 고인의 춘추는 얼마나 되셨는지, 그런 소리와 함께 들린 남자들의 어, 어어, 하는 고함이었던 것 같은데, 또 정신을 잃었던 것일까.

정윤은 목 안쪽이 가시 걸린 것처럼 따갑고 아픈 것도, 온통 부어오른 눈꺼풀과 말라 찢어진 입술도 남의 일처럼 여기며, 천천히 누워 있던 몸을 일으켰다.

좁게 뜨여진 눈매 사이로 주변을 둘러보자, 다행히 이번에 깨어난 곳은 병실이 아닌, 빈소 옆 가족실이었다.

고개를 천천히 돌린 정윤은 빈소와 연결된 가족실 입구 모퉁이에 기대 떠들고 있는 도우미들의 수다 소리와 그들이 바라보고 있을 조문객들을 외면하듯 눈을 감고, 엄마, 하고 마른 입술을 달싹여 보았다. 소리도 내지 않은 생각뿐인 부름이건만, 그조차 힘없이 느릿하게 공중으로 흩어져 버리는 것만 같았다.

다시는 안아 볼 수 없는 엄마. 이 세상에서 믿을 수 있는 오로지 한 사람. 문득, 지금 이 순간 죽어 버리면 먼저 저승 떠난 엄마와 얼추 속도 맞춰 따라갈 수 있지 않을까 싶었다.

사랑하는 사람들이 다 떠났다. 어리석게 모두를 떠나보냈다는 자책이 살을 에어 들었다.

그래도 당신은 나한테 목소리를 들려주지 않을까. 목소리만 듣는 건 괜찮지 않나.

유일한 피붙이와의 완벽한 단절은, 순간적으로 정윤의 이성을 앗아 가 버렸다. 지웠으나 잊히지 않은 번호. 화면을 터치하기도 전에 생각만으로 먼저 터져 나온 울음은 그에게 제 설움을 알아 달라는 투정처럼 어찌 조절할 수 없을 정도로 거칠게 흘러나왔다.

또르륵 굴러가는 신호음에 정신이 번쩍 든 정윤은 뒤늦게 전화를 끊으며 입을 벌린 채 괴로운 표정으로 헉헉거렸다. 무슨 짓을 한 거야. 아무것도 달라진 게 없는데. 이대로 뭘 어쩌겠다고.

그 순간 똑똑, 가족실을 노크하며 들어서는 인기척에 얼이 나간 정윤의 고개가 반사적으로 돌아갔다.

"일어났어요? 링거 다 됐네. 간호사 부를게요."

검은 상복을 차려입고 가족실에 드나드는 게 당연한 것처럼 태연히 들어서는 남자를 보며, 퉁퉁 부은 눈 대신 힘없는 정윤의 입술이 맥없이 벌어지고 있었다.

18.

　"당숙모님 오셨단다. 아냐, 넌 밥 먹고 있어. 안 먹고 일어나면 이모 정말 화낼 거야."

　다음 날 오후, 정윤은 제 손에 숟가락을 쥐여 주던 이모가 급히 일어나 분향소로 향하는 뒷모습을 물끄러미 바라보고 있었다.

　말갛게 끓여진 황태국 한 대접과 하얀 쌀밥 한 공기. 테이블을 채우는 게 최우선 과제인 것처럼 빈틈없는 동작으로 빠르게 접시들을 내려놓으며 테이블을 오가는 도우미 아주머니들.

　접객실을 가득 채우고 있는 조문객들 중 태반은 정윤이 모르는 얼굴들이었다.

　서울도 아닌 안동에, 그것도 제 직원들은 업무를 신경 쓰느라 여러 팀으로 나뉘어 조문하러 오고 멀리 있는 친척들도 아직 안 온 사람들이 몇몇 있는데, 그들보다 먼저 달려온 것은 NK그룹 임원진들과 간부급 직원들이었다.

알음알음 찾아오는 관련 기업들과 한국대 교수진들까지. 그 안에는 차 선배의 아버지인 차 교수님 모습도 얼핏 눈에 보이는 것 같았나. 설마, 졸업한 옛 제자의 모친상을 조문해 주러 오신 것은 아닐 텐데…….

정윤은 고개 저을 힘도 없어, 가슴이 갑갑할 때마다 눈꺼풀을 깜박거렸다.

거래처도 아닌 모르는 사람들이 조의를 표해 올 때마다 정윤은 굽혔던 허리를 펴며 특실 앞 긴 통로를 채우다 못해 두 줄로 겹쳐 세워진 조화(弔花)들을 망연히 바라봤다.

부고가 나갔어도 건축설계 한, 한정윤 소장 친모상이라고 짧게만 나갔을 텐데. 이 많은 사람들은 모두들 어떻게들 알고 온 것일까. 그리고 그들을 태연하게 맞이하며, 상주 자리를 이틀째 지키고 서 있는 저 남자는 또 어쩔 작정으로 저러고 있는 것이고.

'소식 듣고 바로 출발하긴 했는데, 오는 데 시간이 좀 걸렸어요. ……미안해요.'

'그건, 뭐예요.'

'……어머님께서 생전에 허락하신 일이에요.'

검은 양복 위 두툼하고 누런 완장. 가족실에서 죄책감을 느끼는 것처럼 보이던 태준의 깊은 눈빛에, 정윤은 보름 넘도록 보지 못해 어색해진 공기를 느끼며, 의지하듯 안기지도, 고맙다 말하지도 못했었다.

"뭐라 위로를 드려야 할지……."

또 시작이다. 말간 황태국물에 비친 천장 조명과 제 멍한 얼굴이 만들어 낸 어두운 윤곽만 내려다보고 있던 정윤의 귀로 또다시 들려온 하나같이 똑같은 말들.

"망극합니다."

정윤의 입에서도 이제 망극하단 말이 입에 밴 것같이 주저 없이 흘러나왔다. 시선 하나 던지지 않고 무미건조하게 입술만 움직이며 피곤을 내보이는데도, 맞은편으로 건너와 앉은 남자는 물러날 생각이 없는 사람처럼 미동하지 않았다.

"전, 태준이 선배 되는 강명환입니다. 함께 소아과 진료를 보기도 하고…… 또, 제가 태준이 덕을 많이 보고 있습니다. 태준이가 제 얘길 한 적이 있는지 모르겠네요."

'병원을 인수해서 내가 해 나가고 싶었던 일을 선배에게 맡긴 거예요. 경영 지원하면서 회사에서 일하다 쉴 틈이 생기면 선배가 운영하는 병원 이름으로 봉사진료를 나가기도 했고…….'

"……말씀, 들었습니다."

고개를 들어 보니 피부가 하얗고 좀 마른 편에 속하는 삼십 대 남자가 눈을 마주쳐 왔다.

"아, 그래요. 다행입니다."

잠시 들렸던 정윤의 무감한 시선이 이내 흥미를 잃은 것처럼 다시 테이블로 향하자, 남자는 꾹 눌린 입술로 한참 생각을 고르다 다시 입을 열었다.

"최선주, 라는 이름 아실 겁니다."

깜빡깜빡, 느리게 움직이던 정윤의 시선이 옆으로 틀어지며 반응을 보이자 남자는 듣고 있으니 끝까지 말하기로 작정한 듯 부지런히 말을 이어 나갔다.

"그 친구하고 안 좋게 부딪치셔서 오해가 생기신 것 같은데……."

"그 얘기라면, 안 하시는 게 좋겠습니다."

"아니요. 들으셔야 됩니다, 제수씨."

설핏 찡그려진 정윤의 미간이 펴지지 않은 채, 그대로 남자의 얼굴을 마주 보았다.

"제기 실수를 했습니다. ……태준이하고 그 친구는 벌써 오래전에 끝난 사인데, 제가 오해를 한 상태에서 병원을 좀 더 키워 볼 욕심에 그만, 그 친구에게 투자를 좀 받았었습니다. 물론 지금은 완전히 정리가 끝났습니다만, 그 일 때문에 저하고 태준이도 어려운 사이가 될 뻔했었고……. 그 친구 일은 전적으로 제 잘못입니다, 태준이를 오해하시지는 말아 주십시오."

그러게요. 그런 일들이 있었는데, 태준 씨는 왜 저기 상주 자리에서 저렇게 바쁘게 움직이고, 태준 씨 선배라는 당신은 피곤한 나를 붙들고 이런 얘기를 하는 걸까요. 나는, 세상 모든 게 다…… 소용없어진 기분인데. 저 사람은 나한테 아무 말도 안 해요. 처음 보는 당신도 잘만 하는 그 변명을요.

저 대신 바쁜 태준과 이모. 픽픽 쓰러지다 어느새 상주 자리에서 밀려나, 조문객마냥 멀찍이 바라보고 있게 된 저. 곤한 마음이 그대로 드러난 정윤의 시선이 작정한 말을 다 하고 긴장한 채 침묵으로 제 대답을 기다리는 남자를 향해, 긴 시간 말없이 멈춰 있었다.

"한 술도 안 뜨면 어쩌려고, 아직도……."

접객실을 벗어날 때만큼이나 급한 걸음으로 돌아오는 이모의 얼굴은 집안 어른을 만나 또 한차례 눈물을 터트리셨는지 아까보다 눈가가 더 붉어져 있었다.

"와 주셔서 감사합니다."

정윤은 손님과 얘기 중인 줄 알고 멀찍이서 걸음을 멈추는 이모를 보다가 밑도 끝도 없는 인사를 건네며 태준의 선배라는 남자에게 이만 자리에서 비켜나 줄 것을 요구했다.

"제 탓인 것만 알아주십시오. 그럼, 다음에 뵙겠습니다."

슬픔으로 가라앉은 정윤에게 고개를 숙여 보인 남자가 대답도 듣지 못한 가운데 저만치 동료들이 있는 곳으로 멀어졌다. 이모는 정윤의 바로 옆에 바짝 붙어 앉아 비어 있는 하얀 손에 다시 숟가락을 들려 주었다.

"먹어. 김 서방도 너도 도대체, 후우……. 한 숟가락이라도 뜨자. 응? 너 이러는 거 알면, 언니가……."

투툭, 그 짧은 순간 고개를 떨군 정윤의 얼굴에서 떨어진 물방울 몇 개가 맑은 황태국 안으로 떨어졌다. 바르르 떠는 숟가락이 구부러질 것처럼 식탁에 닿아 눌리며 애처롭게 떨리는 정윤의 손을 지탱하고 있었다.

"……윤아. 그래도 김 서방이 있잖아. 언니 소식 듣자마자 독일서도 바로 날아와 주는 게, 얼마나 고마워. ……세상에서 딱 한 사람만 자기편 있어도 살 만하다는데. 넌 김 서방도 있지, 이모도 있지…… 이모부도 네 편이야. 응? 힘내서 밥 먹어, 어?"

독일. 내가 당신을 원망하고, 나를 미워하는 동안 당신은 독일에 있었나요.

"김 서방이 그러더라. 장모님 가시기 전에 자기가 업어 드릴 수 있었던 게, 얼마나 다행인지 모른다고. 내가 정말 고마워서. 요즘 일부러 찾으려 그래도 저런 사람 어디서 구할까 싶고……. 엄마도 김 서방 덕분에 맘 편히 가셨을 거야. 김 서방 없었음 너 혼자 두고 어떻게……."

"……언제."

"어?"

"언제, 업어 드려. 무슨 소리예요."

깔깔하니 갈라진 목소리는 이제 점점 쉰 목소리가 되어 흘러나 왔다.

"어⋯⋯어. 그저께, 너 서울 갔을 때. 사실은 김 서방이 너랑 엄 마랑 둘만 있는 시간 주고 싶다고, 말하지 말라 그랬었는데. 계속 나랑 통화하면서 네 상태 묻고 그랬었어. 그저께는 너 없다니까 엄 마 외롭다고 집에 왔었는데 엄마가 몸 상태도 유난히 좋고, 자꾸만 밖에 나가 보고 싶다고 그래서⋯⋯. 처음엔 김 서방이 조심하셔야 된다고 마루 유리창만 열어 줬었는데⋯⋯ 언니가 자꾸 사진에서 봤던 거기로 데려다 달라 그러는 바람에⋯⋯. 나도 언니가 그렇게 고집부리는 건 처음 봐서 당황했을 정도니까, 김 서방도⋯⋯."

정윤은 이모가 들려주는 이야기와 함께 겹쳐지는 태준의 미안하 다는 말을 떠올렸다. 엄마의 요구에 이모와 간호사를 동반해서, 소 달구지보다 더 느린 속도로 좁은 시골길을 달렸었다는 사람. 이만 돌아가자 하면 작은 소리로 더, 더 가, 라고 말했다는 엄마.

그러다 결국 달실마을까지 간 태준은 휠체어가 바닥에 닿는 작 은 충격조차 걱정스러워 바짝 말라 배만 부른 엄마를 어렵게 업었 었다고 했다.

그 옆에서 간호사가 들고 있는 작은 팩과 엄마가 연결된 가는 호스 줄을 이리저리 챙기며 잡고 걷던 이모는 걷는 내내 정윤 씨 가 저걸 보고 이렇게 말했어요, 저렇게 말했어요, 하며 엄마에게 둘의 연애담을 들려주는 속 깊은 태준의 모습에 몹시 고마웠다고 했다. 그 이야기를 들으며, 엄마가 참으로 편안히 웃으셨다고.

내성천을 지나다 때 이른 은어축제 준비에 한창인 지역 사람들 을 보면서 엄마가 또 한 번 미소를 짓자, 그걸 본 태준은 엄마를 집에 모셔다 놓고 다시 읍내를 다녀와 마당에서 수박 향 나는 은어를 장작불에 구웠다고 했다.

하얗게 익은 살점 한 젓가락을 엄마 입에 넣어 드리자, 엄마는 게워 내지 않고 한두 번 더 받아 잡수시며 맛있다 하셨단다.

……정윤은 고개를 떨구며 눈을 감았다.

"괜히 자기 때문에 엄마가 기운 떨어지셔서 이렇게 되신 건 아닌가, 얼마나 자책을 하는지."

그렇게 지치도록 엄마를 위해 애쓴 그저께 오후, 이모에게 며칠간 출장 가게 됐다고 말했다던 태준은 독일에 도착하자마자 일도 하지 못하고 다시 한국으로 되돌아왔을 것이 분명했다.

"하아…… 엄마, 좋았겠네."

그런 사람이 자책은 왜 하는지. 딸인 저도…… 그렇게 엄마 마음 다 헤아려 드리지 못했었는데.

"어?"

"……좋았겠어. ……난, 안 된다고만 했었거든."

하루라도 나랑 더 오래 있자고 엄마가 보고 싶은 거, 엄마가 맡고 싶은 냄새…… 난 다 미뤘었어. 바보처럼…… 낫지 못할 거란 건, 알고 있는데도. 내 욕심 부리느라 엄마 소원 못 들어 드릴 뻔했는데…… 고맙네. ……고마워요, 김태준 씨.

정윤의 고개가 혼을 잃은 듯 멀거니 돌아가다 접객실 입구에서 저를 보면서 입을 틀어막고 울고 있는 울진댁 아주머니를 발견하곤, 뿌옇게 흐려진 눈망울이 또 한 번 흔들리고 있었다.

정윤이 마련한 오전리 뒷산 장지엔 검은 리무진 대신, 수백 송이의 한지 꽃으로 피어난 사각의 꽃상여가 젊은이들의 어깨에 메여 산 비탈길을 올랐다. 언제 엄마와 그런 얘기를 나눴었는지 태준은 엄마와의 약속이라며 장례 절차의 마지막을 그렇게 진행시켰고, 정윤은 그런 그를 묵묵히 따르는 것으로 고마움을 표했다.

얇은 한지를 겹겹이 겹쳐 순한 바람에도 한 잎 한 잎 흔들리도록 곱게 만들어진 어른 주먹만 한 꽃송이들. 그 예쁜 것들은 미약하게 부는 바람에도 쉴 새 없이 흔들려 대고, 온 동네 아이들은 다 몰려들어 진귀한 풍경에 가진 입마다 재잘거리느라 마을잔치가 벌어진 것처럼 시끄럽게 들떠 있었다.

구슬픈 종소리에 맞춰 꽃상여가 골목길을 지나, 딸랑딸랑 느리게 산으로 향했다.

"어~허~어~허~어~허~어~허~ 걱정 근심 다 제하면 단사십도 못 살 인생. 어~허~어~허~어~허~어~허~ 어제오늘 성튼 몸이 저녁나절 병이 들어. 어~허~어~허~어~허~어~허~"

정윤은 서너 걸음 걷다가 후렴구가 반복되면 망설이듯 제자리걸음하며 박자 맞추는 상여꾼들이 그렇게 고마웠다. 너무 쉽게 엄마를 보내지 않아 줘서. 제 마음처럼 아쉬워하고, 보내고 싶지 않아 해 주는 것 같아서.

엄마를 묻어 드리고 산을 내려와 한 때가 지나자, 누런 듯 하얀 차양 그늘 밑이 텅 비고, 집 안 깊은 곳 보름 남짓 엄마가 머물렀던 방은 쥐 죽은 듯 고요하기만 했다.

석 삼 일이 지나는 동안, 고적한 오전리 집에서 들려온 울음은 그리움이었다가, 원망이었다가, 회한이었다가, 사죄의 소리이기도 했다. 그리고 그렇게 삼우제를 마친 저녁, 정윤은 무작정 차에 올랐다.

엄마도 태준의 흔적도 없는 낯선 땅에서 숨을 쉬어야 살 수 있을 것만 같아서 떠난 여행. 반나절의 고요가 지나고부터 폭주하는 부재중 전화의 대부분은 회사와 이모였을 뿐, 태준의 흔적은 찾아 볼 수 없었다.

정윤은 봉화와 반대편인 서해안 고속도로를 달리다 평택항을 빠져나간 다음, 부소장 현석에게만 전화를 해 저의 안위가 무탈함을 알려 두었다.

동행이 없으니 말 거는 사람도 없고, 상점에 들어가 물건을 살 때도 해야 할 말은 많지 않았다. 다 잊으려고 떠난 여행인데, 정작 좋은 곳을 발견할 때면, 왜 이곳에 엄마와 함께 와 보지 않았을까, 하는 부질없는 후회가 끝없이 이어졌다. 정말 엄마가 떠나 버렸단 사실이 현실로 다가올 때마다 설움이 복받치곤 했다.

다 떠나고 홀로 남았다. 정윤을 뼛속 깊이 서럽고 춥게 만드는 건, 그것이었다.

장례식 내내 우직했으나, 한 걸음 떨어져 냉정하게도 느껴졌던 태준을 향한 복잡한 마음. 이모와는 계속 연락이 오갔다지만 제게 는 전화 한 통 없는 사람을 끊임없이 떠올리게 되는 비참함.

생각은 꼬리에 꼬리를 물었고, 정윤은 이도 저도 다 싫었다. 그리고 비 오는 날이 점차 줄어 가던 어느 날, 너무 청명하고 파란 하늘에 세상이 어느덧 가을로 접어들어 가고 있음을 뒤늦게 알아챈 그녀는 헛웃음을 터트렸다.

통영에서 바라본 악양평야의 너른 초록 바다와 하얀 구름 걸쳐진 파아란 하늘이 너무도 아름다웠다. 엄마가 없는 세상이 너무도 예뻐서, 정윤은 배신감과 허무감에 이를 물며 눈물을 흘렸다.

그렇게 가을이 깊어 가던 어느 날. 회사 망하는 꼴 볼 거냐는 현석과 경찰에 실종신고 내겠다는 이모의 문자에 더 이상 태연할

수 없어질 때 즈음,

　[이모님은 49제 안 지내시겠다 하시는데 정윤 씨 생각은 어떤지 말해 줘요.]

　한 달 반 만에 그의 흔적이 와 닿았다. 답문을 보내지 못하고 계속해서 길을 잃은 듯 차를 달리던 정윤의 눈앞에 저 멀리 농가 초입에 목화 체험 2천 원이란 현수막이 펄럭이고 있었다.

　집으로 가겠다고 핸들을 잡았는데, 차는 서울이 아닌 봉화로 향했다. 내내 맑았던 날은 뒤늦은 태풍경보 탓인지 굵은 비가 내리고, 캄캄할 줄 알았던 봉화 집 창호지 문으론 환한 빛이 새어 나오고 있었다.

　정윤은 제가 보고 있는 것이 꿈같아 차에서 내리지도 못하고 멍하니 철제 난간으로 마무리된 담장 너머를 바라보고만 있었다.

　전국을 돌고 돌아서 온 곳이 결국 떠나고 싶던 이곳이라니. 아직 엄마의 부재도 실감나지 않고, 태준과 뒤엉켜 버린 현실 또한 마음을 사납게 헤집어 아프기만 한데, 왜 또 여기로…….

　집 안엔 사람이 있는 듯했다. 엄마도 저도 없는 제 집엔 방마다 노란 온기가 흘러넘치고, 부엌 아궁이는 누가 또 그리 살뜰하게 살피는지 검은 하늘로 길게 솟은 굴뚝에선 하얀 연기가 뭉게구름처럼 꿋꿋하게 피어올랐다.

　두 손으로 핸들을 잡고 있던 정윤은 두 눈동자를 환히 불 밝힌 안방에 고정해 놓은 채, 천천히 팔을 굽히며 핸들 끝에 턱을 가져다 댔다.

　지금 저만 저 집에 들어가지 않으면, 저 안에 있는 사람이 엄마고, 저 안에는 엄마를 잃지 않은 저도 있을 것 같았다. 계속 그렇

게 엄마도 저도 행복하다 꿈꾸고, 그것이 현실이 될 수도 있을 것
만 같았다.

"ㅇㅇㅇ응."

정윤은 핸들에 눌리는 턱으로 입을 벌리지도 않은 채, 신음 같
은 울음이 흘러나오는 대로 눈물을 흘렸다. 흐느낌이 짙어질 때마
다 가늘어지는 눈매와 그 안을 그렁그렁 채우는 물기에 바라보던
안방의 불빛이 노랗게 아롱지며 둥근 개구리밥 모양으로 번져 나
갔다.

그러느라 제 뒤로 상향등을 끄며 멀찍이 멈춰 선 세단을 눈치채
지 못한 정윤 앞으로, 부엌에서 나오다 하얀 차를 발견하고는 마당
으로 뛰어나오는 울진댁의 걸음이 급하게 내달리고 있었다.

"진짜, 통화 안 하시겠니껴."

지난밤, 갓 지은 밥이 소복하니 담긴 상을 엄마가 마지막까지
누워 계시던 안방에서 받았다.

"네……. 준비하세요. 저 나가는 길에 태워다 드릴게요."

그 밥을 다른 반찬 다 밀어 놓고 붉고 시원한 나박김치 국물에
말아 꼭꼭 씹어 먹었다.

"우예 그랍니꺼. 참말로, 혼자 우얄라꼬. 도련님이 소장님 오시
면 꼭 살펴 드리라꼬 했는데. 에휴, 이라는 거 아시믄, 도련님이
내한테 뭐라 하실 낀데."

여행 다니면서는 안 걸렸는데, 엄마 계시던 방에서 밥을 남기려
니 끼니마다 밥 한 공기씩 다 먹기로 약속했었던 지난 기억이 마
음에 걸려 엄마하고 마주 앉아 있는 듯 눈치 보며 깔깔한 입으로
모든 밥알을 다 넘기려 애쓰게 되었다.

"그럴 사람 아니란 거 아시잖아요……. 엄마한테 갈 거예요. 인사드리고 저도 서울 가야죠."

엄마 산소 봉분엔 떼가 잘 입혀졌나, 어디 무너진 곳은 없나 살피고 떠날 참이다.

"그라믄, 이 길로 서울로 가시는 깁니꺼?"

엄마 때문에 지었으나, 한 달도 못 되어 꽃상여가 나가고 만 이 집도 꼭꼭 걸어 잠그고. 49제 문제로 문자 하나 겨우 남긴 김태준이란 남자에 대한 감정도 여기다 남겨 두고. 어쩌면 그가 먼저 감정을 정리한 건지도 모르겠단 생각이 드는 요즘, 내심 그의 다른 반응을 기대했던 것 같은 저의 수치스러움도 여기에 묻어 둘 참이었다.

"네."

여행을 마친 지금은 정신없이 휘몰아치고 뿌옇던 지난 시간이 나름대로 명료해진 기분이 들었다. 전처럼 다시 제 곁에 남은 건 일밖에 없다는 것도 보이고.

"아이고, 어데서 이래 전화가 오노. 잠깐만 기다리시이소."

달실마을에서 엄마를 업어 드렸다는 것은 저와의 약속. 상주로 복잡한 분향실을 지킨 것이나 장례식에 관여한 것은 엄마와의 약속. 그리고 빈집에 울진댁 아주머니를 보낸 것은…… 자신이 첫 남자였던 여자에게 이별에 앞서 위로를 전하는 김태준다운 적절한 예우.

"아, 벌써 거까지 오셨니껴. 지도 지금 나갈 낍니더. ……어데요, 그기 아이고……."

그렇게 받아들이지 않으면, 한 달 반이 넘는 시간 동안 어디 있느냐 묻지도 않고 최선주란 여자와는 어떻게 되었다 단 한 마디도 전하지 않는 남자를 어떻게 이해해야 할까. 이렇게 세세하게 기억하고 감정을 되뇌는 제가 초라할 만큼, 그는 그렇게 굳건한 무대응으로 일관하고 있는데.

정윤은 많이 바쁜지, 전화기를 붙들고 먼저 대청을 내려가 마당을 가로지르는 울진댁을 바라보았다. 망연하게 던진 시선이 닿은 곳은 개량한복에 감싸인 굽은 어깨. 저 모습도 이제 마지막이겠구나.

또다시 울컥하는 가슴을 참아 보려 시선을 하늘로 올리다 문득 햇살 좋던 지난날 받았던 보랏빛 깨꽃이 생각나, 지금의 제가 더 처량하게 느껴지는 오전이었다.

산은 아직 길이 분명치 않았다. 장례식 때 밟힌 풀들은 한 달 보름이 넘는 시간 동안 무성하게 다시 자라나 있었다. 관을 뚫고 들어갈까, 뿌리째 나무들을 뽑아낸 봉분 주변으로만 뜨거운 햇살이 함빡 내리쬐고 있었다.

"……엄마."

잘 있었어?

"엄마."

땅 밑은 안 답답해?

엄마를 묻고 내려오던 날, 좁은 산길을 두 발자국 뒤에서 따라 걷던 태준이 말했었다. 십 년쯤 뒤에 화장해 달라고 부탁하셨다고. 왜 하필 십 년 일까. 내가 십 년 뒤엔 귀찮아 할까 봐? 그때쯤이면 산소도 안 찾아오고, 엄마를…… 잊어버릴까 봐?

"……엄마 먹고 싶다던 다래."

봐 봐. 난 다 잊겠다고 떠난 여행에서도 엄마 안 잊었잖아. 그런데 그깟 십 년이 대수겠어. 정윤은 까만 대리석 단 위에 밤톨만 한 초록빛 알갱이 여러 개를 아무런 받침 없이 내려놓았다.

"사람 헷갈리게, 왜 그냥 다래라 그래서……."

울컥, 엄마를 떠나보내던 그날이 떠올라 이를 악문 정윤은 눈물을 손으로 슥슥 닦아 냈다. 심장이 그날처럼 펄떡댔다. 엄마! 하고 통곡하며 뛰쳐나갔던 그 시장골목을 다시 뛰고 있는 것처럼 숨이 막히고 가슴이 저몄다.

아직은 그날의 기억이 어느 것 하나 흐려진 게 없는 모양이었다.

"큼, 흠, ……후우. ……나도 하나 먹어 봤는데, 하나도 안 달더라. 내가 인상 쓰니까, 농장 아저씨가 목화다래는 작은 거 먹어야 맛있다 그래서 엄마 줄 거로는 작은 것만 따 왔는데…… 나 제대로 따 온 거 맞아? ……빨리 사 온다 그래 놓고, 너무 늦어서 미안해."

물기 어린 목소리로 그 한마디 내어 놓고, 가만히 봉분만 바라보며 서 있었다.

완전히 둥근 모양을 갖추지 못하고 군데군데 붉은 흙이 엿보이는 성긴 잔디. 메인 목을 가다듬으며 그 앞에 선 정윤은,

'엄마, 사실은 나 그 아줌마 찾았어. 아버지란 사람이 변호사가 그 아줌마 있을 만한 데 알려 달라니까 또 돈을 달라 그랬다는데, 내가 안 줬어. 고모가 또 내 욕 무척 해서…… 난 오래 살 것 같아. 어떡하지? 엄마, 나 보려면 오래 기다려야겠다.'

그렇게 씁쓸한 마음을 더는 소리 내지 못하고, 깊은 한숨처럼 속으로만 삼키고 서 있었다.

지난여름, 공사 내내 뺨을 쓰라릴 정도로 달구던 태양은 엄마가 떠난 뒤 가을볕이 되어서도 이른 아침부터 정윤의 얼굴을 발갛게

달구고 있었다.

바람이 불었다. 새도 지저귀었다. 햇살은 어느새 뺨을 지나 정수리로 점차 올라가고, 꼿꼿하게 섰던 정윤의 다리가 힘없이 무릎 굽혀져, 풀 위에 엉덩이를 내릴 때 즈음, 옆에서 풀썩, 자리 깔리는 소리가 들려왔다.

"어머님, 저 왔습니다."

말할 틈도 없이 엎드리며 절을 해 대는 남자를 발견한 정윤의 눈이 더할 나위 없이 커다래졌다. 일 배. 이 배. 빠르지도 느리지도 않은 속도로 몸을 낮췄던 태준이 다시 자리에 정좌하며 고개를 틀어 눈을 마주쳐 오는 동안, 정윤은 단 한 번도 시원한 숨을 내뱉지 못했다.

"어머님께 절은 드렸어요?"

"……."

"밑에서 보니까 안 드리던데. 어서 와서 절부터 드려요."

쑥 잡아당겨진 팔목 따라 태준의 옆으로 당겨진 정윤은 얼떨떨한 표정으로 태준을 보다, 자리를 깔아 주고 비켜섰던 한 중년의 남자가 저만치 멀리 떨어져 서는 것을 멍하니 바라보았다.

"지금…… 뭐 해요?"

"장모님한테 인사드리잖아요. 집 나간 정윤 씨 기다리느라 속이 시커멓게 썩었는데도 장모님 앞에서는 화도 안 내고……."

"잠깐만요. ……우리가 지금, 이럴, 사이인가요?"

미소를 머금고 있던 태준의 입가에서 부드러움이 빠져나가고 심각하게 굳어지는 동안 정윤도 어디 말해 보라는 것처럼 표정을 풀지 않았다.

"그럼 무슨 사이인데요?"

"……."

"정윤 씬 여행 다니면서 내가 걱정할 거라 생각, 전혀 인 했어
요?"

"……엄마 일은…… 감사드려요. 그런데 우린 정리된 게 하나
도 없잖아요. 더는 아닌 거 같아요. 이제 그만하셔도 돼요. 엄마랑
어떤 약속을 더 하셨는지는 모르겠지만, 남은 약속 때문에 부담 느
끼실 필요도 없고, 더는……."

사랑하는 사람에게 사랑이 아닌 다른 감정을 받는 건 결코 유쾌
한 일이 아니었다. 차라리 모르는 사람에게 받는 외면과 상처가 낫
지 싶을 정도로. 그것도 그의 곁에 다른 존재가 나타나 멀어졌다고
생각되는 사이에선, 더더욱.

"정윤 씨는 내가 그렇게 한가한 사람으로 보입니까?"

흠칫, 정윤은 뜻하지 않은 차가움에 몸을 움찔했다. 미련 부리
지 않고, 자존심을 지키려 먼저 선수를 쳐 잘라 내면서도, 태준은
늘 제게 부드러울 거라, 수용적일 거라 여기고 있었던 제 어리석음
에 또 한 번 실소가 나올 듯했다.

"아무리 연애를 안 해 봤어도 그렇지, 남자를 그렇게 몰라요?"

"네?"

"약속이 중요하긴 하지만 정윤 씨 일 아니면 나, 절대 이렇게
안 합니다."

"……."

"장모상도 아닌데 회사 비우는 사장 이해해 주는 이사진도 없
고, 제 아내 될 사람도 아닌데 상주 자리에서 며칠 동안 버티고 서
있을 남자는 이 세상에 없어요."

그런 생각을 안 해 본 건 아니지만 그렇다고 하기엔 당신은 너

무 냉정했고, 남들 다 하는 위로조차 없이 늘 장례 문제만 상의했었잖아요. 사담조차 건네지 않고 철저히 약속된 업무를 이행하는 사람처럼. 시선도…… 그 전에 있었던 일에 대해서도 어떠한 변명이나 설명도 없이.

"장례식 내내 나한테 말 한마디 제대로 건넨 적 없었어요."

"……그건."

"여행하는 동안에도 연락 한 번 없었고요. 그 일이 있은 지 두 달이 다 되도록 설명……."

"기다렸어요?"

홧김에 쌓였던 감정을 터트렸던 정윤은 갑자기 미소를 머금고 물어 오는 태준의 모습에 볼이 뜨거워지는 것을 느끼며 입을 꼭 다물고 외면하듯 고개를 옆으로 돌렸다.

"……."

"기다렸네요. 훗…… 잘 했어요. 그 말이라도 안 했으면 나도 서운할 뻔했는데, 예뻐요."

"하, 김태준 씨."

피식 웃은 태준은 몸을 느슨하게 무르며, 봉분을 등지고 앉아 언덕 아래로 시선을 던졌다. 깊숙이 들이마셨던 숨을 천천히 내쉰 태준의 입에서 느릿하게 흘러나온 목소리는 낮게 가라앉아, 섣부른 화를 낼 수 없는 무게를 가지고 있었다.

"내가 정윤 씨 어디 가 있는지, 뭐 했는지, 몰랐을 것 같아요?"

"……무슨 소리예요?"

제 말이 끝나기도 전에 정윤의 머릿속엔 늦잠 잘 때마다 룸으로 걸려 오던 데스크의 체크 전화와 단순히 운이 좋다고 여기기엔 너무 잦았던 이벤트성 식사 제공 서비스가 떠올랐다. 특히, 통영 리

조트에선 식사권을 사양하자 룸서비스로 올려 주기까지 했었다.

"나, 따라다녔어요?"

"마음은 그러고 싶었는데, 일이 많아서 직접 그러진 못했고 보고를 받았죠."

"김태준 씨."

"여행 방해하지 말고, 무슨 일 생기면 보호만 하라고 해 뒀었어요."

"아무 일도 없었잖아요!"

"그래서 나도 살아 있고요."

"하아……."

"모르는 척하지 말아요. 내 마음, 모르는 거 아니잖아요."

고개 돌린 정윤의 눈에 저 멀리까지 탁 트인 시야로 농가와 군데군데 자리 잡은 소나무 군락지, 그리고 산 바로 아래 굽은 진입로에 길게 늘어선 검은 세단들이 보였다.

저 많은 차들 중 어느 차가 따라다닌 걸까. 생각도 못 했었다. 누가 저를 따라다니고, 그를 통해 태준이 저의 움직임을 다 알고 있었을 줄은.

"그렇다고 우리 문제가 해결된 건 아니에요. 미행 붙인 것도 범죄고요."

"미행이 아니라 보호였죠. ……정윤 씬 마음이 불안정한 상태였고, 그런 분위긴 범죄자들의 시선을 잡아끄는 경향이 있으니까. 약혼자로서, 당연한 보호를 행한 겁니다."

"약혼자요?"

"흐음, 반지는 아직이지만, 난 그날 이후로 내가 싱글이라 생각해 본 적 없거든요."

"……."

정윤은 아무것도 끼워지지 않은 제 왼손을 더듬는 시선에 두 손을 맞잡아 태준의 시선으로부터 네 번째 손가락을 가렸다.

"……가면서 말해 주려고 했는데, 말 나온 김에 여기서 들어요. 처음엔 선주 일 정리 다 한 다음에 연락하려고 전화 안 했었어요."

후우, 또 선주. 언제까지 나한테 계속 그렇게 최선주 씨와 당신이 특별한 사이였다는 걸 각인시켜 줄 건데요. 정윤의 날카롭게 짜증 섞인 시선이 언덕 아래, 먼 산으로 향했다.

"말로는 잘 안 돼서 접근 금지 신청하고, 미미한 금액이긴 하지만 접근 시 벌금 판결도 받았어요."

정윤의 놀란 눈이 믿기지 않는 눈빛으로 태준에게 향했다.

"금액보단 판결 자체가 수치스러운 일이라 앞으론 그쪽 집안에서 잘 정리할 거예요. 어머님 계실 때는 아직 마무리가 안 돼서, 그다음엔…… 힘든 정윤 씨한테 그 일을 입에 올리는 것도 못할 일 같아서……. 미안해요. 내가 연애를 많이 해 본 사람은 아닌데 정윤 씨가 워낙 아무것도 없으니까, 내가 많이 놀아 본 사람같이 느껴져서 가끔은 그게 미안할 때가 있어요."

"……약혼녀였다면서요. 그쪽 감정은 아직인 것 같던데…… 태준 씬 괜찮아요?"

흐리고 씁쓸한 얼굴로 아래를 굽어보던 태준이 저를 외면하고 있는 정윤에게 슬쩍 고개를 돌렸다가 제자리로 돌아갔다.

"……마음에 많이 걸려 하는 것 같으니까…… 다 말해 줄게요. 선주는 한창제지 창업주 고명딸이에요. 중학교 시절부터 종종 가족모임으로 만나다가, 대학교 들어가면서부터 사귀기 시작했어요."

"그런 말은, 하지 말아요. 안 듣고 싶어요."

자리에서 일어서려는 정윤의 손목을 잡아챈 태준은 다시 언덕 아래로 돌린 시선과는 다르게 부쩍 마른 정윤의 손목을 꼭 잡고, 나머지 손으로 손가락마다 깍지를 끼며 다신 제게서 벗어나지 말라고 단호한 무언을 전해 왔다.

"들어요. 아버님은 승승장구하셨지만 한창제지는 사업을 확장할 때마다 흔들렸어요. 그때마다 손잡아 준 건 아버지뿐이셨는데, 할아버진 그 점을 못마땅해하셨죠. 처음엔 친우로서, 두 번째 땐……예비 사돈이라는 관계 때문에 손을 내미셨던 아버님께서도 나중엔 본인이 너무 쉽게 도와준 게, 도리어 독이 된 것 같다고 후회하기도 하셨고……."

예비 사돈이라는 말에 시선을 아래로 떨군 정윤이 또 한 번 제 손을 빼 보려 힘을 주었다.

"그 다음, 세 번째 위기가 찾아왔을 때는, 아버님께서 추가자금 투입조건으로 한창엔 사업축소를 제안하셨다고 알고 있어요. 선주 아버님께 다른 감정이 생겼다고 짐작되는 시점도 그때쯤이고요."

태준은 그 손을 더 힘주어 잡고, 남아 있던 한 손마저 깍지 낀 손 위로 겹쳐 툭툭 진정하라는 듯 다독이며 말을 이었다.

"같은 선에서 출발한 아버님은 계열사를 잘만 늘려 가시는데, 한창은 매번 무너졌으니까. 기업가 입장에선 그럴 수도 있겠다, 생각은 되지만……. 어쨌든 선주는 집안에서 소개한 다른 남자와 교제를 시작했고 짐작하건대, 아버님은 그 사실을 아셨던 것 같아요. ……아버지는 어머님 태우시고 전화 통화하면서 운전하실 분이 아니신데, 사고 당시, 아버님은 통화 중이셨거든요. 마지막 통화했던 사람은 한창제지 사장님이셨고. ……부모님 장례식장엔 최 사장님도, 선주도 나타나지 않았어요."

"······."

태준은 망연한 표정으로 저를 보고 있는 정윤을 확인한 뒤 다시 앞을 바라보며 말을 이었다.

"그것도 모르고 난, 장례식 끝나자마자 선주를 찾아갔었는데 계속 못 만나다가 열흘 정도 돼서야 겨우 집 앞에서 만나고 보니, 다른 남자가 있더군요. ······그리고 그때, 선주 임신 사실을 알았어요. ······오해는 하지 말아요. 내 아이는 아니니까."

정윤은 경악한 얼굴이 되어 고개를 외로 돌렸다. 차마 조절하지 못할 만큼 놀란 기색을 태준에게 보이고 싶진 않았다. 제 표정이 또 다른 의미론 태준의 상처를 헤집는 일이 될 것 같아 거친 숨을 고르던 정윤은 입안에서 말이 맴도는 듯 입술만 달싹이며 쉬이 소리를 만들어 내지 못했다.

"두 달 뒤 결혼했다는 소릴 들었었는데, 9년 뒤에 다시 만난 게, 정윤 씨가 보게 된 바로 그날이에요. ······정윤 씨가 나라면, 선주한테 다시 흔들릴 것 같아요?"

무슨 말을 해야 할지. 잔잔한 바람결이 반가울 만큼 긴장이 깃든 침묵이 오래도록 둘 사이에 머무르고, 푸르게 높은 하늘 아래 따가운 햇살이 미동 없는 두 사람을 집요하게 내리쬐고 있었다.

"왜 대답이 없어요."

정윤을 바라보는 태준의 눈매가 슬쩍 가늘어지며 검게 깊어졌다.

"······."

왜인지는 모르겠어요.

"정윤 씨."

"······사는 게 이상한 것 같아서요."

당신의 힘든 과거를 듣고, 이리 가슴이 아프면서도 마음이 놓이는 이유는.

"띠기요."

"나도 돌고 돌아서 여기까지 왔는데……."

서울로 돌아가 까마득히 당신을 잊고 살아 보자, 결심했으면서.

"……태준 씨도 참 많이 돌아서, 지금 여기 있는 것 같네요."

당신의 이 짧은 설명에 마음이 풀려 버리고 마는 건 내가 바보라서일까요.

올봄만 해도, 이렇게 새소리, 풀 냄새 가득한 이곳에서 세상 시름 온통 묻히고 다닌 나나 당신이 이렇게 마주 앉아 서로 살아왔던 일들을 이야기 나누게 될 줄 누가 알았겠어요. ……게다가 남자라면 견제부터 하던 내가 당신을 이렇게 껴안고 싶을 줄은…… 나도 상상 못 했던 일인데.

"그래서 난 정윤 씨가 더 소중해요. 무사히 나한테 잘 와 줘서 고맙고. ……난 정윤 씨 처음 본 순간 내가 이 사람 뿌리가 되어 줘야겠구나 생각했어요. ……정윤 씨, 이젠 허락해 줘요."

정윤은 태준을 바라보며 진지하게 깊어진 그의 눈동자를 피하지 않았다. 검은 눈동자가 저를 살피듯 이리저리 조여지고 풀어지는 모양새도, 하나하나, 빠짐없이 눈에 담았다. 늘 인중과 코끝에 시선을 두고 무난하게 사람을 대하던 저의 틀을 깨고, 태준을 더 깊고 자세하게 느끼려 애쓰고 있었다.

"……우리 결혼할래요?"

정윤은 태준의 눈썹이 위로 들리고 눈동자가 커지는 걸 보며 그 소리가 제 입에서 나왔다는 것을 깨달았다.

"정윤 씨!"

"어……."

"반지 줘 봐요. 더는 못 기다리겠어요. 내가 직접 끼워 줄게요."

"음…… 없는데요."

당황한 모양새 그대로 눈을 굴리던 정윤은, 독한 한 소장이란 별명은 찾아볼 수 없는 순한 눈망울이 되어 태준과 눈을 마주했다.

"없……어요?"

"서울에 있어요. 오피스텔에."

"……일어나요."

"네?"

"반지 끼러 가자고요. 오늘은 정윤 씨 손에 반지, 꼭 끼워야겠어요."

"……한 가지만, 약속하면요."

"약속이요? ……뭔데요?"

"약속부터 해요."

"……몇 년 유예, 그런 거라면……."

"다른 여자 이름, 친한 것처럼 부르지 말아요."

"네?"

"다른 여자는 성까지 다 붙여서 예의 차려 부르고, 앞으론 나만 이름으로 부르라고요. 싫어요?"

태준의 입가가 천천히 옆으로 벌어지며 커다란 웃음을 얼굴에 담기 시작했다.

"풋. 아뇨, 좋아요. ……이제 허락하는 거예요?"

"……네."

"하, 하, 하……. 장모님! 장모님도 들으셨죠?"

정윤은 제 손을 잡고 뒤돌아 환한 얼굴로 소리치는 태준을 보며, 울컥하는 가슴을 찡그린 눈매로 겨우 눌렀다. 더는 울고 싶지 않았다. 이런 날, 이런 순간은 눈물 고이지 않은 맑은 눈으로 모든 것을 선명하게 담고 싶은 욕심이 일었다.

'엄마, 엄마는 돌고 돌아 태어났던 이 땅에 묻히고, 나는…… 돌고 돌아, 이젠 정말 이 사람에게 안기려 해요. 이 사람이 자기 마음에 뿌리내리고, 더는 수초처럼 떠돌지 말래요. 이 봉화에 흔하게 있는 소나무들처럼 곧고, 반듯하게 자라서 궁궐 짓는 춘양목은 아니더라도 이 사람, 내 아이들, 인생 반듯하게 세울 만큼은 곧고 바른 나무 되고 싶어요. ……보고 계시죠? 엄마가 선물해 주신 인생, 잘 살아 볼게요. 낳아 주신 거 감사하면서, 엄마 마음 아프지 않게 잘 살게요.'

정윤은 저도 언젠가 엄마처럼 고요해지는 그날까지 이 땅을 마음껏 활보하며, 가지고 있는 모든 감정을 쏟아 태준을 사랑하며 지내겠다고 생각했다.

"저 오늘 정윤 씨한테 반지 끼워 주러 갑니다, 장모님! 진짜 사위 돼서 다시 오겠습니다! 감사합니다, 장모님! 저희, 정말 잘 살겠습니다!"

저리 들떠하는 모습을 정말 엄마가 보시는 것 같아, 창피함에 불이 붉어지면서도 참으려는 눈물이 계속 흘러 정윤은 봉분을 외면하듯 고개를 돌렸다.

언덕 아래로 시선을 내리자, 차에서 빠져나온 짙은 양복 입은 남자들이 차를 중심으로 도열해, 언덕 뒤를 올려다보기도 하고, 손목에 찬 시계를 들여다보기도 하면서 초조한 듯 움직이는 모습이 눈에 담겼다.

"정윤 씨, 장모님 앞에서 약속한 거니까 이제 말 못 바꿉니다.

알죠?"

"가요, 그만."

태준은 봉분으로 다가가, 떼가 완전히 자리 잡지 못한 부분을 손으로 눌러 흙을 다져 주고 있었다.

"장모님. 감사합니다. 말씀하신 대로, 정윤 씨 아끼면서 살겠습니다."

하얀 소매 단, 장인의 이름이 새겨진 드레스 셔츠에 흙이 묻는 것도 아랑곳없는 그 마음이 고맙고 따스해서, 정윤은 진심으로 마음을 놓았다. 그와의 만남을 하늘과 엄마에게 감사하듯 크게 숨을 들이쉬며 하늘을 올려다보았다.

고마워, 엄마. 소리 없이 달싹인 정윤의 속삭임에 대답하듯, 파아란 하늘에 걸쳐진 하얀 구름이 느리게 지나다 정윤의 시린 눈가에 그늘을 만들어 주고 있었다.

19.

　　"오늘 하신 말씀은 하반기 때 수치로 확인하겠습니다, 하 사장님."

　　"네, 사장님. 다음에 뵐 때는 반드시 성과로 보여 드리겠습니다."

　　스각스각, 결재란에 만년필로 획 굵은 흔적을 남긴 태준은 파일을 덮으며 계열사 중 하나인 NK출판사장과 곧은 시선을 마주했다.

　　"기대하겠습니다."

　　태준은 문이 닫히는 것까지 지켜보다 소파에 등을 기대며 고개를 젖혔다. 다시 문 열리는 소리가 들렸지만, 눈을 감고 있던 그는 미동 없이 고른 숨을 이어 나갈 뿐이었다.

　　"사장님. 한창제지 사장님이 접견실에서 기다리고 계십니다."

　　연초, 증권시장이 개장되고 시무식을 기점으로 기존 업무에 계열사들의 경영보고가 더해지는 시기.

공석인 회장명패를 대신해 홀딩스 사장 자리에서 그룹 총괄업무를 도맡게 된 태준은 기업인이라면 다 아는 예의를 내던지고, 사전 약속 없이 사옥으로 찾아온 한창제지 사장을 마주하기에 앞서 감긴 눈꺼풀에 좀 더 힘을 주었다.

잠시 정적이 흐르던 사무실에, 묵직한 저음이 울려 퍼졌다.

"삼성동에선 출발했습니까."

"사모님께서는 성북동에서 바로 출발하시겠다고 연락 주셨습니다."

엄밀히 말해 아직 사모님은 아니었지만 안동에서 상주 역할을 한 뒤, 정윤은 결혼식 유무에 앞서 비서실에서 사모님으로 불리고 있었다.

또, 현장에 나가 있는가. 걱정스러움에 설핏 이마에 힘이 들어갔다. 태준은 나아지는 듯하다가, 최근 들어 다시 초조해하기 시작한 정윤을 이해하기에 낮은 한숨으로 상한 마음을 비워 내려 애썼다.

소파에서 빠르게 몸을 일으켜, 두 시간 동안 계속된 계열사장의 경직된 보고와 날 선 기 싸움의 흔적을 지우듯 접어 올렸던 셔츠 소매를 내리고 단정하게 단추를 채워 넣었다. 흔한 커프스 하나 없는 깔끔한 셔츠 단 아래, 굵은 혈관이 투박하게 솟아난 긴 팔이 집무 책상 뒤 독수리 머리로 장식된 마호가니 옷걸이에서 다크 그레이 슈트 재킷을 집어 올렸다.

"……길지 않을 테니, 차 대기시키세요."

"네, 사장님."

익숙한 움직임으로 재킷에 팔을 꿰어 넣은 태준은 무표정한 얼굴로 사장실을 빠져나갔다.

"안녕하십니까."

앞선 박 비서가 팔을 길게 뻗어 문을 열며 옆으로 붙어 서자, 시야 한가득 들어온 고풍스런 접견실 안쪽 자리에서 일어나는 한 창제지 최 사장의 얼굴이 보였다.

풀려 있던 재킷 단추를 느긋하게 여미는 주름진 손에 태준의 시선이 짧게 머물렀다.

"오랜만일세."

베이지색 물소가죽 소파 8개가 진한 고동색 테이블을 사이에 두고 둥글게 모여 있는 곳으로 다가서자, 자연스레 제 앞으로 내밀어지는 손을 보며 태준은 걸음을 멈췄다

'아, 이게 누구야.'

'안녕하셨어요.'

'어, 그래. 제대 축하한다.'

'네, 감사합니다.'

그때도 지금처럼 먼저 내밀어진 손을 내려다보며, 겸손히 허리 굽혀 손을 맞잡았었다.

'야아, 군대 가서 더 커 온 것 같은데?'

'아닙니다.'

'허허, 김 사장, 자네 아들, 군대에 갔다 오더니 남자 다 됐다. 어? 밥 안 먹어도 든든하겠어. 허허허.'

'이 사람, 참……. 태준아, 내려가 봐라. 선주, 네 엄마랑 정원에 있을 거다.'

인자하셨던 아버님은 건강히 생존해 계셨었고, 꽃을 좋아하셨던 어머님은 정원 가꾸기에 여념 없으셨던 그때. 태준은 갑자기 밀려

드는 십여 년도 훨씬 더 지난 기억들에, 고통과 닮은 그리움을 느끼며 더더욱 표정을 굳혔다.

'자네보다 두 뼘은 더 큰 것 같은데. 어떻게 태준인 군대 가서도 더 큰 것 같아.'

'크기는……. 몸은 더 좋아진 것 같긴 한데…….'

급한 걸음으로 정원을 향해 돌아선 제 등 뒤로 들려오던 아버님의 목소리. 그 안에 담겨 있던 자랑스러움. 그때는 겸연쩍기만 했던 순간들이 지금은 생각할수록 가슴에 아릿한 둔통으로 아로새겨지는 기억이 되어 버렸다.

"네, 오랜만에 뵙습니다. 앉으십시오."

태준은 솟구치는 심장을 억누르며, 잡고 싶지 않은 손을 마주 잡은 뒤, 바른 자세로 착석했다.

'적에게도 예를 갖춰. 악을 악으로 갚지 말거라.'

'악인에게 선으로 대하는 건, 고마움도 모를 이에게 에너지를 낭비하는 일 같은데요.'

'상대가 어찌하는지를 보지 말고, 네가 어떤 사람으로 다듬어져 가는지에 주목해.'

"바쁘실 텐데, 귀한 걸음 하셨습니다."

딸까닥, 테이블에 올려진 찻잔과 잔 받침의 소음이 어색한 공기를 갈랐다.

부득이한 사업 스케줄을 핑계로 십년지기 장례식장에도 참석지 않았던 걸음이니, 두 시간 넘는 대기 시간 동안 접객실에 앉아 버티고 있는 오늘의 이 발걸음은 귀하다 칭할 만했다.

"흐흠, 선주, 만났었다고 들었는데……."

못 본 사이 안구에 누런빛이 부쩍 늘어난 눈동자가 그 안의 갈

색 홍채를 바짝 조이며 동공을 좁혀 들었다. 기민한 살핌. 태준은
접근 금지 신청이 받아들여진 사실에 더해 제게 모친상에 상주 노
릇 할 만큼 진심한 상대가 있음을 알면서도 최 사장이 이리 나오
는 것에 그리 놀라지 않았다.

"일방적인 접근이었다고 정정이 필요한 것 같습니다."

"여린 아이지 않은가. 너무 야박하게 굴지 말게."

그 여린 따님 앞세워 사돈 사업체를 경영위기에 빠뜨리시고 결
국 내쳐지게 만드셨다 들었습니다.

"곧 다음 일정이 있습니다, 최 사장님."

한때 아버님으로 불렸던 노구는 최 사장이란 부름에 사람 좋게
웃던 얼굴을 경직시켰다.

"흠, 흠……."

짧았으나, 두 집안이 갈라선 지난 세월의 간극이 분명하게 각인
되는 침묵이 지나갔다.

"……알겠지만, 자네 아버님과 나는 절친했네. 내, 자네 아버님
장례식에 참석지 못해 지금도 가슴이 아프네만, 어쩌겠나, 지난 일
이니 되돌릴 수도 없고."

되돌릴 수는 없지만 과거와 단절한 그 자리에 새 나무를 심어
새롭게 살아갈 수는 있습니다.

"선주랑도 모쪼록 잘 지내 줬으면 하는 것이 이 늙은이 마음이
야. 선주도 미안해하고 있고, 내 자리를 마련할 테니, 만나서 서로
오해가 있으면 풀고, 전처럼 편하고 좋은……."

저는 아버님 아들입니다. 때론 저런 분이 사업체를 이끄시는 게
가능한 일인가 싶을 때가 많았던 강직하시고, 가치기준에 있어 지
나치게 완고하셨던 분이, 제 아버님이셨습니다.

이 자리에 앉아 흐트러지고, 욕심에 눈이 가려질 때, 늘 이상과 경제적 이득 사이에서 칼끝 같은 줄타기를 하셨던 아버님의 자세를 떠올리며 제 마음을 가다듬을 때가 많습니다만, 단 한 가지, 아버님과 다르고자 애쓰는 것은, 거두지 말아야 할 사람까지 품어 안지는 않겠다는 것입니다.

"다다음 달 8일. 시간 괜찮으십니까?"

"어, 음, 괜찮네. 그럼, 그날로 약속을 정하겠나?"

"따님과 제가 따로 만나 풀어야 할 오해는 없지만, 굳이 그러길 바라신다면 제 아내에게 사과하는 것을 전제로 만나겠다고 전해 주십시오. 예식 중이라 경황은 없겠지만 피로연 중에 잠깐 시간을 낼 수는 있을 것 같습니다. 최 사장님께서도 참석하셔서 저희 결혼을 축하해 주신다면 그것도 의미 있는 일이 될 것 같은데, 참석해 주시겠습니까?"

"……아내라 했는가?"

연애 중인 것이야 모르는 것이 불가능할 정도로 소문난 일이니 놀랍지도 않겠지만, 아내라는 말에 입을 다물지 못하는 표정을 보니 진정, 이 상황에 자신의 딸을 옛정 운운하며 밀어 넣으려 했다는 사실에 신물이 올라왔다.

"제 마음이 급해서, 한 달 반 정도 남은 결혼식이지만 미리 그렇게 부르고 있습니다."

50억짜리 어음을 막기 위해, 딸을 접근 시킬 방법으로 강 선배에게 투자를 미끼로 일을 벌이게 했던 최 사장이었다. 그 저의 끝엔 한 달 뒤, 어음결제 기일 전 잡아야 할 끈이, 시기심에 배반했던 옛 인연밖에 남지 않았다는 뜻일 테니 최 사장은 지금, 끝까지 저와 아버님을 기만하고 있음이었다.

"사장님. 죄송하지만, 출발하실 시간이 지났습니다."

"음, 그래요. 오래 기다리시게 해 놓고, 제가 좀 빨리 일어나야 될 것 같습니다."

"아니, 나도 같이 일어남세. 가면서 좀 더 이야기할 것도 있고……."

"아닙니다. 차 마저 드시고, 천천히 일어나십시오. 다음부터는 기다리시게 만드는 실례를 범하지 않도록, 미리 비서실에 방문 시간을 말씀해 두시면 좋겠습니다. 그럼, 먼저 일어나겠습니다."

망연한 표정으로 마지막 회생의 기회를 잡듯 생각을 정리하는 최 사장을 보며 자리에서 일어선 태준은 깍듯하게 고개를 숙여 보인 뒤 접견실을 빠져나왔다. 시간을 보니 이미 약속 시간에서 20분 정도는 늦어질 것 같았다.

떨리는 손을 말아 쥐며 아이보리 바탕에 녹색 줄이 흐르는 OK 민원창구 앞으로 다가선 정윤은 마른침을 넘긴 뒤, 입을 열었다.

"주민등록등본이랑, 가족관계증명서 발급하려고 하는데요."

상냥한 목소리가 안내하는 대로 신분증을 꺼내고 신청서를 작성한 정윤은 긴장한 시선을 능숙하게 업무 처리 중인 공무원의 얼굴에 꽂고 있었다.

"뭐, 더 필요하신 게 있으세요?"

"아, 아니요……. 괜찮습니다."

"조금만 더 기다리세요. 금방 발급됩니다."

예, 하는 소리는 잠시 벌어진 입술 안으로 힘없이 사그라지고, 대신 또 한 번의 의미 없는 목 넘김이 이어졌다.

"자, 신분증 받으시고요. 주민등록등본 한 부, 가족관계증명서

한 부 여기 있습니다."

신분증을 다시 지갑에 넣을 틈도 없이, 서류를 겹쳐 들고, 몇 걸음 뒤에 줄지어 있는 연둣빛 민원인 대기석에 앉은 정윤은 저도 모르게 숨을 참으며, 받아 든 순간 반으로 구부려 버린 서류를 천천히 펼쳐 들었다.

세대주 성명, 남연희. 현 주소, 서울 강남구 삼성동……. 세대주와의 관계, 1. 본인, 남연희. 2. 자, 한정윤.

"흐흑."

배 속에 든 장기들이 모두 등뼈로 달라붙어 위로 치밀어 올랐다. 꾹 다물린 입술은 단 한 모금의 숨도 목으로 삼키지 못하는데 폐는 터질 듯 팽창하여, 이마에 붉은 핏발이 선명하도록 명치를 막아 댔다.

순식간에 연한 옥빛 바탕 위 검은 글씨가 자잘한 종이엔 둥근 물방울이 투두둑 떨어지고, 떨리는 양손에 쥐어진 얇은 종이는 곧 찢어질 것처럼 펄럭거렸다.

"괜찮으십니까. ……곧 사장님 오실 겁니다. ……사모님."

아무리 아직 아니라 해도, 그럼 뭐라고 불러 드릴까요, 하며 매번 웃고 마는 정 비서의 못마땅한 부름을 들었지만 정윤은 이번엔 아무런 타박을 남기지 못했다.

"……으으윽, 좀…… 흐흑, 가려 주세요. 으으응."

이를 악물고 터지는 오열을 참아 내던 정윤은 도저히 스스로를 조절할 수 없음에 몸을 웅크려 단정히 모은 무릎에 얼굴을 묻었다.

일전에 고모의 일인 시위와 계란 투척이 있은 뒤로 태준이 붙여 준 경호원들이 정 비서의 고갯짓 한 번에 등받이 없는 대기석에 앉아 몸을 반으로 접은 정윤을 둥글게 감싸며, 주변인들의 시선을 차단시켰다.

미시 냉농 창고에 앉아 있는 것처럼 격하게 떨리는 몸. 등과 팔을 할퀴듯 퍼져 나가는 선득한 찬 기운. 정윤은 이대로 숨이 막혀 죽을지도 모르겠단 생각이 들 만큼, 점점 심해지는 경련을 이를 악물며 참아 내고 있었다.

"병원으로 가시겠습니까?"

머리를 가로저으면서 생각하는 건, 자(子). 그 한 글자를 얻기 위해 싸운 시간들. 엄마 돌아가시고 4개월이 다 되도록 길었던 기다림. 그리고 살아생전에는 서로가 아파 차마 말도 꺼내지 못하고 피하기만 했었던 엄마와 저의 모습들.

언젠가 대학생 때 건축학부 동기들이 모두 지원했던 방송국 내 모형제작 알바에서 탈락했던 이유가 제출한 등본으로 가정사를 미루어 짐작한 알바책임자의 편협한 시각 때문이었단 사실에 울분했던 기억들까지.

깔끔하게 정돈된 구청 민원실에 앉은 정윤의 머릿속은 깊고 검은 심해까지 뒤집히는 큰 태풍이 일어 회오리치는 중이었다.

"왜 그래요."

그때, 옆에 앉으며 등을 부여안듯 덮어 주는 온기에 정윤은 안도했다. 들이마시는 순간 안정감을 주는 무어라 정의할 수 없는 익숙한 체향이 스스로도 어쩔 수 없는 저를 낫게 해 줄 것 같았다.

"안아 줘요."

"정윤 씨."

"꽉…… 안 떨리게."

"병원 갈래요?"

정윤은 고개를 저으며, 제게 바짝 붙어 앉은 태준의 허벅지로 이마를 가져다 댔다. 열 개의 하얀 손가락이 힘 조절 되지 않는 갈고리처럼 마디마디 억세게 구부러져, 마지막 끈을 부여잡듯, 태준의 허벅지를 움켜쥐고 놓지 않는 시간들이 조금 더 길게 지나가고 있었다.

평상시에 뼈 부러진다고 아프다고 했던 정도까지 힘 있게 안아주고 나서야 더, 더, 하는 소리를 그친 정윤을 안고서, 태준의 심장도 제 흉곽을 쳐내듯 격하게 뛰고 있었다.

"후우……"

한참이 지난 뒤, 긴 숨을 내쉬며 머리를 들어 올리는 정윤의 이마는 한겨울에 어울리지 않는 식은땀으로 축축이 젖어 있었다.

"괜찮아요?"

"흐흣, 나…… 뭐 한 거예요……?"

눈꺼풀을 깜빡이며 태준과 눈을 마주친 정윤은 지친 기색이 역력한 얼굴로 기막히다는 듯 허한 웃음을 짓다가 정신을 차리려 눈을 감고 고개를 살짝 흔들어 보였다.

"흐으…… 후우우……."

잠시 후 들려온 깊고 긴 들숨과 날숨 소리엔 습하고 아직 진정되지 못한 감정의 잔재가 남아 있었다.

"……정윤 씨. 이러면서 경호원 없어도 된다는 말 또 할래요?"

"나 지금, 혼나는 거예요?"

"김 변한테 맡기자고 했잖아요."

현재는 그룹소속 변호사지만, 선대부터 내밀한 사안을 맡겨 온 김 변을 마다한 정윤의 고집은 처음 태준을 밀어낼 때와 마찬가지로 여전했다.

"……이건, 내가 할 일이에요."

걱정스러운 표정으로 정윤을 바라보던 태준은 정 비서가 들고 온 컵을 정윤의 입술에 대 주며 잠시 옆으로 시선을 돌렸다. 무슨 일이 생긴 건가 싶어서 다가서려던 공무원에게 경호원 중 누군가가 괜찮다고 했는지 멀찍이 서서 걱정스런 표정으로 바라보고 있는 사람들의 시선이 꽤나 집요했다.

"일어설 수 있겠어요?"

호적상 모친에 대한 친생자부존재 소송과 미리 해 둔 어머니와 정윤 간의 유전자 검사 결과로 친생자존재 확인 소송에 대한 확정 판결이 나고, 오늘 자로 정정된 주민등록등본을 발급받을 수 있다는 안내를 받은 날이었다.

확인 뒤 이미 많이 늦어진 사망신고를 하겠다며, 구청 민원실 업무 시작 시간에 맞춰 가겠다는 정윤에게 꼭 함께 가자고 말해 놓고 약속에 늦어 버린 태준은, 경호원들에게 둘러싸여 홀로 웅크리고 있는 정윤을 본 순간 가슴이 무너지는 듯했었다.

이럴 줄은 몰랐지만, 장모님 사망신고를 하고 홀로 나설 정윤 곁에 있어 주고 싶었는데……. 안타까움에 마음이 불편해졌다.

"조금만 더 있을게요."

이런 정윤을 사람들이 호기심 어린 시선으로 바라보는 것조차 참을 수 없이 화가 날 만큼. 태준의 시선이 아직 미약하게 떨리며 힘이 풀려 있는 정윤의 다리에 가 닿았다.

"여기 있어 봐요."

비서에게 사망신고서를 가져오게 한 태준은 떨리는 손으로 잔뜩 힘준 손가락을 놀리며, 천천히 빈칸을 채워 가는 정윤을 바라보았다.

"저, 이거 내기 전에…… 잠깐만."

손을 잡고 같이 걷던 태준을 놓고, 아까 섰던 자리에 다시 서서 지갑을 꺼내 드는 정윤의 눈에서 다시 눈물 한 방울이 흘러내렸다.

무심하게 닦아 내는 손길이 저를 만나기 전, 스스로의 감정에 매정했던 정윤을 보는 듯해 눈썹에 힘을 주는 태준의 귀로 가슴을 아리게 하는 말소리가 들려왔다.

"주민등록등본 10장, 아니, 20장이랑 가족관계증명서 20장 발급해 주세요."

주민등록등본과 가족관계증명서, 그리고 사망신고 기한을 넘어선 이유로 내게 된 벌금. 모든 절차를 마치고 구청을 나서는 정윤은 완벽히 세상에서 죽은 자로 구분된 엄마를 생각하며 한겨울의 시린 하늘로 시선을 던졌다.

"장모님, 보여 드리고 싶어요?"

"……."

쓸쓸한 미소를 베어 문 정윤이 시선을 내리며, 품에 안은 서류들을 더 꼭 안아 드는 순간,

"같이 가요. 정윤 씨 이럴 것 같아서, 오늘 오후 다 비워놨어요."

"어떻게요. 그래도 돼요?"

"그래도 돼요."

정윤의 어깨를 끌어안아 차 안으로 이끄는 태준의 미소에 그녀의 입가에도 그를 닮은 따스함이 옅게 번져 나가고 있었다.

2o.

　백 숙부님을 모시고 폐백을 마친 정윤은 뒷머리를 잡아끄는 듯
한 커다란 비녀를 빼고 나서야 어깨를 바로 펼 수 있었다. 그러고
도 피로연 중인 테이블 사이를 돌며, 태준이 소개하는 분들께 웃는
얼굴로 인사를 다녔지만, 영빈관을 비롯해 추가로 홀을 하나 더 늘
려야 할 만큼 하객이 많았던 탓에 누굴 봤었는지는 전혀 기억나지
않았다.

　"그래도 신혼여행은 외국으로 갔어야 하는데, 응? 윤아."

　부모석에 엄마 대신 앉았던 이모는 아직도 봉화로 신혼여행 간
다는 정윤이 못마땅한 모양이셨다. 결혼식을 치르며, 모든 것이 성
대할수록 빈자리가 더 선명해지는 통증에 결국 눈물을 참아 내지
못했던 이모였다. 이제라도 맘 바꿔 해외로 나갔음 하는 이모의 마
음과는 달리, 정윤은 어서 이 긴 절차가 끝나 태준과 둘만 남고 싶
은 생각으로 가득했다.

"준비 다 끝났습니까?"

"네, 신랑님. 신부님 준비 다 끝나셨습니다."

질문과 함께 태준이 들어서자 실장을 비롯해 머리장식을 다시 손봐 주던 호텔 직원들은 모두 신부대기실 밖으로 빠져나가고, 정윤의 얼굴엔 절로 함박 웃음꽃이 가득 피었다.

"많이 힘들었죠? ……아, 이모님, 여기 계셨습니까."

태준도 정윤만 쳐다보고 한껏 웃으며 들어오다 이모를 뒤늦게 발견했는지 고개를 숙여 보이며 정윤에게 다가오던 걸음을 멈춰 세웠다.

"어, 어. 아직 뭐 못 먹었지? 여기 직원들이 신부 먹으라고 뭘 잔뜩 가져다 놨네. 김 서방도 좀 먹고 나가. 다리도 좀 쉬고. 그럼, 먼저 나가네."

"네, 이모님."

입가에 미소를 머금은 이모님이 대기실을 완전히 빠져나가자, 반듯하게 서서 그 뒷모습을 주시하던 태준이 시선을 돌리며, 하얀 원피스에 핑크 재킷을 받쳐 입은 정윤을 향해, 풀어진 표정으로 미소 지었다.

"하아…… 한정윤, 드디어 내 거 됐다."

"푸훗."

피식 웃어 버리는 정윤의 양 볼에 작은 보조개가 패어 들었다. 처음 만나 지금에 이르기까지, 활짝 웃을 때만 드러나는 보조개를 몇 번 보지 못했을 만큼, 늘 힘들었던 시간이었는데.

"잘해 줄게요."

"……네. 나도 잘해 줄게요."

"후훗, 고마워요."

지금 오가는 시선에는 신뢰와 기쁨이 가득했다. 잔뜩 꾸며 놓은 정윤에게 좀 더 다가가면 다시 화장과 머리를 손봐야 할 만큼 거칠이길 낏 같아 멀찍이 서서 참아 내는 태준의 두 손이 쥐어졌다 펴지는 것을 반복했다.

"하아."

"왜요?"

가슴을 털썩 떨어뜨리듯 연거푸 깊은 숨을 내쉬던 태준이 웃는 얼굴로 고개를 젓고는 진득한 시선으로 정윤을 바라보았다.

"예뻐서…… 보고만 있는 게 힘드네요. 배고프면 뭐 좀 먹어요. 조금 늦어도 괜찮아요."

분홍과 연보랏빛 수국으로 장식된 둥근 테이블 위엔, 드레스 때문에 하루 종일 굶었을 신부를 위해 케이크와 차를 비롯한 핑거 푸드가 아기자기하게 준비되어 있었다.

"나중에요. 지금은 정신이 없어서 뭐가 안 들어갈 것 같아요."

"……그럼, 잠깐 시간이 남는데…… 키스는 못 해도 뽀뽀는 괜찮겠죠?"

성큼 다가선 태준은 두 손으로 정윤의 양팔을 잡아 제게로 이끈 뒤, 진득하니 입술을 맞부딪치며 달콤한 향취와 보드라운 감촉을 느릿하게 느꼈다.

"친구 녀석들이 봉화까지 따라온다고 해도 놀라지 말아요. 짓궂어서 장난하는 거지, 바빠서 올 수 있는 녀석들은 아무도 없으니까."

정작 짓궂은 짓을 한 태준이 나란히 옆으로 서서 한 팔로 어깨를 감싸 안을 때까지 정윤은 아무런 대답도 하지 못하고 볼만 붉히며 서 있었다.

가볍게 닿았던 입술을 진지한 표정으로 바라보던 태준이 마지막 입맞춤인 척 버드키스를 남기다, 입술을 벌리고 들어와 결국 강하고 짧게 혀를 휘감아 빨아들이는 바람에 엷게 흘린 제 신음이 못내 민망했던 까닭이었다.

"나머진 밤에 해 줄게요. 그 신음, 잘 모아 놔요. 많이 들을 수 있게."

등허리를 감아 앞으로 이끄는 힘에 저항 한번 없이 걷기 시작한 정윤의 앞에 금색으로 장식된 화려한 문이 열리며, 천장에 자잘하게 수놓인 조명이 별무리처럼 늘어진 로비가 드러났다.

신랑, 신부를 기다리고 있던 친척들과 절친한 지인들, 그 너머 웃음 가득한 얼굴로 짓궂은 표정을 지으며 저들끼리 농담을 주고받는 친구들의 시선이 볼이 복숭앗빛으로 상기된 정윤과 그 모습을 살피며 시원하게 웃음을 터트리는 태준에게로 한꺼번에 쏟아지기 시작했다.

"누워 봐요."

"그러지 말고 일어나요."

가뜩이나 기온이 낮은 지역적 특성에 갑자기 찾아온 꽃샘추위가 더해져 두터운 방한 패딩이 무색할 정도로 추위가 엄습한 때에 갑자기 얼어붙은 정자에 누워 보라니. 태준은 앉은 것도 모자라 완전히 뒤로 누워 버린 정윤을 보며 미간을 찌푸렸다.

"잠깐마안, 응?"

예식 내내 헐벗은 드레스 차림으로 이동하고, 신혼여행 간다고 인사드리며 차에 올라탈 때도 촬영 때문에 얇은 원피스 차림으로 버틴 탓에, 정윤은 봉화로 내려오는 동안 살짝 열이 올랐었다.

"그러다 더 아파지면."

다소 엄하게 말을 자른 태준이 단호한 눈빛으로 누워 있는 정윤을 내려다보자, 정윤은 볼을 부풀리며 둥글게 모아진 입술을 삐죽거렸다.

"첫인상 말해 주려 그랬는데. 싫으면 말아요."

획하니 몸을 일으켜 여전히 정자에 앉아 있는 태준의 옆에서 엉덩이를 탁, 탁, 털어 내던 정윤이 가지만 남아 얼어붙은 높다란 괴목을 따라 고개를 들어 올렸다.

처음 이곳에 온 날. 이 정자에 누워 들어가는 곳마다 에어컨을 틀어 대는 날씨에도 유난히 선선하게 시원했던 바람과, 운치 있을 만큼 너른 그늘을 만들어 줬던 괴목, 그날의 부드러운 공기, 그날의 적당히 낮았던 하늘이 떠올라, 문득 움직임을 멈추며 생각에 빠져들고 있었다.

'여기서 자면 안 돼요. 초여름이지만, 여긴 서울보다 차거든요. 오늘따라 날도 무겁고.'

며칠 동안 눈만 감았지 영 피로를 풀지 못하고 불면증에 시달리다 결국 또 한 번 수면제를 먹었던 그맘때의 제 모습이 생각나, 정윤의 입가가 한쪽으로 기울어지며 씁쓸한 표정을 지었다.

엄마가 돌아가셨을 때 여행 다니며 다시 복용했었던 수면제는 사망신고를 한 뒤부턴 제 의지에 늘 뒤에서 꼭 안아 재워 주는 태준의 노력이 더해져 더 이상 먹지 않게 되었다. 그래서인지, 요즘 들어 더 생생히 기억하는 그 별말 아닌, 한마디.

'……왔네요.'

이 정자에서 자지 말라고 말한 뒤 정윤이 몸을 일으키자 안도의 숨을 내쉬며 잠시 멈췄다 내뱉은 그 말 한마디가 주술이 된 것처

럼 다시 이곳으로 와, 또 이 자리에 서 있는 제 모습이 새삼스레
마음을 진동시켰다.

"정윤 씨."

그러다 저를 부르는 소리에 고개를 움직인 정윤은 제 손을 잡아
오는 따듯한 온기에 머금었던 쓸쓸함을 털어 내며 입매를 끌어 올
렸다.

"나, 태준 씨 처음 봤을 때 좀 무서웠어요."

"내가요?"

"캄캄해서 잘 보이지도 않는데, 처음 보는 남자가 소리도 없이
코앞까지 와 있다고 생각해 봐요."

"……설마."

"훗, 범죄자로 오해한 건 아닌데, 그래도 좀 긴장은 했었어요.
그땐 다 낯설었잖아요. 여기도, 태준 씨도. ……왜 그래요?"

눈을 감고, 맥 풀린 미소를 보이는 태준을 보며 정윤이 고개를
좀 더 가까이 가져다 댔다.

"……그때 정윤 씨가 도망갔으면 어떻게 됐을까, 아찔해서요.
나 잘못하면 총각귀신으로 늙어 죽을 뻔했던 거네요."

"아뇨. 우린 어떻게든 다시 만났을 거예요. 그렇게 생각 안 해
요?"

태준은 앉아 있는 제 허벅지 위로 마주 앉으며, 느릿하게 얼굴
을 가까이 가져다 대는 정윤으로 인해 흠칫 몸을 굳혔다.

"저, 정윤 씨."

"정윤아, 하기로 했잖아요."

"어른들이 보시면……."

정윤은 고개를 뒤로 돌려 한적한 정자 앞 도로와 그 주변으로

아무도 오가지 않는 것을 확인 한 뒤, 다시 앙큼한 장난기를 눈에 담고서 태준을 마주 보았다. 길 건너편 사선으로 저만치 멀리 떨어져 있는 평산고택 주차장 앞에 선 청호원늘은 아수 삭게 보일 뿐이었다. 모처럼 장난기가 오른 정윤의 시선엔 작은 흥분마저 엿보이고 있었다.

"멀쩡하던 평산고택 2대독자, 새로 들어온 며느리가 다 버려 놓은 줄 아시겠죠. ……무서워요?"

"아니, 그게 아니라."

"얘는 좋아하는데? ……밤까지 기다리느라, 힘들어서 어쩌나? 안 됐다, 그죠?"

몸을 조금 앞으로 당겨, 딱딱하게 치솟은 앞섶에 깊은 곳을 비벼 오는 정윤의 시선을 마주 보는 태준의 눈빛이 순식간에 달아올라 짙어졌다. 시선만 오가는 순간, 말없이 상대를 놀리듯 충동질하는 시선과 점점 거칠어지는 호흡에 흉곽을 크게 부풀리며 자제하려 하던 검은 눈동자 사이에서 반짝, 검은 불꽃이 튀었다.

"……안채로 가요."

"히악! 태, 태준 씨, 내려 줘요. 어서요! 동네 어른들 보세요!"

공중에 붕 뜬 채, 태준에게 매달려 어깨에 고개를 파묻고 사정해 봐야 이미 기선은 넘어가 있었다.

"신혼인 거 아시니까, 이해하실 거예요."

"아! 진짜, 아주머니 보신다고요! 태준 씨이! 직원들 있잖아요!"

마주 앉았던 그대로 정윤을 들어 안은 채, 긴 다리를 움직여 왕복 이차로 너비의 길을 건너던 태준은 그제야 정윤을 내려 주며 옷매무새를 다듬어 주었다.

차에서 내리자마자 집이 아닌 정자로 향하는 두 사람 때문에 주차장에서 대기 중이던 경호팀들은 때아닌 작은 소란에 모두 등을 보이며 돌아서 있었고, 정윤의 손을 잡고 그들 앞을 지나는 태준은 나지막한 말을 남긴 채, 솟을대문을 넘어섰다.

"모레 점심때 봅시다."

"사장님, 박 실장님께서 경호에 소홀함 없도록……."

"내일모레. 서울로 올라가면 그때 다시 봅시다."

손수 묵직한 나무문을 닫으며 마지막 말을 남기는 태준의 표정 엔 경호원들이 처음 본, 사람 김태준의 부드러움이 담겨 있었다.

21.

덜컹, 곤한 정윤의 얼굴가로 찬바람이 훅 불어왔다.

'내려오는 길에 열이 났었습니다.'

태준이 건넨 그 한마디에 지난 밤새, 과하다 싶게 뜨거워진 평산고택 안방과 푹신할 만큼 목화솜이 가득 들어간 이부자리는 울진댁 아주머니의 마음 씀씀이가 분명했다.

"거면 되겠니껴."

"예, 충분합니다."

혼몽한 정윤의 머릿속을 파고든 사람들의 목소리가 성가시게 잠을 깨우고, 목으로 파고드는 찬 기운에 원앙금침 안에 누워 있던 벗은 몸이 둥글게 말려들었다.

"도련님, 아이지, 사장님, 여 수건 가 가이소."

"하아, 예."

아직 잠에 겨운 귓가로 와 닿는 선명한 태준의 목소리가 무엇을 의미하는지는 모르면서도, 점점 더 맑아지는 머리에 방에 가까워지는 그의 인기척에 점점 더 귀가 기울여졌다.

"거 갖고는 모자랄 낀데. 사장님! 마루에 대야 하나 더 갖다 놓을 테니까네, 모자라면 밖에 있는 물 갖다 쓰시이소, 예?!"

"네에. 알겠습니다."

묵직한 목소리가 내어놓는 유한 대답에 정윤은 따뜻한 이불 안에서 눈을 감은 채 포스스 행복에 겨운 엷은 미소로 지금 이 순간을 만끽했다.

가슴이 따뜻했다. 통영 앞바다 보며 이 세상천지에 혼자 남았다고 생각했던 게 겨우 지난가을이었는데, 힘겨운 시간 지나고 보니 뜨끈하게 데워진 원앙금침 속처럼 주변이 온통 저를 배려해 주는 사람들로 가득 차 있는 게 꿈같기도 했다.

'이게 다, 당신 아내가 된 탓이겠죠. 당신 덕분에, 이 집에 내 자리가 생기고, 당신 마음 아플까 봐 울진댁 아주머니는 나보다 더 나를 챙겨 주시고……'

심장 근처가 뿌듯해지는 느낌에 정윤이 호흡을 고르는 사이 덜컹, 더디다 싶게 오래도록 열려 있던 문도 드디어 닫히는 소리가 들려왔다.

비단 이불 속 벗은 종아리가 매끄러운 감촉을 더 느끼려는 것처럼 여러 차례 번갈아 움직이고, 한 걸음, 두 걸음 찬 기운 먹은 바람 냄새는 점점 더 가까워지는데도, 이상하게 콩기름 먹여 질기게 만든 한지 바닥 위, 태준의 걸음 소리는 거의 들리지 않았다.

"……정윤 씨이."

"……"

그러더니 지척에서 들리는 태준의 조심스런 목소리. 아직 곤해

413

요. 졸려, 피곤해, 라고 말해야 하는데, 안심되는 마음은 정윤을 눈 감은 채 고개 끄덕이게 만들었다. 머리가 움직일 때마다 비단 이부자리에 쓸리는 머리카락은 사그락거리는 소리를 만들어 내고, 얼굴 앞으로 자리 잡고 앉는 태준의 무릎에서는 알싸한 찬바람 냄새가 더 진하게 느껴져 왔다.

"많이 힘들어요? ……정윤씨. ……정윤아."

머리카락 사이를 파고드는 투박한 손가락은 더 자라는 것인지, 깨어나라는 것인지 헛갈릴 만큼 부드럽게 두피까지 매만지며 사랑을 전해 왔다.

"……흐흣, ……몇 시예요?"

잠자리할 때가 아니면 좀처럼 듣기 어려운 편한 어투와 따스한 손길에 정윤은 입가에 짧은 웃음을 베어 물며, 제가 깨어났음을 태준에게 알렸다.

"일어났어요? 11시예요."

촉, 이불이 당겨져 드러난 가는 목에 차가운 입술이 느껴졌다.

"11시요?"

두 눈을 반짝 뜨던 정윤은 몇 시간 잠들지 못한 눈이 시려 와 눈매를 찌푸리며 다시 손등으로 제 눈을 가렸다.

촉.

"네. 11시요."

차갑지만 부드럽고 촉촉한 감촉이 쇄골과,

"으흣."

팔로 가리고도 볼록하게 부풀어 오른 말랑한 가슴 위로 빠르게 내려왔다. 이불은 점점 더 아래로 끌어 내려지고,

"하지 마요."

"잠깐만."

부딪쳐 오는 태준의 입술은 가끔 입술을 벌려 부드러운 피부를 입으로 머금어 혀로 핥아 주기도 했다.

"하훗. 태준 씨."

"아플까 봐 그래요."

아플까 봐. 다소 낮아진 목소리를 내어놓은 태준의 입술은 정윤이 절대 사수하겠다는 의지로 꽉 누르고 있는 가슴의 정점은 돌아보지도 않고, 조금 더 아래로 내려가 가는 팔을 밀어 올리며 명치와 그 옆 움푹 파인 갈비뼈의 어디쯤, 또 그 아래 활처럼 안으로 휘어진 만곡의 허리와 그 옆까지 고개를 돌리며 입을 맞추기 시작했다.

"흐훗, 훗, 간지러워요."

"⋯⋯."

대답 없는 입술은 아까보다 좀 더 뜨거워진 숨결을 피부에 흩뿌리며 허벅지와 무릎, 종아리와 발목, 발바닥까지 키스를 닮은 입맞춤을 이어 나갔다.

"아, 그만!"

그래도 발바닥은 너무하지 않은가. 제 피부에 와 닿는 뜨거운 숨결 따라, 덩달아 몸을 나른하게 비틀던 정윤이 급하게 무릎을 세워 올리며, 커다란 손에 꽉 잡혀 있는 제 발목을 끌어당겼다.

"왜요."

"아, 발은⋯⋯."

"예쁘다니까."

"아침이잖아요."

발바닥에 와 닿는 말캉한 입술과 그보다 더 뜨겁고, 이루 말할

415

수 없는 감촉을 선사하는 혀가 발가락 사이로 파고들면, 그때마다 정윤은 매번 허리를 크게 휘어 올리며 야릇한 신음을 뱉어 내곤 했었다. 그러나 온 세상이 환해진 지금은 그럴 수 없지 않은가.

꼭 닫힌 방문을 바라봤다가, 입술을 꾹 누르며 미간을 모으고 저를 보는 정윤의 나무람에 어쩔 수 없이 제 손에서 가는 발목을 놓아준 태준이 이불로 제 몸 가리기에 급급한 정윤을 바라보다 갑자기 심각해진 얼굴로 입을 열었다.

"미안해요."

"뭐가요? ……뭐, 잘못했어요?"

잠깐의 애무로도 금세 볼이 붉어진 정윤의 시선이 태준에게로 향했다.

"으음, 아니…… 피곤해 보여서. 조금만 참아요. 저녁에 푹 쉬게 해 줄게요."

미안할 만도 하지. 어제 점심때부터 시작된 둘만의 시간은, 저녁 먹으려 잠시 멈춘 걸 제외하고는 오늘 새벽, 날이 푸르스름하게 밝아진 뒤에야 끝이 났다. 그것도 계속 몸을 합친 채 자라는 말도 안 되는 요구에, 더 하면 몸살 난다고 협박 아닌 협박을 한 뒤에야 떨어질 수 있었고……. 그런데 정말 나, 다녀와서 더 잘 수 있는 건 맞아요?

"아……."

"많이 아파요?"

이불에 감싸인 채 자리에 일어나 앉던 정윤이 이맛살을 찌푸리자, 태준이 당장 들어 안아 제 허벅지에 내려놓으며 등허리와 엉덩이까지 쓰다듬고 지나갔다. 움찔, 위로 튀어 오른 정윤이 두 손으로 태준의 어깨를 잡아 바싹 안긴 제 몸을 그에게서 떼어 냈다. 이

416

남자, 정말 방 밖과 방 안이 너무 달랐다.

"아웅, 제발!"

어제 결혼식장에서 신랑이 너무 점잖다고 누가 그랬더라. 얼굴은 기억 안 나지만, 외가 친척 중 누구였던 것 같은데. 정윤은 제 다리 사이를 파고드는 차가운 손에 놀라, 발목을 엮어 허벅지를 바짝 붙여 들었다.

"왜요?"

"손!"

"괜찮은지 봐야죠."

"하아, 오늘은 내가 할게요. 나가야 되잖아요."

"……"

이러다 다시 뒹굴었던 게 어디 하루 이틀 일이에요? 눈빛으로 오가는 정윤의 타박에 까실한 거웃을 덮고 있던 태준의 손이 슬며시 빠져나갔다.

"그럼, 세수부터 시켜 줄게요."

태준을 바라보던 고개가 빠르게 옆으로 돌아갔다.

아이보리색 자그마한 대야와 그 옆에 또 한 바가지의 물, 작은 컵에 꽂힌 치약 발라진 칫솔. 두툼한 금침 바로 위에 자리한 욕실 용품에 이불을 끌어당기며 겨우 가슴만 가리고 앉은 정윤의 두 눈이 커다래졌다. 서울에선 욕실 가서 씻겨 주기도 하고 그랬다지만 그래도 여긴 봉화, 방 안이었다. 둘만 있는 것도 아니고, 왠지 집 안 어른 같은 아주머니도 계시는.

"이거…… 이거 가져오는 거, 아무도 본 사람, 없죠?"

"어, 음……."

아이고 맙소사.

417

"태준 씨!"

"후훗, 걱정 말아요. 예전에 아버님도 어머님 힘드신 날엔 종종 방에서 씻게 하셨어요. 욕실 따로 만든 것도 몇 년 안 됐고, 이 집에선 이런 일 별로 특별한 일도 아니에요. 그러지 말고 어서 이리 와 봐요."

얼굴이 빨갛게 익은 정윤의 맨등으로 팔을 뻗은 태준은 생각보다 버티는 힘이 완강하자 슬며시 아래로 손을 내렸다.

"아, 정말!"

"왜요. 앉은 김에 확인할 건 해 봐야죠."

몸을 합칠 땐 내일이 없는 사람처럼 굴면서, 꼭 먼저 일어나서 이렇게 어디 다친 곳은 없는지 손으로 만져 보고, 눈으로 확인하려 드는 건 뭔지.

"참을 만하다니까요."

몸을 빼다가 결국 저보다 센 힘에 밀려 맥없이 자리에 누운 정윤은 허벅지를 잡아 쥐는 억센 손힘에 버틴다고 미룰 수 있는 일은 아닌 듯싶어, 이젠 제법 익숙해진 자세를 취하며 서울 집보다 낮은 천장을 맛가니 바라보았다.

"……으웃, 이제 그만하면 안 돼요?"

"안 돼요. ……아파요?"

태준의 손이 세세하게 아래를 보듬는 동안 정윤의 이마엔 설핏 힘이 들어갔다 풀렸다 했다.

"……아뇨. ……그, 그만해요. 으음…… 욕실 가서 씻으면 돼 요."

"새 신부 얼굴 함부로 보여 주고 싶지 않아요. 가만있어요."

조금 전까지 사각으로 접혀 있던 수건에 따스한 물을 묻힌 태준

418

이 미간을 좁힌 채 다리 사이를 닦아 주는 동안 작고 하얀 얼굴에
도 이따금씩 옅은 주름이 나타났다 사라지곤 했다.

안채 마당 지나 뒤꼍 문을 열고 들어가 조금만 걸으면 되는데,
그사이 집안일 하는 사람들 만나, 낯 붉힐까 염려해 주는 태준의
마음이 고마워, 그가 만지는 아래가 더욱 예민해지고 있었다.

"좀 쓰리겠는데……."

태준의 목소리는 걱정으로 낮아져 심각하고, 천장을 바라보는
정윤의 표정은 내키지 않는 미래를 상상하며 난감하게 변해 갔
다. 이런 자세. 이런 대화를 너무나 당연하게 받아들이는 우리는
괜찮은 걸까. 이렇게 밝은 날, 신랑한테 아래를 다 보여 줘도 되
는 걸까. 이러다 애 낳을 때, 자기가 직접 받아 준다고 하는 건 아
닐까…… 아훗!

"태준 씨!"

얼른 다리를 모아 보지만 이미 파고든 머리를 밀어내기엔 힘이
부족했다. 혀끝으로 지난 밤새 빨린 예민한 끝을 누르며 핥으니,
저도 모르게 몸이 튕겨 오르고 아래가 조여들었다.

"하훗, 그만, 응?"

"잠깐만."

"하웃, 빨리 나와요, 태준 씨. 얼른!"

두 다리를 들어 올리며, 손을 뻗어 여지없이 머리를 밀어내는
정윤의 손길에, 태준도 못 이기는 척 물러나며 눈을 맞춰 왔다.

"빨개요. 붓기도 했고. 걸으면 아플 것 같은데, 괜찮겠어요?"

생각보다 심각하고 진지한 표정에 제일 예민한 정점을 빨린 몸
이 묘하게 예민해지다, 살짝 식을 수 있었다. 기절하듯 잠드는 바
람에 씻지 못한 아래가 따스한 수건에 닦이니, 찜질 받은 듯 한결

낮기도 하고……. 무엇보다 성적인 애무보단 마치 동물들끼리 다친 상처를 핥아 주듯 혹은 기도하는 사람처럼 깊은 곳을 핥아 주는 태준의 마음이 느껴져, 따뜻한 수건이 닿은 몸보다 마음 한구석 깊은 곳이 더 따뜻해져 오고 있었다.

"표정이 왜 그래요?"

"음? 아니에요."

진지하고 심각해진 태준의 얼굴엔 아직 면역이 없었다. 안정됐던 마음에 금방 파란이 일고, 두려움이 몰려드는 것도 그 때문인 것 같았다.

"뭔데요. 나 비밀 싫어하는 거 알죠?"

곤란한 듯, 입매를 한일자로 굳히며 생각에 잠겼던 태준이 어쩔 수 없다는 듯 입을 열었다.

"……이따, 산에 올라갈 때 남들 이목 생각하지 말고 나한테 업혀요. 그리고…….."

"그리고?"

"저녁에 내가 또 덤비거든, 안 된다고 확실하게…… 잘 버티고요."

"네?"

"하루는 쉬어야 될 것 같은데.…… 내가 또 덤비거든, 아프다 그래요. 아픈데 또 그럴 거냐고. 알았죠?"

"풉, 지금 태준 씨 표정 어떤 줄 알아요?"

"……."

"되게 속상해 보이는데, 나 정말 버텨요? 신혼여행인데?"

"……하아, 정윤 씨, 나 때문에 또 몸살 날까 봐 그러잖아요. 새벽엔 참았어야 했는데…….."

420

엄마 49제 때 봉화에서 만난 뒤, 서울로 올라가서는 쭉 태준과 함께 지냈었다. 그래도 안고만 잤었지 바로 몸을 합했던 것은 아니라서, 시간이 흐른 뒤 아주 오랜만에 한 몸이 되던 날 태준은 어제처럼 폭주했었다. 그리고 그다음 날도.

그 결과 정윤은 출근도 못 하고 링거까지 맞으며 하루를 꼬박 앓고, 며칠 동안 약 먹으며 골골하는 꼴을 보였었다. 그 일로 섹스를 과하게 해도 이렇게 진이 빠지는 구나, 알게 되어 정윤이 놀랐던 것처럼, 태준도 제 마음껏 하면 상대가 아파질 수 있다는 것을 계속 마음에 두었던 모양이었다.

벗은 등을 안고 살살 쓸어내리는 손길에 정윤이 숨을 크게 들이쉬다, 제 목에 코를 가져다 대고 숨을 들이켜는 태준의 머리에 저의 머리카락을 마주 비벼 댔다.

"……미안해요, 걱정시켜서. 나도 하자는 대로 다 해 주고 싶은데……. 앞으로는 태준 씨 하고 싶은 만큼 다 해도 안 아플 수 있게, 건강해질게요. 내가 사랑하는 거 알죠?"

힘겨운 듯 끄응거리는 태준의 숨소리에 정윤의 눈과 입이 조용히 휘어지며 제 마음을 속삭였다.

'그때는 재판에다, 일인 시위하는 고모까지 마음도 몸도 많이 약해졌었잖아요. 지금은 재판도 끝났고, 고모도 명예훼손 판결에 벌금 무서워서 다신 못 그러실 텐데. 이젠 정말 마음이 편해요. 다들 고맙고. 그때보단 확실히 몸도 건강해졌고, 무엇보다 당신이 있잖아요.'

"음, 알아요. 나도 사랑해요. 다음부턴 내가 정말…… 자제해 볼게요."

"후훗, 네."

서로 약속한 것처럼 눈을 감고 머리를 맞대고 있던 두 사람의 포옹이 생각보다 깊어졌다. 허리 아래를 팔로 감아 더 바짝 안아 드는 태준의 힘에 양복 바지 입은 단단한 허벅지 위로 올라앉게 되었던 정윤이 얼른 바닥으로 내려앉았다.

　"……."

　"크흠."

　아래로 향했던 정윤의 시선이 위로 올라오자 둘의 눈이 마주치고, 태준은 겸연쩍은 듯 목을 가다듬었다.

　"……내가 버텨서 되는 일, 맞아요?"

　태준의 한쪽 눈썹이 곤란한 듯 찌푸려지다 씨익 웃어 버리더니, 정윤의 입술에 쪽, 제 입을 가져다 댔다.

　"엄마, 나 왔어."

　"장모님, 저 진짜 사위 돼서 왔습니다. 절 받으십시오."

　바로잡은 주민등록등본과 가족관계 증명서를 발급받던 날 내려오곤, 두 달 만에 다시 찾은 엄마 산소였다. 엄하셨지만 태준에겐 늘 자애로우셨다는 조부모님과 금실이 너무 좋아 미리 작성된 유서대로 합장된 시부모님 묘소에 들렀다가, 마지막으로 들른 엄마 산소에서 정윤의 시선이 느릿하게 둥근 봉분을 쓰다듬고 있었다.

　"정윤 씨……."

　아직은 얼어붙은 땅. 무성해야 할 잔디는 땅에 붙어 몸을 사리고, 잡풀이 삐죽이 올라올 시기도 아직은 먼 겨울 산. 외로운 봉분 앞에 선 정윤이 움직일 줄 모르자, 태준이 천천히 다가서며 어깨를 감쌌다.

　"눈이 녹아서 다행이에요."

"그래요."

하얀 눈이 얼음처럼 굳어 있던 두 달 전 산소를 떠올리며 고개를 끄덕이던 태준이 짧은 대답을 내놓으며 간단히 상을 차려 놓고 멀찍이 떨어져 서는 울진댁 내외를 바라보았다. 그 움직임에 함께 시선 돌렸던 정윤의 고개도 울진댁 아주머니께 고마움을 표하려 살짝 숙여졌다.

웃는 낯빛으로 자신들은 신경 쓰지 말라고 손짓하고선 방해될까 언덕 아래로 내려가시는 두 내외분 모습이 무던하니 정겨워 보였다.

인사드리는 시간이 지나고, 태준과 둘만 남은 정윤의 시선이 봉분을 떠나 저 언덕 아래 먼 풍경을 바라보자 태준은 조바심 내듯 그 앞으로 얼굴을 들이밀며 시선을 맞추려 했다.

"아직도 화났어요?"

"……."

"……정윤 씨."

어쩐지, 아침에 세수나 양치는 물론이고 좌욕하고 싶다는 말에 굳이 방 안으로 물을 세 번이나 갈아 넣으며, 화장까지 다 하고 방 밖으로 나가라, 그렇게도 곁에서 떨어지지를 않더니.

"내가 태준 씨 달마시안 만들어 놓으면 어떨 것 같아요?"

다 씻고 옷을 갈아입은 뒤 처음 거울을 봤을 땐 비명이 나올 뻔했었다.

"으음……."

"사람들 앞에서 자주색 달마시안 한번 돼 볼래요? 만들어 줄까요?"

목은 스카프를 두른다 쳐도, 턱까지 자주색 도트 무늬가 퍼져

423

있는 걸 보고선, 어젯밤에 정신이 없어도 너무 없었지, 아니, 이렇게 될 때까지 저는 뭘 한 거며, 이렇게 만든 태준 씨는! 싶은 게 너무 화가 났었다 이러고 어떻게 선산에 가고, 엄마 산소에 가란 말인지.

뭐랬더라. 진짜 제 여자가 된 건지 확인받고 싶었다 그랬었나.

"미안해요."

미안한데 왜 눈은 웃는 거냐고요! 태준이 웃을수록 정윤의 얼굴이 찡그려지자, 점심때 내내 견딜 만큼 견뎠는지, 태준의 두 팔이 덥석 정윤을 끌어안았다.

"내일 아침이면 올라가야 되는데, 계속 화낼 거예요?"

"아까 절하다가 스카프 내려갔을 때 아줌마, 아저씨 얼굴 돌리시는 거 봤잖아요. 아저씨는 얼굴까지 다 빨개지셔서……."

조금 전, 시댁 선산에서의 무안함이 다시 생각났는지 정윤의 뺨이 빨갛게 달아오르자, 태준이 붉은 입술 앞으로 제 턱을 가져다 댔다.

"물어요."

"네?"

"자국 내고 싶은 데 쭉 빨아들여서, 세게 힘주고 있으면 돼요. 자."

정윤이 뒤로 얼굴을 물릴수록, 태준의 얼굴은 짓궂게 앞으로 좀 더 내밀어졌다. 이 사람이 정말. 슬쩍 뒤돌아보니 저 언덕 아래 울진댁 아주머니, 아저씨 내외분께선 서로 이야기 나누시느라 산 위를 올려다보지 않고 계셨다. 그래도…… 정윤의 시선이 뒤로 돌아가 이젠 제법 자리 잡은 봉분을 보며 입술을 꾹 내리눌렀다.

"가요."

"벌써요?"

왔다 하면 웬만해선 노을 질 때까지 언덕 아래를 바라보며 늘 말없이 앉아 있다 가곤 하는 정윤이 좁게 난 오솔길 사이로 먼저 걸음을 옮기기 시작하자, 태준이 서둘러 주변을 정리하기 시작했다.

"엄마, 내일 아침에 서울 올라가기 전에 다시 올게."

"장모님, 저도 내일 다시 오겠습니다."

자박자박 걸어 내려오는 숲길은 질긴 겨울 한기에 몸을 사리면서도 이따금씩 드문 봄기운을 느끼게 해 주었다. 잎사귀 달린 것 하나 없는 버쩍 마른 가지는 한겨울이나 지금이나 매한가지인데, 그래도 지금 눈앞에 보이는 가지에선 추위가 아닌 통통하게 물오른 생명이 느껴지고 있었다.

"아까 나보고 자국 내라 그랬잖아요. 그거 진심이었어요?"

모퉁이를 돌아 내려오던 정윤이 태준에게 슬쩍 말을 건넸다. 뒤돌아보니 겹겹이 가려진 가지들로 인해, 엄마의 묘소가 전혀 눈에 들어오지 않았다.

"그럼요."

얄팍한 가림으로 예를 차렸으니, 당신……

"내일모레 출근하면 회의 연이어 잡혀 있다고 그랬잖아요."

"그렇긴 한데, 정윤 씨가 키스마크를 만들고 싶다면 얼마든지 감내할 수 있어요."

"……내가 못 할 것 같죠."

"음, 뭐…… 으윽!"

자리에 우뚝 선 태준은 제 재킷을 양손으로 벌리고 서서, 가슴팍에 얼굴을 묻고 있는 정윤을 놀란 눈으로 내려다보았다.

"정윤 씨."

입안 가득 셔츠째로 한쪽 가슴팍을 물고 있던 정윤이 쌩끗 웃으며 위를 올려다보았다

"더 세게?"

입술 양 끝으로 숨 쉬고 웅얼거리며 말할 때마다 뜨거운 숨과 움찔거리는 입술 감촉에 태준의 가슴에서 피어난 저릿함이 금방 온몸으로 내달리기 시작했다.

"흐읍."

눈을 반짝이던 정윤이 양쪽 볼이 움푹 패일 정도로 가슴을 빨아들이기 시작하자, 태준은 제 가슴에 붙어 있는 정윤의 뒷머리를 큰 손으로 감싸 덮으며 쾌감과 통증이 섞인 신음을 억누르기 바빴다. 꽉 다물린 입술 대신 꿈틀거리는 턱 근육이 그의 인내를 말해 주고 있었다.

"하아, 정윤, ……집, 집에 가서……."

혹시나 멀리서 아주머니 내외분이 보신다 해도 정윤은 상관없었다. 신혼부부가 산길 걷다 둘이 안고 있는 정도야 여기서도 예삿일일 테니. 뭐…… 아니면 말라지. 어차피 목이며 턱이며 다 깨물려 자주색 달마시안 된 상황에, 이미 창피함은 겪을 만큼 겪었으니. 새삼 조신함을 따질 처지도 아니었다.

"오늘, 안 하기로 했잖아요."

입안 가득 셔츠를 물고 어눌한 발음으로 웅얼거리는 정윤의 정수리로 태준의 입술이 내려앉더니,

"제발."

"아, 안 해요."

두 손으로 정윤의 얼굴을 감싸 올려, 키스를 하려 들었다. 태준

은 빠르게 몸을 틀어 저를 피하는 정윤을 보며, 몹시 괴로운 표정을 지어 보였다.

"하아······."

오호, 이것 좀 괜찮은데? 정윤은 낙심한 표정으로 눈으로 사정해 오는 태준에게 보란 듯이 으쓱해 보인 뒤, 제 타액에 축축이 젖은 셔츠 위, 볼록하게 솟은 작은 알갱이를 손가락으로 살짝 긁어내렸다.

"으훗."

순간적으로 태준이 흘린 신음에 정윤의 입가에 배시시 웃음이 물렸다.

"거봐요. 나도 할 줄 아는데 봐주는 거예요."

"정윤 씨, 이러면 나, 후우······."

"내가 어제 무리만 안 했어도 어떻게 해 주는데, 안타깝게도 알다시피, 응? 오늘 우리 쉬기로 했잖아요. 잘 다스려 봐요. 나도 몸 안 아프게 잘 관리할 테니까. 가요."

산뜻하게 돌아선 정윤의 뒤로 멍할 만큼 아직 감각에 사로잡혀 심호흡으로 저를 가라앉히고 있는 태준의 숨소리가 안쓰럽게 흐르고 있었다.

"아까부터 사장님이 계속 기다리시는 것 같은데, 안 가 봐도 되겠습니꺼."

안채 뒤꼍 붉은 나무문 안쪽. 부엌으로 숨어든 정윤은 제 위치를 태준에게 들키고서도 안채로 돌아가지 않았다.

"괜찮아요. 저녁 먹을 때 가면 되죠, 뭐."

"······싸우셨습니꺼."

울진댁의 시선이 따뜻하다 못해 덥기까지 한 부엌에서도 둘둘 롱 스카프를 말고 있는 하얀 목 언저리를 살피고, 정윤은 멋쩍은 손을 들어 들키 김에 느슨하게 묶고 있던 스카프 매듭을 하릴없이 만지작거렸다.

"후훗, 아니요."

아니라 해 봐도 볼이 뜨거워지는 건 제 의지로 막아지는 게 아니라서 아주머니가 내어 주신 달콤한 식혜 한 사발로 입을 막고 그릇을 기울여 얼굴을 가리던 정윤은 너무 조용해진 분위기에 문득 고개를 들었다가, 푸근하게 주름진 울진댁의 인자한 미소를 마주해야만 했다. 울진댁 아주머니 등 뒤의 대형 가마솥에선 하얀 김이 기세 좋게 솟아오르고 있었다.

"……왜 그러세요?"

"사장님한테 사랑 마이 받고, 오래오래 행복하시이소, 소장님."

빙긋이 웃으며 제 손을 잡아 드는 아주머니의 손길에, 정윤은 제가 왜 갑자기 울컥하는지 몰라, 얼떨떨한 표정으로 그렁그렁한 눈망울을 감추려 애썼다. 결혼하면서 처음 듣는 말도 아니고, 따지고 보면 별말도 아니었다. 그런데 마음 어디가 어떻게 건드려진 건지 모르게, 갑자기 참지 않으면 펑펑 울어 버릴 정도로 격한 감정이 가슴을 치고 있었다.

"음, 음…… 네…… 감사합니다."

가스 불에 끓고 있는 대형 가마솥 앞에서 새삼스레 꽉 잠긴 목소리로 결혼 축하 인사와 답례가 오가고도, 나무껍질처럼 주름 깊어진 손은 밀가루 반죽처럼 연한 정윤의 손을 놓지 않았다.

"지난번에 주신 거 안 있습니꺼."

"……"

당황으로 가득 찼던 시선이 의아함으로 물들어 갔다.

"예전에, 저짝 오전리 집에서 사장님 드려야 될 낀데, 저더러 좀 전해 달라꼬."

"아…… 하아, 네. 기억나요."

헤어질 생각이었다. 아니, 헤어졌다 여기던 때였다.

"그 돈, 사장님도 안 받으시고, 저저번 달, 소장님 내려오셨을 때 드렸더니 소장님도 안 받으시고. 가마 있다가 축의금으로 낼라 했더니, 축의금도 안 받으시고."

"……"

처음 돼지숯불구이 얻어먹은 밥값부터, 오전 약수터에서 얻어먹은 밥값 대충 더하고, 거기다 오전리 집에서 일한 노동의 대가도 일당으로 계산해 봉투에 넣었었다. 액수가 중요한 것은 아니었기에. 정리하는 마음에 상주 완장 차 줬던 고마움까지 더해 꽤 두꺼운 봉투를 만들어 아주머니께 맡겼었던…… 그래, 그런 때가 있었다.

"사장님은 보너스라지만, 우예 그랍니꺼. 내 뉘 주머니에서 나온 건지 똑똑이 아는데."

그길로 엄마 산소로 올라가 인사하고 떠나면 다 끝날 참이었는데. 그곳에 태준이 나타났던 것이고.

"아니, 그건 정말 태준 씨가 아주머니 드리는 돈이에요. 일단 태준 씨한테 그 봉투가 전달됐으면, 저하고는 그것으로 끝난 일이고, 그다음 결정은 모두 그 사람 뜻이니까, 그 돈은 아주머님 돈이 맞죠. 게다가 저희 결혼도 했잖아요. ……죄송해요, 아주머니. 제가 불편하게 해 드렸었나 봐요. 그런데 그 돈, 정말 제 돈 아니고 태준 씨가 아주머니께 드리는 거 맞아요."

"······그라믄 그 돈, 진짜로 내 맘대로 써도 되는 겁니꺼."

"네, 그럼요."

식혜 그릇 내려놓고 두 손으로 울진댁 손을 맞잡은 정윤의 손에 힘이 더해졌다.

"······그라믄, 그라입시더."

"하하하, 잘 생각하셨어요."

"어다 쓸 건지 안 묻습니꺼."

"제가 왜요. 저 정말 신경 쓰지 마세요."

"······아이고, 넘네!"

빙긋이 웃던 울진댁이 가마솥 뚜껑 틈으로 솥 눈물이 넘쳐흐르자, 벌떡 일어나며 무거운 무쇠 솥뚜껑을 열어젖혔다.

신혼여행 온 부부가 외식은커녕, 멀미 때문에 서울 못 올라간 동네 어르신들이 색시 구경한다고 문턱 닳도록 고택을 찾아오시자, 아예 저녁 식사를 대접하겠다고 공표한 탓에 바쁜 건 오롯이 울진댁 몫이 되었다.

기다란 나무주걱으로 이리저리 휘젓는 울진댁의 손길 따라, 가마솥 안 커다란 수육 고기가 하얀 김을 뿌옇게 피워 올리며 펄펄 끓는 물 안에서 다시 제자리를 잡고 있었다.

"저기, 소장님."

"네."

스르렁, 쇠 긁는 소리와 함께 솥뚜껑을 닫은 울진댁이 전에 없이 식혜를 두 사발씩이나 비우고 있는 정윤을 뒤돌아보며 조심스레 불렀다.

"이따가 할매들이 고맙다, 뭐 그란 걸 보냈노, 하시거든 그냥 별거 아입니더, 그라기만 하이소."

"네? 그게 무슨."

"뭐 그냥 쬐매난 거…… 뭐 그란 게 안 있습니꺼. 촌수도 멀고, 지척에 안 살아도, 나이 든 사람들 다 한데 모여서 놀다 보믄 6촌, 8촌 넘어서도 다 친척이라꼬, 좋은 일에 빼놓으믄 서운타 안 합니꺼. 그래서 나이 높은 분들만 챙겼으니, 그리 아시믄 됩니더."

"어…… 아주머니."

"소장님은 어떨지 몰라도, 내가 딸이 없어가꼬……. 까놓고 말하믄 안 챙기도 되는데, 말 나오는 기 싫어가꼬. 일흔 넘고, 여든 넘다 보믄 물건 보단 마음이라……. 예전에 회장님, 큰사장님 살아 계실 때 자주 드나들던 분들한테만 겨울 이불 한 채씩 보냈니더. 돈은 소장님, 아니, 사장님한테 보너스 받은 거로 썼으니까네, 이불값 따로 준다꼬 하진 마이소. 축의금도 못한 내 마음입니더. ……내가 소장님한테 그 정도는 챙겨도 되는 사람 아입니꺼."

코가 빨개져서 멍하니 입을 벌리고 있는 정윤의 얼굴을 보며, 울진댁 아주머니의 낯빛도 머쓱하니 붉어지고 있었다.

"큼, 큼. 아주머니, 정윤 씨, 안에 있습니까?"

"……아주머니."

"울지 마이소, 소장님. 내 소장님 울릴라꼬 그란 거 아이시더."

문밖에서 들려오는 태준의 근엄한 목소리에도 저만 보고 있는 정윤에게 울진댁이 주름 잡힌 눈매를 휘어 보이며 자상하게 다독였다.

"아주머니. 정윤 씨 안에 없습니까?"

"흐흐흐. 야, 사장님. 소장님 여 계십니더."

"정윤 씨, 좀 나와 봐요."

"……왜요? 무슨 일 있어요?"

"……"

"와 그라십니꺼, 소장님. 이러다 사장님 애 다 타겠습니더. 퍼뜩 나가 뵈이소."

"……아주머니."

"잘 살아 주이소, 소장님."

"……"

"무탈하게 잘만 사시믄 됩니더. 제가 바라는 건, 그거 하납니더."

문밖에 버티고 선 태준은 들을 수 없을 만큼 작게 소리를 낮춘 울진댁 아주머니의 부탁이 조용한 부엌 안에서 진실하게 이어졌다. 아랫입술을 꼭 깨물며 입가에 미소를 짓는 정윤의 젖은 눈망울이 끄덕여지는 고개 따라 물빛으로 흔들리고 있었다.

봄이 찾아온 서울엔 벚꽃이 만발하고 있었다.

"태오, 그만해라."

벚꽃 산책로가 유명한 W호텔. 3년간 국내본부에서 근무하던 이모부 내외가 재외공관으로 순환근무 나가기 전에 만나, 함께 저녁 식사를 마친 뒤였다.

"아, 왜, 형. 형수님도 알 건 알아야죠. 안 그래요, 형수님?"

집에나 갈 것이지. 제 부모님은 바쁘다고 먼저 자리를 떠나셨는데도 끝까지 따라붙어 차 한 잔 사 달라고 조르더니, 태준의 속을 슬슬 긁고 있었다. 대학 마칠 때까지 한국서 혼자 지낼 네 사촌 동생 잘 지내는지 가끔 안부나 살펴 달라는 이모님의 부탁이 무색하도록, 녀석은 무척이나 넉살 좋은 성격이었다.

"……타투, 관심 있었어요?"

"……."

의아함과 낯선 무언가를 발견한 정윤의 시선이 저에게 머물자, 태준은 숨을 억누르며 너 이놈, 하는 눈빛으로 태오를 바라보았다. 정윤의 눈빛에서 서운함이 느껴진 탓이었다. 생각과 마음, 감정까지 모든 것을 공유하자 했었고, 그리해 왔던 시간들이었는데, 철없는 이종사촌 하나 때문에 그간의 진심에 먹물이 튀고 있었다.

"……태준 씨."

"저도 놀랐다니까요. 일만 하던 형이 형수님 만나서 결혼한 것도 신기한데, 타투에 대해서 묻다니. 누가 상상이나 했겠어요. 제가 참, 형도 많이 변했구나, 그랬었죠. 실은 제가 뉴욕에 있을 때 잠깐씩 게스트 타투이스트로 일한 적도 있었거든요. 한국 와선 뭐…… 꼼짝도 못했지만."

왜 꼼짝 못했는지, 형은 알지? 하듯 어깨를 으쓱하며 한쪽 눈썹을 슬쩍 들어 올리는 사촌 녀석을 똑바로 응시하던 태준이 표정 변화 없이 입을 열었다.

"안 가냐."

귀국 직전 타투이스트 활동을 들킨 태오는 아버지에게 다시는 타투 스튜디오에 나가지 않겠다는 약속을 하고 한국에 들어와 대학입학과 동시에 군대를 다녀온 참이었다. 워낙 아버지에 대한 존경심이 대단한지라 많이 누르고 있기는 한데, 자신의 미래는 부친을 따라 외교관으로 정해진 것이나 마찬가지인 인생이라는 것과 외가나 친가나 비슷한 정적인 가풍을 가진 것을 유난히 숨 막혀하는 유일한 친척 동생이기도 했다.

"아, 왜 형. 난 오랜만에 형수님 만나서 좋은데."

어렵사리 끼를 누르고 사는 녀석에게 타투를 부탁하는 대가로 이모부 내외 출국하시면 지금 타고 다니는 중형차 대신 마세라티 기블리를 선물해 주기로 한 것이 처음의 약속. 문제는 타투 문구를 확인한 녀석이 배를 잡고 뒤로 넘어가게 웃더니, 대학생이 타고 다니기엔 좀 더 과한 마세라티 그란카브리오로 차종을 바꾸면서 시작됐다.

듣기로는 이모부님이 한국에서 대학 다니면 국산차를 타야 한다, 국산차도 대형은 절대 못 사 준다, 검소하게 살라 가르치셨다는데.

"지금 안 일어나면 아무것도 없다."

"아, 왜 형. 형수님 저 안 일어나도 되죠? 제가 형수님이 모르는, 형 어린 시절 얘기 많이 해 드릴게요. 형이 지금은 좀 나아져서 저렇지만 학교 때는 더 재미없었어요. 무뚝뚝한 건 둘째 치고……."

하다못해 오늘은 태준이 정윤과 함께 타고 온 벤틀리 컨티넨탈 GT3-R를 보고선, 타던 거라도 괜찮으니 저 차 내놓으라고 떼를 쓰지 않았던가. 인마, 너, 선 넘었어.

"안 일어나?"

떼쓰다 보면 기블리가 아닌 그란카브리오를 얻게 될 거란 계산은 아직 귀엽게 봐줄 수 있지만, 넉살 좋게 정윤 쪽으로 몸을 숙이고, 귓가에 속삭이는 작태만은 참을 수가 없었다.

"태준 씨, 왜 그래요."

"지금 안 일어나면, 기블리다."

"아, 알았어. 일어나! 일어나요, 형. 형수님, 전 이만 가 보겠습니다. 만나서 반가웠고요. 언제 한번 집으로 초대해 주시면 제가 형의 비밀에 대해서……."

"하나."

"아, 형. 진짜 간다고요, 가. 형수님 그럼 다음에 봬요. 진짜 간다, 형. 연락해."

급히 일어나는 태오에게 반쯤 일어나 인사를 건넨 정윤은 태오가 사라진 뒤, 시나몬으로 굵게 써진 W라는 글자가 조금도 흐트러지지 않은 제 카푸치노 잔을 물끄러미 바라보며 말을 아끼고 있었다.

"정윤 씨."

"동생을 왜 그렇게 보내요. ……무안하게."

태준에게 그 말은, 찔리는 게 있으면 어서 빨리 실토해라, 안 하면 화내겠다는 뜻으로 들려왔다.

"……여기서 말할 건 아닌데. 우리도 그만 나갈까요?"

태준의 제안에도 정윤은 수프 볼과 비슷할 만큼 크고 넓적하게 생긴 카푸치노 잔을 손에서 놓지 않았다.

"집에 가서 말해 줄게요."

정윤은 숨을 크게 들이쉬며 자리에서 일어나 가방을 들어 올렸다. 차에 탄 태준은 전에 없이 둘 사이에 끼어든 거리감에 정윤의 손을 가만히 감싸 쥐었다.

"왜요."

어두운 밤. 대로로 접어든 차는 속도를 높이고, 정윤의 마음은 저만치 멀어진 듯 차게 가라앉아 있었다. 결혼 후 처음인 이런 모습도 좋지만, 그래도 당신…….

"여기."

호텔에서 빠져나와 아차산로로 접어들던 태준은 급히 차를 우측으로 몰아, 워커힐 아파트 진입로인 경사면 초입에 멈춰 세웠다.

435

차를 세운 태준이 정윤 쪽으로 몸을 돌리는 사이, 흰색 벤틀리를 뒤따르던 검은 세단들이 줄줄이 비상등을 켜며 정차했고, 태준은 수행원이 있으면 속 이야기를 꺼내지 않는 정윤 때문에 직접 운전 하기 시작한 것을 오늘처럼 잘한 일이라고 여긴 적이 없었다.

"……."

손을 잡혀 억지로 태준의 뒤 머리카락을 만지게 된 정윤이 경악 한 두 눈으로 숨을 멈추며 태준을 바라보았다.

"싫다 그럴까 봐 미리 허락 안 받았어요. 나는 정윤 씨가 내 손 닿을 때마다 놀라는 거 싫거든요. ……나도 이제 정윤 씨랑 똑같 아요."

"……."

"밀었던 머리카락은 곧 다시 자라겠지만 타투는 남을 거고, 이 거로도 안 되면 영구제모도 생각 중이에요. 원래 청혼 전에 할 생 각이었으니까, 좀 늦은 거죠."

"하지 마요, 그런 거! 그런 걸 태준 씨가 왜 해요!"

울 것 같은 표정으로 잡혀 있던 작은 손을 돌려 도리어 제 손을 세게 움켜쥐는 정윤을 다독이며, 태준은 맞잡힌 손을 천천히 아래 로 내렸다.

"그런 게 싫으면, 내 손 피하지 말고 당당해져야죠."

"……."

"타투는…… 한정윤."

"……."

"난 이제, 누가 봐도 한정윤 거예요. 집에 가서 봐요. 태오 솜 씨가 얼마나 좋은지. 나도 거울로 반사해서 보긴 봤었는데, 오늘 태오 하는 거 보니까, 영 불안해. 정윤 씨가 잘 됐는지, 직접 보고 확인해 줘요."

"……."

정윤은 눈물이 고이기 시작한 눈으로, 왜 그런 짓을 했느냐고 원망의 눈길을 보내왔다. 아프지도 않은 작은 주먹으로 어깨를 툭 툭 내려치다, 정수리를 단단한 가슴팍에 대고 우는 정윤의 작은 머리통을 태준이 한 손으로 감싸 안아, 힘껏 껴안았다.

"우린 부부예요."

사랑을 나누고 지쳐 잠들려는 정윤을 닦아 주고 고이 품어 잠을 청하려던 어느 날, 뒷머리를 감싸 내리는 손길에 움찔거리며 은근히 손길을 피하던 정윤의 긴장한 어깨를 잊지 못했다.

"나는, 내 몸 어디가 아파져도 정윤 씨가 날 지금과 다르지 않게, 여전히 사랑해 줄 거라고 믿어요. 그렇죠?"

"……흐흑."

대답 대신 가슴팍에서 느껴지는 뜨겁고 습한 숨결에,

"이젠, 정윤 씨가 믿어 줄 차례예요."

정윤의 뒷머리를 천천히 쓰다듬던 태준의 손가락 하나가 정윤의 긴 머리카락 속을 파고들기 시작했다.

"내가 장하다고 했잖아요. 이상한 게 아니라고."

움찔. 긴장으로 움츠러드는 가는 목을 느끼면서도 태준은 집요하게 더듬어, 손끝으로 머리카락 없이 텅 비어 있는 맨질맨질한 피부를 찾아냈다.

"……흉한 건, 흉한 거예요."

그 말이 틀렸다는 걸 보여 주듯 동그랗게, 동그랗게 태준의 손가락이 부드러운 피부 위에서 느긋하게 노닐었다.

"나한테 정윤 씨는 어디든 다 예쁘고, 어디든 다 소중해요."

상처가 있으면 있는 대로, 없으면 없는 대로 가슴 아프고, 감사하기만 할 뿐, 사랑하는 사람이 흉터 하나 때문에 흉하게 생각되고, 싫어질 순 없는 거예요.

"그래도……."

"쓰읍, 자꾸 내 거 흉보면, 아무리 정윤 씨라도 나, 가만 안 있어요."

"……."

엄한 목소리에 안긴 몸을 바르작거리기만 하다, 제 팔을 꼭 잡아 드는 정윤을 내려다보며 태준이 빙긋이 미소 지었다.

'사랑해요. 상처 있어서 더 귀하다는 걸, 왜 정윤 씨만 모르는지……. 내가 오늘 밤에 더 열심히 가르쳐 줄게요.'

진한 미소를 담은 태준이 바라보는 차창 밖으로, 어두운 밤길에 행인들이 드문드문 지나가고 있었다.

다음 날 퇴근 무렵, 로비를 걸어 나가는 태준의 걸음은 지나던 사원들이 흠칫할 만큼 서슬 퍼렇게 날이 서 있었다. 보안요원들이 정문 자동 회전문을 분리 개방한 탓에 정문 앞에 주차되어 있는 차량에 당도하기까지 태준의 걸음을 늦출 수 있는 것은 아무것도 없었다.

"갑시다."

이후에 잡혀 있는 스케줄을 조정하고 급히 움직이는 그룹 수장의 걸음인 만큼, 그 사안은 매우 다급하고 중차대한 것일 텐데, 차는 도심이 아닌 집을 향해 달려 나갔다.

'시간도 없었을 텐데, 타투는 언제 했어요? 붉은 기도 없네.'

'머리카락 이거 언제 다 길러요? 푹 패인 거, 누가 보면 어떡

해…….'

'안 아팠어요? 다신 이런 거 하지 말아요.'

지난밤, 저를 엎드려 놓고 머릿속을 다 헤집던 정윤은 울기도 울고, 이게 뭐냐고 키득거리기도 하면서 제 상한 속과 상처를 갈무리했었다. 그러다 마음을 표현한다는 게…… 너무 심했었나. 그래도 공항 가기 전에 세 시간은 재웠었는데.

'사장님, 사모님께서 제주부지 답사 내내, 몹시 힘들어하신다는 보고가 들어왔습니다.'

'일정을 앞당겨서 금일 올라오신다는데, 아무래도 건강에 문제가 생기신 듯합니다.'

업무에 집중하려 애를 썼지만, 정윤이 김포에 도착했다는 소리를 듣고 나서는 도저히 안 보고는 일을 진행할 수 없었다. 두 시간 전에 김포에 도착했다는 보고가 들어왔으니, 지금쯤 집에서 쉬고 있을 정윤이었다.

"……속도 높이세요."

결혼하고도 무리한다 싶었다. 장모님 보내 드리고 결혼식 올리는 동안 정윤의 사무실은 부소장의 과로 소식이 들려올 만큼 여전히 바쁘게 돌아간다고 들었었다. 업무과중이 우려돼서 넌지시 계열사 합병을 제안하기도 했었지만, 그때마다 정윤의 반응은 한 가지.

'우리 직원들 처우 개선되는 건 좋은 일인데, 그거 나까지 태준 씨 직원으로 두려는 십보 아니에요? 난 가정에서도 회사에서도 독립된 인격체로 대접받고 싶은데요?'

장난 섞인 그 대답이, 합병이 제 식구 봐주기로 비쳐질까 걱정하는 마음에서 나온 정윤 나름의 걱정이라는 건 알지만, 이번엔 진지하게 말 꺼내 볼 참이었다. 일을 줄이고 몸부터 챙겨야 오래오래 같이 살 것 아니냐고.

"사장님, 사모님께서 오시는 도중에 잠시 쉬었다 가길 원하셔서, 지금 막 댁에 도착하셨다고 합니다."

집에 다 와 가는 상황에 들려온 박 비서의 목소리에 태준의 눈동자에 힘이 들어갔다.

"김 박사님은."

"사모님께서 부르지 말라 하셨다고……."

"도대체 옆에 있는 사람들은 뭐 하는 겁니까."

흔치 않은 태준의 노기에 앞좌석에 앉은 수행원들이 침묵하자, 태준은 고개를 돌려 낮은 숨을 내뱉었다.

태준이 따로 고용해 준 정 비서뿐 아니라, 남녀로 구성된 근접 경호원이 2인 1조로 동행한 출장이었다. 상태가 위중하면 의료진을 불러야 했을 일이고, 보통 아파서는 일정을 단축해 가며 급히 올라올 사람이 아니었기에, 아픈 것이 뻔한 상황에서 방관하고 있는 모두에게 화가 치솟았다. 이럴 줄 알았으면 회사에서 좀 더 빨리 나서는 건데.

"아, 사모님께서 밖에 나와 계십니다, 사장님."

완만한 경사를 타고 오르는 차 전면 유리로 현관 계단 앞에 나와 서 있는 정윤의 모습이 보이자, 화가 난 태준은 어금니를 세게 맞물었다.

"놀랐죠?"

"……왜 여기 있어요."

차가 서자마자 문을 열고 나온 태준이 제 한마디에 침을 꼴깍 넘기며 올려다보고 있는 정윤을 빠르게 살폈다. 안색은 창백했고,

표정이 나쁜 것은 아니지만 뭐랄까, 약간 불안정했다.

머리부터 가볍게 신고 나온 런닝화 위, 가늘게 드러난 발목에도 상처 같은 것은 보이지 않고, 혼자 서 있을 힘도 있고……. 그제야 다시 정윤의 눈을 마주 본 태준은 깜빡거리고 있는 동그란 눈을 무감하게 바라보려 애썼다. 이번엔 제대로 다짐을 받아야 했다.

"태준 씨 보고 싶어서 일찍 올라온 건데. 안 반가워요?"

반갑지. ……반가운데.

"아팠다면서요."

아, 소리를 내는 입 모양과 함께 경호원들을 쳐다보는 걸 보니, 오늘 하루 종일 제 행적이 보고되고, 그로 인해 태준이 애가 탔다는 건 지금까지 짐작도 못 하고 있었던 눈치였다.

"김 박사님도 못 오시게 하고……. 괜찮아요?"

"음…… 보고받고 있는 줄은 몰랐어요."

내가 말하지 말아 달라 그랬는데. 뒷말을 흐린 정윤은 태준이 잔뜩 굳은 얼굴로 고개를 끄덕이자 흐으음, 하는 소리를 내더니 양복에 감싸인 단단한 팔에 제 팔짱을 끼워 넣고 대문 안으로 이끌었다.

정윤과 태준이 대문 안으로 사라지자, 이제껏 정차해 있던 차들이 담벼락 아래 열린 문 안으로 차례대로 들어가며 주차되기 시작하고, 경호원들의 걸음도 소리 없이 뒤를 따르기 시작했다.

"어디가 안 좋은지 말해 봐요."

"음……."

"아니면, 지금이라도 김 박사님 진료 받든가. 그러기 싫으면, 병원 갈래요?"

"가긴 가야 되는데, 내일 갈래요."

"정윤 씨!"

걸음을 멈추고 제게 꼭 기대 걷던 정윤을 밀어내며 얼굴을 마주한 태준의 얼굴이 차게 식어 있었다.

"무슨 얘기예요. 병원에 가야 된다니……. 많이 아파요? ……가요, 지금."

정윤의 팔을 잡고 오던 길을 되돌아 나가려 몸을 돌린 태준의 손이 하얀 두 손에 꼭 잡혀 뒤로 당겨졌다.

"아니, 그게 아니라…… 잠깐만."

정윤이 주섬주섬 제 바지 주머니 안에서 뭔가를 꺼내, 태준의 손에 건네주었다.

"이게, 뭐……."

"선물이에요."

덧붙이는 정윤의 말에 잠시 멍하게 손에 쥔 것을 바라보고 섰던 태준이 정신이 반짝 든 얼굴로 고개를 쳐들어 정윤을 뚫어져라 바라보았다. 정윤은 태준의 그런 시선에 입술을 꾹 눌러 미소 지으며 천천히 고개를 끄덕여 주었다. 지금 당신이 생각하는 그거, 맞아요, 하듯이.

"어, 어, 언제."

태준은 하얀 플라스틱 막대를 손바닥에 받친 채 움켜쥐지도 못했다. 정윤은 뺨에 보조개가 생길 만큼 웃음을 참으며, 설레설레 고개를 저어 보였다.

"나도 몰라요. 그거 알려고 내일 병원 가려는 건데. 같이 가 줄 거죠? 아빠잖아요."

"아, 아빠…… 하아, 정윤 씨!"

주먹 쥔 손 위로 삐죽이 빠져나온 하얀색 플라스틱 막대. 그것을 놓지 못하고 마당 초입에서 정윤을 끌어안은 태준을 보며, 뒤에 섰던 사람들과 안에서 마중 나와 있던 사람들이 서로서로 술렁이며 미소 짓기 시작했다.

"그래서 아픈 거예요?"

힘주어 꽉 끌어안았다가, 스스로에게 놀란 것처럼 팔에서 힘을 뺀 태준이 정윤의 얼굴을 내려다보며 평소 둘만 있을 때처럼 자상하게 물어 왔다.

"어, 저기……."

"오늘 하루 종일 속 안 좋고, 토할 것 같고 그랬어요? 어젠 안 그랬잖아요. 그게 원래 갑자기 막 그렇게 되는 건가?"

"그건 아닌데, 어, 잠깐만, 태준 씨, 사람들 봐요."

태준의 눈에는 웃는 눈으로 표정을 굳히느라 애를 먹고 있는 경호원들이 보이지 않았다. 가슴팍에서 치미는 일렁임이 태준의 눈가를 습하게 만들고, 호흡을 가쁘게 해서 오롯이 정윤만 눈에 담고, 이 순간을 가슴에 새기기 위해 모든 감각을 집중하고 있었다.

"고마워요."

"……."

조금 전 들뜬 목소리와는 달리, 한껏 낮아져 메인 목소리가 들려왔다. 당황하며 그를 밀어내던 정윤의 움직임도 갑작스레 멈춰지고, 태준의 입술은 아무 방해 없이 차분하게 정윤의 이마로 내려 앉았다.

"내가 잘할 게요."

"……지금도 잘하고 있어요."

밀어내느라 태준의 양팔을 잡고 있던 정윤의 손에 도리어 힘이 들어가 잘게 떨리기 시작했다.

"정말 사랑해요."

"……."

태준은 하얀 눈가를 붉히며 입술을 꼭 깨물고 고개 끄떡이는 정윤을 아주 조심스레 다시 품에 안았다. 아이가 생겼다. 저의 생명이 정윤의 생명과 한데 섞여, 그 누구도 바꿀 수 없는……. 크게 숨을 들이마신 태준이 정윤의 어깨를 감싸 안은 채 집으로 걷기 시작했다.

"이제 뛰어다니면 안 되는 거, 알죠?"

"……."

"지난번처럼 난간 없는 계단 걷다가 미끄러지면 안 되는데. 현장엔 못도 많고, 하아, 전기시공 전엔 어둡기도 하고……."

"태준 씨."

"음…… 설계만 하면 안 되나? 현장진행은 다른 직원한테 맡기고. 음? 그러지 말고 아예 우리 계열사로 들어오면 좋은데."

"그럴 규모가 안 되는 거 알잖아요. 인수합병도 사이즈가 맞아야 되는 거죠. 실리를 따지세요, 김 사장님."

"그럼…… 신 사업부 하나 신설하지, 뭐."

"어……."

정윤의 이맛살이 찌푸려지는 것도 지금은 좋았다.

"아니면 내가 한정윤 밑으로 들어가든가."

"푸훗."

부부라는 이름으로 묶인 두 사람의 얼굴에 기쁨 가득한 미소가 넘쳐 났다. 슥슥슥 쓰다듬듯 비벼 대는 태준의 손바닥으로 정윤의 허한 등허리가 데워지고, 제 품에 안긴 부드러운 몸피에 태준의 마음이 채워지고 있었다.

444

부부, 부모. 걸음을 걸으면서도 물끄러미 정윤만 보고 있는 태준의 묵묵한 사랑이 따뜻한 기운이 되어 정윤을 감싸고, 그들이 처음 만난 날처럼 연둣빛으로 자라나 있는 정원수의 연한 잎사귀가 부드러운 바람에 자잘하게 흔들리고 있었다.

—fin

그럴 연, 고요히 웃을 어.

한자의 음으로만 읽으면 회귀성 어류인 연어로 생각되어, 고향
땅을 그리워하는 한정윤의 모친을 떠올리게 합니다. 또, 뜻으로 생
각하면 모든 일을 담담하게 지켜보다 마지막엔 "그래, 그럴 수도
있지." 하고 내뱉을 것 같은 지친 정윤의 마음을 대변하는 것도 같
습니다.

저는 제목을 연어로 정하며, 읽으시는 분이 책의 마지막 장을
덮으실 때 은은하게 미소 짓는 모습을 상상해 보았습니다. 그래서
이 이야기는 담담하지만, 조용히 생각에 잠긴 얼굴로 한 번쯤 웃을
수 있게 되는 이야기, 연어입니다.

이 책을 읽으시면서 한 번쯤 미소 지으셨나요?

……부끄럽지만, 독자분이 옆에 계시다면 여쭙고 싶었습니다.

살아가며 소중한 것은 내 곁에 머무는 사람과 그들의 사랑을 받고, 또 사랑을 나누려 하는 선한 마음인 것 같단 생각을 종종 하게 되는 요즘, 나이가 들수록 사회생활의 기술보다는 상대의 눈빛과 진심에 더 초점을 맞추게 되는 것처럼 점점 더 본질에 충실하고자 하는 글 쓰는 이가 되겠습니다.

언제나 건강하시고, 마음 따뜻한 삶 되세요.

2015년 4월. 추억을 정리하는 소화와 함께해 주셔서 감사합니다.

연 : 어

1판 1쇄 찍음 2015년 4월 28일
1판 1쇄 펴냄 2015년 5월 6일

지은이 | 소 화
펴낸이 | 정 필
펴낸곳 | (주)뿔미디어

편집장 | 이재권
기획·편집 | 이은정

출판등록 | 2002년 9월 11일 (제1081-1-132호)
주소 | 경기도 부천시 원미구 소향로 17, 303(두성프라자)
전화 | 032)651-6513 / 팩스 032)651-6094
E-mail | scarlets2012@hanmail.net
블로그 | http://blog.naver.com/dahyangs
홈페이지 | http://bbulmedia.com

값 9,000원

ISBN 979-11-315-6403-5 03810